AF533637

Les Amnésiques

libres Champs

Une époque, un récit, l'exactitude des sources racontées à la manière d'un roman...

Ken Alder, *Mesurer le monde.*
Alessandro Barbero, *Le Jour des barbares.*
Alessandro Barbero, *Waterloo.*
Kate Cambor, *Belle Époque.*
Edmund de Waal, *Le Lièvre aux yeux d'ambre.*
Antonia Fraser, *Marie-Antoinette.*
Stephen Greenblatt, *Quattrocento.*
Stephen Greenblatt, *Will le Magnifique.*
Thomas Harding, *Hanns et Rudolf.*
David G. Haskell, *Un an dans la vie d'une forêt.*
Laure Hillerin, *La Comtesse Greffulhe.*
Eric Jager, *Le Dernier Duel.*
Siddhartha Mukherjee, *L'Empereur de toutes les maladies.*
Graham Robb, *Une histoire buissonnière de la France.*
Graham Robb, *Une histoire de Paris par ceux qui l'ont fait.*
Graham Robb, *Sur les sentiers ignorés du monde celte.*
Maxime Rovere, *Le Clan Spinoza.*
Stacy Schiff, *Cléopâtre.*
Daphné Sheldrick, *Une histoire d'amour africaine.*
Guy Walters, *La Traque du mal.*
Mitchell Zuckoff, *Les Disparus de Shangri-La.*

Géraldine Schwarz

Les Amnésiques

Deuxième édition revue et augmentée

libres Champs

ISBN : 978-2-0814-4536-9

À mes parents

Ne pas me perdre dans le labyrinthe de la mémoire, dans ses oublis et ses mensonges, ses replis et ses trop-pleins.

Vaincre les violeurs de mémoire, les faussaires de l'histoire, les bricoleurs de fausses identités et de fausses haines, les cultivateurs de fantasmes narcissiques.

Trouver mon chemin à travers les multiples traces du passé, saisir le fil de la mémoire, une famille allemande ordinaire, une famille française ordinaire, un Mitläufer *des nazis, un gendarme sous Vichy, et tirer ce fil, avec ses failles et ses lacunes, jusqu'à la génération de mes parents, jusqu'à moi, l'enfant de l'Europe, l'enfant qui n'a connu aucune guerre.*

Le croiser avec un autre fil, celui de l'Histoire, la grande, répéter, la tête froide, les faits historiques que certains veulent faire oublier : le suicide de la civilisation européenne et la suite, ce dépassement miraculeux de l'Homme sur ses démons, de la paix sur la guerre, de la démocratie sur la dictature.

Tisser les deux fils ensemble, donner de l'épaisseur au récit familial en le soumettant au jugement de l'Histoire, à la sagesse des historiens, ces détecteurs de mensonges et de mythes. Offrir en retour une âme à la science, la chair et le sang d'une mémoire familiale, l'imprécision de la condition humaine.

Je veux comprendre ce qui était pour savoir ce qui est, rendre à l'Europe ses racines que les amnésiques tentent de lui arracher.

Les noms suivis d'un astérisque sont des pseudonymes.

Chapitre I

Être ou ne pas être nazi

Je n'étais pas spécialement prédestinée à m'intéresser aux nazis. Les parents de mon père n'avaient été ni du côté des victimes, ni du côté des bourreaux. Ils ne s'étaient pas distingués par des actes de bravoure, mais n'avaient pas non plus péché par excès de zèle. Ils étaient simplement des *Mitläufer*, des personnes « qui marchent avec le courant ». Simplement au sens où leur attitude avait été celle de la majorité du peuple allemand, une accumulation de petits aveuglements et de petites lâchetés qui, mis bout à bout, avaient créé les conditions nécessaires au déroulement des pires crimes d'État organisés que l'humanité ait connus. Après la défaite et pendant de longues années, le recul manqua à mes grands-parents comme à la plupart des Allemands pour réaliser que sans la participation des *Mitläufer*, même infime à l'échelle individuelle, Hitler n'aurait pas été en mesure de commettre des crimes d'une telle ampleur.

Le Führer lui-même le pressentait et prenait régulièrement la température de son peuple pour voir jusqu'où il pouvait aller, ce qui passait et ne passait pas, tout en l'inondant de propagande nazie et antisémite.

La première déportation massive de juifs organisée en Allemagne qui allait servir à sonder le seuil d'acceptabilité de la population eut justement lieu dans la région où vivaient mes grands-parents, dans le sud-ouest du pays : en octobre 1940, plus de 6 500 juifs furent déportés de Bade, du Palatinat et de la Sarre vers le camp français de Gurs, situé au nord des Pyrénées. Pour accoutumer les citoyens à un tel spectacle, les forces de l'ordre avaient veillé à sauver *a minima* les apparences, évitant la violence et affrétant des wagons de passagers – et non des trains de marchandises comme plus tard. Mais les responsables nazis voulaient en avoir le cœur net et savoir ce que le peuple avait dans le ventre. Ils n'hésitèrent pas à opérer en plein jour, poussant des cortèges de centaines de juifs à travers le centre-ville jusqu'à la gare, avec leurs lourdes valises, leurs mômes en pleurs et leurs vieillards épuisés, cela sous les yeux de citoyens apathiques, incapables de faire preuve d'humanité. Le lendemain, les *Gauleiter* (chefs de district) firent fièrement savoir à Berlin que leur région était la première d'Allemagne à être *judenrein* (épurée de ses juifs). Le Führer dut se réjouir d'être si bien compris de son peuple : il était mûr pour « marcher avec ».

Un épisode en particulier avait démontré que la population n'était pas aussi impuissante qu'elle voulut le faire croire après la guerre. En 1941, la contestation de citoyens et d'évêques catholiques et protestants allemands avait réussi à interrompre le programme d'extermination des personnes handicapées mentales et physiques ou jugées comme telles, ordonné par Adolf Hitler dans le but de purger la race aryenne de ces « vies sans valeur ». Alors que cette opération secrète baptisée *Aktion T4* battait son plein, ayant déjà fait 70 000 morts gazés dans des centres spéciaux en Allemagne et en Autriche, Hitler céda face à l'indignation populaire et mit fin à son projet. Le Führer avait compris le risque qu'il courait vis-à-vis de la population à se montrer trop ouvertement cruel. C'est d'ailleurs aussi l'une des raisons pour lesquelles le IIIe Reich déploya une énergie insensée à organiser la logistique extrêmement complexe et coûteuse du transport des juifs d'Europe et d'Union soviétique pour les exterminer loin de la vue de leurs compatriotes, dans des camps isolés en Pologne.

Mais au lendemain de la guerre, personne ou presque en Allemagne ne se posait la question de savoir ce qu'il serait advenu si la majorité n'avait pas marché *avec* le courant, mais *contre* une politique qui avait révélé assez tôt son intention de piétiner la dignité humaine comme on écrase un cafard. Avoir *marché avec le courant* comme Opa, mon grand-père, était tellement répandu que la banalité était devenue une circonstance atténuante de ce mal, y compris aux yeux des forces alliées qui s'étaient mis en tête de dénazifier l'Allemagne. Après leur victoire, Américains, Français, Britanniques et Soviétiques avaient divisé le pays et Berlin en quatre zones d'occupation où chacun s'était engagé à éradiquer les éléments nazis de la société, avec la collaboration de chambres arbitrales allemandes. Ils avaient fixé quatre degrés d'implication dans les crimes nazis, dont les trois premiers justifiaient théoriquement l'ouverture d'une enquête judiciaire : les « incriminés majeurs », les « incriminés », les « incriminés mineurs » (*Hauptschuldige*, *Belastete*,

Minderbelastete), et les *Mitläufer.* Selon la définition officielle, ce dernier désignait « celui qui n'a pas participé plus que nominalement au national-socialisme », en particulier « les membres du Parti national-socialiste des travailleurs allemands (NSDAP) [...] qui se contentaient de payer les cotisations et de participer aux réunions obligatoires ». En réalité, dans le Reich qui comptait 69 millions d'habitants dans ses frontières de 1937, le nombre de *Mitläufer* dépassait le cadre des huit millions de membres du NSDAP. Des millions d'autres avaient rejoint des organisations affiliées et beaucoup d'autres avaient acclamé le national-socialisme sans pour autant adhérer à une organisation nazie. Ma grand-mère par exemple, qui n'avait pas sa carte du parti, était plus attachée à Adolf Hitler que mon grand-père qui, lui, l'avait. Mais les Alliés n'avaient pas le temps de se pencher sur une telle complexité. Ils avaient déjà bien assez à faire avec les incriminés, mineurs et majeurs, soit la multitude de hauts fonctionnaires qui avaient donné des ordres criminels dans ce labyrinthe bureaucratique qu'était le IIIe Reich, et tous ceux qui les avaient exécutés, parfois avec un zèle infâme.

De simples membres du parti nazi comme mon grand-père s'en sortirent quasiment indemnes. Sa seule punition fut de se voir privé du contrôle de sa petite entreprise de produits pétroliers Schwarz & Co. Mineralölgesellschaft confiée durant quelques années à un gestionnaire mandaté par les autorités alliées. Il aurait probablement aussi eu quelques difficultés à occuper un poste de fonctionnaire s'il l'avait souhaité. Sa fille, ma tante Ingrid*, croit se souvenir qu'il avait été condamné à « casser des pierres », mais, étrangement, mon père n'en a aucun souvenir et ne doute pas que, dans le cas peu probable d'une telle condamnation, mon grand-père se soit arrangé pour s'épargner une telle corvée, « rusé comme il était ». Lui a plutôt en mémoire que son père n'a jamais fait de meilleures affaires que pendant cette période de privation de travail, en se révélant être un commerçant bien plus débrouillard sur le marché noir que sur le marché légal. Il se souvient qu'il y avait toujours sur la table des Schwarz du vin, de la viande, des œufs et des pommes, des produits dont beaucoup avaient oublié jusqu'au goût dans l'Allemagne ruinée de l'après-guerre. Cette divergence de souvenirs entre les deux enfants de Karl Schwarz tient peut-être au fait que l'une était aussi attachée à son père que l'autre en était éloigné.

Bien sûr, on ne pouvait pas jeter en prison les huit millions de membres du NSDAP, et tout d'abord parce qu'il n'y avait pas assez de place derrière les barreaux. À partir du printemps 1945, les Alliés avaient procédé à des arrestations massives d'anciens fonctionnaires du parti et de membres de la SS, envoyant environ 300 000 d'entre eux en prison. Les Américains étaient de loin ceux qui s'appliquaient avec le plus de fermeté à dénazifier leur zone, du moins au début. Mannheim, où vivaient mes grands-parents, l'une des plus grandes villes du Bade-Wurtemberg, se trouvait justement dans la zone américaine du sud-sud-ouest qui comprenait le nord du Bade-Wurtemberg, la Bavière et la Hesse, ce à quoi s'ajoutaient le sud-ouest de Berlin et au nord le Land de Brême, précieux pour sa situation stratégique sur la mer du Nord. Les Américains avaient une bonne réputation, et ma tante Ingrid a gardé une image d'eux « toujours avec le sourire, en bonne santé au volant de leur Jeep, ce qui apportait un peu de gaieté » dans l'ambiance funeste de l'Allemagne d'après-guerre. Pourtant, leur commandant, le futur président des États-Unis, Dwight D. Eisenhower, n'était pas très optimiste et estimait qu'il faudrait au moins cinquante ans de rééducation intensive pour former les Allemands à des principes démocratiques. Les Américains avaient le projet titanesque de sonder le passé de tous les Allemands âgés de plus de 18 ans en leur soumettant des questionnaires de quelque 130 questions censées donner une indication de leur degré de complicité avec le régime et de leur niveau d'endoctrinement idéologique. Avec une rigueur toute bureaucratique, ils commencèrent à éplucher les millions de formulaires qui s'accumulaient sur leurs bureaux, dans le but de punir les coupables et de purifier la société de ses éléments les plus imprégnés par le nazisme. Ils congédièrent tous les fonctionnaires ralliés au NSDAP avant le 1er mai 1937 et donc suspectés d'avoir adhéré par conviction. À la fin de l'hiver 1945-1946, plus de 40 % des fonctionnaires de la zone américaine avaient débarrassé le plancher.

Je n'ai pas retrouvé de copie du questionnaire de dénazification de mon grand-père, mais il dut le remplir car un courrier des autorités d'occupation indique qu'elles surent très vite qu'il avait été membre du parti. À sa mort, en 1970, mon père chercha partout dans les papiers de Karl Schwarz des traces de la carte et des insignes du parti, sans succès. Dès l'annonce de l'entrée des Alliés à Mannheim en mars 1945, il avait dû, comme beaucoup de ses compatriotes, jeter dans les flammes du fourneau de la cuisine ces preuves compromettantes, ainsi que les drapeaux nazis qu'on avait coutume d'exhiber aux balcons les jours de fête, et, qui sait, un portrait du Führer qu'il avait accroché dans son bureau pour avoir la paix ou que ma grand-mère conservait dans un tiroir par attachement. C'était peine perdue, car les chefs locaux du NSDAP avaient pris leurs jambes à leur cou sans se soucier le moins du monde de détruire le registre des membres du parti à Mannheim, que les Américains trouvèrent intact à leur arrivée.

Mais Karl n'avait pas tout fait disparaître. Dans ses affaires, mon père trouva un dessin héraldique des plus étranges : un heaume de chevalier sur fond de végétaux noir et or derrière lesquels un animal imaginaire fait irruption, un croisement de chèvre et de cerf aux cornes et aux sabots rouges, dont le cou est transpercé d'une flèche de la même couleur. En dessous est inscrit le nom de Schwarz dans une calligraphie complexe, la date de 1612 et ce texte : « Les origines de cette famille bourgeoise aux lignes florissantes en Souabe et en Franconie sont à trouver à Rothenburg. » Sous le national-socialisme, la généalogie était très en vogue. Elle avait même obtenu un statut quasi officiel au service du régime, lequel avait besoin d'apporter à ses théories raciales vaseuses un crédit qu'aucune science sérieuse ne pouvait lui fournir. Ce dessin n'avait néanmoins qu'une valeur décorative car pour entrer au NSDAP, il fallait un document autrement plus compliqué à établir : un certificat d'aryanité particulièrement poussé et détaillé, qui exigeait de réunir quantité de justificatifs censés prouver les origines aryennes du candidat et de son conjoint au moins depuis 1800. Que Karl Schwarz ait en sus, sans y être contraint, fait dessiner à l'encre et à l'aquarelle ce motif héraldique me laisse perplexe. Mon grand-père n'était pas un national-socialiste convaincu, il était trop épris de liberté pour cela. « Il l'a peut-être accroché dans les bureaux de sa société, aussi lorsqu'un client ou un fonctionnaire nazi passait par là, il posait moins de questions et le laissait tranquille », dit mon père. Dans les années 1930, des rumeurs circulaient en Allemagne sur des commerçants soupçonnés de dissimuler leurs origines juives, nourrissant une atmosphère de paranoïa et de délation, au point que certains en venaient à publier des annonces dans les journaux pour démentir publiquement tout lien avec le judaïsme. Opa a fait disparaître son certificat d'aryanité mais, étrangement, il a épargné son aquarelle qu'il a conservée jusqu'à sa mort. « Je pense que ce dessin lui plaisait, car il donne l'illusion d'une glorieuse lignée. Et mon père avait parfois des rêves de grandeur. » Par certains égards, Karl Schwarz était un homme de son temps.

Rapidement, face à l'étendue de la tâche qu'ils s'étaient assignée, les Américains décidèrent d'intégrer la justice allemande au processus de dénazification. Après examen des questionnaires, les personnes suspectées d'être impliquées étaient envoyées devant l'une des quelques centaines de chambres arbitrales allemandes de la zone américaine. À Mannheim, 202 070 formulaires furent passés au crible. Sur les 8 823 personnes jugées, 18 furent classées *Hauptschuldige*, 257 *Belastete*, 1 263 *Minderbelastete*, 7 163 *Mitläufer*, 122 *Entlastete* (« innocentés »). Je doute que mon grand-père ait été entendu. Quoi qu'il en soit, comme les Américains n'avaient pas trouvé assez de juges allemands « propres » tant était grande la complicité des juristes avec le national-socialisme, et s'étaient résignés à recruter parmi la vieille garde, Karl Schwarz n'aurait pas eu grand-chose à craindre. D'autant moins que les occupants ne pouvaient plus se permettre de se montrer si intransigeants face au besoin urgent de personnel allemand pour faire face aux nombreux problèmes auxquels était confrontée la société : malnutrition, crise du logement, manque de charbon pour se chauffer… En outre, l'attention des Américains commençait à se détourner des anciens nazis pour se concentrer sur un nouvel ennemi, l'Union soviétique et le bloc communiste. À la rigueur des débuts succéda un bâclage des mesures de dénazification avec l'objectif d'en finir au plus vite pour accélérer la reconstruction de l'Allemagne de l'Ouest, située à la lisière du territoire communiste ennemi.

Les Britanniques étaient bien moins attachés que les Américains à poursuivre les nazis dans leur zone du nord-ouest qui incluait Hambourg, la Basse-Saxe, la Rhénanie du Nord-Westphalie, le Schleswig-Holstein ainsi que le secteur ouest de Berlin. Tout au plus visaient-ils une rééducation à travers la création de médias dans leur région, tels la radio Nordwestdeusche Rundfunk et les journaux *Die Zeit* et *Die Welt*, ou en obligeant les citoyens à regarder des images filmées des victimes squelettiques de camp de concentration. Les Britanniques créèrent des *Clubs* où certains Allemands étaient autorisés, mais cette mixité était exceptionnelle, car la plupart du temps les Britanniques gardaient leurs distances. Dans les tramways, les commerces et les cinémas, des places leur étaient réservées et affichaient « *Keep out* » ou « *No Germans* ». Ils étaient souvent perçus comme des envahisseurs, en particulier lorsqu'ils confisquaient des appartements dans des villes souffrant d'une grave pénurie de logements à cause des bombardements. En réalité, les Britanniques n'avaient pas toujours le choix car, eux-mêmes très affaiblis économiquement par la guerre, ils avaient des difficultés à financer l'occupation. Ils ne se préoccupèrent pas des *Mitläufer* et se contentèrent d'interdire les hautes fonctions publiques aux nazis et de poursuivre les plus gros poissons. Leur indulgence était telle que certains nazis vivant sous administration américaine se hâtèrent de rejoindre leur zone. Les Britanniques étaient pressés de reconstruire la puissance économique de l'Allemagne, aussi dans leur propre intérêt. Ainsi savaient-ils se montrer conciliants lorsque l'accusé était une figure de l'élite économique du Reich, comme Günther Quandt.

Quandt n'était pas un national-socialiste convaincu, mais un opportuniste qui avait attendu qu'Adolf Hitler arrive au pouvoir en janvier 1933 pour financer son parti puis y adhérer. À cette proximité financière s'ajoutait un lien familial puisque la deuxième épouse de l'industriel, Magda Ritschel, dont il avait divorcé, avait épousé en décembre 1931 le futur ministre de la Propagande, Joseph Goebbels, une union dont le Führer avait été le témoin. Sa loyauté envers Hitler se révéla payante, car Quandt amassa une fortune colossale en devenant l'un des plus grands fournisseurs de l'industrie militaire nazie. Alors que la main-d'œuvre manquait à cause de la mobilisation des hommes sur le front, il exploita une cinquantaine de milliers de travailleurs forcés, des prisonniers de guerre et des détenus des camps de concentration « prêtés » à bas prix par le Reich.

En 1946, les Américains arrêtèrent Quandt, mais ce dernier échappa au tribunal de Nuremberg grâce aux Britanniques qui « omirent » de transmettre des documents le concernant aux Américains et poussèrent le ridicule jusqu'à le classer officiellement *Mitläufer*. En janvier 1948, les Américains, qui se gardèrent d'enquêter plus amplement, le libérèrent. Peu après, l'armée britannique s'empressa de faire des affaires avec ce spécialiste de l'armement. Car Quandt était un oiseau rare. Il produisait des équipements que le monde entier enviait, des batteries spéciales pour les torpilles sous-marines, et tout particulièrement la batterie unique pour l'« arme magique » développée par les nazis pendant la guerre, et qui suscitait l'admiration de leurs ennemis : le V2, le premier missile balistique opérationnel créé par l'homme, à l'origine des missiles intercontinentaux et du vol spatial. Après la guerre, la famille Quandt, aujourd'hui propriétaire entre autres du constructeur automobile BMW, resta longtemps plongée dans le déni des origines suspectes de sa fortune jusqu'à ce qu'en 2007 la sortie d'un documentaire télévisé intitulé *Le Silence des Quandt* la force à faire la lumière sur le passé.

Quant aux Français, dont la zone, la plus petite, englobait le sud du Bade-Wurtemberg, la Rhénanie-Palatinat, la Sarre et le nord-ouest de Berlin, eux aussi s'étaient rapidement rendu compte des avantages à se montrer indulgents à l'égard d'industriels qui, en retour, se montraient généreux en affaires. Ils avaient acquis la réputation d'être la puissance d'occupation la moins intéressée par la dénazification. Le fait que la France avait étroitement coopéré avec le IIIe Reich et que son administration après la guerre était encore truffée d'anciens collaborateurs de Vichy, qui redoutaient que les accusations contre les nazis se retournent contre eux, a certainement pesé sur le faible nombre de procédures judiciaires engagées. Les Français préféraient accuser collectivement les Allemands, sans les différencier en fonction de leur responsabilité individuelle ni chercher à les rééduquer. Le général de Gaulle était favorable à une politique d'affaiblissement et de division permanente de l'Allemagne, il exigeait un maximum de réparations. Invités de dernière minute à la table des vainqueurs malgré leur collaboration avec le Reich, les Français se comportèrent en véritable force d'occupation, confisquèrent des appartements pour loger les instituteurs, ingénieurs, fonctionnaires français, exploitèrent la main-d'œuvre allemande et réquisitionnèrent de la nourriture en abondance, tandis que beaucoup d'Allemands vivaient dans les caves, la faim au ventre et sans charbon pour se chauffer. Il y eut même des viols en série et des pillages.

Dans la zone soviétique, qui comprenait les cinq *Länder* les plus à l'est, la Thuringe, la Saxe-Anhalt, la Saxe, le Brandebourg et le Mecklembourg-Poméranie-Occidentale ainsi que l'est de Berlin, les mesures de dénazification visaient non seulement les nazis, mais aussi les « indésirables » dont on souhaitait se débarrasser, les « ennemis de la classe ouvrière » – les gros propriétaires terriens et l'élite économique –, des sociaux-démocrates et d'autres détracteurs du nouveau régime que l'occupant tentait d'instaurer sur le modèle de Moscou. Les Soviétiques laissèrent les *Mitläufer* en paix, ne serait-ce que parce qu'ils avaient perçu chez eux la possibilité de les recycler en bons communistes. Cependant, les nazis plus impliqués avaient davantage à craindre dans cette zone que dans les autres, car avec les Soviétiques ils ne pouvaient pas prétendre avoir pris leur carte du parti par opposition au bolchevisme, un argument qui avait un certain poids à l'Ouest. Aussi, certains préféraient fuir l'Est, d'autant plus que les conditions de détention y étaient particulièrement atroces. Des dizaines de milliers de nazis présumés et d'« indésirables » furent enfermés dans d'anciens camps de concentration du IIIe Reich. Au moins 12 000 périrent. Des dizaines d'autres milliers furent déportés en Union soviétique où beaucoup moururent.

En mars 1948, les Soviétiques avaient déjà chassé du service public plus de 520 000 anciens membres du NSDAP, en particulier dans l'administration et dans la justice, où il fallut rapidement remplacer le personnel par des communistes « loyaux ». En moins d'un an, de nouveaux juges et procureurs proches des organisations communistes furent « formés » et c'est eux qui conduisirent une série de procès expéditifs baptisés les *Waldheimer Prozesse* en 1950, sous l'autorité de la toute jeune République démocratique allemande (RDA) qui venait d'être créée. En deux mois, environ 3 400 personnes accusées d'avoir commis des crimes comparurent, sans témoin et en général sans assistance juridique, devant ces juges et ces procureurs inexpérimentés qui tranchaient en moins d'une demi-heure, le jugement étant déjà fixé d'avance dans le but d'obtenir un maximum de peines. On ne faisait pas de distinction entre *Mitläufer*, incriminés, ou ennemis du communisme. Ces simulacres de procès avaient avant tout pour objectif de légitimer *a posteriori* l'internement de milliers de personnes dans les camps de concentration. Plus de la moitié des accusés furent condamnés à des peines de 15 à 25 ans de prison, vingt-quatre furent exécutés. Puis la RDA jugea close la dénazification et s'engagea dans un long déni de ses responsabilités historiques vis-à-vis des crimes du IIIe Reich, désignant la RFA comme seule légataire de ce sombre passé.

Les Allemands étaient hostiles au processus de dénazification visant la population, perçu comme une insupportable humiliation, une *Siegerjustiz*, une justice de vainqueurs aspirant à se venger. En revanche, ils étaient – du moins juste après la guerre – majoritairement favorables à l'idée de juger les hauts responsables du régime.

En novembre 1945 s'ouvrit à Nuremberg, à l'initiative des Américains, un procès contre vingt-quatre hauts responsables du IIIe Reich devant un tribunal militaire international placé sous l'autorité des quatre puissances alliées. « L'idée de traiter la guerre et les atrocités commises en son nom non plus comme s'il s'agissait d'une politique menée avec d'autres moyens, mais comme un crime pour lequel des politiciens et des militaires de haut rang peuvent être tenus responsables pareillement à n'importe quel autre crime » était inédite, analyse le juriste Thomas Darnstädt dans son livre *Nürnberg. Menschheitsverbrechen vor Gericht 1945* (« Nuremberg. Les crimes contre l'humanité devant le tribunal, 1945 »). Les grandes lignes avaient été développées en amont à Washington sous l'autorité du juge Robert H. Jackson. Les Soviétiques, craignant d'être eux aussi accusés de crimes à cause des exactions de l'Armée rouge et du pacte de non-agression conclu entre Staline et Hitler en 1939, exigeaient que la juridiction pénale internationale de Nuremberg ne s'applique qu'aux puissances de l'Axe. Le juge Jackson refusa : « Nous ne sommes pas disposés à fixer des normes envers autrui que nous ne serions pas prêts à appliquer à nous-mêmes. » Les Britanniques, ayant eux aussi en tête leurs bombardements intensifs et meurtriers des populations civiles en Allemagne, négocièrent un compromis : les normes pénales devaient être valables pour tout État, mais le tribunal de Nuremberg ne serait compétent que pour les crimes des nazis. Plus de 2 000 personnes furent mobilisées pour préparer le procès, éplucher au moins une partie des kilomètres d'archives laissées par un régime ultra-bureaucratisé.

Un an plus tard, le verdict tomba : douze accusés furent condamnés à mort par pendaison, dont le numéro deux du Reich Hermann Göring, le ministre des Affaires étrangères Joachim von Ribbentrop, le dernier chef du puissant ministère de la Sécurité RSHA Ernst Kaltenbrunner, le chef du haut commandement des forces armées Wilhelm Keitel, le fondateur du journal antisémite *Der Stürmer* Julius Streicher et l'ancien idéologue du parti et ministre des Territoires occupés de l'Est Alfred Rosenberg ; trois, dont Rudolf Hess, l'ancien adjoint de Hitler, furent condamnés à la prison à vie et deux autres, Albert Speer, architecte et ministre de l'Armement, et Baldur von Schirach, chef des *Hitlerjugend* (Jeunesses hitlériennes), à une peine de 20 ans de prison. Quatre organisations – le NSDAP, la Gestapo, les SS et le SD (Service de sécurité) – furent classées « organisations criminelles ». Les juges rejetèrent la requête de l'accusation d'inclure dans cette liste l'état-major et le haut commandement de la Wehrmacht (OKW).

Ces procès démontrèrent une volonté de la part des Alliés, surtout des Américains, de ne pas laisser impunis les crimes nazis. Ils permirent de déterminer un « nouvel ordre du monde par le droit », selon les termes de Robert Jackson, et de définir un crime d'une nouvelle nature : le crime contre l'humanité. Mais à court terme, ils n'eurent pas les effets escomptés, ni à l'international ni en Allemagne. Le juge Jackson avait surtout mis en avant l'inculpation de « crime contre la paix » et de « complot » selon l'idée qu'« une bande de gangsters avait pris le contrôle de l'État ». Cette approche nourrit une légende qui allait être longue à démonter par la suite : celle que les crimes nazis étaient le résultat d'un plan élaboré par un petit groupe de criminels autour de Hitler, qui avaient donné des ordres à des personnes ignorant pour la plupart qu'elles collaboraient à une entreprise meurtrière.

Un autre problème était qu'un tribunal où les vainqueurs jugent les vaincus imposait le silence sur les crimes de guerre des Alliés : la collaboration de Vichy, les bombardements américano-britanniques massifs contre les civils allemands, les atrocités commises par l'Armée rouge dans les territoires orientaux du Reich, les bombes atomiques lâchées par les États-Unis sur le Japon.

Mais l'un des principaux échecs du procès fut d'avoir négligé la spécificité du génocide juif, ce délit n'existant pas alors. « Un tabou du droit international demeurait : il était encore mal vu de s'ingérer dans les "affaires internes" d'un État souverain », or les crimes contre les juifs allemands étaient considérés comme tels, estime Thomas Darnstädt. En outre, juste après la guerre, le niveau d'information sur la Shoah était encore limité. Par exemple, le protocole de la conférence de Wannsee de janvier 1942, pendant laquelle des dirigeants nazis précisèrent l'organisation de l'Holocauste qui avait déjà commencé, n'avait pas encore été étudié.

Dans la continuité de Nuremberg, entre 1946 et 1949, les Américains organisèrent, cette fois sous leur seule juridiction, 12 procès devant des tribunaux militaires – plus de 185 médecins, généraux, industriels, hauts fonctionnaires, commandants d'Einsatzgruppen comparurent. 24 accusés furent condamnés à la peine de mort, dont 13 furent exécutés, 20 obtinrent une peine de prison à vie et 98, des peines longues. Parallèlement, l'indignation de l'opinion américaine face aux images des camps de concentration qui commençaient à circuler dans les médias décida les États-Unis à instaurer un tribunal militaire dans l'enceinte du camp de concentration de Dachau pour juger le personnel des six camps situés dans la zone américaine. Environ 1 600 accusés furent condamnés, 268 des 426 condamnés à mort furent exécutés.

Dans les trois zones alliées de l'Ouest, au total près de 10 000 nazis furent condamnés par des tribunaux allemands et des tribunaux militaires alliés, dont 806 à la peine de mort, parmi lesquels un tiers fut exécuté. Ce bilan révèle une certaine efficacité, en particulier de la part des Américains, au vu de la durée impartie. Néanmoins, beaucoup de ceux qui auraient largement mérité d'être exclus de la société et emprisonnés pour leurs responsabilités dans les crimes du Reich réussirent à passer au travers des mailles trop lâches du filet tendu par les Alliés. Il suffisait de se faire passer pour un *Mitläufer* en falsifiant quelques papiers et en payant de faux témoins à décharge, ces *Persilscheine* dont les occupants vérifiaient rarement l'authenticité, en partie parce qu'ils étaient submergés par l'ampleur de la tâche, mais aussi parce que, rapidement, leur détermination se mit à fléchir dans le contexte de la guerre froide.

L'un des discrédits les plus lourds qui pèsent sur les Alliés fut d'avoir profité de leur position de force pour voler leur savoir-faire technologique aux Allemands, dont les performances scientifiques étaient enviées par le monde entier depuis le début du XXe siècle. Entre 1900 et 1945, 38 prix Nobel en sciences avaient été attribués à des Allemands. Pendant la même période, la France en avait reçu 16, la Grande-Bretagne 23 et les États-Unis 18. La défaite du Reich était l'occasion pour ces derniers pays de s'emparer d'un savoir technologique qui leur manquait, et dont la guerre froide accroissait l'importance.

Ainsi, dans le cadre de l'opération américaine *Paperclip*, des scientifiques furent exfiltrés en masse d'Allemagne en cachette, car parmi eux figuraient des nazis comme Wernher von Braun, le père du missile balistique V2, qui intéressait beaucoup la justice internationale. C'est en partie grâce à l'avancée de ces experts dans le domaine des armes chimiques, de la conquête spatiale, des missiles balistiques et des avions à réaction que les États-Unis bénéficièrent d'une supériorité technologique pendant les décennies suivantes. Dans d'autres secteurs également, de nombreuses innovations furent volées, microscopes électroniques, formules cosmétiques, machines textiles, enregistreurs, insecticides, machine à distribuer des serviettes en papier… Le Royaume-Uni ne se gêna pas non plus pour se servir. L'historien américain John Gimbel a estimé que les Britanniques mais avant tout les Américains avaient ainsi subtilisé à l'Allemagne un patrimoine intellectuel d'une valeur de 10 milliards de dollars de l'époque, soit l'équivalent de 100 milliards de dollars aujourd'hui.

Les Français furent bien moins impliqués. Néanmoins, les secteurs militaire et aéronautique firent venir plusieurs centaines de scientifiques en France, en particulier ceux qui avaient travaillé sur la fusée V2. Ils participèrent à la mise au point des premiers moteurs à réaction des avions de chasse, du premier Airbus, des premières fusées françaises et du premier hélicoptère de la future usine d'Eurocopter, aujourd'hui Airbus Helicopter. Leur apport fut aussi notable dans le domaine des sous-marins, des torpilles, des radars, des obus, des moteurs de char, et permit à la France de réaliser de belles percées.

Quant aux Soviétiques, en 1946, ils mirent des milliers d'experts allemands avec leurs familles dans des trains direction Moscou sans leur demander leur avis, dont l'assistant de Wernher von Braun, Helmut Gröttrup. Ces derniers contribuèrent, au moins indirectement, à ouvrir la voie au lancement par l'URSS en octobre 1957 de *Spoutnik*, le premier satellite artificiel.

Malgré ces conflits d'intérêts, les Alliés ont le mérite d'avoir donné au peuple allemand les premières bases d'une vague conscience des capacités de nuisance d'un régime comme le IIIe Reich. Ainsi la sœur de mon père, née en 1936, me dit un jour qu'elle savait dès sa jeune adolescence que « les nazis avaient commis des crimes », que « c'était évoqué à l'école, et même dans les médias », où elle avait vu des photos de camps de concentration. Je fus étonnée car mon père, lui, qui est né en 1943, m'a toujours parlé d'une amnésie totale après la guerre. Puis j'ai compris qu'Ingrid était allée à l'école au moment où à Mannheim les Américains tentaient de « rééduquer » les Allemands, alors que, lorsque mon père fut scolarisé, la parenthèse de la dénazification s'était refermée.

En 1949, les occupants occidentaux autorisèrent la fusion de leurs trois zones pour former la République fédérale d'Allemagne et acceptèrent de lui faire bénéficier du plan Marshall, un programme de prêts accordés à la majorité des États d'Europe de l'Ouest pour aider à leur reconstruction après la guerre. Mon père dit souvent que « l'Allemagne a eu de la chance d'être traitée avec une telle mansuétude au vu des crimes qu'elle avait commis ». Sans la guerre froide, son destin aurait peut-être été bien différent. À la fin des années 1940, les Alliés se désengagèrent du vaste chantier de la dénazification. Ils manquaient de recul et de connaissances sur la complexité du régime nazi, mais surtout, des puissances extérieures ne pouvaient pas faire le travail à la place des Allemands. C'était à eux de changer de mentalité et de prendre leur destin démocratique en main. Il y avait de quoi être pessimiste.

Chapitre II

Allemagne « année zéro »

Après la guerre, il n'était jamais question de politique dans la famille de mon père. De manière générale, les discussions étaient rares à table : les enfants n'avaient le droit de parler que lorsqu'on leur donnait la parole, faute de quoi ils recevaient une raclée de la part de Karl, qui avait une conception très autoritaire de la paternité. Dans l'atmosphère apocalyptique de l'Allemagne d'après-guerre, la priorité n'était pas de ressasser le passé, mais de rebondir rapidement, d'organiser une nouvelle vie. La famille Schwarz occupait un appartement de trois pièces au premier étage d'un petit immeuble locatif construit en 1902 par le père de ma grand-mère, un menuisier qui l'avait légué à sa fille en 1935, car elle était la seule survivante de sa fratrie de neuf enfants. Par miracle, l'immeuble, situé dans la Chamissostrasse, bien que sévèrement endommagé par les bombardements alliés, avait évité le pire, tandis que les bâtiments situés de l'autre côté de la rue avaient été réduits à un désert de ruines. Cette défiguration urbaine faisait néanmoins quelques heureux. « C'était un terrain d'aventures extraordinaire pour les enfants, on pouvait courir, sauter, escalader, se cacher et y découvrir des tas de trésors », se souvient mon père.

Tout au long de la guerre, plus que n'importe quelle autre ville de la région, Mannheim et la ville adjacente Ludwigshafen, situées à la confluence du Rhin et du Neckar, avaient été visées par des raids – 304 au total – en raison de leurs infrastructures portuaires et de leurs centres industriels électroniques, chimiques et pharmaceutiques. Mais en réalité, comme pour nombre de leurs attaques aériennes, les Britanniques avaient aussi intentionnellement visé les habitations là où elles étaient les plus denses. Mannheim leur avait paru particulièrement adéquat pour expérimenter une méthode de bombardement baptisée « *carpet bombing* », ou tapis de bombes, dont l'objectif était, comme son nom l'indique, de raser une zone urbaine au point de lui donner l'apparence d'un tapis. La ville semblait idéale pour cette expérimentation à cause du découpage en carrés de son centre, qui permettait d'évaluer précisément l'impact des explosions grâce à des photographies aériennes.

Heureusement pour mes grands-parents, leur immeuble était situé légèrement en retrait du centre-ville. Mais certaines bombes étaient si puissantes que la déflagration pouvait détériorer des habitations à plusieurs kilomètres à la ronde, des dommages que mon grand-père signalait scrupuleusement au fur et à mesure aux autorités allemandes pour obtenir réparation. Mon père et moi avons épluché ces dossiers, qu'Opa a soigneusement conservés toute sa vie à la cave, comme s'il craignait des années encore après la fin de la guerre qu'on vienne contester les pertes qu'il avait subies et qu'on exige de lui qu'il rembourse les indemnisations. Après chaque raid, les autorités venaient constater les dégâts en vue d'une indemnisation, qui souvent était versée bien plus tard : « Par effet de pression de l'air suite à un bombardement lors du raid du 5 août 1941, le bâtiment situé sur le terrain a subi des dommages au toit et aux fenêtres, tandis que les murs et les plafonds ont été arrachés. Le montant du dommage a été estimé à 4841,83 reichsmarks, en vertu de l'inspection visuelle de l'Office des constructions du 4.11.1941 et des factures des ouvriers vérifiées par l'architecte Anke. Par ailleurs, une indemnité à hauteur de 430,67 reichsmarks a été octroyée à la partie lésée. » Ce courrier des autorités d'évaluation de la mairie date du 15 mai 1943, c'est-à-dire deux ans et demi après le sinistre, mais surtout en pleine débâcle du Reich, et je trouve assez spectaculaire que malgré le contexte chaotique la bureaucratie allemande ait continué à fonctionner avec une telle précision.

L'attaque la plus dévastatrice fut celle de la nuit du 5 au 6 septembre 1943. En quelques heures, une flotte de 605 machines de la Royal Air Force lâcha 150 mines, 2 000 bombes explosives, 350 000 bombes incendiaires et 5 000 bombes au phosphore blanc. Les habitants se réfugièrent dans les quelque 52 bunkers gigantesques. C'est grâce à cette infrastructure que le nombre de victimes civiles des bombardements put être limité à environ 1 700 morts à Mannheim, ce qui est peu vu l'ampleur des attaques. Lorsque les habitants sortirent tels des zombies de leurs cachettes souterraines, le centre-ville n'était plus que poussière, ruines et flammes.

L'intégralité de la société de produits pétroliers de mon grand-père située près du port avait été réduite en cendres par le feu. L'immeuble de la Chamissostrasse avait également été touché, mais le bunker construit dans la cave pour servir de refuge aux résidents avait tenu bon. Il en reste d'ailleurs toujours la structure, de larges barres d'acier au plafond et une grosse porte blindée fermée hermétiquement, si lourde que, petite, j'étais incapable de l'ouvrir seule pour aller chercher des confitures à la cave. C'est ma tante Ingrid qui, bien plus tard, m'apprit qu'au début de la guerre le NSDAP avait envoyé des hommes chez eux pour aménager leur sous-sol en bunker privé, ce qui était un privilège par rapport à ceux qui devaient rejoindre les abris communs répartis dans la ville.

Au moment du raid de septembre, comme beaucoup de femmes et d'enfants qui fuyaient l'intensification des bombardements en ville, ma grand-mère, Oma, avait déjà quitté Mannheim avec Ingrid, âgée de six ans, et mon père nouveau-né. « C'était un enfant malade, il avait une bronchite et n'arrêtait pas de tousser, rapporte ma tante. Le docteur nous dit : "Avec toute cette poussière des ruines vous devez fuir la ville !" »

Leur première étape fut l'Odenwald, une jolie région vallonnée juste derrière Mannheim. « Nous vivions chez deux vieilles filles, et elles n'en pouvaient plus du bébé qui hurlait. Alors elles dirent à ma mère : "Lydia, il faut que tu ailles ailleurs, c'est trop pour nous." » Leur périple les mena en Franconie, en Bavière, chez des parents de Karl Schwarz. « C'étaient des paysans pauvres qui avaient déjà trois enfants à nourrir. Nous vivions les uns sur les autres et, comme il n'y avait pas assez d'assiettes pour tout le monde, nous plongions directement nos cuillères dans une marmite posée au milieu de la table, je trouvais ça drôle. » Cela amusait beaucoup moins Oma, qui, ne supportant plus de s'imposer de la sorte, alla menacer le maire de la bourgade de « faire des bêtises » s'il ne lui trouvait pas un logement au plus vite. « J'étais avec elle et elle lui dit quelque chose d'affreux comme : "Je me pendrai, ou je me jetterai dans le fleuve avec mes enfants" », se souvient ma tante.

Un fermier leur proposa une chambre, en échange de quoi ma grand-mère devait durement travailler

dans les champs par tous les temps et traire chaque jour les vaches. J'ai retrouvé des photos de cet exil qui dura deux ans. Ingrid avec ses deux nattes blondes, agile comme une gazelle dans les collines verdoyantes, et mon père, ses cheveux étincelants de blondeur portés comme un casque sur son visage poupin, qui crapahute devant un enclos d'oies et rit aux éclats. Parfois Opa apparaît sur ces clichés, mais il vint rarement les voir durant cette période.

En 1939, quand la guerre éclata, Karl Schwarz avait 36 ans, mais il ne fut pas enrôlé, peut-être à cause de son âge mais aussi parce que la fulgurance des victoires rendait inutile le renflouement des troupes. Après l'occupation de la Pologne, du Danemark et de la Norvège, en mai 1940 Hitler mit le cap sur les Pays-Bas, la Belgique et le Luxembourg, des États neutres qui capitulèrent en quelques jours. Puis ce fut le tour de la France, dont l'armée avait la réputation d'être une des plus puissantes au monde, de rendre les armes en quelques semaines. Les images de Hitler posant devant la tour Eiffel ravirent les Allemands, Beaucoup, comme mon grand-père, devaient être soulagés d'avoir évité le front.

Le déclenchement de l'opération Barbarossa le 22 juin 1941 qui lança plus de 3,3 millions de soldats de l'Axe à l'assaut de l'Union soviétique le long d'un front s'étendant de la mer Baltique aux Carpates – une ampleur sans précédent dans l'histoire militaire – changea la donne : plus le Reich s'enlisait dans cette guerre dévoreuse de soldats, plus les chances pour mon grand-père d'échapper au calvaire du front de l'Est s'amenuisaient.

Karl, un bon vivant qui n'avait aucune envie de jouer au petit soldat du régime nazi dans les steppes glaciales de Russie, allait devoir manœuvrer habilement s'il voulait se dérober, car sa carte du parti nazi n'était plus un atout suffisant. Il lui fallait désormais convaincre les hautes instances de la nécessité absolue de sa présence à Mannheim pour faire tourner son affaire sans laquelle ses clients, privés de produits pétroliers, risquaient de cesser leurs activités essentielles au bon fonctionnement du Reich. Considérant la taille très modeste de sa société, le ralentissement de sa production pendant la guerre et le besoin pressant d'hommes sur le front, Karl Schwarz dut faire preuve d'une force de persuasion hors du commun pour réussir à être exempté de l'obligation de servir dans la Wehrmacht. C'est sans doute là qu'il eut l'idée d'ajouter la Wehrmacht à sa clientèle, en négociant un prix avantageux pour cette dernière. Il devenait ainsi utile à l'économie du Reich. Je dois au moins lui reconnaître un talent certain qui lui évita de servir de chair à canon à une bande de criminels nazis mégalomanes et suicidaires.

C'est seulement récemment, en fouillant avec mon père dans ces sempiternels classeurs entassés à la cave, que le contexte de l'exemption d'Opa apparut sous une autre lumière. Dans une lettre datée du 4 mars 1946, son associé dans la société Schwarz & Co. Mineralölgesellschaft, Max Schmidt*, accuse mon grand-père d'avoir informé les autorités nazies qu'il n'était pas membre du NSDAP, dans le seul but de le faire enrôler à sa place dans l'armée en 1943. « Vous m'avez dit que ma non-appartenance au parti vous obligeait à me renvoyer à mes responsabilités militaires : ce n'est pas le produit de mon imagination, mais la réalité, que, comme d'autres déclarations de votre part, vous refusez de voir en face aujourd'hui. Par ailleurs, vous avez toujours orienté le vent de manière à ce qu'il serve vos objectifs, et vous m'avez toujours considéré comme un mal nécessaire, dont la seule utilité était d'apporter de l'argent et des contrats. » Et il ajoute : « Ce n'est pas volontairement que je suis devenu soldat. Cet enrôlement vous a donné la possibilité de prendre le contrôle de la société. »

Quand il plaida sa cause auprès des autorités, mon grand-père dut se douter que, s'il y avait une chance d'échapper à la Wehrmacht parce que la société avait besoin d'un dirigeant, elle était soit pour lui, soit pour son associé, mais certainement pas pour les deux. C'est peut-être à ce moment-là qu'il glissa, en passant, que Max Schmidt n'avait pas la carte du parti, lui.

À partir du printemps 1943, Karl vivait seul puisque femme et enfants étaient partis à la campagne. Les soirées devaient être un peu tristes dans l'immeuble à moitié vide de la Chamissostrasse, dont les habitants étaient soit exilés hors de la ville, soit sur le front à braver la mort et le froid, à l'exception de trois ou quatre âmes qui cohabitaient dans ce décor fantomatique, composé d'appartements criblés de fentes béantes au plafond, au sol et aux murs, dont les fenêtres aux vitres brisées étaient calfeutrées avec de larges pans de carton. Pour se distraire, mon grand-père se rendait dans un cabaret situé dans une rue perpendiculaire, la Lange Rötterstrasse, qui portait le nom d'*Eulenspiegel*, l'espiègle. Beaucoup de cabarets et de théâtres du Reich avaient poursuivi leurs activités jusqu'au 1er septembre 1944, quand le ministre de la Propagande, Joseph Goebbels, ordonna leur fermeture dans le cadre de la « guerre totale ». Jusqu'à cette date, les artistes étaient exemptés de l'armée, car leur rôle semblait essentiel pour détourner l'attention de la population des horreurs dans lesquelles Hitler était en train de la précipiter.

L'établissement n'existe plus, mais j'ai retrouvé dans les papiers de mon grand-père une feuille à en-tête où est imprimé au sommet, dans une jolie calligraphie rouge : *Eulenspiegel – Parodistischer Kabarett* (cabaret parodique). En pied de page, en petits caractères, figurent des extraits de critiques positives de la presse. De la ville de Saarbrücken : « Il est rare que l'art nous soit servi sous une forme aussi relevée, avec un répertoire de chansons classiques et populaires, un humour à vif et plein d'esprit. » De Mannheim : « Les *Eulenspiegel* ont rapidement gagné la sympathie du public, car ils ont fait montre d'originalité, d'esprit et – quel rare bienfait – de qualité. » Au milieu de la lettre datée du 2 février 1948 est écrit : « Nous confirmons par la présente que M. Karl Schwarz appartient à notre troupe », avec la signature du directeur du cabaret, Theo Gaufeld*.

Quel que soit le motif de ce document, qui de toute évidence devait servir d'alibi pour laver mon grand-père de quelque irrégularité après la guerre, il révèle que Karl avait dû assidûment fréquenter l'établissement pour bénéficier d'une telle connivence. En réalité, il avait surtout côtoyé une dame, artiste et épouse du chef, Mme Gaufeld*, et s'était rapproché du couple au point d'installer, après la destruction de son usine en septembre 1943, son bureau et son stock de tonneaux de produits pétroliers juste à côté de leur appartement, dans une briqueterie à la périphérie de Mannheim, où il vécut jusqu'à la fin de la guerre. Et comme il est impossible que le mari n'ait pas été au courant de l'intimité qui liait sa femme à leur nouvel ami, mon père estime probable qu'ils aient instauré une sorte de ménage à trois qui allait durer jusqu'à la mort de mon grand-père. Lorsque Oma comprit que les Gaufeld, qui avaient si gentiment pris soin de son mari pendant son absence, étaient plus que des amis, elle fut rongée par la douleur et ne s'en remit jamais vraiment. Heureusement, c'est bien plus tard qu'elle fit cette découverte pénible, et non après la capitulation du 8 mai 1945, lors de son retour avec les enfants à Mannheim. Un autre traumatisme l'attendait déjà : la ville où elle était née avait en partie disparu.

Mannheim était une des villes les plus démolies du sud-ouest de l'Allemagne. 70 % du centre et 50 % du reste de la ville avaient été détruits. Il y avait eu l'attaque dévastatrice de septembre 1943, et bien d'autres encore, puis le 2 mars 1945, alors que la guerre touchait à sa fin, des bombardiers de la Royal Air Force s'étaient acharnés une dernière fois, déclenchant une tempête de feu qui emporta ce qui restait de la ville historique. Fin mars, Mannheim avait rendu les armes face à l'arrivée des Américains et, sans le savoir, avait ainsi échappé au pire, car en cas de résistance allemande un plan américain secret avait prévu de lâcher quelques bombes nucléaires sur plusieurs villes allemandes, et Mannheim et Ludwigshafen figuraient parmi leurs cibles éventuelles.

Si Oma est arrivée par le train, elle a vu à côté de la gare le grand château baroque perforé de toutes parts, dont une seule des cinq cents pièces était restée intacte. Pour rejoindre la Chamissostrasse, elle a dû traverser les anciennes grandes artères commerçantes jadis illuminées par de grands magasins grouillant de vie et affichant l'opulence, où l'on affluait de toute la région pour faire ses courses. Karstadt, N° 1 Otto Spuler, et les anciens établissements juifs aryanisés Kaufhaus Kander, Gebrüder Rothschild, Hermann Schmoller & Co s'étaient pour la plupart effondrés comme des châteaux de cartes sous les bombes. Des cafés qui déployaient leurs belles terrasses l'été pour servir des gâteaux à la crème et du café aux dames, il n'y avait plus aucune trace, si ce n'est les lettres arrachées à leur enseigne, les débris de vaisselle portant le nom de la maison, noyés sous les montagnes de détritus amassés en bordure de route pour dégager la voie. Des rues entières avaient été rayées de la carte, transformées en de vastes terrains vagues où çà et là subsistaient des carcasses d'immeubles et des façades sans corps, plantées tels des décors de théâtre dans le néant. J'imagine Oma, protestante très pratiquante, cherchant du regard la silhouette familière d'une église et ne trouvant à la place que le squelette d'une nef, les éclats d'un vitrail et une croix en équilibre sur l'ouverture béante d'un clocher.

Après la guerre, combien d'Allemands comme mes grands-parents ont vu leur ville natale ainsi défigurée, le ciment identitaire d'une vie ? À Hambourg, la moitié des appartements avaient été détruits par un enfer de flammes qui coûta la vie à près de 40 000 personnes. Dresde, chef-d'œuvre du baroque, était devenue une ville fantôme après une rafale de bombes qui avait tué 25 000 habitants. Hanovre, Kassel, Nuremberg, Magdebourg, Mayence, Francfort avaient disparu à 70 %. Le bassin industriel de Rhénanie – Cologne, Düsseldorf, Essen, Dortmund – avait été dévasté par les bombes. Certaines communes avaient disparu à plus de 96 % : Düren, Wesel et Paderborn. Au total, presque une famille sur cinq avait perdu son domicile. Entre 300 000 et 400 000 civils étaient morts sous les bombes, selon l'historien Dietmar Süss. Au moins autant eurent des séquelles à vie et des millions d'autres furent traumatisés.

Le 14 février 1942, le ministère de l'Air britannique avait publié une directive intitulée *Area Bombing Directive* à l'adresse du commandant en chef des bombardiers de la Royal Air Force, Arthus Harris. La directive l'encourageait à « concentrer les attaques sur le moral de la population civile ennemie, en particulier les ouvriers ». Le texte ajoutait : « Par conséquent, vous êtes autorisés à recourir à votre puissance de frappe sans restriction. » Le lendemain, un message précisait : « Je suppose qu'il est clair que les cibles sont les zones construites, et non, par exemple, les chantiers navals ou les usines aéronautiques tels que mentionnés dans l'annexe A. Cela doit être clarifié si ce n'est pas déjà le cas. » Arthur Harris fut surnommé « Bomber Harris ».

Avant de commencer ce livre, je ne connaissais pas ce héros des Britanniques et lorsque j'étudiais à Londres, j'ai dû passer des dizaines de fois devant sa statue, inaugurée en 1992 malgré les critiques britanniques et allemandes, sans jamais y prêter attention. Depuis que la mémoire historique est devenue une obsession, partout où je vais, je la traque sous ses manifestations les plus diverses. En général, je m'y adonne en solitaire, car tout le monde n'a pas envie de passer sa journée avec des morts. J'ai profité d'une visite éclair à Londres pour aller revoir la statue d'Arthur Harris qui trône devant l'église St Clement Danes, devenue un monument à la gloire de la RAF. Cette fois, j'ai lu l'épitaphe : « En mémoire d'un grand commandant et de son équipe courageuse, dont plus de 55 000 hommes perdirent leur vie pour la cause de la liberté. La nation leur doit une dette immense. »

Le bombardement de civils visait à miner le moral du peuple allemand et à éroder son soutien à la guerre de Hitler, mais les historiens s'accordent à ce jour pour affirmer qu'il ne permit pas d'écourter la guerre. Ces attaques, à l'origine des représailles aux raids dévastateurs des Allemands sur Coventry, Londres et Rotterdam, prirent plus tard en partie la forme d'une vengeance meurtrière. Dans les derniers mois de la guerre, alors que la défaite du Reich était acquise, les Britanniques et les Américains bombardèrent presque quotidiennement l'Allemagne.

Au-delà du bilan humain, ces ravages ont fait perdre à l'Allemagne des pans entiers de son identité culturelle et historique. Il suffit de regarder des photos de Mannheim, Berlin, Cologne d'avant la guerre, c'est un tout autre pays qui nous est donné à voir. Néanmoins, même si les Alliés ont commis des crimes dont ils peinent toujours à reconnaître l'extrême gravité, c'est sans aucun doute au Reich que revient la responsabilité première de cette spirale de violence. S'il n'avait pas déclenché la guerre en Europe, jamais l'Allemagne n'aurait pâti et été défigurée de la sorte. Surtout, ce ne sont pas les bombes qui ont fait le plus souffrir le peuple, mais le fanatisme meurtrier du Führer, qui coûta la vie à plus de cinq millions de soldats allemands sur les champs de bataille.

Mes grands-parents n'avaient pas été directement frappés par cette hécatombe. Mais combien de leurs proches pleuraient le décès de l'un des leurs dans cette guerre que Hitler s'était entêté à prolonger alors même que plusieurs généraux le suppliaient de se replier ? Le mari de la sœur de Karl, Hilde, un officier de la Wehrmacht habité par la flamme national-socialiste, était mort sur le front de l'Est, comme au moins 3,5 millions de soldats qui avaient payé de leur vie le refus fanatique de leur Führer de battre en retraite face à la supériorité évidente des Soviétiques dans les dernières années de la guerre.

Après l'échec de son plan qui prévoyait de vaincre l'URSS en quelques semaines pendant l'été 1941, Hitler avait poussé ses hommes à poursuivre leur marche dans l'hiver glacial jusqu'aux portes de Moscou sans aucun équipement contre le froid. Par des températures atteignant les – 50 °C, sans gants ni manteaux, il leur donna l'ordre d'attaquer et de maintenir leur position à n'importe quel prix. « Nous ne savions pas où se situait le front. Nous restions à genoux ou allongés sur la neige. La peau de nos genoux collait à la glace », écrira un soldat anonyme de la Wehrmacht. Incapables de creuser des tranchées dans la glace trop dure pour se protéger, les soldats allemands tombaient comme des mouches, décimés par les balles russes ou terrassés par le froid et la faim.

Le petit ami de ma tante Ingrid, hostile à Hitler, perdit des doigts de pied à cause du gel devant Moscou.

Un an plus tard, malgré les avertissements de ses généraux sur l'état catastrophique des troupes, le Führer força à nouveau les soldats exsangues à donner l'assaut, cette fois contre Stalingrad, une offensive sans aucun espoir de victoire, qui revenait à condamner ses hommes à une mort certaine. Les quelque 220 000 soldats de la 6e armée furent encerclés. Vêtus d'un mince manteau et sans provisions, beaucoup périrent de froid et de faim. 60 000 tombèrent et environ 110 000 furent faits prisonniers par les Soviétiques. Seuls 6 000 revinrent chez eux.

En Afrique du Nord, autre théâtre d'opérations, le bilan fut comparativement faible. Il y eut quelques dizaines de milliers de morts côté allemand, parce que le général Erwin Rommel, baptisé « le Renard du désert », qui dirigeait l'offensive de l'Afrikakorps contre les Britanniques, eut le courage de désobéir à Hitler. À la bataille d'El Alamein, malgré l'évidente incapacité logistique de repousser l'ennemi, le Führer lança l'un de ses redoutés *Durchhaltebefehle* (ordres de tenir bon) : « Vous n'avez d'autres choix que de montrer à vos troupes soit le chemin de la victoire, soit celui de la mort. » Au début Rommel, qui par ailleurs était très loyal à son chef, obéit, puis il ordonna à toutes ses unités mobiles de dégager vers l'ouest.

Après le débarquement allié en Normandie le 6 juin 1944, qui confirmait le déclin inéluctable du Reich, Rommel exhorta le Führer à mettre fin à la guerre, mais il ne fit que provoquer la fureur d'un tyran aveuglé par ses ambitions démesurées. Peu après, suspecté d'avoir participé à un putsch manqué d'officiers contre le régime nazi, Erwin Rommel, dont l'audace et les triomphes avaient fait vibrer l'Allemagne et frémir l'ennemi, reçut l'ordre de se suicider et s'exécuta.

Un nombre croissant de généraux tenta de raisonner Hitler, mais ce dernier resta de marbre jusqu'au bout, fort du soutien persistant et incompréhensible d'une partie de l'état-major. Dans leur folie suicidaire, quelques mois avant la capitulation, alors que tout espoir était perdu, les dirigeants nazis ne trouvèrent rien de mieux que d'agrandir encore le cercle des sacrifiés en recrutant le peu de ce qui restait de chair à canon, c'est-à-dire principalement des gamins de 16, 17 ans, et des hommes de plus de 45 ans, pour former un *Volkssturm*, et défendre, sans entraînement et très peu armés, des villes qui allaient tomber aux mains de l'ennemi. Ces gamins étaient envoyés à la mort pour sauver l'image de l'Allemand jusqu'au-boutiste qui flattait la vanité du Führer : soit la victoire totale, soit la défaite totale.

Les Allemands qui vécurent les derniers mois de la guerre s'en souviennent comme d'une apocalypse. L'Allemagne s'effondrait, brûlait, explosait, hurlait, se déchirait, et agonisait dans un enfer digne de Dante. Errant tel un lion en cage dans un bunker construit sous la chancellerie de Berlin où il s'était réfugié avec son entourage, Adolf Hitler sombrait dans une folie destructrice. À la reddition, il préférait le naufrage, et voulait y entraîner son peuple, qu'il jugeait « indigne » de la révolution nationale-socialiste.

Le 30 avril, après avoir tué son chien, il se tira une balle dans la tête. Eva Braun, sa compagne, qu'il avait consenti à épouser juste avant sa mort, s'empoisonna au cyanure. Le 1er mai, ce fut le tour de son ministre de la Propagande, Joseph Goebbels, un antisémite exalté, et de sa femme Magda, une possédée du nazisme, de prendre du cyanure, après en avoir distribué à leurs six enfants, des anges blonds qui avaient servi à émouvoir les Allemands dans des films de propagande.

Le suicide se répandait comme une épidémie depuis que l'avancée de l'Armée rouge jusqu'à Berlin semblait inéluctable. Les pasteurs s'inquiétaient de l'afflux de fidèles qui venaient confesser avoir sur eux une ampoule de cyanure. Le nombre de Berlinois qui se donnèrent la mort dans les dernières semaines de la guerre dépasse probablement les 10 000. À Demmin, une petite ville de Poméranie orientale conquise par l'Armée rouge le 30 avril 1945, entre 500 et 1 000 personnes se suicidèrent, dont beaucoup de femmes qui tuèrent leurs enfants auparavant. Ma tante se souvient du désespoir de sa mère : « Les Américains étaient déjà dans le pays et ma mère disait : "Nous ne perdrons pas la guerre ! Le Führer gagnera ! Si nous perdons la guerre, je me tue !" Cela m'impressionnait. »

Si Oma ne passa pas à l'acte, c'est peut-être que son sort ne fut pas aussi terrible que d'autres. Après avoir traversé le centre de Mannheim en ruines, elle dut être soulagée de voir l'immeuble familial où elle pourrait essayer de renouer avec sa vie d'avant. Hélas, un toit ne suffit pas pour survivre, surtout troué de toutes parts. Des murs et une partie de l'escalier avaient été arrachés. Les fenêtres avaient éclaté en mille morceaux.

Peu à peu, les locataires revinrent de leur exil à la campagne pour se réinstaller dans leurs appartements, mais ils devaient les partager avec ceux qui avaient tout perdu. À Mannheim, seuls 14 600 appartements sur 86 700 n'avaient pas été touchés par les bombes. Vu le manque de logements, il était obligatoire de loger au moins huit personnes dans un appartement de la taille de ceux de l'immeuble de la Chamissostrasse, tous identiques, soit 90 mètres carrés. Opa échappa au règlement en racontant que son frère Willy vivait avec ses enfants sous son toit. Il est vrai cependant qu'il accueillait régulièrement des membres de la famille, ce dont se souvient ma tante, obligée de dormir dans le salon, derrière un grand drap transformé en rideau. Au rez-de-chaussée de l'immeuble, un vieux garçon qui vivait seul se retrouva avec une famille entière de réfugiés. « On les appelait des *Rucksackdeutsche* (Allemands avec un sac sur le dos), on sentait qu'ils avaient traversé un véritable cauchemar. »

Les civils allemands qui payèrent le plus lourd tribut à la guerre sont probablement les 12 à 14 millions d'expulsés des territoires allemands de l'Est, de Tchécoslovaquie et, dans une moindre mesure, d'Europe du Sud-Est qui furent arrachés à des terres où ils étaient installés depuis des générations.

Ceux des territoires allemands de l'Est avaient fui dans des conditions particulièrement terribles devant l'avancée de l'Armée rouge galvanisée par la vision des villages que la Wehrmacht avait brûlés pendant sa retraite de Russie et la mort de millions de prisonniers de guerre soviétiques aux mains des Allemands. Plus de 1,4 million de femmes allemandes furent violées par les soldats russes, et des centaines de milliers d'hommes furent envoyés dans les goulags et soumis au travail forcé.

En Tchécoslovaquie, le scénario fut moins sanglant, mais le départ forcé de trois millions d'Allemands se fit également dans la douleur. Sous l'Empire austro-hongrois, les Allemands des Sudètes, qui désigne la région de Bohême et de Moravie au nord-est du pays, avaient prospéré et développé une importante industrie du verre et du cristal. Leur situation s'était détériorée après le démantèlement de l'Empire et la proclamation d'un État tchécoslovaque indépendant en 1918, qui avait tendance à discriminer la minorité allemande. Invoquant la nécessité de venir en aide à ses « frères de sang », Hitler annexa les Sudètes en octobre 1938 sous les hourras de l'immense majorité de la population germanique locale, qui ne perdit pas de temps pour expulser et discriminer les Tchèques de leur région.

Après la défaite du Reich, la vengeance changea de camp et ce fut au tour de la quasi-totalité des Allemands d'être chassés comme des pestiférés, jetés sur les routes où des milliers moururent d'épuisement, de maladie ou assassinés. Le président tchécoslovaque Edvard Beneš décréta que tous les biens des Allemands devaient être « saisis », c'est-à-dire volés. En 2002, le président tchèque Václav Havel condamna officiellement ces expulsions.

En Allemagne, l'accueil de ces réfugiés ne fut pas chaleureux. Il y avait déjà beaucoup à faire avec les sans domicile locaux et l'empathie est rarement de mise lorsque tout le monde souffre. Mes grands-parents ne pouvaient pas compter sur les loyers pour s'en sortir, les locataires étant en difficultés financières, et les démolitions dues au raid de septembre 1943 n'avaient toujours pas été indemnisées. Mon grand-père passait des journées entières à démarcher les autorités. Par chance, avant le grand bombardement, il avait dressé un inventaire complet de leurs biens que j'ai retrouvé dans la cave de Mannheim.

À la lecture de cette liste qui énumère chaque vêtement, chaque meuble, chaque accessoire que possédaient mes grands-parents, je fus projetée dans ce décor où Oma vivait quand j'étais toute petite, et dont je pensais ne plus avoir que de vagues souvenirs : après sa mort – j'avais six ans –, mon père avait complètement transformé l'appartement. La gorge un peu serrée, je revis avec clarté la chambre de ma grand-mère où se trouvaient des meubles en bois lourds et sombres, un tableau représentant un paysage germanique idyllique, un lit bien trop massif pour le volume de la pièce et, au-dessus, une croix imposante devant laquelle Lydia priait chaque soir. L'appartement était constitué d'un salon, d'une grande cuisine où Oma passait des journées à faire des gâteaux de la taille de la plaque de son four pour le *Kaffee und Kuchen* (café et gâteaux) du dimanche, et d'un *Herrenzimmer*, le « salon des messieurs », où, dans les fauteuils faisant face à une bibliothèque Art déco et un bureau assorti, il était autorisé de fumer la pipe et le cigare lorsque les finances le permettaient, mais entre hommes seulement.

Une autre liste que j'ai retrouvée date du lendemain des bombardements dévastateurs de septembre 1943, et concerne les pertes. Les détails avec lesquels Opa dresse le bilan du sinistre – incluant « un oiseau canari et sa cage », une « poignée de porte », « des bouteilles vides » et « des caisses de fruits vides » – donnent une idée de la situation financière tendue de mes grands-parents à cette époque.

Très vite, Karl Schwarz trouva une solution bien plus efficace que les indemnités de l'État pour améliorer les conditions de vie de sa famille. Les Alliés l'avaient certes privé du contrôle de sa société, mais ils ignoraient qu'il disposait encore d'un stock de barils d'huile et de pétrole dans une briqueterie à l'extérieur de la ville. En ces temps de pénurie, ces réserves représentaient de l'or sur le marché noir, d'où mon grand-père ramenait des trésors : des cageots d'œufs qu'il stockait dans la remise de la cour, des pommes par centaines conservées au froid dans la cave, des jambons entiers qui pendaient dans la salle de bains, et même – luxe inouï en ces temps de disette – des pétards et du *sekt*, du vin mousseux, pour le Nouvel An. Il était le seul dans le quartier à avoir une voiture et l'avantage, c'est qu'« il y avait toujours de la place pour se garer », s'amuse mon père. Dans le voisinage, la famille de Karl Schwarz passait pour être particulièrement bien pourvue, alors que d'autres gamins arrivaient à l'école le ventre vide et des chaussures trouées aux pieds. « On nous jalousait un peu », dit ma tante qui a toujours été reconnaissante envers son père d'« avoir su si bien se débrouiller pour sa famille ».

Chacun faisait comme il pouvait dans cette Allemagne au fond de l'abîme. L'une des grandes distractions de mon père enfant était de se précipiter à la fenêtre dès qu'il entendait le klaxon des grosses Jeep arrêtées devant la porte de l'immeuble, des soldats américains venus chercher leurs compagnes d'un soir.

« Il y avait les deux filles de la dame du dessus, et une voisine qui était mariée mais ne savait pas si son mari allait rentrer. Il fallait bien vivre », se souvient-il.

Beaucoup de prisonniers de guerre allemands ne purent retourner chez eux que plusieurs années après la fin du conflit, parfois dix ans, laissant leurs épouses dans le dénuement et l'incertitude. Environ 1,3 million ne rentrèrent jamais d'Union soviétique, forcés à travailler dans des conditions exécrables. Une amère revanche, après que le Reich eut tué ou laissé mourir 3,3 de ses 5,7 millions de prisonniers de guerre soviétiques.

Pour une femme allemande de cette époque, il valait mieux avoir un mari déclaré mort que porté disparu, car dans le premier cas elle pouvait immédiatement toucher une retraite, alors que dans le second elle devait passer plusieurs années à vivoter sans pouvoir bénéficier de la pension, à attendre le plus souvent la confirmation qu'il était bien mort. « Les jeunes femmes de Mannheim se mirent à sortir avec des Américains qui les emmenaient dans leur caserne où elles pouvaient danser, aller au cinéma, manger à leur faim et s'amuser un peu avec des jeunes hommes qui avaient de l'allure avec leurs uniformes », raconte mon père. Parfois ces rencontres donnaient naissance à une belle histoire d'amour, comme pour l'une des filles du dessus qui épousa un Américain et dont la fille Cynthia devint l'amie d'enfance de mon père, avant que ses parents ne déménagent aux États-Unis en 1949.

Pour d'autres, comme la voisine mariée à un soldat prisonnier de guerre, ces rendez-vous étaient une forme de prostitution. Tout le monde était au courant dans l'immeuble, mais ce n'était pas mal vu, car les cigarettes que distribuaient les Américains permettaient parfois de faire vivre toute une famille. « Officiellement, les Américains avaient interdit à leurs soldats de fréquenter les filles allemandes, mais ça n'a pas tenu plus de quelques mois. Et si mon père les acceptait dans son immeuble, c'était probablement en échange de quelques affaires et de cigarettes. »

Depuis l'effondrement du reichsmark, les cigarettes étaient devenues la monnaie de référence sur le marché noir, et il était impossible de s'en passer car les tickets de rationnement prévoyaient en fonction du stock entre 800 et 1 500 calories par jour et par adulte en 1946. Beaucoup avaient faim, certains mouraient, de froid aussi car le charbon également était rationné et l'hiver 1946-1947 fut très dur. Il y a dans l'album d'Opa une photo du Rhin gelé où les gens de Mannheim flânent comme s'ils étaient sur la Neva à Saint-Pétersbourg.

D'autres visiteurs firent leur apparition dans l'immeuble : les « oncles ». Dans la mesure où la condition du versement de la pension aux veuves de guerre était qu'elles restent célibataires, celles-ci n'avaient aucun intérêt à se remarier. Or, comme la loi interdisait aux couples non mariés de vivre ensemble, l'habitude s'installa de faire passer son nouveau compagnon pour un oncle. Le propriétaire du logement était chargé de faire respecter cette loi, faute de quoi il payait une amende. Karl Schwarz fermait les yeux, lui-même n'étant pas un modèle en matière de légalité. Il était de nature généreuse et partageait volontiers avec la famille et les amis son butin du marché noir autour d'une grande tablée le dimanche. « Les discussions tournaient autour des retraites qu'on avait peur de ne pas percevoir parce qu'on avait été fonctionnaire ou soldat sous le IIIe Reich. L'inflation, les produits impossibles à trouver et les cancans de voisinage… c'était ça les préoccupations de l'époque, et pas qui avait fait quoi sous le national-socialisme », explique mon père.

Il arrivait qu'on plaigne ceux dont le sort était pire, comme les Berlinois, dont l'avenir était aussi brouillé que l'horizon des ruines hantées par des réfugiés errants qui chassaient des rats pour manger, par des femmes qui se prostituaient auprès des soldats et des enfants guettant le passage d'un camion pour ramasser des morceaux de charbon qui en tomberaient. Le film *Allemagne année zéro* de Roberto Rossellini, tourné en 1947 à Berlin, est l'un des témoignages les plus saisissants de ce monde cerné par le sentiment du néant. Naviguant au milieu des ruines fantasques de la capitale, le réalisateur italien raconte l'histoire d'un garçon de douze ans, Edmund, qui aide sa famille dans la misère en accumulant des petits boulots. Pour sauver son père malade, il appelle au secours son ancien maître d'école qui lui enjoint, inspiré par l'idéologie nazie, de se débarrasser du maillon faible de la famille qui menace la survie du groupe. Après avoir empoisonné son père, Edmund se suicide en se jetant du haut d'une ruine.

Chapitre III

Le fantôme des Löbmann

Le passé que mes grands-parents pensaient enfoui à jamais sous les ruines du IIIe Reich resurgit un matin de janvier 1948 dans la boîte aux lettres. Ce jour-là, Karl Schwarz trouva une enveloppe dont le nom de l'expéditeur annonçait l'oiseau de mauvais augure : Dr Rebstein-Metzger, avocate – Mannheim. Dans la lettre, brève, l'avocate annonçait que son client, un certain Julius Löbmann vivant à Chicago, réclamait à la Schwarz & Co. Mineralölgesellschaft environ 11 000 reichsmarks en vertu d'une loi instaurée dans la zone américaine prévoyant des réparations pour les juifs spoliés sous le national-socialisme.

L'histoire de cette lettre et de ce qu'elle déclencha, ni mon père ni sa sœur – qui aiment pourtant les histoires de famille – ne me l'ont racontée. Je savais qu'Opa avait adhéré au NSDAP et j'avais vaguement l'idée que la Mineralölgesellschaft avait appartenu à des juifs par le passé. Mon père avait dû me le dire quand j'étudiais le IIIe Reich en classe, mais j'étais trop jeune pour m'intéresser aux coulisses de cette confidence.

C'est bien plus tard, au détour d'une remarque de tante Ingrid, que je décidai d'aller fouiller dans les classeurs d'Opa qui avaient été conservés dans la cave de l'immeuble de Mannheim, resté dans le giron familial depuis la mort de mes grands-parents. Parmi les papiers jaunis, dont la lisibilité était intacte, je découvris un contrat stipulant que Karl Schwarz avait acheté une petite société de produits pétroliers appartenant à deux frères juifs, Julius et Siegmund Löbmann, et à leur beau-frère, également juif, Wilhelm Wertheimer, dont ils avaient épousé les sœurs, Mathilde et Irma. La société Siegmund Löbmann & Co. se trouvait dans la zone portuaire de Mannheim, près du fleuve Neckar. Mais c'est surtout la date qui importe : août 1938, l'année d'une inexorable descente aux enfers pour les juifs d'Allemagne, soumis à une accélération vertigineuse des persécutions et des discriminations, et forcés d'abandonner leurs biens à bas prix.

J'entrepris des recherches sur la famille Löbmann dont je trouvai très peu de traces. J'espérais identifier des descendants de Julius à Chicago, où il était domicilié au moment où il réclama des réparations à mon grand-père. Je frémis lorsqu'au fil de navigations sur Internet je trouvai une famille Loebmann qui vivait à Chicago. Mais la découverte successive d'une longue liste de Loebmann sur le site de l'annuaire téléphonique de la ville mit fin à mes espoirs. Autant chercher une aiguille dans une botte de foin.

Je commençai à regarder du côté des Wertheimer, le nom de famille du troisième propriétaire de la Siegmund Löbmann & Co, Wilhelm. C'est ainsi que je tombai sur un article mentionnant une certaine Lotte Kramer, née Wertheimer, un des derniers témoins en vie des *Kindertransport*, une opération de sauvetage qui permit de transférer plus de 10 000 enfants juifs d'Allemagne, d'Autriche, de Pologne et de Tchécoslovaquie vers la Grande-Bretagne entre 1938 et 1940. Je retrouvai sa trace dans une maison de retraite à Peterborough, une petite ville située à une heure au nord de Londres. Elle me confirma être la fille de Sophie Wertheimer, la sœur de Mathilde et Irma, et accepta immédiatement de me rencontrer.

Lotte Kramer a 95 ans. C'est une petite femme frêle aux gestes délicats, et polie comme seuls peuvent l'être les Britanniques. Elle avait fait installer deux fauteuils l'un en face de l'autre, assez proches pour que nous puissions nous entendre, et elle me raconta sa vie, et ce qu'elle connaissait de celle des Löbmann.

« Ma mère Sophie et ses deux sœurs s'aimaient beaucoup », dit-elle en décrochant du mur une photo en noir et blanc représentant trois jeunes femmes. La plus jeune, Mathilde, un grand nœud dans les cheveux et un autre autour du cou, a un beau visage déterminé et ouvert ; à côté d'elle Irma, la plus âgée, porte une encolure au crochet qui égaie ses traits fatigués, un peu tristes peut-être ; la dernière, Sophie, assise, une médaille autour du cou, a un regard incertain, empli d'un vague espoir.

Lotte est née en 1923 à Mayence, une grande ville de Rhénanie-Palatinat, où elle a grandi. Régulièrement, elle parcourait la centaine de kilomètres la séparant de Mannheim pour rendre visite à sa bien-aimée cousine Lore, la fille de Siegmund et Irma Löbmann. Elle se souvient de leurs longues promenades dans les jardins au pied du *Wasserturm*, le château d'eau, leurs

flâneries dans les rues animées et l'immanquable *Kaffee und Kuchen* de sa tante Irma, « une splendide cuisinière ». « Il nous arrivait de partir tous ensemble en vacances à la campagne, dans le village natal des Löbmann où ils avaient encore de la famille qui vivait dans une ferme. Nous étions très unis. »

Les sœurs Wertheimer avaient trois frères : Siegfried, qui était parti s'installer aux États-Unis dans les années 1920, Paul qui s'exila en France sous le nazisme, et Wilhelm, qui investit dans la Löbmann & Co. au début des années 1930 pour aider ses beaux-frères Julius et Siegmund à sauver l'établissement durement frappé par la crise économique de 1929. Grâce à cette intervention, la situation de la firme se redressa avant de rechuter sous le poids des discriminations croissantes imposées aux entreprises juives sous le national-socialisme.

Lotte avait neuf ans quand Hitler arriva au pouvoir. En janvier 1933, le président allemand, le maréchal Paul von Hindenburg, céda face au succès électoral croissant du NSDAP devenu le premier parti politique du pays avec un score national de 37 % en juillet 1932 et de 32 % des voix en novembre de la même année : il nomma le chef du parti nazi, Adolf Hitler, chancelier. Ce dernier se hâta de dissoudre le Reichstag, convoqua de nouvelles élections législatives pour le mois de mars et mena une campagne agressive émaillée de tractations douteuses, de menaces et de pressions, dans l'objectif d'élargir son assise parlementaire à la majorité absolue. Il dut se contenter de 43,9 % des voix.

À Mannheim, une ville où traditionnellement le parti social-démocrate SPD et le parti communiste KPD étaient fortement représentés, le nombre de membres du NSDAP ne dépassait pas la centaine à la fin des années 1920. Mais avec la crise économique de 1929 et la multiplication par trois du nombre de chômeurs, le parti nazi devint la première force politique de la ville avec 29,3 % des voix en 1932. Peu de temps après leur arrivée au pouvoir en 1933, les autorités nazies locales écrasèrent le SPD et le KPD, interdirent des journaux et forcèrent le maire de Mannheim à regarder le drapeau de la République brûler avant de l'enfermer dans un hôpital. Dans la foulée, plus d'une cinquantaine de fonctionnaires juifs furent licenciés, cela avant même que le régime ne permît légalement de révoquer les fonctionnaires « non aryens ».

Rapidement, un antisémitisme d'un nouvel ordre se propagea à Mannheim où vivait la plus forte communauté juive de Bade, environ 6 400 membres. Dans l'ensemble de la région, le changement était perceptible. « Soudain, partout, il y avait de la propagande antisémite, dans la rue, dans les journaux, à la radio, se souvient Lotte. Un jour, avec la classe, nous sommes allés voir un film de propagande pour enfants, l'histoire d'un garçon qui se convertit au nazisme. Ça nous a beaucoup impressionnés, nous voulions tous lui ressembler. » Chaque jour en rentrant de l'école, elle passait devant un centre des Jeunesses hitlériennes. « J'étais jalouse, je rêvais d'en faire partie, ils avaient l'air tellement heureux avec leurs uniformes. » C'est surtout leur normalité qu'elle enviait, elle, la petite fille juive qui devait porter sur ses épaules d'enfant le poids de l'exclusion, de l'humiliation et de la honte infligées à sa communauté.

Dans un livre intitulé *Arisierung und Wiedergutmachung in Mannheim* (« Aryanisation et réparations à Mannheim »), l'historienne Christiane Fritsche explique comment, sans qu'aucune loi nationale ne le justifie, des mesures antisémites furent prises au niveau local dans un grand nombre de secteurs. La chambre de commerce de la ville donna le ton fin mars, quand elle se débarrassa de ses membres juifs, soit son président et un tiers de ses effectifs. Parallèlement, de leur propre initiative et sans pression, à Mannheim comme ailleurs en Allemagne, de nombreuses institutions et associations d'industriels, de commerçants, d'avocats et de médecins exclurent les juifs à une vitesse déconcertante, précipitant le déclin de leur clientèle et leur ruine morale et financière.

Un autre moyen de stigmatiser et d'isoler les juifs était d'appeler au boycott des cabinets, entreprises et commerces juifs. Des organisations nazies et des représentants locaux du NSDAP, très impatients de passer à l'action, se coordonnèrent pour lancer une journée de boycott des magasins juifs le 1er avril 1933, annoncée par des journaux et des affiches. À travers tout le pays, des membres des SS et SA en uniforme se postèrent devant des commerces, grands magasins, banques, cabinets d'avocats et de médecins juifs pour empêcher les clients d'entrer, barbouiller les vitrines de messages antisémites, haranguer la foule ou brandir des pancartes appelant : « Allemands, défendez-vous ! N'achetez pas chez des juifs ! » Beaucoup de commerçants avaient fermé leurs portes et baissé leurs grilles métalliques parce qu'ils avaient été avertis, ou qu'ils célébraient le sabbat comme tous les samedis. D'autres furent pillés et passés à tabac. Même si la majorité de la population n'y participa pas activement, cette journée démontra que ce genre d'actions ne suscitait pas la résistance des citoyens.

Quelques mois plus tard, explique Christiane Fritsche, le ministère de l'Économie fit savoir à la chambre de commerce et d'industrie qu'« une différenciation entre les sociétés aryennes et non aryennes n'était pas possible » car « le boycott de firmes non aryennes gênerait considérablement la reconstruction économique ». Comme les juifs jouaient un rôle important dans l'économie allemande, un certain nombre de ministres et autres personnalités nazies de Berlin étaient hostiles au boycott, du moins jusqu'à la moitié des années 1930. Ils craignaient que ces mesures ne freinent la reprise et la baisse du chômage. Mais localement cette ligne n'était pas respectée.

Ainsi, à Mannheim, le journal local du NSDAP, *Hakenkreuzbanner*, appelait quotidiennement à boycotter les 1 600 commerces juifs de la ville en publiant leur nom et leur adresse, y compris celui de clients qui continuaient à les fréquenter, accusés d'illoyauté envers le Führer. Christiane Fritsche a épluché des milliers de pages du quotidien et découvert des tuyaux que le *Hakenkreuzbanner* donnait aux hommes pour dissuader leurs épouses d'acheter chez les juifs : « Si tu achètes chez le juif parce qu'il est soi-disant moins cher, tu n'as pas besoin que je te donne autant d'argent pour le budget du foyer que si tu allais chez un commerçant allemand décent. » Le journal menaçait aussi de publier le nom des *Judenliebchen*, les femmes qui auraient eu des relations avec des juifs. Ces campagnes d'intimidation étaient payantes dans une ville de taille moyenne comme Mannheim, qui comptait quelque 280 000 habitants. Le dénigrement public avait plus d'impact que dans une grande ville anonyme comme Berlin.

Une autre méthode de harcèlement consistait à propager de fausses rumeurs sur la saleté des cuisines d'un restaurant ou les mœurs sexuelles d'un chef d'entreprise juifs. Cela allait jusqu'à des procès diffamants fondés sur de fausses accusations d'escroquerie, d'agression sexuelle ou de recel. Même s'il était acquitté, l'accusé ne s'en sortait jamais indemne et sa société plongeait en général avec lui. Les entrepreneurs juifs étaient aussi souvent privés de commandes publiques et empêchés d'exposer dans des salons. D'autres directives locales interdisaient aux juifs de décorer leurs vitrines avec des décorations « chrétiennes » avant Noël – des anges, un arbre de Noël, une crèche –, ce qui revenait à leur coller une étiquette de « non-aryens » et réduisait considérablement leurs ventes, cruciales en cette période de fêtes. La cible privilégiée était les grands magasins juifs, au nombre de quatre à Mannheim. La municipalité interdit à ses fonctionnaires d'y faire des achats sous peine de sanctions. En 1936, trois d'entre eux avaient déjà été vendus à des « aryens » à cause de leurs difficultés financières.

« Je crois que les Löbmann tenaient le coup, car je ne me souviens pas avoir relevé de grands changements de train de vie lorsque j'allais leur rendre visite. Cela dit, ils vivaient modestement, plus que nous, peut-être à cause de leur religiosité », relate Lotte Kramer. Les Löbmann ne faisant pas de commerce de détail, ils furent sans doute moins touchés que d'autres par cette chasse aux sorcières. Leurs clients étaient moins visibles que ceux qui passent la porte d'un tailleur ou d'une boulangerie, donc moins sous pression. Il n'empêche, la baisse du chiffre d'affaires de la Siegmund Löbmann & Co. à partir de 1933 – dont j'ai retrouvé un relevé dans les paperasses de Opa – révèle qu'eux aussi eurent à souffrir de la déloyauté de certains clients, motivée par la peur ou l'antisémitisme.

Au début, la société allemande puisait son enthousiasme pour le national-socialisme dans une confiance renouvelée en la force de la patrie, plus que dans l'obsession antisémite des dirigeants nazis qui affirmaient que seule une Allemagne purifiée de ses éléments « non aryens » renaîtrait de ses cendres grâce à un peuple auquel l'harmonie raciale conférerait une force inégalée. Ce délire relevait de la pure mythologie, puisque les Allemands avaient déjà été, comme tous les peuples, maintes fois mêlés à d'autres au cours des millénaires précédant la naissance d'Adolf Hitler et de Joseph Goebbels, qui par ailleurs ne répondaient aucunement aux critères morphologiques de l'« aryen ».

Beaucoup de citoyens avaient autre chose à faire que de chasser les juifs simplement parce qu'ils étaient juifs. Mais lorsque les occasions se multiplièrent de profiter de ce harcèlement à des fins personnelles, l'engouement pour la cause raciale finit par prendre, et à tous les niveaux de la société. Même dans les milieux éduqués, il se trouva peu de professeurs d'université, de scientifiques, d'avocats et de juristes pour s'opposer à l'exclusion de collègues juifs dont les postes libérés étaient une aubaine pour ceux qui n'avaient pas pu y accéder auparavant de par leur manque de compétences.

Le cas du philosophe Martin Heidegger, membre du parti nazi jusqu'à la fin de la guerre et recteur de l'université de Fribourg de 1933 à 1934, illustre le climat qui régnait dans les milieux universitaires. La majorité des professeurs souhaitait l'instauration de quotas pour limiter la surreprésentation des juifs à l'université, et en général dans le monde culturel et intellectuel. Dès 1916, Heidegger écrivait dans une lettre à sa future épouse Elfride, antisémite notoire : « La judaïsation de notre culture et de nos universités est vraiment effrayante. » D'autres universitaires étaient simplement jaloux du succès de leurs collèges juifs.

Se débarrasser de concurrents était aussi une source d'antisémitisme dans le monde économique. Profiter de la clientèle de confrères en difficulté était si tentant que certains n'hésitaient pas à annoncer dans leur vitrine : « Achetez ici dans un magasin allemand. » Des commerçants juifs en détresse en vinrent à ressortir leurs médailles de la Première Guerre mondiale qu'ils épinglaient sur leur veste pour faire valoir leur patriotisme. D'autres essayèrent de s'en sortir en proposant des prix au rabais et des paiements par tranches, même sur des produits bon marché. « En quelques semaines après l'arrivée au pouvoir [de Hitler, *ndlr*], sans qu'aucune loi contraignante n'ait été votée, un changement s'était opéré à une vitesse fulgurante dans la conscience des Allemands : juif ou aryen – soudain la distinction faisait aussi une différence dans la vie économique », analyse Christiane Fritsche.

Les discriminations étaient tout aussi cruelles dans la vie sociale : interdiction pour les juifs de fréquenter les cinémas, les bals, les théâtres, les piscines publiques ; exclusion des salles de sport et de toutes sortes d'associations. Il existe une photo de femmes et d'hommes en maillot de bain, visiblement affolés, courant sur des pontons disposés sur le Rhin à Mannheim pour échapper aux SA qui s'étaient invités au milieu des baigneurs pour tabasser des juifs.

La scène, datée de l'été 1935, précède une étape radicale dans le processus d'exclusion de la communauté : les lois raciales de Nuremberg qui réduisirent les juifs à des citoyens de deuxième classe, les privant des droits associés au statut de citoyen allemand.

Tout au long de son adolescence, Lotte assista à cette rapide précarisation de la condition des juifs. Elle en garde un souvenir très net : « Dans ma classe, nous étions cinq juifs, et même si nous n'avions pas une grande conscience politique, nous comprenions que la situation était mauvaise pour nous, nous en parlions entre nous. Nos mères avaient changé, elles étaient inquiètes, il fallait rentrer immédiatement après l'école, raser les murs, ne parler à personne. » Un jour, ses parents l'informèrent qu'elle n'avait plus le droit d'aller à l'école allemande et serait transférée dans un établissement juif. « L'instituteur avait été très gentil, il s'était excusé auprès des parents et avait même proposé de donner des cours de rattrapage le soir si nous en avions besoin. »

Malgré ces persécutions, en 1936 seuls 1 425 des 6 400 juifs de Mannheim avaient quitté la ville. Au niveau national, sur une communauté de plus de 500 000 juifs environ, 150 000 s'étaient exilés : probablement ceux qui étaient le plus touchés, parce qu'ils étaient politiquement engagés, avaient perdu leur emploi dans la fonction publique, ne pouvaient plus exercer leur profession libérale, ou avaient dû liquider ou vendre leur entreprise. Paradoxalement, ils remercieraient le destin d'avoir été les premiers ciblés, ce qui les avait poussés à s'exiler à temps.

Les Löbmann ayant réussi tant bien que mal à poursuivre leurs affaires, partir n'était pas une option pour eux, comme pour la plupart des juifs en Allemagne. D'autant plus qu'immigrer voulait dire abandonner quasiment l'intégralité de sa fortune aux nazis. Car la politique du IIIe Reich était d'une contradiction désarmante en matière de traitement des juifs. D'un côté, le régime cherchait à leur rendre la vie insupportable pour qu'ils n'aient d'autre choix que de partir ; de l'autre, il érigeait des obstacles insurmontables à leur départ. L'impôt sur le transfert de devises hors d'Allemagne ne cessa d'augmenter. Il passa de 20 % en 1934 au taux plus que dissuasif de 96 % en 1939. S'ajoutait à cela la *Reichsfluchtsteuer* : au-delà de 50 000 reichsmarks, les émigrants devaient verser au régime 25 % de l'ensemble de leur fortune et de leurs revenus. Sans parler du labyrinthe administratif rédhibitoire qu'il fallait affronter pour obtenir du Reich la montagne d'autorisations nécessaires à une émigration légale.

Au fond, la raison principale de la résistance des juifs au départ était qu'ils n'avaient pas du tout envie de s'exiler, et certainement pas en Palestine, un semi-désert au climat aride, une culture à mille lieues de la leur. Car ils aimaient profondément l'Allemagne. Comment les Löbmann et les autres ont-ils pu continuer à être si attachés à un pays qui les traitait de la sorte et ne pas s'alarmer ? Vus d'aujourd'hui, tous les voyants semblaient au rouge. En réalité, pour une famille d'entrepreneurs comme les Löbmann, les signes n'étaient pas aussi clairs car, pendant longtemps, l'absence de lois nationales contre les entreprises juives permit d'entretenir l'illusion qu'il était possible pour les juifs d'exister économiquement sous le IIIe Reich. D'autant plus que, pour adoucir les effets du boycott local, un monde économique parallèle s'était formé, exclusivement constitué d'acteurs et de clients juifs.

S'ajoutait à cela un certain aveuglement. Lotte Kramer, dont le père « répétait sans cesse qu'il ne voulait pas partir », m'a expliqué que leur volonté de rester était telle qu'il suffisait d'un petit signe de solidarité au sein de la société pour les rassurer. « À l'école, j'avais une amie non juive. Quand les juifs ont dû quitter l'école, sa mère a dit à la mienne : "Je veux que nos filles restent amies." C'est ma mère qui a dû la convaincre que c'était trop dangereux. Ces réactions redonnaient confiance. » On partageait des histoires rassurantes, celle d'un couple qui avait raconté des balivernes à la police pour couvrir leurs voisins menacés, ou celle d'un petit colis anonyme rempli de médicaments trouvé sur le pas de la porte d'une famille juive dont les enfants étaient malades. « Mes parents avaient de très bons amis non juifs, Greta et Bertold, qui, lorsque la situation s'aggrava, venaient tard le soir en cachette pour savoir si tout allait bien et nous apportaient des choses qu'on avait du mal à se procurer. Ils prenaient beaucoup de risques. » Le drame, c'est qu'en pensant bien faire ces bonnes âmes encouragèrent la communauté à continuer d'y croire alors qu'il était encore temps de s'arracher d'un piège dont personne ne soupçonnait à quel point il serait mortel. J'ai réfléchi au signe de solidarité qui avait pu réchauffer le cœur des Löbmann et je pense que c'était la fidélité d'une majorité de leur clientèle. J'ai retrouvé une liste de plusieurs pages qu'Opa a récupérée lorsqu'il a acheté leur société. Ce long défilé de noms raconte une autre Allemagne, celle de ceux qui n'avaient pas renoncé à leur loyauté.

Lotte Kramer m'a donné une autre explication de leur illusion. « Nous avions le sentiment d'une certaine normalité, car à l'intérieur de la communauté juive la vie continuait. Peut-être que dans les campagnes et les villages l'isolement fut plus rapide à se faire sentir, mais dans les grandes villes comme

Mayence et Mannheim, on pouvait oublier les interdits puisqu'on faisait tout en interne. Il y avait l'école juive, le club de sport juif, des cours de danse, des fêtes, des concerts, et beaucoup d'amis… Il y avait aussi la synagogue qui jouait un rôle important pour souder la communauté. Les Löbmann allaient régulièrement à la synagogue. »

Les indices livrés par Lotte Kramer étaient les pièces maîtresses du puzzle qui me manquaient pour comprendre pourquoi les Löbmann, comme la grande majorité des juifs, ont voulu croire jusqu'à la dernière minute qu'ils pourraient mener une existence correcte en espérant que les Allemands reprennent bientôt leurs esprits, que leur patrie cesse de répudier les juifs qui avaient fait don d'innombrables talents aux sciences, à la philosophie, aux arts et à l'économie, et sans lesquels elle n'aurait pas brillé avec tant d'éclat. Ils avaient fini par s'accommoder de ces mesures dégradantes qu'ils préféraient à l'exode.

Aussi fallait-il que la famille Löbmann ait renoncé à tout espoir pour se décider à partir. Dès 1936, le régime, qui jusqu'ici n'encourageait pas la déjudaïsation de l'économie de crainte que cela ne compromette la reprise, commença à changer de cap. Le chômage ayant chuté, la priorité devint l'aryanisation des biens juifs. En 1938, Berlin multiplia les mesures pour forcer les juifs qui n'avaient pas encore vendu leurs entreprises à les transférer à des « aryens ». Pour la Siegmund Löbmann & Co., le premier coup fut la réduction drastique des quotas d'achat de matières premières alloués aux juifs, fatal pour un commerce de produits pétroliers. Ensuite, les juifs furent contraints d'inscrire sur un registre, et en détail, la totalité de leurs possessions, biens immobiliers, entreprises, assurances, titres financiers, liquide, bijoux, art, et le contenu des appartements. Puis une ordonnance exigea que toutes les sociétés juives soient identifiables comme telles. Parallèlement, les persécutions politiques contre la communauté s'accélérèrent : rafles policières, internements arbitraires, destruction des lieux de culte…

Ce contexte alarmant dut décider Siegmund et Julius à se séparer de leur société pour financer leur départ. Ils n'étaient pas les seuls à être devenus pessimistes en 1938. Des dizaines de milliers de juifs mirent leur entreprise en vente au même moment, générant une suroffre écrasante. Dans un tel contexte, il est aisé de comprendre qui, du vendeur ou de l'acquéreur, était en situation de force.

La perspective de faire une bonne affaire dans des conditions aussi avantageuses pour l'acheteur a probablement compté dans la décision de Karl Schwarz de quitter la société pétrolière Nitag où il avait une position de fondé de pouvoir et des revenus confortables. En 1935, il avait même été promu représentant au sein de son entreprise du *Deutsche Arbeitsfront*, l'association nazie de travailleurs et d'employeurs. C'est d'ailleurs cette année-là qu'il avait pris sa carte au parti, peut-être parce que ses nouvelles responsabilités rendaient une telle adhésion préférable, certainement aussi parce que les avantages à tirer d'une telle affiliation l'avaient séduit.

Ce qui est improbable, c'est qu'il l'ait fait par conviction idéologique. Car Opa était un hédoniste, un bon vivant peu attiré par les démonstrations sadomasochistes du pouvoir dans lesquelles le national-socialisme excellait. La discipline aveugle exigée par le nazisme ne correspondait pas à son esprit indépendant qui avait besoin de son espace de liberté. Il aimait skier seul dans les montagnes qui surplombent Fribourg et camper près des lacs où il pouvait exercer sa passion pour la *Freikörperkultur* : la culture du corps libre, c'est-à-dire le nudisme, un mouvement né en Allemagne à la fin du XIXe siècle. C'était un individualiste, en contradiction avec le culte de la communauté qui prédominait dans l'idéologie nazie.

Chez Nitag, l'obéissance à un patron qui imposait ses règles, la routine du salarié et l'attente humiliante d'une promotion pour seule excitation annuelle devaient lui peser. Il dut commencer à rêver d'indépendance, à penser qu'avec sa débrouillardise, son aisance à communiquer, il pourrait se mettre à son propre compte, d'autant plus qu'il avait appris dans sa jeunesse à fabriquer du pétrole et de la paraffine dans un laboratoire. Il a gardé l'attestation de cet apprentissage, datant de 1923, où il est précisé : « Nous avons toujours été satisfaits de la gestion, de la rigueur et du comportement de M. Schwarz. »

Peut-être mon grand-père n'aurait-il pas osé prendre le large seul si un jour son collègue Max Schmidt ne lui avait signalé son propre mépris pour cette vie docile. Je les imagine méditant leur plan de sortie, comme on échafaude une évasion, autour d'une bière pendant le *Feierabend*, après le travail. Et de fait, le projet relevait quelque peu du complot puisque Karl et Max non seulement prévoyaient de fonder ensemble une entreprise concurrente, même si elle était bien plus petite, mais aussi de débaucher sept de leurs collègues et leurs clients avec. L'évocation de l'occasion qu'offraient les commerces juifs à bas prix devait accentuer cette atmosphère conspirationniste, car mon grand-père n'étant pas un antisémite convaincu, il devait se rendre compte de la honte qu'il y avait à profiter de la détresse des juifs. Les deux comparses consultèrent probablement le registre des entreprises qui restaient à aryaniser, environ un tiers des 1 600 que comptait Mannheim. Les autres avaient été vendues ou liquidées après avoir fait faillite.

Quel était l'état d'esprit de Karl et Max lorsqu'ils rencontrèrent les Löbmann ? L'embarras ? La cupidité ? L'arrogance de ceux qui se savent en position de force ? Je l'ignore mais je dispose d'un indice : ils négocièrent très faiblement le prix de la société Löbmann, puisqu'ils payèrent 10 353 reichsmarks, soit 1 100 reichsmarks de moins que ce que demandait le vendeur. Sachant que ce dernier devait adapter son prix aux attentes des autorités nazies qui devaient valider la transaction, Karl et Max eurent peut-être un élan d'empathie qui leur interdit de tirer davantage sur la corde.

Ce qui est sûr, c'est qu'il y eut bien pires profiteurs que mon grand-père dans ce jeu de dupes, des vautours impitoyables qui exploitèrent la difficulté croissante des juifs à trouver un acheteur et leur besoin pressant d'argent pour financer leur exil. Néanmoins, Karl Schwarz ne se distingua pas non plus par sa générosité, se pliant commodément à une pratique validée par les nazis : ne prendre en compte que la valeur matérielle d'une entreprise juive et ne verser aucun centime pour sa valeur immatérielle, souvent ce qu'elle avait de plus précieux, les années passées à construire une réputation, une clientèle, à perfectionner un service, un produit, une marque, à développer formules ou brevets.

Mon grand-père proposa à Julius Löbmann de l'accompagner pour 400 reichsmarks pendant plusieurs mois lors de ses déplacements d'affaires afin de faire la connaissance des clients de la Löbmann & Co., précisément cette valeur pour laquelle Karl Schwarz et Max Schmidt n'avaient pas payé. Je pense que l'entente devait être assez bonne entre Karl et Julius pour rendre ces voyages possibles, d'autant qu'il était désormais interdit pour les juifs de faire des voyages d'affaires. Des auberges et des restaurants qui pendant des années avaient accueilli ces clients affichaient sur leur devanture : « Juifs non désirés ». Partout la situation se dégradait pour ces derniers. Ils reçurent d'office un deuxième prénom, imprimé sur leur document d'identité afin de mieux les distinguer : Sara pour les femmes et Israël pour les hommes. Puis un grand J fut imprimé sur leur passeport. Les interdictions s'accumulaient. Lors de leurs déplacements, il devait arriver à Opa de devoir mentir à propos de Julius, à la police routière, à l'aubergiste, au restaurateur… Cette prise de risque commune dut les rapprocher. Elle prit fin le lendemain de la nuit de Cristal.

Le 9 novembre 1938, Julius et Opa étaient en déplacement dans la Forêt-Noire, dans le sud-ouest du pays, un décor idyllique de collines et de forêts de sapins. Quand ils rentrèrent à Mannheim, le 10 novembre, un nouveau seuil de cruauté avait été franchi dans la haine antisémite. Un pogrom d'une violence inouïe avait été déclenché à travers le Reich par des membres du NSDAP, des paramilitaires SA et des Jeunesses hitlériennes. Hitler avait « clairement donné son approbation », écrit l'historien Dietmar Süss dans *Un peuple, un Reich, un Führer : la société allemande sous le IIIe Reich*. Selon ses estimations, « en conséquence directe ou indirecte des pogroms, il y eut 1 300 à 1 500 morts et 1 406 synagogues détruites. 30 756 hommes juifs furent arrêtés et envoyés dans des camps de concentration ».

Lotte Kramer n'a pas oublié la « nuit de Cristal », baptisée ainsi par les nazis en référence aux millions de morceaux de verre brisés, les vitrines de dizaines de milliers de commerces saccagés. « Nous avons reçu l'appel d'un oncle qui vivait en face de la synagogue, où se trouvait aussi notre école. Il dit à ma mère : "N'envoie pas tes enfants à l'école ! Les bâtiments brûlent !" Mon père reçut un message disant qu'il valait mieux qu'il disparaisse pour une journée, il se cacha dans les bois. Avec ma mère, nous sommes montées au grenier d'où nous vîmes par la petite fenêtre des gens dans la rue saccageant des boutiques ; heureusement, ils ne vinrent pas chez nous. Mon père fut de retour à la nuit tombée et cette nuit-là je dormis dans le lit de mes parents. Pour la première fois, j'avais eu vraiment peur. »

À Mannheim, trois synagogues avaient été détruites, l'une d'elles avait même été pulvérisée avec des explosifs, des hommes avaient été arrêtés pour être plus tard envoyés au camp de concentration de Dachau. Comme souvent, une des motivations de cette fureur était l'appât du gain : la plupart des commerces furent pillés, de nombreux appartements aussi. Des gangsters nazis firent des tournées de pillage en voiture, pénétrant chez les riches comme chez les pauvres, dérobant ce qu'ils pouvaient, et détruisant le reste, la vaisselle, les meubles, les œuvres d'art. Beaucoup de citoyens de Mannheim furent choqués par cette barbarie, Opa aussi, sans doute. De retour de voyage, il découvrit un spectacle désolant : des tapis de bris de verre jonchant le sol, des livres en flammes, des meubles jetés par les fenêtres en morceaux sur le trottoir. Julius était à ses côtés, rongé par l'inquiétude après avoir appris qu'une partie de sa famille avait été arrêtée. Ce jour-là, ils mirent un terme à leur coopération illégale, devenue trop dangereuse.

Les proches de Julius furent libérés, et il était urgent désormais d'organiser au plus vite leur départ vers les États-Unis. Ils avaient des contacts à Chicago et à New York où vivait le frère d'Irma et Mathilde Wertheimer : celui-ci ne cessait de chanter les louanges de l'Amérique dans des lettres à ses sœurs. Les Löbmann commencèrent à envoyer des meubles à Chicago grâce à l'argent de la vente de la société. Un geste optimiste voire naïf, car si obtenir un visa pour les États-Unis était déjà très difficile avant 1938, à partir de cette date, cela relevait tout simplement d'une mission impossible.

En juillet 1938, face à l'aggravation de la situation pour les juifs, le président américain Franklin D. Roosevelt avait convoqué une conférence internationale dans l'espoir que les participants s'engagent à accueillir davantage de réfugiés. Après que l'Italie et l'URSS eurent décliné l'invitation, les représentants de 32 États et de 24 organisations d'aide se retrouvèrent pendant neuf jours à Évian-les-Bains, sur les bords du lac Léman. Dans la fraîcheur des salons majestueux de l'hôtel Royal, baptisé à son inauguration en 1909 « plus bel hôtel du monde », havre des têtes couronnées et des artistes renommés, les délégués internationaux se succédèrent à la tribune pour exprimer leur profonde compassion pour le sort des juifs d'Europe. Mais aucun n'offrit l'hospitalité, à l'exception de la République dominicaine, qui réclama des subventions en échange.

Les États-Unis, représentés par un simple homme d'affaires, refusèrent d'élever leurs quotas fixés à 27 370 visas par an pour l'Allemagne et l'Autriche. L'un des pays les plus influents de la planète avait ainsi donné le ton et le reste du monde s'empressa de suivre. Malgré les immenses empires coloniaux que possédaient la Grande-Bretagne et la France, aucune des options ne fut retenue, que ce soit la Palestine, l'Algérie ou encore Madagascar. La France fit savoir qu'elle avait atteint « un point extrême de saturation en matière de réfugiés ». Le délégué australien expliqua que son pays, l'un des plus vastes au monde, n'avait « pas de problèmes raciaux » et « ne souhaitait pas en importer ». Le représentant suisse Heinrich Rothmund, le chef de la *Fremdenpolizei* (police des étrangers), fit savoir que sa patrie n'était qu'un pays de transit. Cet antisémite notoire n'avait jamais fait mystère de son hostilité envers les juifs qu'il considérait comme des *artfremde Elemente* (des corps étrangers) menaçant la Suisse de « judaïsation ».

J'imagine ces représentants de la « communauté internationale », aux mines contrariées et faussement navrées, prendre des rafraîchissements entre deux discours de convenance à l'ombre de l'élégante pergola de cet hôtel où Marcel Proust, fils d'une juive alsacienne, dreyfusard convaincu, avait écrit des passages de la *Recherche*. La future ministre israélienne Golda Meir, qui avait été invitée à Évian en tant qu'« observatrice juive de Palestine », écrira plus tard : « Être assise dans cette salle magnifique et entendre les responsables de 32 États affirmer qu'ils aimeraient accueillir des réfugiés mais étaient désolés de dire que c'était impossible fut une expérience traumatisante. »

De quels chiffres parlait-on ? Il s'agissait de répartir, entre 32 pays disposant directement ou indirectement de larges territoires, quelque 360 000 juifs que comptait encore l'Allemagne, auxquels s'ajoutaient environ 185 000 juifs d'Autriche. L'immigration de ces populations majoritairement urbaines qui avaient fait la preuve de leurs prédispositions intellectuelles, entrepreneuriales et artistiques ne pouvait être que bénéfique à ceux qui les accueilleraient. Notamment à des pays comme l'Argentine, toujours en quête de candidats pour venir vivre sur son immense territoire sous-peuplé. Pourtant, avant même la fin de la conférence d'Évian, le ministère argentin des Affaires étrangères envoya une circulaire qui ordonnait à tous les consulats argentins de refuser des visas, y compris de tourisme, « aux personnes soupçonnées d'avoir quitté ou de vouloir quitter leur pays d'origine parce qu'elles sont considérées comme indésirables ou ont été expulsées du pays, quelle que soit la raison de leur expulsion ». Il visait évidemment les juifs. Difficile de ne pas voir dans ce rejet injustifié des réfugiés autre chose que la manifestation d'une épidémie internationale d'antisémitisme qui dépassait de loin les frontières du IIIe Reich.

La Chine, absente à la conférence d'Évian, fut l'un des seuls pays qui accepta les réfugiés européens, même sans visa. À défaut de pouvoir s'exiler ailleurs, environ 20 000 juifs se rendirent à Shanghai où ils se heurtèrent à la barrière de la langue, de la culture et à des conditions économiques difficiles. Même aussi loin, ils furent rattrapés par les nazis : fin 1941, sous la pression de leur allié allemand, les Japonais, qui occupaient une partie de la Chine, enfermèrent les juifs européens dans un ghetto où 2 000 d'entre eux succombèrent aux conditions de vie désastreuses.

En dépit des affres de la nuit de Cristal, la communauté internationale ne fléchit pas. Sauf la Grande-Bretagne qui fit un geste en acceptant de recueillir 10 000 enfants juifs dans des familles, ces *Kindertransport* dont bénéficia Lotte Kramer. Mais, parallèlement, elle ferma l'une des dernières portes de sortie des juifs d'Europe, la Palestine, qui était sous mandat britannique. De crainte de nourrir les tensions déjà vives entre les communautés arabes et juives locales, elle fixa à 75 000 le quota d'immigrés juifs pour l'ensemble de la période courant de 1939 à 1944, alors que presque 10 millions de juifs vivaient sur le continent européen.

Après le 9 novembre 1938, les derniers droits dont disposaient les juifs furent abolis. Un vent de panique souffla sur la communauté juive d'Allemagne et les centaines de milliers d'entre eux qui avaient jusque-là résisté comprirent soudain qu'il fallait partir au plus vite. Ils affluèrent en masse devant les consulats du monde entier, mais ces derniers, de plus en plus réticents depuis quelques années à distribuer des visas aux juifs allemands, se raidirent davantage encore face à cette tornade de désespoir. Les diplomates avaient reçu des consignes. « Mon père se rendit au consulat américain et attendit très longtemps, raconte Lotte Kramer. Il revint à la maison avec un numéro, mais il était tellement loin dans la liste d'attente… nous savions que nous n'avions aucune chance. Mes parents tentèrent aussi le Panamá, l'Équateur, de là ils espéraient pouvoir rejoindre les États-Unis, mais ils n'eurent rien du tout. » Malgré les capacités d'accueil évidentes de cette destination privilégiée de beaucoup de juifs d'Europe qui y avaient de la famille et dont l'expérience avait démontré qu'ils s'y intégraient parfaitement, les États-Unis restèrent totalement insensibles à leur sort, s'accrochant avec une obstination assez cruelle à leurs maigres quotas.

L'un des épisodes les plus dramatiques de cette politique fut le voyage au printemps 1939 du *Saint-Louis*, un paquebot transatlantique en provenance de Hambourg et à destination de La Havane, avec 937 passagers à son bord, presque tous des juifs allemands qui souhaitaient rejoindre Cuba en transit avant de pouvoir entrer aux États-Unis. Mais Cuba, qui avait pourtant délivré des visas en Allemagne, avait changé ses règles d'immigration sur fond de scandale politique et certains agents provocateurs avaient organisé une grande manifestation antisémite avant l'arrivée du bateau. Seuls vingt-neuf passagers furent autorisés à débarquer et le *Saint-Louis* fut chassé des eaux territoriales cubaines.

Il se retrouva face à Miami, si près des côtes que les passagers pouvaient en voir les lumières. Le capitaine Gustav Schröder et des organisations juives tentèrent de convaincre le président Franklin D. Roosevelt de leur accorder l'asile. En vain. La crise économique et le chômage avaient rendu la population américaine allergique à l'immigration, surtout à celle des juifs, dont on redoutait la concurrence aux États-Unis davantage qu'on ne plaignait leur situation en Allemagne. Ce fut au tour du Canada d'être sollicité, mais le haut responsable de l'immigration, Frederick Blair, s'y opposa. De retour en Europe au début du mois de juin 1939, le capitaine Schröder refusa de livrer ses passagers à l'Allemagne et les débarqua à Anvers. Un quart d'entre eux périrent dans la Shoah.

La famille Löbmann n'obtint jamais de visa. Il est possible qu'ayant envoyé leurs meubles aux États-Unis ils eurent le réflexe de se cramponner à cette perspective presque impossible pour ne pas avoir à renoncer à leurs biens matériels au lieu de sauver leur peau en tentant leur chance auprès d'autres pays. Mais même l'obtention d'un visa ne leur aurait en rien garanti d'arriver à bon port.

Pour rejoindre par la mer le pays de destination, il fallait passer par un, voire deux pays tiers, la France, la Portugal, la Belgique, les Pays-Bas, la Suisse, où de nombreux intermédiaires véreux réclamaient des pots-de-vin qui augmentaient au fur et à mesure que grandissait la détresse des juifs. Agences de voyages, consulats, chauffeurs, passeurs, aubergistes, fonctionnaires corrompus… combien se sont enrichis sur le dos de l'antisémitisme ! Or, les Löbmann n'avaient pas beaucoup d'argent à disposition, car la somme qu'ils avaient tirée de la vente de leur société avait été, conformément aux mesures antisémites, bloquée sur un compte contrôlé par le Reich, dont ils ne pouvaient prélever que de petits montants à la fois.

Toutefois, quitter l'Allemagne n'était pas encore totalement impossible. Après les pogroms de novembre 1938, 40 000 juifs purent immigrer. Parmi eux, Lotte Kramer. Son institutrice à Mayence avait entendu parler des transports d'enfants organisés vers la Grande-Bretagne et proposé à ses parents de lui trouver une place. « Ma mère en parla à sa sœur Irma, qui parvint à placer ses enfants Lore et Hans dans le transport. Je ne voulais pas être séparée de mes parents, mais j'étais avec mes cousins et c'était un peu l'aventure. » En 1939, presque 80 000 juifs purent encore s'exiler, dont au moins 1 000 juifs de Mannheim. Certains atterrirent en Inde ou au Kenya, des pays qui n'étaient pas leur premier choix.

La famille Löbmann a peut-être hésité trop longtemps à se détourner de son objectif premier, les États-Unis, et à prendre la poudre d'escampette vers une autre destination. Cette aversion pour l'improvisation fut leur écueil. Plus les Löbmann attendaient, plus leur fortune s'amenuisait et avec elle leur chance de partir. Car, après le 9 novembre 1938, le pillage organisé des juifs redoubla d'ardeur. Pour les punir de cette nuit de Cristal dont ils avaient été les malheureuses victimes, le régime exigea d'eux une indemnisation sous forme d'un nouvel impôt qui revenait à extorquer 25 % de leur fortune à ceux qui possédaient plus de 5 000 reichsmarks, ce qui était le cas des Löbmann. Puis en février 1939, on leur ordonna de livrer tous leurs objets en argent, or et platine, tout comme les perles et les pierres précieuses, payés un dixième, voire un vingtième de leur valeur réelle.

La situation des juifs en Allemagne se dégradait à vue d'œil. Hitler avait décidé de les exclure définitivement de la vie économique et du monde du travail. Ceux qui étaient dépourvus de moyens furent enrôlés de force pour construire des routes ou évacuer des déchets. Les entreprises qui n'avaient pas encore été aryanisées furent vendues pour une bouchée de pain et certains avocats poussèrent le cynisme jusqu'à aller trouver les propriétaires dans les camps de concentration pour leur faire signer le contrat de vente. On s'arrachait les terrains, ceux des synagogues, des organisations juives, des cimetières juifs. À Mannheim, même l'Église protestante participa à ce sinistre dépeçage. Et négocia le prix jusqu'à la corde.

Le matin du 22 octobre 1940, tôt dans la matinée, les forces de l'ordre firent irruption aux domiciles des Löbmann, ainsi que chez Wilhelm Wertheimer, le frère d'Irma et Mathilde. Elles les exhortèrent à se préparer au départ immédiat et à faire leurs bagages sur-le-champ : chaque adulte avait le droit à un maximum de 50 kg de bagages et 100 reichsmarks, et était prié d'emporter de la nourriture et de l'eau pour quelques jours. Leurs biens, leurs comptes et leurs titres furent saisis. Quelques heures plus tard, ils étaient sur le quai de la gare de Mannheim, avec près de 2 000 autres juifs de la ville, prêts à monter dans des trains dont la destination leur était inconnue. Environ la moitié de la communauté avait fui les années précédentes. Huit juifs s'étaient suicidés le matin même. Plusieurs centaines avaient réussi à se cacher. Ceux qui étaient mariés à un « aryen » ou une « aryenne » furent épargnés.

Le 23 octobre, un convoi transportant les 2 000 juifs de Mannheim et 4 500 autres de Sarre, de Bade et du Palatinat se mit en branle. Après avoir traversé le Rhin à Kehl, le train arriva dans la nuit à Chalon-sur-Saône, sur la ligne de démarcation séparant la France en deux, une zone occupée par le Reich, au nord, et une zone dite libre, au sud. Celle-ci était administrée par un gouvernement français à l'autonomie limitée, dont le siège était Vichy. Contrairement à ce que les Allemands avaient imaginé, Vichy, qui entre-temps avait instauré un statut discriminant les juifs, protesta vivement. Il céda néanmoins face au fait accompli.

Après deux jours d'un voyage pénible à la merci de la brutalité des SS, les passagers, dont beaucoup de personnes âgées, arrivèrent au camp d'internement de Gurs, situé dans les Pyrénées-Atlantiques, là où les Allemands n'avaient en théorie pas leur mot à dire. Administré par Vichy, ce camp allait accueillir tout au long de la guerre des détenus, juifs et autres, de toutes nationalités sauf française, soit déportés par le régime nazi depuis les pays sous leur contrôle en Europe, soit raflés par le régime français en zone libre.

À Gurs, il n'y avait ni exécutions ni torture, mais des centaines de détenus moururent à cause des conditions insalubres, de la faim et du froid. Les baraquements étaient sans fenêtres, ni sanitaires ou eau courante, la pluie pénétrait et les lits étaient des sacs emplis de paille jetés sur le sol de boue. Irma, l'épouse de Siegmund Löbmann, tomba gravement malade et fut envoyée dans un hôpital à Aix-en-Provence. Siegmund obtint d'être transféré au camp d'internement des Milles, près d'Aix, pour être plus proche de sa femme.

Les conditions d'évasion étaient assez faciles à Gurs : les clôtures atteignaient à peine deux mètres de hauteur, elles n'étaient pas électrifiées et elles étaient dépourvues de tours de garde. Pourtant les candidats à l'évasion étaient assez rares, car le véritable défi venait après, lorsque s'engageait une angoissante partie de cache-cache avec la police. C'est sans doute parce qu'une telle cavale était inconcevable avec des enfants, des parents âgés ou une femme affaiblie, que la plupart des détenus choisirent la famille plutôt que la liberté.

Plusieurs associations religieuses et humanitaires avaient l'autorisation d'intervenir dans le camp pour apporter de la nourriture et des soins médicaux, et alléger le quotidien des internés. L'une d'entre elles, l'organisation juive internationale HICEM, aidait les juifs à réunir les pièces indispensables pour constituer un dossier de demande d'émigration. Ceux qui y parvenaient étaient transférés à Marseille, dans l'espoir de pouvoir s'embarquer vers l'outre-mer.

C'est ainsi qu'en mars et avril 1941 Julius, Mathilde Löbmann et leur fils, Fritz, ainsi que Wilhelm Wertheimer, son épouse Hedwig et leur fils, Otto, partirent pour Marseille. Grâce au soutien précieux de l'équipe du mémorial du camp des Milles, une des institutions françaises les plus innovantes pour sensibiliser les jeunes générations à cette mémoire, j'ai pu reconstituer la suite du parcours des membres de cette famille. Les hommes rejoignirent le camp des Milles, placé sous l'autorité de Vichy, où de nombreux artistes et intellectuels allemands étaient internés, dont Golo Mann et Lion Feuchtwanger. Les femmes et les enfants furent envoyés dans des hôtels marseillais transformés en centre d'hébergement.

Hedwig et son fils Otto, âgé de neuf ans, furent placés à l'hôtel Bompard ; Mathilde et son fils Fritz, âgé de douze ans, à l'hôtel Terminus-les-Ports. On y souffrait de malnutrition, du manque d'hygiène, de la vermine, du manque de vêtements, du froid. Les petites chambres comptaient jusqu'à huit lits, l'électricité était limitée et les douches rares. Certains hôteliers n'avaient aucun scrupule à empocher les indemnités de l'administration française pour n'en dépenser qu'une petite partie au bénéfice des pensionnaires. D'autres figures rebutantes hantaient ces hôtels de misère, tel le docteur Félix Roche-Imbart, qui semblait cultiver un plaisir sadique à empêcher l'envoi des pensionnaires malades dans des hôpitaux et à priver les femmes de la visite de leur mari.

Néanmoins, par rapport au camp de Gurs, l'amélioration des conditions de vie était indéniable. Des associations caritatives internationales faisaient la classe aux enfants et donnaient des cours de couture aux mères. La plupart des femmes pouvaient circuler librement dans la ville, se promener à la plage et poursuivre leurs démarches administratives pour émigrer. Selon les archives du camp des Milles, Hedwig aurait tenté d'obtenir des visas américains pour sa famille. Mathilde aussi probablement.

Elles arrivaient trop tard. Peu de temps auparavant, un tel objectif aurait peut-être été réalisable, grâce à la complicité du vice-consul américain à Marseille, Hiram Bingham IV, qui procurait des visas et des faux papiers aux juifs. Ou bien avec l'aide du journaliste américain Varian Fry qui, avec un large réseau de soutiens, réussit à faire sortir de France plus de 2 000 réfugiés menacés, en priorité des artistes, des universitaires et des scientifiques, parmi lesquels Claude Lévi-Strauss, Max Ernst, André Breton, Hannah Arendt et Marc Chagall. En réaction et aussi sous la pression de Vichy, l'été 1941, le département d'État à Washington dessaisit le consulat de Marseille du pouvoir décisionnel en matière d'octroi de visas, muta Hiram Bingham IV au Portugal et priva Varian Fry de son passeport.

Les démarches d'Hedwig Wertheimer et de Mathilde Löbmann pour émigrer échouèrent. L'été 1942, elles furent transférées avec leurs fils au camp des Milles, où elles retrouvèrent leurs maris, Julius et Wilhelm. L'ambiance était lourde. Les déportations vers le principal camp de transit à Drancy, au nord de Paris, avaient commencé, officiellement pour envoyer les détenus dans des camps de travail. Voyant des trains de marchandise où l'on entassait les adultes et les enfants sans eau, certains se demandèrent pourquoi on embarquait des gamins inaptes au travail. La rumeur courait que Vichy n'hésitait plus à livrer les juifs aux Allemands qui les envoyaient loin à l'est, certains parlaient de massacre.

Hedwig et Mathilde durent flairer le danger. Comme d'autres mères, elles décidèrent de confier leurs fils à l'Œuvre de secours aux enfants, une organisation juive. Des témoins ont raconté les séparations déchirantes, les hurlements des enfants qu'on arrachait aux mères qui luttaient pour garder une certaine contenance et ne pas inquiéter leurs petits. Otto fut placé au château de Montintin, au sud de Limoges, qui cachait une centaine d'enfants âgés de 12 à 17 ans, surtout allemands, sous la protection d'un médecin. Fritz rejoignit le même genre de colonie.

Au printemps 1943, Otto et Fritz furent transférés, probablement parce que leur cachette était devenue trop risquée. Ils durent pleurer de joie lorsqu'ils se retrouvèrent ensemble dans un des derniers refuges de France, situé dans la zone d'occupation italienne. À Izieu, petit village perché au-dessus d'un bras du Rhône, une résistante juive d'origine polonaise, Sabine Zlatin, et son époux avaient installé une colonie destinée à protéger les enfants de la déportation. Pour la première fois, Fritz et Otto purent renouer avec la légèreté de l'enfance. Au mémorial d'Izieu, des photos montrent ces enfants dans une grande prairie, les cheveux au vent, devant une maison. Les grands portent les plus jeunes dans leurs bras, en maillot de bain sur un ponton au-dessus d'un lac. Ils sourient et on ne sent pas l'once d'un présage sur ces clichés qui pourraient être ceux de toute enfance heureuse.

La zone italienne d'occupation était la plus sûre, car, contrairement aux Français, les Italiens refusaient, autant que possible, de livrer les juifs de leur zone. En juillet 1943, la situation de l'Italie bascula à la faveur du débarquement des Alliés en Sicile. Le roi Victor-Emmanuel III destitua le leader fasciste Benito Mussolini, emprisonné et remplacé par le maréchal Pietro Badoglio. En septembre, les Britanniques débarquèrent en Italie du Sud et le gouvernement italien capitula. En réaction, la Wehrmacht envahit l'Italie septentrionale et centrale, ainsi que la zone italienne en France.

Consciente du danger, au début d'avril 1944, Sabine Zlatin partit en quête d'un autre refuge. C'est précisément pendant son absence, le matin du 6 avril, alors que les enfants se préparaient à prendre leur petit-déjeuner, que deux camions de soldats de la Wehrmacht et un véhicule d'agents de la Gestapo embarquèrent les quarante-quatre petits, le mari de Sabine Zlatin et six éducateurs. Tous échouèrent à Drancy. L'ordre avait été donné par le chef de la Gestapo de Lyon, Klaus Barbie, un homme qui devait sa célébrité à sa folie obsessionnelle visant les juifs et les résistants, qu'il soumettait à une variété impressionnante de tortures dont il se vantait d'être l'inventeur.

Le 15 avril 1944, Fritz Löbmann et Otto Wertheimer, âgés de quinze et douze ans, furent déportés de Drancy à Auschwitz à bord d'un convoi transportant trente enfants d'Izieu. Le jour de leur arrivée, ils furent gazés.

Deux ans auparavant, les parents d'Otto Wertheimer, Hedwig et Wilhem, et la mère de Fritz Löbmann étaient déjà passés par Drancy. Le 17 août 1942, ils avaient été embarqués à bord du convoi numéro 20. Destination : Auschwitz. Le 2 septembre, Siegmund Löbmann avait à son tour été déporté à Drancy, puis cinq jours plus tard à Auschwitz par le convoi numéro 29. Sa solitude avait dû ajouter à sa détresse. Son épouse, Irma, était inscrite sur la liste des déportés du camp des Milles, mais avait dû être sauvée *in extremis*, sans doute par des médecins exigeant son internement d'urgence à l'hôpital d'Aix-en-Provence.

Julius Löbmann aussi figurait sur la liste, mais il ne fut pas déporté. Il avait réussi à prendre la fuite lors d'un de ses déplacements quotidiens au village de Saint-Cyr-sur-Mer, où il travaillait au sein d'un Groupe de travailleurs étrangers (GTE), des travailleurs forcés au service de l'industrie et de l'agriculture française. Il avait dû se décider rapidement après avoir compris que sa famille n'échapperait pas à la déportation. Seul lui pouvait partir, les autres étaient pris au piège dans l'enceinte du camp. Je l'imagine faire ses adieux à sa femme, son fils, son frère, son beau-frère, ne pas fermer l'œil la veille de son évasion. Puis guetter le moment propice pour s'éclipser, disparaître dans les forêts de pins près de Saint-Cyr-sur-Mer ou sauter du camion sur le chemin du retour.

Les chances de s'en sortir pour un juif en fuite, livré à lui-même, sans argent, sans contacts, et ignorant tout de la France, étaient minces, surtout sous un régime qui collaborait avec l'Allemagne et avait instauré de son propre gré des mesures antijuives, sous le regard passif de la population. À moins que le sort ne décide d'être généreux en mettant sur son chemin l'un de ces Français courageux et humanistes, qui cachèrent des juifs dans leur cave ou leur grenier, et leur apportèrent régulièrement de quoi survivre, au péril de leur vie. Même ce scénario pouvait mal finir, l'ange gardien pouvait être dénoncé et arrêté par la Gestapo ou la police française, et ses protégés capturés ou abandonnés dans leur trou sans secours.

À défaut d'une telle rencontre miraculeuse, le seul recours était d'être ingénieux et audacieux, et, à en croire Lotte Kramer, Julius l'était. Pour ne pas risquer de trahir ses origines, il se fit passer pour sourd-muet et recruter comme garçon d'ascenseur dans un grand hôtel de la Côte d'Azur, probablement entre Nice et Menton, dans la zone d'occupation italienne. Je ne sais pas si son patron avait deviné à qui il avait affaire, mais il eut la bonté de fermer les yeux sur l'absence de papiers de ce drôle de garçon aux cheveux blonds et aux yeux clairs comme un Allemand. Après l'invasion allemande de la zone italienne en octobre 1943, Julius dut voir descendre à l'hôtel des officiers de la Wehrmacht et de la SS. Combien de fois par jour eut-il à subir le calvaire de conduire ces hommes à leur étage, de frôler dans l'étroite cabine d'ascenseur ces uniformes qui lui glaçaient le sang, de sentir ses mains trembler en appuyant sur les boutons et son cœur tambouriner dans l'angoisse qu'un regard, un réflexe ne lui échappe, un *Bitte schön* ou *Danke* ou *Guten Morgen* ? Un seul mot allemand et il était perdu.

Il fut délivré de cette tension l'été 1944, après le Débarquement. Il se rendit peut-être au camp de Drancy et, là, apprit que les siens avaient été envoyés à Auschwitz. Je ne sais pas si, à ce moment-là, Julius savait ce que voulait dire Auschwitz.

Dès l'été 1941, les Britanniques savaient que des commandos SS, dont ils avaient décrypté le code radio, commettaient des massacres en Europe de l'Est. Les indices affluaient grâce à des sources dans l'armée allemande, les communautés juives et la résistance polonaise. Au printemps 1942, le *Daily Telegraph* tira la sonnette d'alarme : « Plus de 700 000 juifs polonais ont été assassinés dans un des plus grands massacres de l'histoire mondiale. » De plus en plus de médias relayaient ces informations ; les chambres à gaz étaient évoquées. Le 17 décembre 1942, les Alliés condamnèrent publiquement et unanimement ces « méthodes d'extermination bestiale ». La BBC retransmit la déclaration qui affirmait : « Personne n'a plus jamais entendu parler de ces déportés. Ceux qui peuvent travailler sont exploités dans les camps jusqu'à ce qu'ils meurent d'épuisement. Les malades et les faibles meurent de froid ou de faim ou sont froidement assassinés. » En réalité, les gouvernements américain, britannique et soviétique savaient déjà qu'au moins deux millions de juifs avaient été assassinés et que cinq autres millions étaient menacés.

Ces informations étant censurées par la France de Vichy, Julius devait nourrir un faible espoir, en particulier pour son fils Fritz, si jeune – les nazis ne tuaient pas d'enfants tout de même. Désormais libre, à qui Julius pouvait-il s'adresser pour appeler à l'aide ? Toute sa famille, tous ses amis avaient disparu. La France libérée négligeait totalement les juifs. Il ne lui restait plus qu'à rejoindre ses proches en Amérique, à Chicago, là où sa famille avait prévu de fuir avant d'être raflée à Mannheim.

Traversant l'Atlantique à bord du bateau qui l'éloignait d'une Europe à feu et à sang, un sentiment de profonde tristesse dut envahir Julius à l'idée d'être seul à faire ce voyage auquel les siens s'étaient résignés en dernier recours, et dont il n'aurait jamais cru qu'il deviendrait un rêve inaccessible : être tous ensemble sur un bateau, sauvés du naufrage de leur patrie. Les yeux posés sur l'horizon où apparaîtrait la terre américaine tant désirée, Julius dut pressentir que jamais il ne la partagerait ni avec son fils Fritz, ni avec sa femme Mathilde, ni avec son frère Siegmund.

Chapitre IV

Le déni de Karl Schwarz

Chicago était un des premiers vœux des juifs d'Europe, car, après New York et Varsovie, la ville abritait la troisième plus grande communauté juive au monde, qui comptait 275 000 membres. Les plus influents et les mieux intégrés étaient les juifs d'origine allemande. Arrivés les premiers, dès 1840, ils avaient instauré un vaste réseau d'institutions qui donnait à la communauté un cadre solide et épanouissant. Au tournant du XXe siècle, des juifs d'Europe de l'Est et de Russie qui fuyaient les violents pogroms dans leur pays affluèrent à leur tour, rejoints dans les années 1930 par des victimes des persécutions nazies, comme le peintre et photographe hongrois László Moholy-Nagy.

Des Allemands non juifs s'étaient également exilés dans la ville, dont un des fondateurs de l'architecture moderne, Ludwig Mies Van der Rohe, qui quitta l'Allemagne nazie, moins par résistance politique que parce que le régime, ennemi de l'art moderne, n'appréciait pas son travail. Son architecture minimaliste du « presque rien » laissa son empreinte à Chicago : des gratte-ciel d'acier et de verre, et l'impérial Crown Hall du campus de l'Institute of Technology, un imposant rectangle de métal et de vitres, inséré dans un jardin verdoyant.

Dans ce contexte, Julius Löbmann a sans doute rencontré rapidement d'autres exilés, peut-être des amis ou d'anciens citoyens de Mannheim qui avaient connu sa famille, son entreprise, et avec lesquels il pouvait partager des souvenirs d'une vie allemande disparue. Après tout, des quelque 3 500 juifs de Mannheim ayant réussi à s'exiler, près de la moitié étaient allés aux États-Unis.

C'est ainsi que Julius a dû faire la connaissance d'Erna Fuchs, comme lui originaire de la région de Bade que sa famille avait quittée en 1937. Il n'a pas tardé à l'épouser puisque, d'après des documents retrouvés dans des archives, Erna portait déjà le nom de Löbmann en 1949 et vivait à la même adresse que lui. Ce second mariage avec une juive de son pays, qui savait ce qu'il avait traversé, a dû sauver Julius de la solitude, car la communauté de Chicago avait beau être accueillante, elle pouvait difficilement comprendre ce que leurs coreligionnaires avaient enduré sous le nazisme. Quant à la société américaine, la froideur qu'elle avait manifestée avant la guerre face à la détresse des juifs n'inspirait guère confiance.

En 1938, alors que les persécutions en Europe atteignaient un point de non-retour, des sondages avaient montré que plus de 80 % des Américains étaient contre l'augmentation du quota d'accueil des réfugiés européens. Un an plus tard, d'autres sondages avaient révélé que plus de 60 % des Américains étaient opposés à un projet de loi prévoyant d'accueillir 20 000 enfants juifs allemands, en plus des quotas fixés. Le projet fut bloqué par des groupes de pression antisémites avant même d'avoir été soumis à un vote du Congrès américain.

Julius entrevoyait-il le lien entre le manque de solidarité des États-Unis et le sort de sa famille, prise au piège parce que privée de visa ? Nombre d'immigrés juifs étaient malgré tout reconnaissants envers les États-Unis de les avoir accueillis et de leur donner de réelles chances d'intégration et de réussite sociale que peu d'autres pays offraient. L'accent allemand de Heinz Kissinger, juif bavarois réfugié à New York, ne l'empêcha pas de devenir un ministre américain légendaire des Affaires étrangères. Combien de lettres de juifs contenaient cet aveu de patriotisme : « Nous sommes déjà devenus de vrais Américains ! » Beaucoup de ceux qui s'étaient exilés ailleurs ne pouvaient pas en dire autant. Même en Israël, l'intégration était difficile pour ceux qui refusaient d'apprendre l'hébreu et entretenaient une profonde nostalgie pour leur pays d'origine.

À l'annonce de la fin de la guerre, Julius Löbmann a dû reprendre espoir, s'épuiser à passer des coups de téléphone et frapper aux portes de Chicago pour savoir si on avait des nouvelles de son fils, de sa femme et des autres. Il a dû voir les images des camps d'extermination dans les médias américains, des morts-vivants décharnés au milieu de montagnes de cadavres. L'espoir de revoir les siens vivants a dû s'éteindre brusquement. Quelles traces lui restait-il de ces disparus ? Quelques photos, des objets, des vêtements, des meubles que la famille avait envoyés à Chicago depuis Mannheim avant d'être déportée. À moins que ces derniers ne soient jamais arrivés à bon port, car après l'invasion des Pays-Bas, les nazis avaient fait main basse sur de nombreux conteneurs comportant les biens de juifs allemands stockés dans le port de Rotterdam en attendant de rejoindre leurs propriétaires outre-mer.

Ce dernier pillage était le coup de grâce pour les réfugiés, dont beaucoup avaient émigré avec le minimum vital après avoir été spoliés par le Reich. L'exil s'accompagnait d'un vertigineux déclin financier et social dont ils ne se remettraient jamais, gênés par la barrière de la langue et la difficulté de faire reconnaître des diplômes allemands à l'étranger. L'épreuve était particulièrement traumatisante pour ceux qui avaient eu une belle carrière en Allemagne et qui, à 40, 50 ans passés, dégringolaient dans l'échelle sociale. Une femme qui dirigeait plusieurs grands magasins à Mannheim devint femme de ménage à New York. Des hommes d'affaires érigés en modèle de réussite étaient relégués au rang d'assistant. Des avocats et des médecins étaient réduits à des tâches physiques éreintantes et obligés de s'y plier, même s'ils étaient âgés et malades, car les États-Unis n'avaient pas de système social. À l'humiliation de la déchéance, s'ajoutait la précarité matérielle. Certains préférèrent se donner la mort.

Julius Löbmann dut bénéficier de l'aide de proches ou d'organisations juives car il ne semble pas avoir vécu dans la misère, à en croire les adresses indiquées sur les courriers envoyés à mon grand-père. J'ai découvert qu'au début de l'année 1948 il habitait dans une copropriété soignée de petits immeubles de brique rouge à Wicker Park, un quartier où vivaient beaucoup d'émigrés polonais. Deux ans plus tard, je le retrouve avec sa nouvelle épouse, Erna, à Kenwood, un quartier résidentiel de maisons d'architecture géorgienne et Art déco au bord du lac Michigan, qui fut un temps le refuge de l'élite de Chicago. Le couple vivait dans un immeuble sans prétention mais d'aspect agréable, dans une large avenue calme, bordée d'arbres et de villas, non loin de synagogues et d'écoles juives.

Telle était la situation de Julius lorsqu'il demanda réparation auprès des deux propriétaires de la Mineralölgesellschaft, Karl Schwarz et Max Schmidt, en janvier 1948, par l'entremise de l'avocate Rebstein-Metzger. Peu avant, une loi avait été adoptée dans la zone d'occupation américaine : tous les biens ayant été pillés ou « vendus de force » sous le régime nazi devaient être restitués à leurs propriétaires ou à leurs héritiers. Le *Rückerstattungsgesetz* (loi sur la restitution) permettait aux victimes du nazisme de contester légalement tous les transferts de patrimoine réalisés après les lois de Nuremberg du 15 septembre 1935. La zone américaine était la plus en avance et la plus catégorique sur cette question. La compagnie aérienne Panam faisait même de la publicité aux États-Unis autour de ce thème : « Vous allez en Allemagne pour faire des réclamations ? Vols quotidiens pour les principales villes allemandes. » Elle proposait des tickets bon marché, mais qui restaient impayables pour Julius et la plupart des réfugiés. Quant à ceux qui auraient pu se le permettre, ils n'avaient pas envie de retourner dans le pays qui les avait anéantis et de faire face à leurs anciens bourreaux.

Les Britanniques attendirent deux ans avant d'instaurer dans leur zone un cadre légal aux restitutions, similaire à celui des Américains. Dans la partie française, la loi était moins contraignante puisqu'elle fixait le début de la période de présomption d'acquisition abusive au 14 juin 1938, date de l'adoption d'un texte qui avait forcé les juifs à signaler leurs entreprises et commerces sur un registre public afin de faciliter leur aryanisation. Les Français considéraient qu'avant cette date c'était au plaignant d'apporter la preuve de l'illégalité de la transaction.

À Mannheim, c'est la vision américaine qui prévalait. Karl avait certainement entendu parler de la loi car il était directement concerné. Dès l'après-guerre, les autorités américaines avaient mis sa société sous tutelle après avoir, grâce aux registres restés intacts, identifié les milliers d'entreprises et de terrains juifs aryanisés de Mannheim, parmi lesquels figurait la Schwarz & Co. Mineralölgesellschaft. Cependant, Opa devait estimer qu'il faisait partie de ceux qui avaient payé « un prix loyal » et serait par conséquent bientôt lavé du soupçon d'avoir abusé des juifs. Beaucoup d'acquéreurs pensaient comme lui, car le régime nazi avait mis au point une technique de manipulation très efficace pour que le peuple accepte de devenir complice tout en gardant bonne conscience : rendre ses crimes légaux. Dans l'esprit de Karl, c'est donc en toute légalité qu'il avait consulté le registre public des commerces juifs à vendre et payé le prix du marché du moment, et ce dans le cadre d'un contrat validé par les autorités. D'autant plus qu'il semblait convaincu que la transaction s'était déroulée « de la manière la plus amicale qui soit », comme il le répétera dans ses nombreux échanges avec Julius Löbmann et avec ses avocats, dont il a gardé des copies que j'ai retrouvées dans la cave à Mannheim.

En réponse au courrier de maître Rebstein-Metzger, mon grand-père assura avoir payé un prix correct, affirmant ne pas avoir repris le fonds de commerce de la société Löbmann, mais simplement racheté les biens matériels et créé sa propre entreprise sur cette base. Il pensait même avoir été généreux : « Lors de l'inventaire, chaque objet, y compris les tampons, le papier d'emballage et les taille-crayons ont été évalués. » Il aurait en outre versé l'équivalent de 5 000 reichsmarks d'emballages et de tonneaux vides dispersés chez des clients des Löbmann, une source qu'il n'avait jamais pu récupérer. Il ne s'agissait pas d'une réelle aryanisation, concluait-il, disant ne pas comprendre « dans quelle mesure M. Löbmann pouvait réclamer des restitutions ».

L'avocate lui répondit : « Le contrat d'achat et de reprise montre clairement qu'il s'agit d'un achat de l'ensemble d'un commerce, et pas seulement de la vente d'équipement. Vous vous êtes même arrogé le droit de reprendre éventuellement le nom de la société Siegmund Löbmann & Co. avec ou sans ajout. Ce qui est incontestable, c'est que vous n'avez payé que les biens matériels aux Löbmann, comme il était de coutume à cette époque pour ce genre de transactions. Je ne peux même pas reconnaître que vous ayez au moins payé ces biens-là à leur juste valeur. »

Après plusieurs échanges infructueux avec l'avocate, Opa prit l'initiative d'écrire directement à Julius Löbmann. « Nous nous sommes sincèrement réjouis d'apprendre, ma femme et moi, que vous au moins êtes sorti vivant du calvaire que vous avez traversé et regrettons profondément le destin de votre frère et de votre beau-frère. Les familles aussi ont-elles péri ? Bien que nous, comme la plupart des Allemands, n'ayons pas voulu le destin cruel de vos coreligionnaires, nous devons désormais tous en souffrir. Notre litige auquel je ne m'attendais pas en est un exemple, vu que je ne vous ai certainement jamais placé dans une situation difficile et que tous nos accords se sont déroulés de la manière la plus amicale qui soit [...]. Notre situation économique est sombre. Je crois que vous vous faites de fausses idées sur nos affaires. » Il achevait sa lettre ainsi : « Comment va votre famille ? J'espère qu'elle va bien. Ma femme a déjà été opérée deux fois cette année d'un ulcère intestinal et doit se faire à nouveau opérer en septembre. Il y a toujours quelque chose. »

Mon grand-père a certainement moins abusé de la situation que d'autres en 1938, en négociant un rabais de seulement 10 % par rapport au prix initial. Néanmoins, cinq ans après la fin de la guerre, il ne semblait pas avoir conscience que le IIIe Reich était un régime illégal par nature et que, par conséquent, toute transaction réalisée à cette époque était à considérer sous cet angle-là. Il a sincèrement dû être choqué en apprenant que les juifs prétendument déportés pour leur donner du travail à l'Est, aux dires des nazis, étaient en réalité assassinés dans des camps sordides. Mais il n'en saisissait pas la dimension, au point de comparer sa douleur à celle de Julius Löbmann – « Nous devons désormais tous en souffrir ». Et cette remarque dissonante : « Il y a toujours quelque chose. »

Beaucoup de profiteurs de l'aryanisation réagirent comme Karl Schwarz quand on les pria de rendre aux juifs ce qui leur était dû, faisant valoir leurs propres malheurs, leur état de santé misérable, leur difficulté à garder la tête hors de l'eau. Cet état d'esprit était symptomatique pour la majorité de la société allemande qui se réfugiait dans l'auto-apitoiement au lieu de manifester de l'empathie pour les victimes du nazisme. Le manque de sentiment de culpabilité et l'aveuglement solidaire permettaient de nier toute responsabilité dans les crimes nazis, qu'on imputait aux seuls dirigeants du IIIe Reich. Lors d'un voyage en Allemagne d'août 1949 à mars 1950, la politologue juive allemande Hannah Arendt exilée aux États-Unis fut consternée par cette population figée dans « un manque généralisé de sensibilité », par « la méchanceté ouverte [...] parfois dissimulée sous un pathétisme de pacotille ». Il était difficile de dire si c'était « un refus intentionnel de faire le deuil ou l'expression d'une réelle incapacité de sentiments », écrit-elle.

Des années plus tard, en 1967, les psychanalystes Alexander et Margarete Mitscherlich proposèrent une réponse dans un livre choc, *Le Deuil impossible*. Selon eux, cette « calomnie et ce refoulement » étaient la conséquence du traumatisme, non pas des crimes commis sous le Reich, mais de la perte de la figure idéalisée de l'autorité que représentait Adolf Hitler : « Hitler transmettait un sentiment d'omnipotence. Sa mort et sa dévalorisation par le vainqueur signifiaient aussi la perte d'un objet narcissique, donc un appauvrissement et une dévaluation du moi. » Les Allemands qui avaient porté le Führer et le national-socialisme à bout de bras se voyaient « naturellement libérés de leur responsabilité personnelle ». Un tel déni ouvrait la porte à une relativisation ahurissante.

Cette posture allait s'ancrer d'autant plus profondément que le gouvernement du premier chancelier de la RFA, Konrad Adenauer (1949-1963), vint lui apporter une justification morale et un cadre légal que l'historien Norbert Frei a baptisés *Vergangenheitspolitik* (politique du passé). À peine arrivé au pouvoir, le chancelier enterra le travail de *reeducation and reorientation* réalisé par les Américains et les Britanniques. « La dénazification nous a apporté malheur et calamités, déclara Adenauer le 20 septembre 1949. Les guerres et les confusions de l'après-guerre ont été une épreuve difficile pour beaucoup et ont apporté des tentations telles qu'il nous faut montrer de la compréhension pour certaines fautes et certains délits. » Pour tous les cas jugés « défendables », le gouvernement était déterminé à « laisser le passé au passé ». Ces propos furent applaudis au-delà de son camp car la dénazification était impopulaire, même chez les sociaux-démocrates. Quand il était question de honte, c'était en référence à la *Siegerjustiz* (justice des vainqueurs), non aux crimes indicibles du IIIe Reich.

La naissance de la RFA fut l'occasion de mettre fin à la division prétendument imposée par les Alliés en deux classes, « politiquement irréprochables » et « politiquement impliqués ». Le désir de rassembler tous les Allemands aurait été compréhensible si l'objectif n'avait pas été d'innocenter l'ensemble de la population, à quelques infimes exceptions près.

Ainsi, la première mesure que le nouveau Bundestag s'empressa de voter fut une loi d'amnistie qui allait bénéficier à des dizaines de milliers de nazis condamnés à une peine de six mois au maximum. Parmi les bénéficiaires figuraient des personnes coupables de blessures corporelles ayant entraîné la mort. La loi profita également aux illégaux, entrés dans la clandestinité pour échapper à la justice. D'abord réticents face à un tel détournement du droit, les hauts-commissaires alliés finirent par donner leur aval, sous la pression de Konrad Adenauer.

Ce n'était qu'un prélude. En 1951, une nouvelle loi, surnommée *131er Gesetz*, permit de réintégrer plus de 300 000 fonctionnaires et soldats de métier que les Alliés avaient congédiés pour leur proximité présumée au régime. Parmi eux figuraient des dizaines de milliers de fonctionnaires impliqués dans des crimes.

Même d'anciens membres de la Gestapo profitèrent de la vague.

Au 31 mars 1955, les bénéficiaires de cette loi représentaient environ 77 % du ministère de la Défense, 68 % du ministère de l'Économie, 58 % de l'Office de presse et d'information du gouvernement, et plus de 40 % du ministère de l'Intérieur. Un des rares journaux critiques à l'époque, la *Frankfurter Rundschau*, révéla qu'au ministère des Affaires étrangères deux tiers des positions dirigeantes étaient occupées par d'anciens membres du NSDAP. Adenauer s'empressa de livrer une réponse à l'image de l'esprit de son temps : « On ne peut tout de même pas construire un ministère des Affaires étrangères si l'on n'a pas aux postes dirigeants des gens qui comprennent quelque chose de l'histoire passée. […] Je veux dire, nous devrions mettre fin à cette chicanerie de nazis. »

Les domaines les plus sensibles étaient l'Éducation nationale et la Justice où le pourcentage d'anciens membres du parti était extrêmement élevé. Des professeurs qui avaient enseigné les vertus du nazisme devaient désormais enseigner celles de la démocratie, et la continuité du personnel judiciaire entre le Reich et la RFA représentait une entrave considérable pour engager des poursuites contre les criminels nazis. Les juges et les procureurs, peu enclins à condamner ce qu'ils avaient nourri, retardaient les enquêtes et classaient les dossiers. Ils étaient bien placés pour s'auto-exempter, ce qui explique que quasiment aucun n'ait été jugé, malgré leurs graves implications dans les crimes du IIIe Reich.

En 1954, une nouvelle loi d'amnistie acheva la mise à mort de la dénazification. Sous l'influence du parti libéral, qui détenait le portefeuille de la Justice et était très populaire auprès des anciens nazis dont il défendait la cause, la circonstance atténuante de *Befehlsnotstand* (obéissance en état d'urgence) fut introduite dans le texte de loi. Cela déresponsabilisait *de facto* l'accusé, même si c'était un criminel de guerre ou un haut fonctionnaire nazi. Sans dire son nom, cette loi équivalait à une amnistie générale. Le nombre de poursuites judiciaires chuta à un niveau proche de zéro. La légende suivant laquelle il était impossible de désobéir à un ordre criminel sans risquer sa vie avait gagné un statut officiel.

Dans ses échanges avec Julius Löbmann et ses avocats, qui durèrent cinq ans, Karl Schwarz ne se départit jamais de son ton larmoyant. Cependant, dès les premiers courriers, il fit une proposition à Julius : « Je suis le dernier à chercher à me faire offrir quelque chose ou à construire son existence aux dépens d'autrui. J'imagine que vous avez aussi besoin de chaque pfennig. Sans reconnaître la justesse de votre requête, je vous propose un paiement de 4 000 marks en mensualités d'au moins 200 marks. Dans les conditions actuelles, ces 200 marks nous ôtent le pain de la bouche. Aussi est-ce l'offre la plus élevée imaginable si nous ne voulons pas porter atteinte à notre propre existence. » Il concluait ainsi : « Je crois que vous avez aussi de la compréhension pour les circonstances actuelles. »

Sous le vernis du démenti, mon grand-père laissait entrevoir l'aveu que son prix, bien que fixé en accord avec les autorités, n'avait peut-être pas été « adapté » : « Si nous avions laissé examiner l'affaire par un expert officiel du parti, avait-il écrit à l'avocate, le prix n'aurait même pas atteint la moitié de ce que nous avons versé. » S'il ne l'a pas fait, c'est peut-être par sympathie pour les juifs. Mais cette affirmation révélait aussi qu'il avait toujours été au fait de l'illégalité de certaines lois et pratiques sous le Reich. Il devait savoir que les « estimations » du parti nazi étaient intentionnellement ridiculement basses, et que les Löbmann étaient contraints de fixer un prix « réaliste » s'ils ne voulaient pas prendre le risque de retarder la validation officielle du contrat, et par conséquent le versement de l'argent dont ils avaient besoin pour financer leur exil.

Julius Löbmann ne répondit pas. Resté sans réponse pendant quatre mois, Karl éleva son offre à 5 000 marks. La multiplication de ces gestes de sa part répondait à mon avis à une certaine mauvaise conscience, mêlée à la crainte de devoir être jugé par des tribunaux allemands qui, notamment à cause de la pression internationale, étaient assez regardants en matière de réparations aux juifs.

Konrad Adenauer, qui avait été chassé de la mairie de Cologne en 1933 après avoir refusé d'accueillir officiellement Adolf Hitler et ordonné de décrocher les drapeaux du NSDAP, avait clairement reconnu le devoir de la RFA de « réparer » les crimes commis sous le IIIe Reich. En septembre 1951, il avait déclaré : « Le gouvernement, et avec lui la grande majorité du peuple allemand, est conscient des souffrances inestimables infligées aux juifs en Allemagne et dans les territoires occupés à l'époque du national-socialisme. [...] Au nom du peuple allemand, des crimes indicibles ont été commis, qui nous obligent à des réparations morales et matérielles. »

Si les Allemands s'étaient confortablement installés dans l'amnésie, à l'étranger on n'oubliait pas. Le monde observait avec méfiance l'Allemagne faire ses premiers pas en démocratie et Adenauer le savait. Sa mission était d'ancrer la RFA dans le camp occidental dans l'espoir de recouvrer la souveraineté entière et le respect de la communauté internationale. Il fallait multiplier les gestes de bonne volonté, lesquels allaient essentiellement se traduire par le versement de « réparations ».

La première étape fut la restitution de la quantité astronomique de biens et d'argent volés aux juifs allemands par des particuliers, des entreprises et, surtout, l'État. Un défi bureaucratique, financier et juridique gigantesque pour lequel il n'y avait aucun précédent. Des montagnes de requêtes s'accumulaient sur les bureaux et il fallait tout traiter au cas par cas. En 1957, 98 % des dossiers avaient été réglés. Mais certaines victimes durent attendre de longues années avant d'obtenir la dernière tranche des restitutions, et ceux qui jadis étaient aisés ne récupérèrent jamais l'équivalent de leur fortune perdue.

L'étape suivante était plus délicate. Il s'agissait d'indemniser les dommages « non matériels » : la mort d'un proche, l'emprisonnement, la maltraitance, la torture… Les procédures étaient longues et douloureuses pour les victimes, car il n'était pas aisé de démontrer le lien de cause à effet entre un problème de santé et la persécution sous le nazisme.

Malgré les failles et les injustices de ce système, il permit de panser certaines plaies, et de sauver les juifs de leur situation précaire tandis que la RDA et l'Autriche brillèrent par leur indifférence.

La RFA avait également de lourdes dettes à honorer envers l'étranger. Elle engagea des négociations avec la plupart des pays d'Europe occidentale où la guerre et l'occupation allemande avaient fait de graves dégâts. Entre 1959 et 1964, elle versa un total de 971 millions de marks, dont 400 à la France. Mais l'accord le plus symbolique fut la signature en septembre 1952 de l'Accord de réparations entre Konrad Adenauer et le ministre israélien des Affaires étrangères Moshé Sharett lors d'une cérémonie glaciale. La RFA s'engagea à verser 3 milliards de marks en équipement et en services à Israël sur douze ans, et 450 millions de marks à la Jewish Claims Conference, une organisation représentant les intérêts des rescapés de la Shoah hors d'Israël.

À Jérusalem, un débat houleux et de violentes manifestations avaient précédé la signature, dénoncée comme une tentative de l'Allemagne de racheter sa conscience avec « l'argent du sang ». Le besoin financier avait fini par l'emporter dans ce tout jeune État créé en 1948. En RFA, des ministres et des députés de la majorité au pouvoir, conservateurs de la CDU et la CSU et libéraux du FDP farouchement opposés à l'accord, menèrent une campagne acharnée contre la politique de leur propre dirigeant. Ils révélèrent au grand jour l'incapacité de cette classe politique de faire face à la réalité de la Shoah. En mars 1953, l'accord fut approuvé à une courte majorité grâce au soutien du parti social-démocrate, tandis que la moitié des députés des partis au pouvoir le rejetèrent.

Adenauer n'avait pas cédé aux pressions internes, car il savait que ce geste était incontournable pour rendre son pays acceptable aux yeux de la communauté internationale. Il répondait au calcul d'un homme isolé, et non aux remords d'une population en partie opposée au versement d'aides aux juifs allemands, perçus comme étant « du côté des vainqueurs ». Une campagne commença à faire florès pour défendre « le peuple allemand appauvri dont on tente de soutirer des milliards ». Des rumeurs couraient sur des juifs qui profitaient de la situation pour réclamer des biens qu'ils n'avaient jamais possédés, et un antisémitisme assez virulent refaisait surface. Les Allemands étaient loin d'être guéris.

Je n'ai pas retrouvé de déclarations antisémites à proprement parler dans les lettres d'Opa, mais face à l'intransigeance de Julius Löbmann, son ton, au début relativement amical, changea subitement. En réponse à ses épanchements dans des courriers de plusieurs pages, le plaignant avait fini par lui envoyer un message froid, très bref, l'informant que la procédure était en cours et qu'il n'avait pas l'intention d'intervenir en faveur de Karl Schwarz qui devait « attendre ce qu'il en sortira ». Malgré une certaine bonne volonté de la part de mon grand-père, ses éternelles lamentations, ses dénis et ses petites remarques paternalistes ont pu conforter Julius dans sa décision de réclamer une forte somme : 11 241 reichsmarks pour la valeur immatérielle de la société, soit environ le même montant que ce qui avait été déjà versé en 1938.

Sans doute gagné par la panique de devoir payer une somme qu'il lui serait difficile de réunir à court terme, Opa tenta d'inverser les rôles. Il en vint à se présenter auprès des avocats comme la victime du bourreau juif : « M. Löbmann semble avoir des chiffres du temps de l'inflation dans la tête, car ses exigences sont démesurées, d'autant plus que dans notre cas toute demande de restitution est injuste [...]. Dans des circonstances normales, avant l'époque de Hitler, la société Löbmann n'aurait jamais obtenu notre prix lors d'une vente. Nous nous sommes malheureusement rendu compte trop tard que nous avions fait une mauvaise affaire avec cet achat. En réalité, pour être juste, il faudrait que nous récupérions encore quelques milliers de marks pour des choses que nous n'avons jamais obtenues. » Comme preuve de ses dires, il envoya aux avocats l'évolution des profits de la société Löbmann, révélant selon lui la médiocrité de sa valeur immatérielle, celle qu'il était accusé de ne pas avoir payée :

1929 : 7 884,84 reichsmarks
1930 : 4 762,45 RM
1932 : 11 581,81 RM
1933 : 9 198,63 RM
1935 : 7 811 RM
1937 : 11 864 RM
1938 : 6 961,79 RM

Karl Schwarz n'avait-il pas conscience que ces chiffres étaient indissociables du contexte et qu'ils ne venaient que confirmer l'injustice qu'avaient subie les Löbmann ? Les deux premières années furent marquées par la crise économique mondiale, puis à peine l'entreprise commença-t-elle à se remettre en 1932 que les nazis arrivèrent au pouvoir, et ce fut à nouveau la dégringolade, entre autres à cause des appels au boycott. La remontée après 1935 correspondait à une période d'accalmie, après la stabilisation du statut des juifs fixé par les lois de Nuremberg en 1935. Quant à la rechute du profit en 1938, elle était le résultat de l'accélération subite de la précarité de la condition juive, puis de la vente de l'entreprise.

Le nouvel avocat de Julius Löbmann, Dr von Janda-Éble, habitué à ces retournements de vérité, recadra mon grand-père : « La vente de la société Siegmund Löbmann & Co. s'est déroulée sous la pression exercée sur les juifs par les mesures nazies. Si les propriétaires de la société veulent maintenant faire croire qu'ils auraient été grossièrement trompés par les Löbmann, voici une affirmation pour le moins audacieuse. Le prix d'achat fut vérifié par le NSDAP et avalisé, et il n'est pas imaginable que ce parti ait accepté de défavoriser les acheteurs par rapport à des juifs. » J'ai été étonnée de voir la fermeté de cet avocat, rare à une époque où la plupart des juristes étaient attachés au IIIe Reich qu'ils avaient servi.

Dans les courriers suivants, Karl Schwarz s'obstinait à prouver qu'il avait été « idiot » au point de se faire avoir par des escrocs. Visiblement, il ne se rendait pas compte que cette rhétorique, qui semblait s'inspirer, sans jamais les nommer, des clichés sur la propension des juifs au complot, à l'arnaque et à la cupidité, était scandaleusement déplacée. Du statut de victime de la guerre, Karl Schwarz avait subrepticement glissé vers celui de victime des juifs.

C'est ce genre de glissements, même inconscients, dans une société allemande endoctrinée jusqu'à la moelle par le IIIe Reich que Konrad Adenauer devait absolument contrôler pour réintégrer son pays dans la communauté internationale. Le chancelier voulait bien amnistier son peuple de ses crimes passés, mais à condition qu'il rompe clairement avec le national-socialisme et adhère aux principes démocratiques de la RFA. Or ces idéaux étaient loin de faire l'unanimité. Des dérives de langage se multipliaient parmi les politiciens allemands comme si le retrait des Alliés des affaires courantes depuis 1949 les avait désinhibés.

Certains ne faisaient pas mystère de leur allégeance au IIIe Reich, tel le Parti socialiste du Reich (SRP), qui se voyait comme le successeur du NSDAP et commençait à enregistrer des scores régionaux inquiétants. À l'étranger, l'opinion publique commençait à s'alarmer de cette renazification. Aussi Adenauer fut-il prompt à demander l'interdiction du SRP au conseil constitutionnel, qui y consentit en octobre 1952.

Mais le danger émanait également de l'intérieur même du gouvernement puisque, au sein du partenaire de coalition FDP, un groupe néonazi s'était constitué, secrètement résolu à renverser la démocratie. Les services secrets britanniques déjouèrent le complot et lancèrent une vague d'arrestations spectaculaire en 1953. Malgré le malaise que pouvait susciter une intervention étrangère dans les affaires intérieures de la RFA, Konrad Adenauer accepta. Il avait établi une limite très nette à ne pas franchir pour être toléré dans la nouvelle Allemagne. L'adhésion ouverte aux idées nationales-socialistes et l'antisémitisme étaient désormais tabous.

Tout en prônant les valeurs démocratiques, Konrad Adenauer n'hésita pas à intégrer dans son gouvernement des personnalités qui incarnaient leur opposé : Hans Globke, qui avait corédigé et commenté les lois raciales de Nuremberg, devint chef de la chancellerie. Theodor Oberländer, un adepte de Hitler de la première heure, fut nommé ministre fédéral pour les déplacés, les réfugiés et les victimes de la guerre.

En revanche, ceux qui avaient résisté activement au nazisme et même tenté d'assassiner Hitler et de renverser le régime avaient peu de chance de percer sous l'ère Adenauer, ou d'être honorés. Cette minorité courageuse de communistes, sociaux-démocrates, syndicalistes, religieux, militaires et autres qui avaient fait de gros sacrifices furent considérés comme des traîtres et marginalisés sur la scène politique.

Au lieu de se mobiliser pour ces héros, les Allemands de l'Ouest menèrent une campagne acharnée pour faire libérer des criminels de guerre allemands internés à l'étranger et dans les prisons alliées en Allemagne, au nom du prétendu « honneur soldatesque ». Parmi eux figuraient pourtant des hommes de la pire espèce… Sous la pression, les Alliés libérèrent des prisonniers à tour de bras. Des 3 400 criminels de guerre encore internés au printemps 1951, il n'en restait plus que trente à l'étranger et quasiment aucun en Allemagne de l'Ouest en mai 1958.

Même de très hauts responsables furent libérés, comme Ernst von Weizsäcker, secrétaire d'État au ministère des Affaires étrangères, haut gradé SS et coresponsable de la déportation des juifs de France à Auschwitz. Ou l'ensemble du directoire de l'une des entreprises allemandes les plus impliquées dans la Shoah, le géant de la chimie IG Farben, dont le gaz Zyklon B avait servi à gazer des millions de personnes. Comme d'autres sociétés, Siemens par exemple, IG

Farben avait fait construire une dépendance près d'Auschwitz, le camp de Buna, pour pouvoir disposer comme bon lui semblait de la main-d'œuvre à proximité. Entre 1942 et 1945, des dizaines de milliers de détenus d'Auschwitz travaillèrent comme des esclaves à Buna, parmi lesquels le chimiste et écrivain italien Primo Levi. L'espérance de vie y était de quelques mois, en parfait accord avec le concept d'« extermination par le travail » du Reich envers les juifs. Après la guerre, la société IG Farben fut démantelée.

Parmi les heureux élus de l'amnistie figurait aussi Friedrich Flick, condamné à sept ans de prison à Nuremberg. Généreux soutien du parti NSDAP, il avait bâti un empire d'armement en rachetant des entreprises juives très fructueuses pour une bouchée de pain, en faisant main basse sur des mines de charbon dans les territoires occupés et en exploitant plus de 60 000 travailleurs forcés, dont au moins une dizaine de milliers étaient morts. Jusqu'à sa mort en 1972, Friedrich Flick refusa de verser un centime d'indemnité aux travailleurs forcés. Il fallut la pression de l'opinion publique pour que ses héritiers acceptent de verser quelque chose dans les années 2000.

Cette vague d'amnistie profita également à Alfried Krupp von Bohlen und Halbach, fils de Gustav von Bohlen und Halbach et de Bertha Krupp, l'héritière d'un empire d'armement. Gustav Krupp s'était d'abord distancié du NSDAP mais, lorsque Hitler était arrivé au pouvoir en 1933, il avait commencé à le soutenir, et avait même créé un Fonds de donations de l'économie allemande pour Adolf Hitler. Une partie de la famille Krupp était opposée à ce ralliement que Gustav affichait en exhibant un drapeau à croix gammée sur le fronton de sa maison à Essen. Le conflit familial et le déclin moral des Krupp ont inspiré le splendide film de Luchino Visconti, *Les Damnés* (1969). Le fils du patriarche, Alfried Krupp von Bohlen und Halbach, qui reprit les rênes de l'empire en 1943, avait adhéré à la SS en tant que « mécène » dès 1931. Outre la livraison de matériel militaire indispensable à la guerre de Hitler, la société Krupp exploita plus de 100 000 travailleurs forcés. Une fois amnistiés, Flick et Krupp récupérèrent l'ensemble de leur fortune et de leur empire.

Dans ce contexte d'impunité totale en faveur de criminels sanguinaires et d'escrocs esclavagistes, le sort de mon grand-père dut lui sembler bien injuste. Konrad Adenauer ne l'avait-il pas indirectement absous en déclarant que « dans son écrasante majorité, le peuple allemand a haï les crimes commis contre les juifs et n'y a pas participé » ?

Karl Schwarz n'était pas un de ces « grands profiteurs » qui avaient marché sur des cadavres pour faire des affaires, tel Richard Greiling. Cet Allemand installé en Suisse était revenu au pays en 1935 dans le seul but de profiter de la détresse des juifs. Il avait acquis cinq entreprises à bas prix, dont trois à Mannheim. L'une d'entre elles, une vaste maison de fabrication de bustiers, se trouvait justement tout près de la Chamissostrasse et occupait la moitié d'un pâté de maisons. Greiling rebaptisa la société Felina et continua un certain temps à fabriquer une partie de ses corsets dans le ghetto de Łódź en Pologne. Après la guerre, il fit tellement traîner la procédure de restitution que la famille juive spoliée, exilée au Canada, finit par se contenter d'indemnités relativement faibles. La société Felina, dont le logo était visible depuis le balcon du salon d'Oma dans mon enfance, a toujours ses bureaux à côté de la Chamissostrasse.

À l'opposé, il y avait eu les « acheteurs bienveillants », une espèce rare : ceux qui avaient acheté pour rendre service à des amis ou des patrons juifs, afin que les biens demeurent entre des mains bienveillantes. Il y avait aussi eu des personnes plus honnêtes que d'autres, qui, derrière le dos des autorités nazies, s'étaient arrangées pour payer la valeur immatérielle d'une entreprise « au noir ».

Karl Schwarz ne pouvait se targuer d'en être, même s'il pensait avoir fait de son mieux. « En acceptant un prix d'achat élevé, nous leur donnions la possibilité d'immigrer à temps », dit-il à l'avocat. « D'être évacués », le corrigea ce dernier.

Plus tard, mon grand-père écrivit à Julius Löbmann : « Aujourd'hui je dois payer pour le fait qu'il vous est arrivé des choses horribles. C'est une grande injustice dans la mesure où on ne peut pas me rendre responsable de ces actes immondes. » Opa faisait-il semblant ou avait-il sincèrement du mal à comprendre le lien entre les crimes du IIIe Reich et sa participation à l'aryanisation des biens juifs ? Je pense qu'il était dans un brouillard à mi-chemin entre les deux.

Le fait est que, comme nombre de ses compatriotes, il a profité des biens juifs, et sans y être obligé. La spoliation n'était pas une mesure imposée d'en haut, souligne Christiane Fritsch, mais « un processus politico-sociétal, dans lequel de nombreux acteurs et profiteurs ont été impliqués » : l'État et les acheteurs, mais aussi les intermédiaires, des agents immobiliers, des courtiers, des banques, des prêteurs sur gages, des notaires, des juristes, des maisons de vente. C'est probablement le crime nazi qui impliqua les plus larges cercles de la société allemande. Face à la déportation des juifs, la population s'était rendue coupable d'apathie ; face à la spoliation des juifs, elle avait brillé par son sens de l'initiative et son absence de scrupules. En témoignant de son aptitude au crime, elle avait conforté les dirigeants du IIIe Reich dans leur entreprise inhumaine et préparé la voie au meurtre.

Voyant que son adversaire campait fermement sur ses positions, mon grand-père éleva encore son offre, à 8 000 marks, ce qui représentait une bonne somme d'argent. Il lui adressa une dernière lettre : « Vous vous faites une fausse idée de notre situation. Si je ne travaillais jour et nuit et le dimanche pour renouveler la clientèle afin de pouvoir vendre, souvent à des prix à peine rentables, nous aurions déjà mis la clé sous la porte. Vous voulez manifestement vous venger. À titre personnel, je n'ai rien fait qui justifie moralement votre attitude. Les mots me manquent pour qualifier votre manière d'agir. Ce qui est certain, c'est que cela ne vous apportera aucune bénédiction. [...] Je maudis le jour où j'ai pris mon indépendance et quitté mon poste de direction des ventes. J'ai investi toute ma fortune dans l'entreprise et vous voulez en tirer l'usufruit. J'ai entendu parler de nombreux cas de restitutions, mais jamais d'une démarche aussi radicale que la vôtre. » Il terminait sa lettre sur un appel : « Si vous avez encore un petit peu de sens de la justice, révisez votre demande une dernière fois et présentez-la de manière à ce que je puisse continuer à exister. » Ces émotions contradictoires, que Karl Schwarz semblait incapable de maîtriser, ont peut-être touché Julius Löbmann qui accepta l'offre et mit fin aux poursuites.

Ma tante Ingrid a été marquée par ce pénible bras de fer. Elle avait entre 12 et 17 ans. « C'était terrible, mon père était très anxieux. Outre Julius Löbmann, il y avait l'ancien associé de mon père qui voulait se retirer. Mon père dut lui payer sa part. Il avait encore beaucoup de réparations à payer dans l'immeuble. Mon père croulait sous les dettes. » Ma grand-mère était très ébranlée, se souvient mon père. « Elle est allée voir les juges et leur a dit : "Nous n'avons pas cet argent. Vous voulez la ruine d'une famille avec des enfants ?" »

Mon grand-père dut constituer une hypothèque sur l'immeuble et, pendant des années, il se lamentera de ce qu'il considérait comme une injustice, comme si c'étaient les juifs, et non la politique désastreuse de Hitler, qui étaient à l'origine de ses problèmes.

Chapitre V

Oma ou le charme discret du nazisme

Ma grand-mère, Lydia, qui n'était pas une experte en politique, regardait régulièrement les actualités sur le poste de télévision que Karl exhibait tel un trophée sur le buffet du salon de leur appartement. Dans les années 1950, ils étaient les seuls dans l'immeuble à jouir de ce luxe, et les voisins sonnaient souvent à leur porte pour demander s'ils pouvaient la regarder. « On ne pouvait pas leur dire non, les voisins, c'était un peu comme la famille, surtout depuis qu'ils avaient passé une partie de la guerre tous ensemble dans le bunker à la cave, ça rapproche ! » ironise mon père. « On poussait les meubles dans les coins et on ramenait des chaises d'un peu partout qu'on installait ensuite en rangées étroites devant l'écran, comme au cinéma. » Parfois, une amie venait voir Lydia et ensemble elles commentaient une actualité qui, selon elles, annonçait le déclin inéluctable de la société allemande. Dans ces moments-là, mon père se souvient qu'il arrivait à sa mère de laisser échapper un léger regret – « Avec le Führer, ce ne serait jamais arrivé ! » – qu'il avait de plus en plus de mal à supporter à mesure que grandissait sa conscience des responsabilités dudit Führer dans des massacres parmi les pires qu'ait connus l'humanité.

D'autant qu'il avait déjà hérité d'une cicatrice causée par cette maladie nationaliste, sous la forme d'un prénom ne faisant aucun doute quant à l'esprit dans lequel sa naissance avait été célébrée, en 1943 : Volker, composé de deux mots du vieil haut-allemand, *folk* et *heri*, qui signifie le guerrier du peuple. Mon père avait échappé au pire, car la fougue guerrière de l'époque avait inspiré la renaissance de prénoms anciens encore plus explicites que le sien. La mère d'une amie fut durement touchée par cette vague qui la gratifia d'un prénom d'une féminité à toute épreuve : Helmtraud, provenant de *Helm* et *Trud* (« casque » et « force »). Elle était née un an avant mon père, en 1942, une année d'euphorie générale : le Reich, galvanisé par ses victoires foudroyantes en Europe, avait lancé une offensive en Afrique du Nord puis contre la gigantesque Union soviétique. Il volait de succès en succès avec une facilité déconcertante, renforçant le mythe du guerrier allemand invincible dont un des symboles était le casque. À la naissance de mon père en avril 1943, la conviction des Allemands selon laquelle ils représentaient la race élue pour diriger le monde avait déjà subi quelques revers après les défaites brutales à l'Est, où de nombreux foyers allemands perdirent un fils, un mari, un frère ou plusieurs proches à la fois. Cette évolution encouragea les parents à une certaine modération dans le choix des prénoms hitlériens, lesquels finirent par disparaître aussi vite qu'ils étaient apparus pour les raisons que l'on connaît.

Davantage qu'Opa, Oma avait développé un certain attachement pour le IIIe Reich. Non pas de nature véritablement idéologique, mais comme beaucoup d'Allemands, Adolf Hitler l'avait fait rêver.

Née en 1901, Lydia avait perdu sa mère à l'âge de douze ans, décédée après avoir accouché de son neuvième enfant. Elle avait déjà vu mourir six frères et sœurs les uns après les autres, comme il était courant à cette époque où une légère infection, un simple rhume, pouvait se révéler fatale. Le dernier-né allait bientôt être emporté à son tour, et Oma se retrouva seule avec un grand frère qu'elle aimait profondément, un doux rêveur à la santé fragile. Peu de temps après la mort de sa mère, son père se mit en ménage avec une femme qui n'avait pas les mêmes bontés pour elle que pour ses propres enfants et qui l'obligea à s'occuper du foyer.

Le jour de son treizième anniversaire, le 1er août 1914, Lydia eut comme cadeau la déclaration de guerre de l'Allemagne à la Russie. L'engrenage était enclenché : il allait entraîner l'Europe dans une guerre mondiale dont personne ne voulait et qui allait dépasser tout ce que l'humanité avait connu. Loin de gâcher l'anniversaire d'Oma, cet événement dut l'égayer, car en Allemagne – et dans nombre d'autres pays –, il fut célébré dans une ambiance euphorique, du moins par une partie de la population. Les photos de cette époque montrent des hommes jetant leur chapeau dans les airs en pleine rue, le visage irradié par la joie, ou des soldats bras dessus bras dessous sur un quai de gare, le regard espiègle et la fleur au fusil comme s'ils partaient faire les quatre cents coups entre camarades.

Cette allégresse fut néanmoins de courte durée et le poids des sacrifices de la guerre vint brutalement mettre fin à l'innocence de Lydia, pour la propulser dans les lourdes responsabilités de l'âge adulte. Avec 13 millions d'hommes sur le front, les femmes et les adolescents d'Allemagne n'avaient d'autre choix que de travailler très dur dans les usines et dans les champs pour compenser cette absence de main-d'œuvre. Pendant ce temps-là, l'aînée de la fratrie avait la responsabilité des bambins de tout un foyer, tout un immeuble parfois, qu'il fallait occuper, surveiller, laver, soigner et nourrir.

Au total, pendant la guerre, entre 400 000 et 700 000 civils, dont beaucoup d'enfants, moururent de froid, de maladies, et surtout de faim. Dans cette atmosphère misérable arrivait régulièrement une lettre du front qui mettait la rue en émoi. Souvent la nouvelle était mauvaise. Les familles perdaient non seulement le mari, le fils, le père tant aimé, mais aussi la perspective que les choses rentrent à nouveau dans l'ordre lorsque l'homme de retour recommencerait à travailler pour nourrir les siens.

Lydia eut la chance d'être épargnée par un tel destin. Son père était trop âgé pour être enrôlé, mais elle eut la profonde douleur de perdre son grand frère tant aimé, mort de la tuberculose pendant la guerre, qu'elle pleurera toute sa vie. Elle se retrouvait désormais seule avec son père, un travailleur assidu qui prenait rarement un jour de congé, pour préserver l'excellente réputation de sa menuiserie dont les œuvres – des escaliers, des plinthes, des portes de bois sculpté – ornaient les plus belles villas de Mannheim.

Elle aurait aimé devenir infirmière, un métier qui lui allait comme un gant, tant elle avait le sens du dévouement. Mais son père refusa net, selon l'idée très répandue à l'époque que, dans une famille honorable, les femmes ne travaillent pas. À la place, il l'envoya passer une année chez des religieuses de la Forêt-Noire pour la former aux tâches domestiques, vertu nécessaire pour une jeune fille de quinze ans bientôt en âge de se marier. Au milieu de la guerre, dans ce quotidien rythmé par la mort et le désespoir, Lydia finit par accueillir comme une bénédiction ce séjour, dont elle parlera plus tard à sa fille Ingrid avec émotion. Le fait que cette année passée chez les sœurs à coudre, laver, repasser, cuisiner fut l'une des plus belles qu'elle ait vécues adolescente donne la mesure du niveau des plaisirs et des divertissements qui prévalaient dans l'existence des jeunes filles de la classe moyenne à cette époque.

Ma tante se souvient que sa mère conservait précieusement un carnet de poésie où ses camarades de la Forêt-Noire avaient inscrit des petits mots d'amitié. Peut-être le feuilletait-elle de temps à autre pour effleurer, dans ces moments où elle touchait le fond, le souvenir du bonheur des bavardages nocturnes à mi-voix dans les dortoirs, des fous rires de jeunes filles et des confidences de rêves simples – la seule jeunesse à laquelle elle ait eu droit.

Lydia avait dix-sept ans lorsque l'armistice fut signé, le 11 novembre 1918. Mais, en réalité, la guerre était loin d'être terminée, son visage était partout dans cette Allemagne au bord de l'implosion sociale, économique et politique. Dans les villes, personne n'échappait au spectacle monstrueux de centaines de milliers d'invalides aux visages déformés, aux corps déchiquetés, perforés, mutilés par les nouvelles armes de destruction massive dont cette guerre mondiale avait eu l'honneur

de démontrer l'ignoble efficacité. Ces hommes incapables de travailler, parfois abandonnés par un système social déficient ou ruiné, étaient réduits à mendier dans la rue, et il n'était pas rare qu'à l'aube les allumeurs de réverbères retrouvent sur le trottoir leur corps figé par le froid, la faim et le dégoût de vivre. Deux millions de soldats étaient morts sur le front, quatre millions avaient été blessés.

Pour les veuves et les survivants, le combat du temps de guerre se poursuivait, aggravé par la déception d'une paix faite de honte, de défaite et d'humiliation, qui avait jeté sous la botte des Alliés un pays déjà au bord du gouffre financier, rongé par les dettes. Pour faire face aux exigences de réparations démesurées conclues lors du traité de Versailles – livraison d'une somme faramineuse, de matériel militaire et autre, perte des brevets d'invention, sanctions commerciales, démantèlement de certaines usines –, la banque allemande imprima des billets de manière illimitée. L'Allemagne fut précipitée dans le tourbillon fatal de l'inflation puis de l'hyperinflation, jetant chaque jour des milliers de personnes dans la rue qui avaient perdu leur épargne du jour au lendemain. Le chômage, la faim et les maladies faisaient rage, beaucoup de bébés moururent.

Une atmosphère de guerre civile flottait dans l'air. Dès 1918, les soulèvements populaires prenant pour cible le régime monarchiste se multiplièrent, attisés par les marxistes de la ligue spartakiste et inspirés par la révolution bolchevique. L'empereur Guillaume II fit d'abord marcher l'armée contre les insurgés puis finit par abdiquer. Le 9 novembre 1918, la République de Weimar fut proclamée.

Quelques mois plus tard, les spartakistes appelèrent les Berlinois à la grève générale et au renversement du gouvernement. L'insurrection fut réprimée dans le sang par l'armée, avec l'aide de corps francs constitués de vétérans. Les figures de proue du mouvement, Rosa Luxemburg et Karl Liebknecht, furent sauvagement assassinés, déclenchant de sanglants combats de rue entre la gauche radicale et les corps francs. Ces derniers allaient bientôt soutenir une nouvelle formation, des jeunes en uniforme brun se réclamant du national-socialisme derrière un leader du nom d'Adolf Hitler. En 1923, ils se lancèrent dans une tentative de putsch qui échoua. Puis l'atmosphère s'apaisa, l'inflation fut endiguée, l'économie reprenait doucement.

C'est au cours de ce répit, les *Goldene Zwanziger* (« années 1920 dorées »), que Lydia rencontra Karl. Le pays vibrait d'une effervescence artistique et intellectuelle nouvelle. Le Bauhaus révolutionnait l'architecture et la réflexion artistique dans un sens résolument moderne, marqué par l'idée de progrès industriel et l'émergence de la société de masse. Le cinéma triomphait avec des chefs-d'œuvre de l'expressionnisme signés Fritz Lang et Friedrich Wilhelm Murnau. Un ardent désir de légèreté s'était emparé des Allemands, pressés d'oublier le passé dans l'opulence de paillettes et de plumes de revues coquines, l'humour grinçant des cabarets politiques et l'ambiance débridée des *Tanzcafés* où l'orchestre jouait du jazz et où l'on servait des alcools venus d'Amérique. Le peintre Otto Dix a immortalisé dans ses œuvres ambivalentes cette euphorie hédoniste.

Oma s'aventura un jour dans l'un de ces temples de la danse pour esquisser quelques pas de charleston, et le regard de Karl fut attiré par cette jeune femme sans fard, dont la simplicité et la franchise tranchaient avec les manières des autres demoiselles que la guerre avait émancipées en leur ouvrant le marché du travail. Il dut aimer qu'elle soit différente de lui, homme de la fête et du plaisir des sens. Lydia était une femme de caractère, consciente de son indépendance financière liée au succès professionnel de son père, peu pressée de se marier.

La mort subite du père de Karl, qui laissait à ce dernier trois jeunes frère et sœurs à charge, accéléra leur union. En 1926, Lydia et Karl se marièrent, conservant comme unique souvenir de ce jour une photo en noir et blanc délavée par le temps : Lydia, le

visage dissimulé sous un voile blanc et le cou serré par le col montant de sa robe, a le regard tendre et vaporeux. Karl a l'air si sérieux, le regard franc derrière de fines lunettes d'intellectuel. Comme ils sont jeunes !

Par amour, Lydia s'occupa avec une affection maternelle du frère et des deux sœurs de son époux, dont la plus jeune avait huit ans, et accepta qu'ils vivent tous ensemble dans un trois pièces. En retour, Karl avait un certain talent pour distraire son épouse, sans trop avoir à compter, grâce à un salaire plutôt respectable. J'ai retrouvé plusieurs clichés où se lisent le bonheur et l'insouciance de leurs premières années, autour d'une table bien arrosée avec des amis et un accordéoniste, lors d'une virée à la campagne avec la grande automobile de Karl, ou d'une promenade en barque. Le savoir-vivre de son mari profitait à Lydia, la fille sérieuse, qui souriait beaucoup en ce temps-là. Sur des photos de carnaval, elle pose en costume de marin avec une cigarette à la bouche, ou en robe andalouse, un accessoire excentrique dans les cheveux.

Peu de temps après, alors que l'Allemagne commençait à peine à reprendre goût à la vie, le cauchemar réapparut, cette fois sous la forme d'une crise économique mondiale dévastatrice déclenchée par un krach aux États-Unis. Les investisseurs américains ayant un besoin urgent de capitaux, ils retirèrent d'un coup leurs investissements d'Allemagne dont l'économie s'effondra, entraînant la ruine de banques allemandes, des vagues massives de licenciements et des baisses drastiques de salaires. Entre 1929 et 1932, le nombre de chômeurs, de 1,4 million, dépassa 5,5 millions.

Quand Adolf Hitler fut nommé chancelier en janvier 1933, je ne pense pas qu'Oma ait été particulièrement enthousiaste. Ni elle ni son époux n'avaient voté pour lui aux élections présidentielles d'avril 1932, mais pour Paul von Hindenburg. Ce dernier l'avait largement emporté. En revanche aux législatives de juillet et de novembre suivant, le NSDAP était clairement sorti en tête, ouvrant la voie à la nomination de son dirigeant à la chancellerie. Grâce à la position stable de Karl comme fondé de pouvoir dans la société de produits pétroliers Nitag, mes grands-parents n'éprouvaient pas, contrairement à d'autres, le besoin de croire au miracle d'un homme providentiel qui les sauverait de leur misère économique. Néanmoins, Oma avait l'âme charitable et ne pouvait qu'espérer que cesse le désastre qui jetait des enfants dans la rue et poussait des hommes au suicide parce qu'ils ne pouvaient plus subvenir aux besoins de leur famille.

Or, en quelques années, grâce au fort interventionnisme de l'État national-socialiste qui lança de grands travaux, comme la construction d'autoroutes, développa considérablement l'industrie militaire et introduisit des bons du Trésor en masse, l'économie allemande se redressa. Le prix pour cette reprise miraculeuse était des dettes d'État record. Mais on préférait ne pas y regarder de trop près tant on était soulagé d'avoir du travail.

Le nombre de chômeurs passa de 5,6 millions en 1932 à 2,7 millions en 1934 pour chuter à un taux proche de zéro en 1939. Les files interminables devant les commerces, où les Allemands attendaient, munis de tickets de rationnement pour avoir le droit à un morceau de pain, du chou, quelques pommes de terre, disparurent. Les étalages se remplissaient. Le niveau de vie était encore très éloigné de celui des Français et des Américains, et il fallait continuer à se serrer la ceinture, notamment se priver d'une consommation régulière de graisses. Mais le Reich avait été précédé d'un tel marasme que les conditions de vie qu'il offrait semblaient relever du miracle. Surtout à partir de l'été 1935, quand le Reich put fièrement annoncer que le nombre de chômeurs avait chuté à un million. Hitler fut hissé au rang de « Sauveur » de tous les Allemands, sans distinction de classe ni de fortune.

En réalité, malgré ses promesses et sa référence au socialisme, le Reich ne traitait pas tous les hommes à égalité, même parmi les prétendus « aryens ». Quand la classe bourgeoise comprit qu'Hitler n'était pas un ennemi de la société de classe et qu'il n'allait pas révolutionner l'ordre social établi, ils n'hésitèrent plus à le soutenir. En matière d'éducation et d'accès aux universités, le régime n'entreprit rien pour casser la reproduction sociale, et dans les entreprises, il privilégia les employeurs par rapport aux employés : système tarifaire, liberté contractuelle et droit de grève furent abrogés tandis que les forces syndicales furent anéanties, leurs biens confisqués et leurs leaders emprisonnés, sous prétexte d'appuyer l'un des objectifs phares de Hitler, la « destruction du marxisme » en Allemagne. Par ailleurs, une nouvelle élite fit son apparition, les hiérarques du parti et les fonctionnaires du Reich, qui abusaient de leur pouvoir et s'accordaient des privilèges.

La classe ouvrière ne se rebella pas. Après le cauchemar de la crise économique, sans doute aspirait-elle au confort matériel et à l'harmonie sociale. Il était d'autant plus facile de renoncer à la lutte contre la bourgeoisie que Hitler leur désignait d'autres responsables de leurs maux : la démocratie et les juifs. Des sociaux-démocrates et des communistes en exil observèrent avec stupeur l'adhésion croissante des ouvriers au nouveau régime. Outre l'emploi et la fin de la précarité, le Reich offrait la perspective d'une mobilité sociale inédite grâce au travail qui répondait à sa vision darwiniste du monde et à son adage « Que le meilleur gagne » (à condition d'être nazi et aryen). Cette méritocratie, qui valorisait la productivité et la performance plutôt que l'origine sociale, avait l'avantage de donner à une quantité de jeunes des chances de carrière inégalées, en particulier dans la fonction publique, dans les multiples organisations nazies et surtout dans l'armée, où le besoin de personnel était trop important pour réserver les postes de responsabilités aux familles traditionnellement issues de la caste militaire.

C'est surtout en générant un sentiment d'appartenance à une même *Volksgemeinschaft* (communauté du peuple) que le Reich parvint à susciter un sentiment d'égalité : l'utopie d'un corps social uni, en communion avec le Führer, réduirait les divisions sociales. « L'un des succès les plus remarquables des nationaux-socialistes en matière de politique sociale et sociétale est d'avoir réussi à donner le *sentiment* d'une égalité sociale », analyse l'historien Norbert Frei.

La *Volksgemeinschaft* était le socle de l'idéologie nazie qui s'infiltrait partout grâce à une nébuleuse d'organisations agissant à tous les niveaux, professionnel, social, éducatif, festif, sportif, touristique, et remplaçant les anciennes structures. Les Allemands s'adaptèrent très vite à ce changement, d'autant qu'il apportait un souffle de joie et de bonne humeur à leur calendrier, car les fêtes, les parades et les célébrations se multiplièrent. C'était la fin de la grisaille et de la désolation. On mangeait, on travaillait, on s'amusait. Cela se sentait dans la rue, au travail, dans les cafés où flottait un air d'optimisme jovial. Même les visages des citoyens ordinaires étaient baignés d'une confiance retrouvée. Des femmes joliment apprêtées déambulaient dans les grands magasins soudain ressuscités, elles s'achetaient des étoffes pour une nouvelle robe ou s'offraient une petite folie – un chapeau, un sac de soirée, pour une sortie au théâtre, au concert.

La qualité des programmes culturels avait beaucoup décliné à cause de la censure, mais une grande variété de divertissements était proposée par l'État à des prix accessibles, contribuant à nourrir un sentiment de justice sociale. Sur le modèle de l'*Opera nazionale del dopolavoro* (« L'Œuvre nationale du temps libre ») de l'Italie fasciste, dont Hitler était un grand admirateur, les nazis créèrent le *Kraft durch Freude* (KdF) qui proposait cours de gymnastique, danse, sport, excursions, randonnées dans la nature, soirées théâtrales et musicales, tournois d'échecs et concours du plus beau village.

L'objectif n'était nullement social, il était idéologique et visait à renforcer l'allégeance à la *Volksgemeinschaft* et, à travers elle, au Führer et à l'État, surpuissants, fédérateurs et protecteurs, garants de la santé physique et psychologique des citoyens de sang aryen. En retour, ces derniers devaient accepter de se laisser pleinement guider jusque dans la vie privée et dans les pensées, être d'une loyauté indéfectible à Adolf Hitler, et servir le national-socialisme par le travail et, si nécessaire, la guerre.

Le Reich avait également tout prévu pour les vacances, dont les travailleurs allemands devaient profiter grâce à une organisation centralisée du tourisme et un allongement de la durée des congés payés. J'ai visité un symbole de cet engouement pour le tourisme de masse qui subsiste sur l'île de Rügen, dans la mer Baltique, un lieu de villégiature huppé, où la bourgeoisie du XIXe siècle fit construire de belles villas blanches en bois, décorées d'encorbellements et de balcons sculptés.

À l'écart, sur le site de Prora, une pinède qui longe une plage lumineuse, j'ai marché une bonne heure le long d'un bâtiment désert de six étages aux ouvertures béantes, qui s'étend sur cinq kilomètres, entouré de barbelés qui bloquent les entrées. C'est Hitler qui aurait eu l'idée de ce projet titanesque : un centre doté d'une multitude de chambres au confort moderne pouvant loger jusqu'à 20 000 vacanciers, de deux piscines à vagues et d'une gigantesque salle de spectacles. Ce rêve resta inachevé car la construction fut interrompue par la guerre.

Pour les vacances comme pour les loisirs, *Kraft durch Freude* insistait sur la santé et le sport. Adolf Hitler était un maniaque de l'hygiène corporelle. Il était végétarien, il ne supportait pas qu'on fume en sa présence et ne buvait pas d'alcool. Sa compagne, Eva Braun, était une férue de gymnastique. Cette obsession correspondait au caractère eugéniste et raciste de l'idéologie nazie qui aspirait à créer un « homme nouveau », de sang purement « aryen », beau et sain de corps. Un nazi avait pour devoir de prendre soin de son corps, et une mère, d'alimenter ses petits aryens convenablement.

Purger la *Volksgemeinschaft* du sang prétendument « impur » des juifs ne suffisait pas. Il fallait privilégier les êtres forts et en bonne santé par rapport aux vieux, aux malades et aux faibles, sans compter que les premiers seraient plus utiles en cas de guerre. En 1937, Hitler se félicita de sa « politique raciale allemande » dans un discours à Nuremberg : « Comme nos petites filles et nos garçons sont beaux, leur regard est si lumineux, leur tenue est saine et fraîche. Comme les corps des centaines de milliers et millions de ceux qui sont entraînés et soignés par nos organisations sont beaux. [...] C'est la renaissance d'une nation qui a pu voir le jour grâce à la culture consciente d'un homme nouveau. »

Oma n'était pas une grande sportive. Plus jeune, elle accompagnait son époux skier dans la Forêt-Noire, j'ai retrouvé des photos d'eux, elle a l'air étonnamment à l'aise sur ses skis en bois, ils sont seuls au milieu d'une vaste étendue immaculée. L'amour lui avait donné des ailes. Puis elle prit de l'embonpoint et Karl lui demanda moins souvent de l'accompagner pour ses escapades en montagne ou près d'un lac, où il campait nu. Peut-être était-elle lasse de ces extravagances et aspirait-elle à d'autres distractions. Pour les moins sportifs, *Kraft durch Freude* proposait aussi l'inverse de vacances spartiates : la volupté d'une croisière.

C'est ainsi que Lydia, qui n'avait jamais voyagé de sa vie, embarqua avec 1 500 autres pour cinq jours sur un grand navire blanc flambant neuf, doté de jolies cabines modernes disposant de l'eau courante, à destination des somptueux fjords de Norvège, ces contrées nordiques dont Hitler admirait la pureté raciale. Ce paquebot, inauguré en 1937, avait été baptisé du nom de l'ancien chef du NSDAP en Suisse, un antisémite fanatique assassiné à Davos par un étudiant juif : Wilhelm Gustloff. À bord, il y avait plusieurs restaurants, un coiffeur, des magasins, une piscine couverte, un gymnase, un théâtre… « Ma mère me parlait souvent de cette traversée. Elle s'était amusée comme rarement, elle dansait, buvait, elle disait qu'il y avait une ambiance fantastique à bord », dit Ingrid. Le Reich disposait de six bateaux de croisière et proposait des destinations de rêve, comme Madère, un archipel du Portugal où la haute société britannique, qui avait coutume d'y passer ses hivers, dut faire de gros yeux lorsqu'elle vit débarquer une horde d'Allemands d'un milieu social très inférieur. Plus de 700 000 Allemands bénéficièrent de ce luxe inouï pour la classe moyenne européenne. Néanmoins, pour 99 % des ouvriers, même subventionné, le prix des croisières demeurait prohibitif.

Ce mélange audacieux de glamour et de socialisme eut des répercussions très positives sur la popularité du régime, surtout chez les femmes qui faisaient part de leur émerveillement à leur entourage encore longtemps après leur voyage, comme le releva avec satisfaction un observateur du parti nazi.

Le Führer bénéficiait d'ores et déjà d'une affection particulière auprès de nombreuses citoyennes allemandes, portées à la fois par un instinct protecteur pour ce vieux garçon sans attache et une fascination pour cet homme au charisme et à la voix que l'on disait magnétiques. Hitler avait pris soin de dissimuler sa liaison avec Eva Braun qu'il refusait d'épouser pour préserver l'aura d'un Führer marié à l'Allemagne, donc à toutes les Allemandes. Il savait également remercier ses adoratrices qu'il nourrissait de délicates attentions, par exemple en élevant la fête des Mères au statut de fête nationale, une manière de flatter la mère et la femme au foyer dans le projet national-socialiste, éducatrice de bons petits aryens et soutien essentiel de l'homme dans sa mission. Douze millions de femmes étaient membres d'organisations nazies et, à la fin de la guerre, beaucoup crièrent leur détresse après la défaite du Führer, certaines n'hésitant pas à se donner la mort.

Oma aussi l'avait admiré. Si elle n'adhéra pas aux organisations, c'est peut-être par respect pour son père, Heinrich Koch, un social-démocrate de cœur qui avait été très ému le jour où il avait rencontré Friedrich Ebert, le président légendaire du SPD. Comme elle était engagée dans des associations caritatives, il est probable qu'elle ait participé à des initiatives nazies d'aide aux plus démunis. Quoi qu'il en soit, il n'était nullement nécessaire d'avoir une vie sociale pour être en contact avec l'idéologie nazie, car celle-ci pénétrait jusque dans les recoins les plus intimes de la vie privée. Elle interdisait les rapports sexuels avec les juifs et encourageait les femmes et les hommes à procréer, si nécessaire hors mariage. « Je me demande si ma mère n'a pas été influencée par l'esprit du temps quand elle m'a eue, confie mon père. Elle avait 42 ans, c'était très tard pour décider d'avoir un enfant, surtout en pleine guerre. »

L'idéologie s'imposait aussi dans l'éducation des enfants. Le livre de la médecin austro-allemande Johanna Haarers, *La Mère allemande et son premier enfant*, dont les maîtres mots étaient élevage, soumission et propreté, se vendit à 160 000 exemplaires entre 1934 et 1938. « Ma mère ne suivait pas cet idéal, au contraire elle me gâtait un peu trop, explique Volker. Mon père non plus, il était plutôt inspiré du modèle d'éducation à l'ancienne, patriarcal et dur. » Pour corriger ces cas d'incompétence parentale à élever des petits nazis, le régime enrôla les jeunes âgés de 10 à 18 ans dans des organisations hitlériennes. Au *Bund Deutscher Mädel* (BDM), qui fut obligatoire à partir de 1936, les filles « aryennes » apprenaient à s'occuper de « la chaleur d'un réchaud au foyer », à être « la gardienne de la pureté du sang et du peuple, et à élever les fils du peuple comme des héros ». L'équivalent masculin, la *Hitlerjugend*, exerça son lavage de cerveau sur 98 % des garçons de cette tranche d'âge. Elle leur inculquait une idéologie raciale fondée sur le darwinisme social, et leur imposait un entraînement physique et moral destiné à les préparer au combat. Les *Hitlerjugend* participèrent à des actions violentes, comme le boycott contre les magasins juifs et la nuit de Cristal. Certains enfants en venaient à espionner leurs professeurs, leurs parents, leurs voisins. Malgré leur caractère obligatoire et radical, ces institutions étaient populaires, peut-être aussi parce qu'elles traitaient les enfants d'égal à égal, quelle que soit leur fortune ou leur origine sociale.

Toutes les femmes ne vénéraient pas Hitler. Pour celles qui, contrairement à Oma, étaient entrées dans la vie active et avaient goûté aux prémices de l'émancipation pendant les années 1920, le régime nazi équivalait à un cinglant recul. Le Führer avait déclaré la guerre à l'« émancipation des femmes », selon lui, « un mot inventé par l'intellect juif ». « Il n'est pas correct qu'une femme intervienne dans le monde des hommes. Il semble naturel que ces deux mondes soient séparés », avait-il lancé lors du congrès de Nuremberg en septembre 1934. L'ironie de l'histoire veut que ce soit une femme qui ait donné une résonance internationale à ce congrès : la cinéaste Leni Riefenstahl, à laquelle Hitler, ébloui par son talent, avait donné carte blanche pour tourner des films de propagande, dont l'étourdissant *Triomphe de la volonté*.

Le rythme du montage et les prises de vues, époustouflantes de nouveauté et de puissance, allaient avoir beaucoup d'influence dans les salles de cinéma, en Allemagne et ailleurs. Ces films rendaient à la perfection l'atmosphère grisante des rassemblements du parti où la mise en scène mystique du pouvoir subjuguait les spectateurs et les participants, tous unis dans un halo de camaraderie guerrière : descentes aux flambeaux, discipline militaire implacable, esthétique rythmée des drapeaux et des mains levées, architecture imposante, appels scandés à l'action radicale. Opa, qui n'avait pas l'âme d'un guerrier ni d'un fanatique, n'a pas résisté à la curiosité d'aller à Nuremberg pour assister à ce spectacle pompeux dont on disait que même les moins favorables au national-socialisme revenaient « étourdis ».

C'était justement l'idée, hypnotiser afin de détourner l'attention des persécutions, des arrestations et de la brutalité que subissait une partie de la population allemande pendant que d'autres buvaient du vin mousseux sur un bateau de croisière ou s'émerveillaient de la grandeur du Reich à Nuremberg. Les cibles étaient les juifs, les communistes, les socialistes, les syndicats, les journalistes, les intellectuels et les hommes de pouvoir jugés trop ambitieux. Mais aussi les homosexuels, les faibles, les malades et les marginaux, visés dès 1934 par une campagne de stérilisation forcée présentée comme une « loi pour la prévention d'une progéniture malade ». Cette loi fit 360 000 victimes dans le Reich. Il n'y avait pas de places pour eux dans un État eugénique.

Que savaient mes grands-parents de cette violence ? Ils vivaient en ville où l'information circulait rapidement. Les camps de concentration et les mauvais traitements qu'y subissaient les détenus étaient connus. Les assassinats de concurrents ou d'opposants politiques n'étaient pas un secret. La persécution des juifs se déroulait en plein jour. Les descentes de SS et de SA braillant, faisant claquer leurs bottes et semant la terreur, gênaient sans doute beaucoup d'Allemands qui auraient préféré que la répression se déroule loin de chez eux. Mais on s'en accommodait en se disant que celui auquel allait sa loyauté, Adolf Hitler, était soit étranger à ces exactions, soit légitime dans ce qu'il faisait. Ce que disait ce demi-dieu, ce qu'il faisait avait valeur de vérité, de loi.

Le culte du Führer prenait des proportions de plus en plus démentielles à mesure que le chômage baissait et qu'il accumulait les victoires diplomatiques. La réintroduction du service militaire obligatoire et la remilitarisation de la Rhénanie, qui violaient le traité de Versailles, l'accord de coopération avec l'Italie de Benito Mussolini en 1936, l'annexion de l'Autriche et des Sudètes en 1938, tout semblait hisser Hitler au rang d'un prophète qui rendait sa grandeur au Reich et le vengeait de la « honte » de Versailles. Le 20 avril 1939, pour son cinquantième anniversaire, le Führer reçut une avalanche de lettres d'amour et des dons à hauteur de 3 millions de reichsmarks qu'il reversa à des associations caritatives.

Même l'élite aristocratique, d'abord réservée, finit par succomber en grande partie. En 2004, j'ai interviewé le baron Philipp von Boeselager, né en 1917. « On ne peut pas imaginer l'excitation qui régnait alors, me dit-il. Au début, dans mon milieu, nous méprisions Hitler à cause de ses origines prolétaires et le parti à cause de sa vulgarité. Ça a changé quand il a rendu aux nobles leur rôle dans l'armée. Nous avions vu nos aînés se faire humilier après 1918. Cet homme les sauvait du désœuvrement et de la honte. » Pendant la guerre, Philipp von Boeselager s'engagea dans l'armée hitlérienne, mais peu à peu il prit conscience de la dimension criminelle du Reich et, en juillet 1944, avec son frère, il participa à un complot d'officiers contre Hitler. Le complot fut déjoué, mais les hommes échappèrent à la vague d'exécution car leurs noms ne furent pas divulgués.

Plus généralement, l'élite conservatrice et éduquée était séduite par le ton antisocialiste et antidémocratique du Führer et le rejet de la pensée rationnelle qui caractérisait la république de Weimar. La croyance exaltante à une force irrationnelle qui forgerait une nouvelle Allemagne, puissante et respectée, faisait tomber les garde-fous les uns après les autres. Au début, la SS attirait surtout les classes inférieures et moyennes parce que c'était une perspective d'ascension sociale, mais, à partir du milieu des années 1930, le niveau d'éducation de ses membres augmenta. L'historien français Christian Ingrao a suivi les itinéraires de 80 cadres dirigeants des organes de répression du IIIe Reich : environ 60 % avaient étudié à l'université et 30 % étaient titulaires d'un doctorat.

Des hauts gradés de l'armée issus de familles conservatrices aux valeurs chrétiennes bien ancrées allaient organiser le massacre de prisonniers de guerre et de villages entiers. De brillants juristes allaient se fendre de rapports méticuleux destinés à légitimer dans un langage glacial les crimes du Reich. Des experts en civilisations et langues anciennes allaient prêter leurs connaissances pour savoir si telle tribu du fin fond des campagnes de Russie avait ou non du « sang juif », qui avait droit à la vie, qui à la mort. Des médecins allaient se transformer en bourreaux sadiques. Le carriérisme et le conformisme ne suffisent pas à expliquer ces métamorphoses qui relèvent du mystère du mal.

L'allégeance au Führer était souvent un alibi commode. Aux yeux de ma grand-mère, il était possible d'adorer Hitler sans se considérer comme nazie, ce qui permettait de s'exonérer des crimes du Reich. L'Église protestante, qui guidait si fortement la conscience d'Oma, n'avait-elle pas donné sa bénédiction au Führer, espérant qu'à la démocratie honnie succèderait un régime chrétien autoritaire adapté à l'esprit allemand protestant ? Les jours de fêtes, certaines églises n'hésitaient pas à hisser le drapeau nazi, qui embrassait de son étoffe rouge sang la croix chrétienne. Oma ne faisait pas partie de l'aile la plus nazie de l'Église protestante, la *Deutsche Christen* (DC), mais elle n'avait pas non plus rejoint la *Bekennende Kirche*, qui, avec un courage rare, résistait au Reich.

L'Église catholique était plus circonspecte à l'égard du nouveau régime. Des prêtres s'opposèrent au régime, mais ils furent rapidement arrêtés et la résistance au Führer faiblit, faute de soutien de la part du Vatican, qui brilla par son apathie. Les Églises protestantes et catholiques finirent par livrer au Reich les noms des chrétiens d'origine juive et assistèrent sans protester à l'exclusion d'anciens « frères » de la communauté.

Critiquer le nazisme était un exercice périlleux. S'y opposer pouvait être mortel. Le parti avait des dénonciateurs partout : des voisins hostiles, des collègues jaloux ou un époux blessé par le départ de sa femme. Par ailleurs, la pression politique et sociale était forte pour que les Allemands participent à la *Volksgemeinschaft*. Toute réticence pouvait vous valoir le harcèlement continu de suppôts du parti nazi, la suppression d'aides sociales, le rejet d'une université, la perte d'un emploi, jusqu'à l'exclusion de la société…

Néanmoins, même si la terreur a joué un rôle, la clé du succès du IIIe Reich reposait moins sur la répression que sur l'adhésion du peuple, conquis par une impressionnante entreprise de séduction, à commencer par une propagande omniprésente. « Mes parents avaient la radio. J'étais trop petite pour comprendre, mais je me souviens que c'était toujours le même ton, le même rythme. À force, la propagande finissait par entrer dans toutes les têtes, y compris celle de ma mère », se souvient ma tante Ingrid. Le Reich avait lancé sur le marché une radio à bas prix dans l'objectif d'endoctriner le plus de citoyens possible. La plupart des journaux avaient été interdits. À Mannheim, il ne restait plus que le brûlot antisémite *Hakenkreuzbanner*. Il y avait aussi les films et les pancartes publicitaires du Reich où ne transparaissaient qu'harmonie, plaisir du devoir accompli, joies familiales, retour à la nature, amour, comme sur cette photo montrant un jeune couple s'enlaçant sur une plage, caressé par un grand drapeau nazi. Qui n'avait pas envie, après tant de souffrances, de se laisser bercer par le confort de cette utopie totalitaire qui faisait des Allemands une race supérieure ?

« C'était magnifique de faire partie d'un peuple d'élus », écrivent les psychoanalystes Alexander et Margarete Mitscherlich. Comme souvent dans l'histoire de l'humanité, notamment pendant l'ère coloniale, il était si jubilatoire de dominer sans avoir aucun autre mérite à démontrer que celui de ses prétendues origines. Je ne pense pas qu'Oma et Opa étaient sensibles à ces flatteries de l'ego et ces rêves de toute-puissance. En revanche, le fiancé de la petite sœur de Karl, Hilde, brûlait d'ardeur pour la mission dominatrice du national-socialisme. Il existe une photo de leur mariage, célébré en même temps que celui d'une amie. C'est pendant la guerre, leurs maris ont revêtu leur uniforme de la Wehrmacht et arborent fièrement leurs insignes nazis. L'époux de Hilde lui enverra des lettres du front de l'Est où il déversera sa haine des *Untermenschen*, les Slaves, ces sous-hommes.

Lorsque la guerre éclata, le 1er septembre 1939, Oma avait trente-huit ans et Ingrid presque trois ans. L'inquiétude des Allemands contrastait fortement avec la fougue guerrière qui en avait animé plus d'un en 1914. Ils savaient désormais à quel carnage ressemblaient les guerres modernes, technologiques, et tremblaient à l'idée de perdre un confort si difficilement reconquis. Avec les victoires éclairs du Reich, l'inquiétude disparut et la popularité du Führer atteignit son zénith. Comme souvent, les plaisirs matériels ajoutaient à la fierté des armes. On se réjouissait des produits saisis dans les pays occupés, le beurre du Danemark, des lainages des Pays-Bas, de l'huile, du vin de France… Jusqu'au jour où le Führer eut la malencontreuse idée de se lancer à l'assaut de la Russie en juin 1941. Les Allemands étaient consternés. Comme ils le redoutaient, la guerre, qui jusqu'alors se déroulait loin de leur foyers, fit soudain irruption sous forme de raids aériens dévastateurs. La population fut prise au piège dans une spirale infernale d'angoisse, de mort et de destruction.

Les Alliés réussirent à traumatiser les Allemands, mais manquèrent leur objectif principal : les soulever contre Hitler. La loyauté de la population semblait indéfectible : « Ce sont les moyens guerriers des Alliés qui sont inhumains, pas notre Führer ! » Alors même que la défaite était acquise, les fonctionnaires, la police, les SS, les juges, tous continuèrent à appliquer le *Führerprinzip* (principe de soumission au chef), s'attaquant avec une obstination insensée à tous les « éléments nuisibles », les faibles, les saboteurs, les défaitistes, les déserteurs. À l'est, la machine à exterminer les juifs continuait de tourner à une vitesse folle, guidée par des hommes tuant mécaniquement.

« La fascination pour Hitler et ses exigences n'était pas seulement du sadisme, mais du masochisme, un plaisir de la soumission », estiment Margarete et Alexander Mitscherlich. Le choc du suicide du Führer et de la défaite du Reich fut à la hauteur de cet ensorcellement, et explique en partie l'amnésie pathologique dans laquelle plongèrent les Allemands après la guerre.

Certains n'en sont jamais sortis, comme Emma, que j'ai interviewée en 2005. Cette femme, originaire d'une modeste famille de paysans des Sudètes, avait été chassée avec les siens de Tchécoslovaquie en 1945 et s'était installée en Bavière. Ils avaient atterri à Geretsried, un ancien centre d'usines à explosifs que les Allemands des Sudètes, à force d'un travail acharné, avaient transformé en une grande ville aérée, propre et verte, abritant des commerces et des entreprises prospères. J'avais rendez-vous avec Emma dans une maison de retraite. C'était une femme de 78 ans, clouée dans un fauteuil roulant, qui, peut-être à cause des médicaments, peinait à garder les yeux ouverts et à articuler. Elle parvint néanmoins à me raconter comment, une nuit de juillet 1945, sa famille avait été tirée de chez elle par la police tchèque, forcée de laisser tous ses biens et obligée de faire plusieurs centaines de kilomètres dans un cortège de réfugiés que les villageois huaient et frappaient. Soixante ans plus tard, rien ne semblait avoir altéré son ressentiment, ni le temps ni la révélation que le Reich avait commis des crimes bien pires que l'expulsion des Allemands par les Tchèques. « Mais, en 1938, vous étiez contente que Hitler vous annexe ? » lui demandai-je. « Oui nous l'avons salué comme un sauveur. Si c'était à refaire, je le referais », confessa-t-elle sans hésitation. « Pourquoi ? » Emma réfléchit et répondit : « Avant, nous ne mangions que des pommes de terre, après l'annexion, nous avions de la viande dans notre soupe. » Je fus frappée par cette honnêteté déroutante qui révélait à quel point le motif d'une adhésion politique peut être simple : « De la viande dans notre soupe. »

Chapitre VI

Fils de Mitläufer

Très tôt déjà, mon père avait développé un intérêt pour les crimes du IIIe Reich, assorti de la frustration de ne pouvoir le partager avec personne. Dans sa famille, il n'était jamais question ni de la guerre ni du national-socialisme. Seuls les juifs avaient brièvement été évoqués au début des années 1950 lorsque Karl avait dû payer des réparations à Julius Löbmann, et le souvenir de la tension que cet épisode avait générée à la maison était encore assez vif pour que Volker préfère éviter de poser trop de questions sur cet épineux dossier. Karl Schwarz était un père très irascible, il était préférable de ne pas le provoquer sans réfléchir aux conséquences, qui oscillaient entre les privations et les taloches.

À la sortie de l'adolescence, alors qu'il craignait moins son père, Volker s'était jeté plusieurs fois à l'eau : de temps en temps, il lâchait le nom de Löbmann. Même quand il n'abordait pas l'histoire familiale, juste celle de l'Allemagne en général, chaque initiative était accueillie par une telle avalanche de cris qu'il finit par y renoncer : « Il entrait dans une colère ! Dans l'entrepôt d'huile où je l'aidais, il lui arrivait de s'emparer du tuyau d'arrosage et de me poursuivre avec ou de me lancer des ustensiles à la figure. »

J'imagine ces affrontements générationnels entre mon grand-père, un homme corpulent et autoritaire, à court d'arguments face à un fils aussi éveillé qui, du haut de son physique gracile, le défiait d'un regard insolent : « Tant que tu mets les pieds sous ma table, tu m'obéis ! » Pourtant, ce qui intéressait Volker n'était pas vraiment de pointer un doigt accusateur sur son père, car après tout celui-ci n'avait été ni dans la SS, ni dans la Wehrmacht, ni dans l'appareil d'État, et n'avait jamais tenu une arme ou un stylo qui ait causé la mort de quelqu'un. Il aurait surtout aimé savoir *comment cela s'était passé*, ce que ses parents savaient et ignoraient, ce qu'ils regrettaient d'avoir fait et pas fait.

Faute de pouvoir parler avec son père, il tentait de sensibiliser sa mère, à laquelle une grande affection le liait. Elle protestait : « Nous n'avons pas voté pour Hitler en 1932, nous avons choisi le maréchal Hindenburg ! » Cependant, le mystère demeure sur le bénéficiaire de leur vote en mars 1933. « Ma mère disait avec son accent de Mannheim : "Ils n'auraient pas dû tuer les juifs", mais cela avait une double connotation, souligne Volker. Car à l'époque beaucoup pensaient que la défaite était le résultat de la vengeance des juifs, auxquels les clichés antisémites prêtaient de vastes réseaux, surtout aux États-Unis, et que par conséquent il aurait mieux fallu les laisser tranquilles. »

Oma ajoutait souvent : « Si le Führer l'avait su, ce ne serait pas arrivé. » Elle avait entendu parler de l'ignominie des camps par une gitane, Annie, qui vivait dans les ruines situées en face de l'immeuble familial. Elle s'était prise d'amitié pour cette femme qui avait été emprisonnée dans un camp de concentration et violée un nombre incalculable de fois. Elle tâchait de survivre avec un enfant né d'une de ces agressions. « Ma mère l'invitait souvent à la maison pour lui donner à manger, une tasse de café, et de l'argent. En retour, Annie lui lisait les cartes. » Cette empathie n'empêchait pas Lydia de rêver de temps à autre à voix haute d'un régime qui lui avait permis de faire une croisière inoubliable en Norvège.

Parfois, lorsque des invités venaient célébrer des anniversaires à la Chamissostrasse, l'un d'eux évoquait « le bon temps qu'il avait passé en France », quand les soldats allemands menaient la vie de château grâce à l'Occupation. « Ils racontaient qu'ils buvaient du champagne et achetaient des collants de soie pour les ramener à leurs épouses », relate mon père. Il y avait l'oncle Kurt qui se vantait d'avoir été officier de la marine, alors qu'il avait passé la guerre sur un navire en Norvège où, loin de combattre, il avait eu un enfant avec une Norvégienne. Le seul qui ait connu la vraie guerre, la pire, celle sur le front de l'Est, ne disait rien. C'était le jeune frère de Karl, oncle Willy, auquel personne n'osait rien demander, de peur de regretter d'avoir réveillé des souvenirs dont la noirceur faisait frémir.

À part les anecdotes cocasses lors d'anniversaires arrosés, on préférait éviter de parler de son expérience, surtout si elle était douloureuse. « Il n'était jamais question des bombardements à table, pourtant, ils avaient tous beaucoup souffert à Mannheim. Ils voulaient oublier la guerre. » Quant au passé de l'Allemagne, si on s'y intéressait, c'était pour des raisons différentes de celles de Volker. « Le problème n'était pas de savoir quels crimes le Reich avait commis, mais pourquoi il avait perdu la guerre. C'est ça qui traumatisait les gens, dit-il. Ils se disputaient pour savoir quelle décision de Hitler avait été fatale, comme s'ils pouvaient changer le cours de l'Histoire. »

Une des grandes énigmes était la décision du Führer, prise le 24 mai 1940 contre l'avis de son état-major, d'arrêter l'avancée de ses chars qui encerclaient 370 000 soldats de l'armée britannique et française autour de Dunkerque. Cette initiative donna le temps aux Alliés de mettre en place un anneau défensif autour de la ville pour organiser l'évacuation de leurs troupes par la mer. Le 26 mai, Hitler ordonna aux blindés de reprendre l'assaut, tandis que le ministre de l'Aviation, Hermann Göring, envoya la Luftwaffe pilonner les soldats ennemis qui attendaient sur les plages de Dunkerque qu'une embarcation vienne les sauver. Malgré les attaques aériennes, 340 000 d'entre eux furent évacués. Une grande quantité de matériel militaire fut abandonnée aux mains des Allemands, mais quatre ans plus tard, nombre de ces hommes sauvés *in extremis* étaient revenus en vainqueur, lors du débarquement en Normandie le 6 juin 1944.

Après la guerre, les Allemands s'arrachèrent les cheveux pour comprendre cette occasion manquée. « On disait qu'Hitler aurait pu profiter de cette catastrophe militaire britannique pour contraindre Churchill à signer la paix qu'il avait toujours souhaitée avec la Grande-Bretagne afin qu'il lui laisse les mains libres en Europe continentale », explique mon père. Les motifs du Führer ne sont toujours pas clairement élucidés à ce jour.

Une autre obsession était la bataille de Stalingrad. L'histoire de l'isolement de la 6e armée, cernée par les Soviétiques à la fin de 1942 et abandonnée par Hitler à son sort, était une énigme autour de laquelle on aimait échafauder toutes sortes d'hypothèses. « Mon père disait : “Dès Stalingrad, je savais qu'on avait perdu la guerre et je l'ai toujours dit !” » rapporte ma tante Ingrid. En réalité, le vent avait tourné en décembre 1941, avec la victoire de l'Armée rouge à la bataille de Moscou. Pourtant c'est Stalingrad qui marqua les esprits, vendue par la propagande nazie comme le sacrifice héroïque de soldats allemands. Après la guerre, le mythe se perpétua, nourri par des livres, comme le roman de Fritz Wöss, *Chiens, voulez-vous vivre éternellement ?*, dont la version filmée, signée Frank Wisbar et sortie en 1959, eut un succès retentissant. Le journaliste allemand Erich Kuby écrivit à ce sujet : « Chaque Allemand qui sort de ce film se sent innocenté. »

Je l'ai regardé, et la première chose qui m'a frappée est le contraste saisissant avec la représentation de la Wehrmacht dans les films français de la même époque, où l'on voit des soldats nazis dépourvus de toute humanité, aboyant des ordres dans une langue devenue hideuse. Dans le film allemand, je les découvrais métamorphosés, drôles, honnêtes, courageux, à l'exception d'un officier supérieur dont la lâcheté servait à accentuer la qualité des autres. Hitler, lui, apparaissait comme un piètre chef de guerre, sans cœur. L'empathie suscitée pour la 6e armée permettait de reléguer aux oubliettes sa participation à des crimes de guerre et des massacres, comme celui de Babyn Jar, en Ukraine, où 33 000 juifs furent assassinés en deux jours. « La Wehrmacht était intouchable à l'époque. Même moi je ne pensais pas qu'elle était impliquée », reconnaît mon père.

Comment échapper au lavage de cerveau nourri par une littérature autobiographique destinée à se justifier et des films qui livraient aux Allemands les héros qui leur manquaient tant ? La star la plus indétrônable restait Erwin Rommel, érigé au rang de légende malgré son engagement déterminé en faveur du IIIe Reich.

Les années 1950 étaient celles de la réhabilitation inconditionnelle, réaction à la dénazification menée par les Alliés qui avaient osé salir la réputation de tant d'« honnêtes » nazis. Les jeunes de la génération de mon père ne pouvaient pas compter sur grand monde pour briser cette vision édulcorée du passé. Même les journalistes étaient de mèche, car nombre d'entre eux avaient été des nazis. Il restait l'école. Mais là non plus, il ne fallait pas s'attendre à compenser la lâcheté du reste de la société. « Au collège, les cours d'histoire s'arrêtaient à la république de Weimar, raconte mon père. La plupart des professeurs avaient enseigné sous le IIIe Reich, certains avaient été nazis, et les vieilles méthodes continuaient de régner : la baguette sur les doigts et le coup de pied au derrière. La Seconde Guerre mondiale était au programme d'histoire seulement au lycée, où une toute petite minorité d'élèves poursuivaient leur scolarité, mais elle était évoquée de manière très superficielle et surtout très partiale. »

Certains termes étaient tabous, au point qu'ils avaient disparu du dictionnaire ! Ainsi, dans un texte publié en 2002, l'écrivain serbe germanophone Ivan

Ivanji raconte qu'il a cherché dans son encyclopédie *Duden* datée de 1956 les termes « camp de concentration » et « SS ». Il n'a rien trouvé.

Dans cette amnésie générale, quelques voix s'élevaient pour dénoncer le révisionnisme historique et l'impunité. Mais c'est surtout grâce au combat obstiné d'un procureur que les Allemands furent obligés de faire face à la vérité.

Fritz Bauer avait passé la guerre en exil au Danemark et en Suède après avoir été persécuté par les nazis qui avaient brutalement mis fin à sa carrière de juge parce qu'il était juif et social-démocrate. Après la guerre, il décida de revenir en Allemagne pour participer à la construction de la démocratie. Il fut l'un des rares à comprendre que, pour partir sur des bases saines, la RFA devait éradiquer les racines du national-socialisme, ce qui passait obligatoirement par une confrontation honnête avec le passé.

Il signa sa première victoire en 1952 en établissant juridiquement que le IIIe Reich avait été un « État de non-droit » et que, par conséquent, les soulèvements et attentats contre le régime et son Führer avaient été légitimes. Il réhabilita ainsi les résistants contre le sentiment de la majorité de la société et de nombreux soldats qui brandissaient leur loyauté indéfectible à Hitler comme un motif de fierté. Le procureur se fit beaucoup d'ennemis, mais aussi quelques alliés de poids qui lui permirent d'être nommé procureur du Land de Hesse en 1956. Un poste dont Bauer allait utiliser tous les leviers imaginables pour révéler des crimes dont peu pressentaient l'étendue.

En 1958, à Ulm, il initia un procès contre dix membres d'un *Einsatzkommando* accusés d'avoir assassiné plus de 5 000 juifs en Lituanie. Les accusés, qui avaient réintégré la vie civile après la guerre, furent condamnés à des peines allant de trois à quinze ans de prison pour « participation collective au meurtre collectif ». Ils échappèrent à la perpétuité parce que les juges refusèrent de leur attribuer une volonté individuelle de tuer, malgré les preuves accablantes d'initiative personnelle.

Ce procès, qui était le premier de cette ampleur contre des nazis devant un tribunal allemand, choqua l'opinion publique qui découvrait qu'à l'Est il n'y avait pas simplement eu une guerre traditionnelle, mais des massacres que certaines autorités ouest-allemandes cherchaient à dissimuler. Face à l'indignation, les ministères de la Justice des *Länder* créèrent la *Zentrale Stelle zur Aufklärung nationalsozialistischer Verbrechen* (Service central d'enquête sur les crimes nationaux-socialistes) à Ludwigsbourg, un centre indépendant, qui avait pour mission d'enquêter sur les crimes commis hors d'Allemagne, en particulier en Europe de l'Est. Longtemps, les parquets régionaux refuseront de collaborer avec la *Zentrale Stelle* et classeront systématiquement les dossiers qu'elle leur transmettait. À l'exception de Fritz Bauer. Isolé dans un appareil judiciaire où deux tiers des collaborateurs étaient d'anciens nazis, voire la totalité du personnel pour certains départements, privé du concours des politiques et de la police criminelle fédérale, il résista aux pressions, aux actions de sabotage et autres obstacles mis en travers de sa route. Avec l'aide de rares juristes prêts à défendre sa cause, il se lança dans des enquêtes impossibles, parfois en marge de la légalité.

Un jour, parmi les nombreuses lettres anonymes d'insultes et de menaces qui chaque jour inondaient son bureau, Bauer reçut une enveloppe d'Argentine. Les mains du juge durent trembler à la lecture de ce courrier écrit par un certain Lothar Hermann, un juif ayant fui le nazisme. Il affirmait qu'à Buenos Aires se cachait sous un faux nom Adolf Eichmann, le logisticien en chef du génocide des juifs d'Europe, recherché par la justice internationale pour crimes contre l'humanité. Sans mentionner la lettre, Bauer demanda aux autorités allemandes si, dans le cas où Eichmann serait retrouvé, elles seraient prêtes à demander son extradition. La réponse fut négative. Personne n'avait envie d'un procès retentissant qui rappellerait le passé nazi d'un pays souhaitant montrer un nouveau visage au monde, surtout pas contre une figure clé de l'Holocauste qui devait en connaître tous les acteurs, y compris ceux qui avaient réussi à se recycler dans la nouvelle Allemagne démocratique. Quel embarras si, en plein procès, Eichmann avait soudain pointé du doigt les juges, les procureurs, en s'écriant : « Au fait ! Nous nous connaissons d'avant, souvenez-vous donc… »

Mais Bauer était un gardien de la justice capable de contourner la loi lorsqu'elle lui semblait injuste, au risque d'être limogé et traîné devant les tribunaux pour trahison. Il demanda en secret au Mossad, le service de renseignements israélien, d'aller chercher Eichmann à Buenos Aires. En mai 1960, les agents enlevèrent le criminel nazi et le ramenèrent de force dans l'avion d'une délégation de l'État hébreu, au nez et à la barbe des autorités argentines, afin de le juger à Jérusalem. À la nouvelle de sa capture, le chancelier Konrad Adenauer fit mine de n'avoir jamais entendu ce nom de sa vie. En réalité, nombreux furent ceux qui tremblèrent à l'annonce du procès de cet homme dont ils avaient fort à craindre qu'ils les dénoncent, en particulier le bras droit du chancelier, Hans Globke, corédacteur des lois de Nuremberg.

La RFA exerça une certaine pression sur Israël pour que le procès épargne ce dernier et n'éclabousse pas la jeune République. Et curieusement, l'accusé ne divulgua aucun nom de complices de la Shoah n'ayant pas encore été jugés. Alors que son perfectionnisme dans sa mission exterminatrice avait été fatal aux juifs, il rejeta toute responsabilité : « Le meurtre de masse est la faute des dirigeants politiques. Ma faute est mon obéissance, ma soumission. [...] Les subordonnés aussi sont des victimes. Je suis une telle victime. » Le 1er juin 1962, il fut pendu, après avoir lancé ces derniers mots : « Messieurs, bientôt nous nous reverrons. » Bauer considérait que ce procès qui n'avait pas permis d'en ouvrir d'autres était un demi-échec.

En vérité, il avait marqué une avancée importante : pour la première fois, une centaine de victimes étaient venues témoigner devant des chaînes de télévision internationales. En Israël, ces témoignages furent décisifs auprès de ceux qui n'avaient pas connu l'Holocauste et reprochaient aux survivants de ne pas s'être assez battus et d'avoir collaboré par le biais des *Judenräte* : des conseils formés par les nazis et composés de leaders des communautés israélites, contraints d'apporter une aide logistique et organisationnelle pour la ghettoïsation, le travail forcé et la déportation des juifs.

Le procès révéla l'enfer que les juifs avaient traversé, et leur espoir crédule d'améliorer leur sort en collaborant.

En Allemagne, même si l'affaire Eichmann n'eut pas le retentissement espéré par Fritz Bauer, de nombreux foyers suivirent son déroulement et furent ébranlés. Ma tante a gardé en mémoire des extraits de ces audiences qui passaient régulièrement au journal télévisé. « La figure d'Eichmann m'a laissé une très forte impression. Je trouvais cet homme répugnant, dans ce qu'il disait et dans la manière dont il le disait, comme un robot. » Mon père, lui, s'en souvient à peine. De sa propre initiative, il avait commencé à chercher seul des réponses à ses questions auxquelles personne ne souhaitait ou ne pouvait répondre.

En 1958, à l'âge de quinze ans, Volker avait lu *Der SS-Staat*, du sociologue allemand Eugen Kogon, la première analyse historique du système concentrationnaire nazi, publiée dès 1946. L'œuvre de cet ancien détenu du camp de Buchenwald décrivait les conditions de vie, de travail et de mort dans les camps de concentration. Mon père avait également lu *Medizin ohne Menschlichkeit*, d'Alexander Mitscherlich et Fred Mielke, une chronique du procès mené à Nuremberg en 1946-1947 contre des médecins ayant effectué des expérimentations médicales sur des êtres vivants, des détenus juifs, des prisonniers de guerre et des malades mentaux. La liste des expériences était longue : hypothermie, pression négative, vaccins contre le typhus, transplantation d'os, gaz toxiques, stérilisation… Ces hommes avaient aussi participé au programme d'euthanasie et avaient validé chaque étape de la politique eugéniste et raciale du Reich.

Volker demanda même l'autorisation de lire *Mein Kampf* à l'un de ses professeurs, un trentenaire qui se distinguait par son discours sur la guerre. « Il avait servi en Russie et nous disait qu'il était possible, comme soldat de la Wehrmacht, de refuser de participer aux exécutions de prisonniers de guerre. Ça m'avait marqué. » Il procura à son élève le laissez-passer nécessaire pour louer l'ouvrage interdit à la bibliothèque de Mannheim.

En dépit de sa curiosité, Volker n'avait qu'une vision limitée du IIIe Reich. « J'étais révolté par ce que je découvrais et encore, je ne réalisais pas l'ampleur de l'horreur et des responsabilités, il était difficile alors de s'en rendre compte. »

De ses lectures, mon père tirait un regard très critique sur le passé de son pays qui lui valait les reproches de ses camarades opposés à son point de vue. « Souvent ils me disaient : "Tu attaques l'Allemagne !" Certains ont eu cette attitude encore longtemps après le bac, puis lentement, au fil de nos rencontres avec les anciens élèves (*Klassentreffen*), j'ai vu leur opinion changer. » J'ai retrouvé un compte rendu rédigé par le délégué de sa classe après une excursion scolaire en 1956. Il est question de « Blacky », le surnom de Volker Schwarz, qui « connaît mieux l'histoire de la région que le professeur ». D'après les bulletins de classe que mon père a conservés, il a toujours excellé dans deux matières : l'histoire et la religion.

Lydia avait identifié cette curiosité intellectuelle chez son fils. C'est elle qui avait insisté auprès de son époux pour qu'il accepte qu'il aille au Gymnasium (lycée), une idée qui n'enthousiasmait guère Karl, à

cause du coût de la scolarité, mais aussi parce qu'il envisageait de faire travailler son fils dans son entreprise. Oma, qui habituellement préférait céder plutôt que d'affronter les colères de son mari, ne lâcha pas cette fois-ci et Opa dut lire dans son regard déterminé le signe de cet amour maternel contre lequel il savait son autorité impuissante. Le souvenir marqua mon père qui en tira une reconnaissance infinie pour sa mère et une certaine hostilité envers son père, lequel s'était montré prêt à prendre le risque de saper l'avenir de son fils et à l'utiliser pour ses affaires médiocres, où lui-même se morfondait. En revanche, Ingrid, que Karl chérissait pourtant, n'y échappa pas. Elle dut travailler pour un maigre salaire dans la Schwarz & Co. Mineralölgesellschaft en tant que secrétaire, ce qu'elle a toujours vécu comme une injustice.

Une fois entré au Gymnasium, Volker adhéra à l'Union chrétienne-démocrate (CDU) régionale, dont il devint l'un des plus jeunes membres à l'âge de seize ans. Son choix était principalement motivé par son admiration pour le ministre de l'Économie, le père de l'économie sociale de marché et du miracle économique allemand, Ludwig Erhard, qui allait l'inspirer pour étudier l'économie. « Pour d'autres choses, je n'étais pas d'accord avec les autres membres du parti, très conservateurs, notamment dans leur approche du passé nazi. »

Mon père était une anomalie non seulement dans sa classe d'âge, mais dans l'ensemble de la société allemande, où rares étaient ceux qui souhaitaient *savoir.* Je lui ai demandé d'où lui était venu cet intérêt étonnant, surtout pour quelqu'un dont les parents avaient eu un comportement banal, ni opposants ni criminels. « Je l'ignore, mais peut-être que le jeune enseignant qui a osé affirmer en cours qu'il était parfois possible de dire non au crime y est pour quelque chose. »

Par ailleurs, il avait la chance de vivre dans une ville dont le maire remua ciel et terre pour donner une nouvelle synagogue à la communauté juive, réduite à 120 membres. Sur 6 400 juifs, plus de 2 200 étaient morts assassinés. Ceux qui avaient réussi à fuir n'avaient nulle envie de revenir sur les traces d'une vie anéantie.

Il était rare que la communauté juive s'exprime après la guerre. Où qu'elle soit, en Europe ou en exil en Amérique, elle s'était murée dans un silence qui allait durer des décennies, tétanisée par la peur de ne pas être crue ou d'être à nouveau stigmatisée, exclue, maltraitée. S'y mêlaient le besoin d'oublier et une certaine honte, celle d'avoir survécu et pas les autres.

J'ai fait l'expérience de ce mutisme avec Ruth Löbmann, la femme de Hans, le fils de Siegmund Löbmann, frère de Julius. Je l'avais contactée par mail grâce à l'intermédiaire de Lotte Kramer et elle accepta que je l'appelle à New York tout en me prévenant en anglais : « Sachez que je ne suis pas sûre de pouvoir vous aider. » Du passé de Hans, qui changea son nom en John à son arrivée aux États-Unis, Ruth sait simplement qu'il fut sauvé par un transport d'enfants l'ayant conduit à Birmingham avec sa sœur Lore et Lotte Kramer, et que son père est mort à Auschwitz. Que sait-elle de son enfance et de son adolescence à Mannheim ? « Rien, il ne mentionnait que la synagogue où sa famille allait. » Ruth a connu la mère de son époux, Irma, qui a rejoint ses enfants à New York. « Une femme formidablement gentille et sage, qui a eu une vie très difficile pendant la Shoah. » Sait-elle comment Irma a échappé à la déportation ? « Je n'en ai aucune idée. » Je pensais en mon for intérieur : comment est-il possible qu'en soixante ans de vie commune, elle connaisse si peu du passé tragique de son mari ? Plusieurs fois elle glissa : « Je suis désolée, Géraldine », avant de préciser : « Laissez-moi vous expliquer quelque chose. À ma génération, personne ne parlait de cette époque, de la Shoah. Certains juifs allemands, comme John, renoncèrent à leur prénom et à leur langue, par dégoût de l'Allemagne. »

« Et de votre enfance en Allemagne, que vous est-il resté ? », lui demandai-je. Ruth est née à Berlin en 1929 et n'a gardé que de beaux souvenirs de son enfance. Les drapeaux nazis, la propagande, l'inquiétude des siens, la discrimination des juifs se sont effacés de sa mémoire. Sa famille vivait Ritterstrasse, dans le quartier de Kreuzberg, une rue située à quelques centaines de mètres de la mienne. En 1938, ses parents l'envoyèrent avec son frère en Palestine. Eux-mêmes réussirent à s'exiler aux États-Unis où la famille se retrouva « avec beaucoup d'émotion » après la guerre.

Au début des années 1950, de sa propre initiative, Ruth fit un voyage à Berlin. « Je voulais arpenter les rues où j'avais marché enfant. Quand j'étais sur place, ça m'a plu. Mais je me suis toujours demandé comment j'avais pu faire une chose si terrible, retourner dans cette ville horrible et m'y plaire. J'ai commis une erreur, que je ne peux pas défaire. » « Pourquoi ? » lui demandai-je. « Je déteste l'Allemagne », dit-elle après une pause.

Un instant, je fus tentée de rappeler à Ruth que je n'étais pas totalement allemande, mais à moitié française. La honte de cette petite trahison m'arrêta, je me contentai de dire : « L'Allemagne a beaucoup changé, vous savez... » Soudain je compris quel courage il avait fallu à mon père pour parcourir la France en auto-stop, à dix-huit ans, et rencontrer ces Français dont on disait qu'ils haïssaient les Allemands.

« Les uns m'invitaient à dormir chez eux, les autres me jetaient hors de leur voiture lorsque je leur disais que j'étais allemand, mais je les comprenais. Il était clair pour moi que le Reich avait délibérément causé la guerre dans toute l'Europe, et non pour se défendre, comme beaucoup prétendaient pour se déculpabiliser. » Volker a gardé quelques clichés de ce voyage, où on le voit dans les rues de Paris, à Marseille, à Arles, à Verdun aussi, où il pose devant une plaque commémorant les morts de la bataille la plus meurtrière de la Première Guerre mondiale. Sur la route il rencontra d'autres Allemands qui souhaitaient tendre la main aux Français. C'était le début de la réconciliation franco-allemande et, de manière générale, d'un timide changement des mentalités en Allemagne.

Un événement accéléra cette évolution. Le soir de Noël de l'année 1959 à Cologne, deux jeunes maculèrent de croix gammées un mémorial aux victimes du nazisme et griffonnèrent sur une synagogue fraîchement inaugurée : « Les Allemands défient les juifs. » Dans les semaines qui suivirent, leur geste fut imité des centaines de fois à travers le pays. On pouvait lire : « À bas les juifs ! dans les chambres à gaz ! » L'opinion internationale fut ébranlée, organisa des manifestations à Londres, à New York, et lança des appels au boycott des produits allemands. La honte du passé allemand fit un retour fulgurant à la une de la presse internationale. Les politiciens allemands se virent contraints à l'action : le Bundestag vota une loi qui rendait l'incitation à la haine raciale passible de peine et les gouvernements régionaux planchèrent sur une réforme de l'enseignement du IIIe Reich. Des programmes d'échange avec des écoles israéliennes furent créés.

Les lacunes mémorielles étaient encore très profondes au début des années 1960. Très peu de personnes savaient ce qu'était Auschwitz, en Allemagne comme ailleurs. C'est Fritz Bauer qui, avec une équipe de juristes courageux et le survivant d'Auschwitz Hermann Langbein, allait faire entrer dans la conscience collective cette invention *made in Germany*.

Auschwitz-Birkenau était le seul camp d'extermination dont les SS n'avaient pas eu le temps de faire disparaître les traces. C'était une gigantesque fabrique de la mort qui tua plus de 1,1 million de civils, des juifs surtout, mais aussi des Sintis et des Roms, des opposants politiques, des homosexuels, des religieux, des intellectuels, pour la plupart gazés et transformés en cendres. Le camp d'extermination Auschwitz II s'inscrivait dans un vaste complexe, qui comptait également un camp de concentration (Auschwitz I, *Stammlager*) et une énorme usine du conglomérat IG Farben, (Auschwitz III, *Arbeitslager Monowitz*), où les détenus étaient forcés de travailler dans des conditions atroces ou de servir de cobayes à des expérimentations pharmacologiques souvent mortelles. Par ailleurs, sur une centaine de kilomètres aux alentours s'étendaient une cinquantaine d'annexes (*KZ-Aussenlager*) où des prisonniers travaillaient dans des mines, sur des exploitations agricoles, pour le compte de l'État ou de firmes allemandes venues profiter de la main-d'œuvre bon marché. Les familles des SS et des cadres des entreprises habitaient à l'écart du complexe concentrationnaire, dans des quartiers résidentiels où le Reich avait prévu de construire des écoles, un parc, un stade, un club d'équitation afin de pérenniser la présence des Allemands dans ce nouveau *Lebensraum* (espace vital). En cinq ans, ils furent plus de 8 000 à vivre à côté des prisonniers et des chambres à gaz. Que savaient-ils ? Nous ne le saurons jamais précisément. Mais beaucoup se plaignaient de l'odeur désagréable que dégageaient les cheminées.

En décembre 1963, s'ouvrit à Francfort un procès contre vingt-deux collaborateurs du camp d'Auschwitz. Fritz Bauer était l'initiateur, mais il laissa la tribune à de jeunes procureurs pour éviter que ses détracteurs ne discréditent le procès en dénonçant la vengeance d'un juif. Le travail de préparation avait été titanesque : il avait fallu éplucher des dizaines de milliers de documents d'archives, interroger des centaines de témoins et les convaincre de parler, rechercher des preuves contre les bourreaux et les localiser, le tout malgré la réticence des autorités allemandes, en particulier la police. Le procès était un véritable événement : des centaines de journalistes furent invités, une exposition sur le camp fut inaugurée à Francfort, des experts furent conviés pour décrire le fonctionnement complexe d'Auschwitz à l'aide de plans et de photos projetés aux murs.

Parmi les incriminés figuraient Robert Mulka, le numéro deux du camp ; Wilhelm Boger, qui recourut aux tortures les plus perverses pour démanteler des prétendus plans d'évasion ; Josef Klehr, infirmier en chef, connu pour se débarrasser d'un coup de seringue des détenus. Les accusés étaient presque tous issus de la moyenne bourgeoisie, huit avaient fait des études supérieures.

Plus de deux cents témoins venus du monde entier se succédèrent à la barre pour raconter l'indicible. L'un d'eux dit à propos de Josef Klehr : « On ne pouvait pas le qualifier d'être humain. J'aurais beau lui donner un nom d'animal, ce serait une insulte aux animaux. » Un autre raconta que Wilhelm Boger le força à avaler cinq assiettes de harengs fumés ultra-salés pour ensuite le priver d'eau et le suspendre par les pieds. Il y avait aussi les bébés qu'on noyait dans une bassine d'eau froide ou dont on fracassait le crâne contre le mur avant de les empiler dans des dépôts où couraient des rats.

Pour Bauer, les accusés importaient peu en tant que personnes. Ce qu'ils représentaient était plus important : l'ampleur de la culpabilité allemande. « Le procès doit montrer au monde qu'une nouvelle Allemagne, l'Allemagne démocratique a la volonté de garantir la dignité humaine. »

En jugeant collectivement différents gradés de la hiérarchie, qui avaient occupé des fonctions variées dans le camp, le procureur souhaitait traduire l'idée que seule la coopération de tous avait permis une telle ignominie. « Quiconque travaillait dans cette machine à tuer, expliquait-il, se rendait coupable de meurtre, à partir du moment où il connaissait l'objectif de la machinerie. Cela ne faisait pas l'ombre d'un doute pour ceux qui étaient dans les camps d'extermination ou en avaient connaissance, du simple gardien jusqu'à la plus haute direction. » Chacun est « coupable de meurtre, qu'il s'agisse du chef donnant l'ordre de tuer depuis son bureau, de celui qui distribue les revolvers, de celui qui dénonce, qui tire de ses propres mains, qui aide ou qui exécute la tâche qui lui a été attribuée dans le cadre de la division du travail ».

Parmi les témoins appelés à la barre figuraient près d'une centaine d'anciens SS. Le bilan de leur intervention était affligeant : ils n'avaient rien vu, rien entendu, rien fait. Leur solidarité dans le mensonge était stupéfiante, mais elle permettait de comprendre le contexte dans lequel le procès se déroulait : une société s'accrochant au déni de ses crimes. Un homme brisa le silence, Konrad Morgen, ancien *SS-Sturmbannführer* chargé d'enquêter sur le niveau de corruption à Auschwitz, dont le personnel se servait parmi les biens des juifs volés, en particulier les dents en or. Alors qu'il inspectait les chambres à gaz et les crématoriums, il croisa des SS hagards qui lui dirent avoir eu une « nuit difficile car ils avaient dû traiter plusieurs transports d'affilée ». Il réalisa que pendant qu'il dormait dans le train reliant Berlin à Auschwitz, « quelques milliers de personnes, plusieurs chargements de train avaient été gazés et réduits en cendres ». « De ces milliers de personnes, il ne restait pas un cheveu sur l'armature d'un four », glissa-t-il au tribunal avant de s'effondrer.

Les accusés nièrent tout en bloc, même Robert Mulka, numéro deux du camp, qui eut l'indécence de dire qu'il n'avait jamais entendu parler des chambres à gaz. Heureusement, grâce au penchant des Allemands pour la bureaucratie, beaucoup d'étapes de l'extermination avaient été documentées : le transport du Zyklon B de Dessau à Auschwitz, les échanges radio avec Berlin, le nombre total de juifs à leur arrivée et le nombre de ceux qui avaient eu un « traitement spécial ».

« L'Allemagne, et l'ensemble du monde, ainsi que les descendants de ceux qui ont été tués à Auschwitz, respireront à nouveau, et l'air sera purifié quand enfin, une fois, un mot humain aura été prononcé », déclara Fritz Bauer lors d'une émission télévisée. De tous les accusés, seul le plus jeune, Hans Stark, émit un regret : « Je regrette mon errance passée, mais je ne peux pas la défaire. » Au camp, la devise qui trônait au-dessus de son bureau était : « L'empathie est une faiblesse. »

Malgré les preuves et les témoignages, l'issue du procès fut décevante : le vice-commandant du camp Robert Mulka échappa à la prison à perpétuité, trois des accusés furent acquittés et seuls six furent condamnés pour meurtre. Les autres étaient considérés comme de simples complices parce qu'ils n'avaient pas tué de leurs propres mains.

L'idée que ces hommes avaient répondu à un ordre continuait d'être une circonstance atténuante, même si les experts avaient prouvé que les SS ne risquaient pas la mort s'ils refusaient de se plier au *Vernichtungsbefehl* (injonction de détruire). L'obéissance inconditionnelle aux ordres et aux lois était encore considérée comme une vertu dans la *Bundesrepublik* des années 1960. C'était une priorité de Fritz Bauer d'immuniser les jeunes générations contre cet automatisme aveugle. Il disait : « Personne n'a le droit d'exécuter un ordre qui contienne une action criminelle. » Il y a « dans notre vie une frontière au-delà de laquelle nous n'avons plus le droit de participer [...]. C'est sur cela que repose toute éthique, c'est sur cela que repose le droit ».

Les lettres de menaces et d'insultes, souvent antisémites, se multipliaient sur le bureau du procureur. Il frôlait parfois le désespoir, consterné par la partialité persistante des autorités de la RFA en faveur des anciens criminels nazis et par la lenteur des enquêtes.

En réalité, son acharnement avait porté ses fruits : le terme « Auschwitz » avait fait irruption dans les confortables salons du miracle économique allemand. Au total, environ 20 000 personnes, dont beaucoup d'étudiants et des centaines de journalistes, étaient venues assister aux audiences. 80 000 personnes avaient vu l'exposition sur le camp inaugurée à Francfort, qui fit le tour du pays. Le retour à l'amnésie était inimaginable.

Le 1er juillet 1968, Fritz Bauer fut retrouvé mort dans sa baignoire à Francfort. Le cœur de ce fumeur invétéré, de santé fragile, avait lâché après une forte prise de somnifères. Aujourd'hui encore, les circonstances de sa mort nourrissent des spéculations sur un éventuel suicide, voire un meurtre. Boycotté par les juristes, Fritz Bauer était aimé de la jeune génération. À des jeunes réunis autour d'une table ronde dans une émission télévisée allemande, il avait dit un jour : « Nous avons fait des choses, une démocratie, la division des pouvoirs. […] Vous pouvez écrire des paragraphes, rédiger des articles, imaginer les meilleures lois fondamentales. Ce qui importe, c'est que les hommes soient justes. » Il mourut trop tôt pour assister à ce qu'il avait contribué à déclencher : le soulèvement de la nouvelle génération qui, éclairée par des hommes comme lui, allait exiger une épuration radicale de la société allemande.

Chapitre VII

De l'amnésie à l'obsession

La première fois que mon père fit personnellement l'expérience d'un changement de mentalité dans son pays, c'était pendant son service militaire, entre 1963 et 1965. La création de la *Bundeswehr*, en novembre 1955, n'avait suscité de grands mouvements de joie ni chez les Allemands, encore traumatisés par la guerre, ni dans l'opinion internationale, suspicieuse. La nouvelle armée devait absolument éviter tout faux pas. Inévitablement, la majorité de ses membres avaient servi dans la Wehrmacht, certains dans la Waffen-SS, mais un comité d'évaluation avait été créé pour examiner la vie des candidats et exclure ceux dont le passé était trop trouble. Ces précautions n'avaient pas empêché un incident embarrassant de se produire en 1956. Dans un discours, un officier supérieur de la marine présenta deux grand-amiraux du Reich, Erich Raeder et Karl Dönitz, condamnés à Nuremberg à de longues peines de prison pour crimes de guerre, comme des martyrs ayant rempli leur mission « proprement, avec décence et honneur ». Non seulement les deux hommes avaient joué un rôle majeur dans la guerre de destruction du Reich, mais Dönitz avait été dépositaire testamentaire de Hitler, qui avait reconnu dans ce marin antisémite, obsédé par la guerre contre les bolcheviques et exigeant de ses hommes des sacrifices souvent inutiles, une sorte d'alter ego. Après ce scandale, il fut fortement recommandé au personnel de l'armée de s'abstenir de toute manifestation de nostalgie envers le IIIe Reich. « Je n'ai jamais entendu d'officiers faire l'apologie du national-socialisme, souligne mon père. Je ne pense pas que c'était l'envie qui leur manquait, mais c'était désormais mal vu et rien que cela était en soi une petite révolution. »

Peu enclin à l'exercice physique, Volker s'était rapidement fait élire « homme de confiance » par les soldats grâce à son talent d'orateur et à son niveau d'éducation. Il était chargé de la communication entre les officiers et ses camarades, mais devait aussi encourager ces derniers à réfléchir sur leur mission. Il avait à sa disposition un grand tableau noir où il pouvait accrocher les textes et articles de son choix destinés à être lus par les jeunes appelés. Il disposait d'une liberté étonnante. « Je choisissais presque toujours des textes antiguerre. Je me souviens avoir affiché un article de *Paris-Match* sur “La boucherie de Verdun”, et ils me laissaient faire ! À l'époque, dans la nouvelle armée allemande, les soldats avaient beaucoup plus de droits qu'en France, par exemple. » Construire une armée dans un pays secoué par les conséquences fatales de l'obéissance inconditionnelle aux ordres ne devait pas être aisé. Il fallait enseigner aux soldats la loyauté et la discipline, tout en invitant au sens critique et à l'indépendance d'esprit. Mon père intervenait sur le deuxième volet. « On sentait bien que les officiers étaient tendus, car au fond ils étaient restés très conservateurs. Mais ils n'avaient pas le choix, ils devaient s'adapter à l'esprit du temps. »

Un mouvement antimilitariste et antinucléaire particulièrement populaire auprès des jeunes avait accompagné la naissance de la Bundeswehr. Le futur leader du soulèvement étudiant, Rudi Dutschke, y participait et, surtout, la journaliste Ulrike Meinhof, future rédactrice en chef du journal de référence de l'extrême gauche, *Konkret*. Le passé nazi hantait cette fille d'un historien de l'art entré au NSDAP en 1933, lequel avait participé à la censure de centaines d'œuvres d'art considérées comme *entartete Kunst* (« art dégénéré »).

Leur ennemi déclaré était le ministre des Questions nucléaires, puis de la Défense, Franz Josef Strauss, qui souhaitait doter l'Allemagne d'armes nucléaires. En 1958, Meinhof justifia sa lutte contre l'armement atomique en ces termes : « Nous ne voulons pas à nouveau nous rendre coupables de "crimes contre l'humanité" devant Dieu et les hommes. » En mai 1961, dans un éditorial intitulé « Hitler en vous » publié dans *Konkret*, elle compara Franz Josef Strauss à Adolf Hitler. Le ministre porta plainte, mais au lieu d'obtenir gain de cause, il permit à la jeune femme de devenir l'une des journalistes les plus célèbres du pays. Strauss était un démagogue qui faisait passer le besoin de faire la lumière sur le passé pour une perversion sadomasochiste. Son rapport ambigu avec la démocratie éclata en plein jour lorsqu'en 1962 il fit arrêter pour haute trahison le fondateur et directeur de publication et des journalistes du magazine *Der Spiegel*, qui avait révélé que la Bundeswehr était mal préparée en cas de guerre avec l'Union soviétique. L'opinion publique protesta si vivement que Strauss dut démissionner et que le gouvernement fut recomposé.

Dans le sillage de cette crise spectaculaire qui contribua à accélérer la libéralisation politique et sociale de la RFA, la transparence était devenue de rigueur au sein de la Bundeswehr. Mon père se souvient que chaque semaine avait lieu une « heure d'actualités » pendant laquelle un officier venait communiquer aux soldats les dernières nouvelles, politiques, militaires et autres, qui pouvaient faire l'objet d'un débat ouvert. Volker ne manquait jamais une occasion. « Les officiers n'aimaient pas que je leur dise : "La guerre de Hitler était une guerre d'agression !" S'attaquer à la Wehrmacht passait mal, ils la protégeaient bec et ongles, comme si c'était une armée propre, délestée des crimes de la SS. Il y avait un pasteur de la Bundeswehr qui utilisait ses prêches pour nous faire la morale en disant qu'il n'était pas correct d'accuser la Wehrmacht. » Mon père contredisait parfois ses supérieurs à propos du génocide des juifs. « Certains répondaient : "Ce n'était pas 6 millions de juifs, mais seulement 3 millions !" Je pouvais leur dire directement ce que je pensais, aucun n'aurait pris le risque de punir l'"homme de confiance". C'était une vraie avancée, mais, en même temps, indirectement, je pense que c'est pour ça que je n'ai pas été promu. »

Au Bundestag aussi, un changement commençait à se dessiner. Un événement emblématique de cette évolution allait être le débat de 1965 à propos du vote du Bundestag sur l'allongement du délai de prescription pour meurtre, fixé jusque-là à vingt ans. Cette décision était très importante car elle concernait les crimes nazis, datés d'office au 8 mai 1945, qui arrivaient donc à échéance selon la loi. Les sondages révélaient qu'une courte majorité de la population était pour un maintien de l'échéance.

La veille du débat, le *Spiegel* publia un long entretien entre son fondateur, Rudolf Augstein, et le philosophe Karl Jaspers, au titre évocateur : « Pour le génocide il n'y a pas prescription. » Jaspers était convaincu que cette décision avait une signification fondamentale pour l'avenir du pays, qu'elle allait mesurer le niveau de consensus des Allemands sur la condamnation du IIIe Reich comme un État de non-droit aux crimes inédits. Un à un, le philosophe à la renommée internationale démonta les arguments de ceux, nombreux en Allemagne, qui cherchaient à minimiser les crimes nazis. Il y a une « différence radicale » entre « crimes de guerre », également commis par d'autres États, et « crimes contre l'humanité », soulignait-il. « Le crime contre l'humanité est la présomption d'avoir le droit de décider quels groupes d'hommes ou de peuples ont le droit de vivre sur cette terre ou non, et de la mettre en œuvre par l'extermination. »

Jaspers rejetait en outre l'argument de « l'obéissance aux ordres dans une situation d'urgence » car, dans la plupart des cas, si on refusait de tuer sur commande, l'on ne risquait pas la mort, mais de sacrifier sa carrière ou d'être envoyé sur le front de l'Est. Le fait d'avoir agi dans le cadre d'une fonction au sein de l'appareil d'État n'était en aucun cas une circonstance atténuante de la culpabilité, estimait le philosophe. « Que l'État était un État criminel aurait dû apparaître évident [à l'exécutant] dès que cet État donnait l'ordre de commettre un crime […]. L'excuse d'avoir agi au service de l'État n'est pas acceptable. [L'exécutant] a apporté un soutien, il était complice de l'État criminel. » Augstein et Jaspers accusaient la RFA de s'être seulement préoccupée depuis sa création de tirer un trait, *Schlussstrich*, sur le passé. « Le Parlement est le dernier espoir », mit en garde le philosophe.

Le jour du débat au Bundestag, le 10 mars 1965, dans tous les partis des voix s'élevèrent pour réclamer la fin du silence et de l'impunité. Au sein de la CDU-CSU, traditionnellement favorable au *Schlussstrich*, 180 des 217 députés votèrent pour le report de la prescription. Les sociaux-démocrates y adhérèrent massivement. Tel Adolf Arndt, qui dix ans plus tôt réclamait la fin de la « chasse à l'homme », mais avait changé d'avis : « Je suis coupable moi aussi. Car je ne suis pas descendu dans la rue et je n'ai pas crié quand j'ai vu des juifs transportés en masse. Je ne me suis pas mis l'étoile jaune pour signifier, "moi aussi !" […] On ne peut pas dire : je n'étais pas né, cet héritage ne me regarde pas. »

Le Parlement allemand venait de démontrer l'importance de sa fonction. Face à un gouvernement qui n'avait pas saisi l'occasion de mettre fin à l'ambivalence de la RFA par rapport au passé nazi, il avait clairement indiqué aux Allemands que le fondement inconditionnel de la nouvelle République était le rejet du national-socialisme.

Après avoir terminé l'armée en 1965, mon père commença des études d'économie à l'université de Mannheim. Il fut élu président local de l'AIESEC, l'Association internationale des étudiants en sciences économiques, et devint membre de l'Asta, une sorte de « gouvernement des étudiants » qui existe dans la plupart des universités allemandes. Ses engagements lui rapportaient un peu d'argent de poche, assez pour se payer des cours au club d'équitation et des litres de bière dans les nombreux bars de Mannheim. « On discutait politique, économie, capitalisme, guerre du Vietnam, on avait l'impression d'apprendre plus au comptoir qu'en cours. Nos regards étaient rivés vers les États-Unis où un mouvement contestataire était en train de se développer dans les universités. » Cette révolte avait engendré une profonde division culturelle et intergénérationnelle dans la société américaine. Une jeune contre-culture était née, pour qui la musique, les drogues et la liberté sexuelle étaient synonymes de désobéissance civile, de rejet de l'impérialisme, d'égalité des races et des sexes, de refus de la culture de consommation.

Peu à peu émergaient aux quatre coins du monde des mouvements similaires, y compris en Allemagne. Volker se distancia de la CDU où il était entré à l'âge de seize ans. « Ce parti avait une vision trop conservatrice de la société, il était opposé à l'avortement, à l'homosexualité, et n'avait visiblement pas saisi les grands changements qui étaient en train de bouleverser la société. » Il n'adhéra pas à la SDS, la Fédération allemande des étudiants socialistes, qui appartenait au SPD jusqu'à ce que la direction du parti décide de l'exclure parce qu'il la considérait trop radicale. L'absence d'affiliation n'empêcha pas Volker, comme beaucoup d'étudiants, de s'investir.

Surtout après le 2 juin 1967, quand, au cours de manifestations étudiantes à Berlin-Ouest contre la visite d'État du shah d'Iran Reza Pahlavi, l'étudiant Benno Ohnesorg, un pacifiste de 26 ans, fut tué par un policier allemand qui cibla l'arrière de sa tête à environ un mètre et demi de distance sans aucune raison valable. « C'était un choc pour tout le monde, c'était la première fois qu'un policier tuait un civil depuis la guerre, je crois », dit-il. La manipulation des autorités pour faire croire à un accident ne fit qu'accroître la colère des jeunes. Alors qu'il était de permanence à l'Asta, mon père reçut un coup de fil de l'instance équivalente de la Freie Universität de Berlin : « Le collègue me dit : "Il faut immédiatement lancer des actions. Les universités doivent se coordonner." » Volker alla à la Maison des syndicats pour rencontrer les « forces du progrès » et organiser une manifestation à Mannheim.

Outre la mort de Benno Ohnesorg, ce qui mobilisait les étudiants était la violence de l'intervention militaire américaine au Vietnam. Le 18 février 1968, plus de 10 000 personnes affluèrent dans les rues de Berlin à l'occasion d'un congrès contre la guerre du Vietnam. Les adhésions à la SDS augmentèrent et les actions se multiplièrent un peu partout dans le pays.

Les étudiants contestataires remettaient en cause ce qu'ils considéraient comme étant l'ordre bourgeois : militarisme, autorité, hiérarchie, consumérisme, capitalisme. Ils s'inspiraient notamment des penseurs de l'école de Francfort, autrement dit l'Institut pour la recherche sociale ouvert en 1923, auquel avaient participé des intellectuels de tous horizons, tels l'économiste Friedrich Pollock, le psychanalyste Erich Fromm, les philosophes Max Horkheimer, Theodor W. Adorno, Walter Benjamin et Herbert Marcuse.

Face à l'échec de la révolution communiste en Allemagne et aux dérives totalitaires de l'Union soviétique, ces intellectuels proposaient une nouvelle critique du capitalisme et de la bourgeoisie, éloignée du dogmatisme des partis alignés sur Moscou. Baptisée « théorie critique », cette école estimait que l'approche de Karl Marx ne suffisait pas à analyser la société capitaliste. Elle préconisait une approche pluridisciplinaire incluant d'autres pensées, notamment la psychanalyse de Sigmund Freud et la sociologie de Max Weber. En 1933, l'institut fut fermé par les nationaux-socialistes et transféré à la Columbia University à New York, sous la direction de Max Horkheimer.

En 1944, Adorno et Horkheimer publièrent une de leurs œuvres majeures, *La Dialectique de la raison*. Le fascisme y est décrit comme le résultat d'une rationalisation outrancière – dans le sillage de l'héritage des Lumières – de la technique et de la bureaucratie, devenues des instruments de domination de l'homme sur lui-même et sur la nature. Les hommes sont réduits à des robots disciplinés, des fanatiques de la performance, dénués de sensibilité et capables de barbarie.

Le « meurtre administratif » du IIIe Reich en était l'expression la plus cruelle puisqu'il s'agissait de l'organisation des massacres depuis des bureaux, froidement, selon des procédures morcelées en une multitude d'étapes, permettant à chacun d'éviter de penser à l'objectif final de sa tâche. Le vocabulaire codifié aidait à masquer le crime : *Sonderzug* (« train spécial »), *Sonderbehandlung* (« traitement spécial »), *Himmelsweg* (« chemin vers le ciel »), *Gesundpille*

(« pilule de santé »)... La méthode utilisée dans les usines à tuer qu'étaient les camps d'extermination n'était pas sans rappeler la production à la chaîne de l'ère industrielle : la répétition mécanique par les bourreaux d'une tâche précise, chronométrée et limitée, destinée à réduire en cendres des masses de gens en quelques heures.

Après la guerre, Horkheimer, Adorno et Pollock décidèrent de retourner en Allemagne pour rouvrir l'Institut à Francfort, et tenter de contribuer à la démocratisation de l'Allemagne. Rares étaient les exilés allemands, surtout d'origine juive, à faire ce choix. Ils constituèrent rapidement l'épicentre d'une réflexion profonde sur la société capitaliste et le fascisme.

Il y avait beaucoup de travail. Selon une étude de l'institut de Francfort réalisée dans les années 1950, deux tiers de la population se disaient réservés à l'égard du modèle démocratique. Mais à terme, la pensée de Francfort allait avoir une forte influence, notamment à travers des intellectuels qui allaient servir de multiplicateurs, tels Hans Magnus Enzensberger, Alexander Mitscherlich ou Jürgen Habermas.

En 1959, Horkheimer transmit les rênes de l'Institut à Adorno, qui devint une référence incontournable, présent comme aucun autre intellectuel à la télévision, la radio, dans les journaux, et faisant salle comble lors de ses cours à l'université. Au début, le philosophe sympathisa avec le mouvement étudiant, puis il le rejeta. Il y voyait une tentative de sortir d'une impasse par tous les moyens, sans logique interne et vouée à l'échec. Horkheimer y était encore plus radicalement opposé. Herbert Marcuse, en revanche, le soutenait et devint la nouvelle égérie des jeunes avec son best-seller, *L'Homme unidimensionnel*. En 1969, des étudiants occupèrent l'Institut, et la police fut alertée. La rupture entre les maîtres et les disciples était consommée.

« On se réunissait dans les amphis pour discuter de la mauvaise répartition des richesses dans le monde ou de l'absurdité d'avoir des dizaines de marques de dentifrice alors que deux suffisaient, raconte mon père. Je m'intéressais à ces questions, mais je n'étais pas un anticapitaliste. J'étudiais l'économie et j'admirais le ministre Ludwig Erhard qui avait sorti l'Allemagne de la ruine et guidé la reconstruction du pays en lui offrant un miracle économique à une vitesse record. [...] Derrière leur anticapitalisme, certains étudiants attaquaient la figure paternelle qui avait participé au miracle économique. Ça ne risquait pas d'être mon cas, j'aurais eu du mal à identifier mon père à ce miracle. » En parlant avec ma tante, je me suis demandé si les déconvenues de Karl Schwarz en affaires n'avaient pas encouragé son fils à faire carrière dans le monde de l'industrie, comme en réaction à l'échec de son père.

Chaque année, Opa devait verser de lourdes sommes pour rembourser l'hypothèque sur la maison. Il continuait également à s'acquitter du *Lastenausgleich*, un impôt destiné à soutenir les Allemands dont la propriété avait été totalement détruite pendant la guerre. « Ma mère disait qu'on s'en serait mieux sortis si la maison avait été détruite grâce à cet argent ! » relate ma tante Ingrid. C'est elle qui s'occupait des virements dans la société d'Opa depuis qu'elle avait quitté l'école. « Avec des pierres issues des ruines de la guerre, mon père avait construit un nouveau bâtiment pour remplacer celui qui avait été détruit en 1943. Mais c'était très mal isolé et tellement humide que la peinture déteignait à vue d'œil. Quand un client appelait on faisait semblant d'être une grande entreprise, je prétendais être sa secrétaire et je disais : "Secrétariat Schwarz & Co… Ne quittez pas, je transmets votre appel dans le bureau de M. Schwarz." En fait il était assis juste à côté de moi et je lui passais le combiné. » Il y avait aussi des centaines de cartes de visite avec une élégante écriture, en italiques, qui s'amoncelaient faute d'avoir des clients à qui les donner. Petite, j'en trouvais partout, dans les tiroirs de la Chamissostrasse, jaunies par le temps.

Au milieu des années 1960, alors qu'il commençait à remonter la pente, Opa dut faire face à de nouveaux déboires. « De grosses firmes pétrolières comme Esso baissèrent les prix à condition que les clients s'engagent à tout acheter chez elles. » Ce commerce agressif signait l'arrêt de mort des petites sociétés comme la Schwarz & Co. Mineralölgesellschaft. « Deux ou trois clients qui appréciaient mon père eurent de l'empathie et acceptèrent une combine qui lui permettait de continuer à leur livrer quelques tonneaux en marge de la grande société pétrolière, poursuit ma tante. Il devait peindre ses propres barils aux couleurs du livreur principal afin que celui-ci ne se rende pas compte de la fourberie lorsqu'il visitait les dépôts des clients. » Pendant ses études, mon père a passé un certain nombre de samedis à repeindre les tonneaux de Karl Schwarz, puis, lorsqu'il eut acquis des connaissances en comptabilité grâce à ses études, il proposa de remettre de l'ordre dans ses comptes. « C'était une catastrophe, il ne savait pas compter, il avait trop de dépenses, ce n'était pas rentable du tout. Il n'était pas doué en affaires. » À ce moment-là, il n'était plus question d'affrontement sur le passé entre Volker et son père, chacun savait ce que l'autre pensait et tentait de normaliser la relation.

Mais pour beaucoup de jeunes gens, la confrontation avec le passé était au cœur du mouvement étudiant. Ils posèrent la question à leurs parents : et vous, qu'avez-vous fait sous le IIIe Reich ? Il ne s'agissait plus seulement d'accuser les pires criminels nazis, les hauts responsables, les meurtriers, les monstres, mais de lever le voile sur l'attitude des autres, ces dizaines de millions de *Mitläufer* qui s'étaient fait oublier à la faveur du tabou qui pesait sur le fait que la grande majorité du peuple allemand avait été solidaire avec le Führer. Les étudiants accusaient la génération du miracle économique d'avoir enterré les crimes du passé sous une montagne de confort matériel.

Les jeunes réclamaient la vérité, à leurs parents, mais aussi à leurs professeurs, qu'ils accusaient d'édulcorer le passé. Une nouvelle génération d'enseignants abondait dans leur sens, contestant eux aussi la manière dont leurs aînés transmettaient la période hitlérienne. Des lectures étaient organisées pour rappeler l'attitude des universités sous le national-socialisme. Éclairer les ombres du passé devint une caractéristique importante du mouvement étudiant allemand, que résumait le slogan principal : « *Unter den Talaren – Muff von 1 000 Jahren* » (« Sous les toges, les relents de mille ans »), un reproche qui visait la complaisance des professeurs envers le IIIe Reich, lequel se présentait comme le « Reich de mille ans ».

De manière générale les étudiants remettaient en cause la légitimité d'un État qui avait protégé les pires bourreaux au lieu de se ranger du côté des victimes. La force de ces critiques était qu'elles provenaient non plus de l'étranger, mais de l'intérieur même du pays, dont les propres enfants se proposaient désormais de contrôler les dérives éventuelles. Des dizaines de milliers d'entre eux descendirent dans les rues de Bonn en mai 1968 pour protester contre des lois prévoyant de réduire les libertés fondamentales en cas d'état d'urgence, mesures qualifiées de « lois nazies » et de « second 1933 ».

Quelques mois plus tard, pendant le congrès de la CDU à Berlin-Ouest, une jeune femme s'approcha de la tribune et gifla le chancelier chrétien-démocrate Kurt Kiesinger devant les caméras en criant : « Nazi ! Nazi ! » La jeune femme était Beate Klarsfeld. Elle deviendra une célèbre militante antinazie au côté de son époux, Serge Klarsfeld, un avocat français juif qui avait perdu son père à Auschwitz.

Sous le IIIe Reich, Kiesinger avait été membre du NSDAP dès 1933 et actif au sein d'une organisation paramilitaire proche des SA avant de devenir vice-président de la radiodiffusion du Reich pendant la guerre. L'écrivain Günter Grass publia une lettre dans le quotidien *Frankfurter Allgemeine Zeitung* (*FAZ*) lui demandant de renoncer à devenir chancelier. Heinrich Böll soutint cet appel, Karl Jaspers et son épouse rendirent leurs passeports allemands en signe de protestation. Dans le sillage de la gifle donnée par Beate Klarsfeld, des étudiants firent circuler un tract qui réclamait « une vraie dénazification […] pour réduire à néant l'ensemble de l'appareil d'État de cette société pourrie, car il est en grande partie constitué, notons-le, d'anciens nazis ».

En 1969, pour la première fois depuis la création de la RFA, le SPD accéda au pouvoir avec le chancelier Willy Brandt à sa tête. Il annonça d'emblée qu'il était « chancelier non plus d'une Allemagne vaincue mais d'une Allemagne libérée ». Lors d'une visite d'État en Pologne, il s'agenouilla devant le monument aux héros du ghetto de Varsovie pour exprimer son désir d'en finir avec l'ambiguïté de ses prédécesseurs à l'égard du passé.

« C'était une belle époque, se souvient mon père. L'horizon s'élargissait à une vitesse inouïe. On se sentait proches des jeunes du monde entier, par les voyages, la musique pop, de nouvelles modes vestimentaires qui arrivaient de la Grande-Bretagne et des États-Unis, il y avait une ambiance de fête et de tolérance. » Une manière d'abolir ces frontières qui avaient nourri les fantasmes des nationalismes du XXe siècle. Grâce à des programmes d'échanges, Volker partit à la découverte de l'Europe. Lors d'un stage à Paris, il se lia d'amitié avec une Israélienne avec laquelle il partit à la découverte de l'Espagne. « Il n'y avait pas de tension, peut-être parce qu'il était clair pour elle que nous condamnions le nazisme. Elle parlait peu du passé de sa famille, comme la plupart des Israéliens que j'ai rencontrés », se souvient-il. « Nous avions envie d'une communauté des peuples, de casser les vieilles valeurs patriotiques et conservatrices. Tout chavirait, la vision de la famille, du mariage, de l'éducation, de l'enseignement, tout semblait possible. »

Volker n'avait pas manqué de liberté dans son adolescence. Quoique autoritaire, Karl Schwarz le laissait maître de ses mouvements. À quatorze ans, il l'avait installé dans une chambre de bonne sous les toits de la Chamissostrasse, où il pouvait faire à peu près tout ce qu'il voulait. Pour y avoir lui-même amplement goûté, Opa avait un certain respect pour la liberté, notamment en matière de sexualité. « Il n'était pas très enchanté par les nouvelles modes des années 1960, sauf par la pilule contraceptive. Il me disait : "Avec ça, tu peux éviter de mettre une fille enceinte et d'avoir à payer l'équivalent d'une Porsche." »

Dans les années 1960, en Allemagne de l'Ouest, il était interdit de louer un appartement ou une chambre d'hôtel à un couple non marié. Aussi « mon père m'interdisait de ramener des filles dans ma mansarde, non pas par souci moral, mais par peur d'être dénoncé, car il aurait pu aller en prison et payer une amende ». Karl était souvent absent, en tournée pour livrer des barils à ses clients à bord de sa fourgonnette, ou en vacances où il aimait partir faire du nudisme sur la côte Adriatique. C'est Lydia qui prenait soin de son fils pour qui elle avait une bienveillance infinie. Toutefois, les changements dans la société la dépassaient. « Ma mère était très choquée de cette nouvelle liberté de parole à l'égard des parents, des profs, des politiciens. Si nous entendions un sketch satirique sur le chancelier actuel, elle disait : "On ne peut tout de même pas parler comme ça du Führer…" »

Au printemps 1968, mon père se rendit à Berlin-Ouest pour passer une quinzaine de jours dans l'un

des nombreux appartements communautaires de Kreuzberg, un quartier alternatif et apprécié des militants de gauche. L'ambiance était tendue. Peu avant, le 11 avril 1968, devant le bureau berlinois de la Fédération allemande des étudiants socialistes, la SDS, un représentant de la scène néonazie avait tiré à trois reprises sur le leader du mouvement étudiant Rudi Dutschke, le blessant gravement au cerveau. La SDS, qui était déjà en voie de radicalisation, durcit encore davantage sa ligne. « Les jeunes que je rencontrai à Berlin étaient bien plus extrêmes qu'à Mannheim, ils avaient glissé vers l'anarchie. Je ne me reconnaissais pas dans ces groupes. Ils étaient tellement dogmatiques qu'ils commençaient à ressembler à ceux qu'ils critiquaient. » Ces derniers étaient accusés de *Linksfascismus* (fascisme de gauche) par une partie de la société allemande, y compris des militants de gauche tel le philosophe Jürgen Habermas, qui exprimaient leurs craintes d'une radicalisation des méthodes.

Le cercle des prétendus ennemis de l'antifascisme ne cessait de s'élargir. « La nouvelle forme du fascisme, déclara le leader du mouvement étudiant, Rudi Dutschke, en 1968, n'est plus incarnée par un parti ou une personne, mais par toutes les institutions du capitalisme tardif. » Cette définition revenait à relativiser les crimes du national-socialisme en comparant le IIIe Reich à la RFA. Avec cette logique, la seule solution à leurs yeux était le renversement du système politique et sociétal. Volker ne s'impliqua pas davantage dans la révolte étudiante. Elle prenait une tournure qui ne correspondait ni à ses orientations politiques ni à son caractère indépendant.

En face, l'État et certains médias s'étaient aussi raidis. Ils percevaient les militants du mouvement étudiant comme des communistes semant le désordre, dont il fallait surveiller les ramifications éventuelles avec Berlin-Est et Moscou.

Les étudiants avaient, en effet, plusieurs points communs avec la RDA. La critique du capitalisme bien sûr, mais aussi des continuités de personnel entre le IIIe Reich et la RFA. L'impunité et la réintégration d'anciens criminels nazis à des postes de responsabilité étaient au cœur de la propagande anti-occidentale de Berlin-Est. En 1965, Berlin-Est présenta à la presse internationale un livre intitulé *Livre noir : criminels nazis et criminels de guerre en RFA*, qui dressait une liste de 1 800 membres dirigeants de l'État, l'économie, l'armée, la justice et des sciences. Les autorités ouest-allemandes se saisirent du livre qualifié d'instrument de propagande. En réalité, la plupart des données étaient correctes. La RDA avait beau être motivée par un calcul politique, plus que par un devoir moral, ses actions ont contribué à obliger la RFA à regarder son passé en face.

Cependant, pour le mouvement étudiant, ces convergences étaient nocives, car en pleine guerre froide, être soupçonné de connivence avec le communisme était fatal. En particulier en Allemagne de l'Ouest où le parti communiste KPD avait été interdit en 1956, et plus de 10 000 sympathisants présumés condamnés. La légitimité de cette mesure reste très controversée, aujourd'hui encore.

Le très puissant groupe de presse Axel Springer, éditeur du quotidien le plus lu d'Allemagne de l'Ouest, *Bild Zeitung*, exploita ce soupçon de proximité avec l'Est pour mener une campagne violente contre les étudiants présentés comme des « meneurs » chargés de déstabiliser la RFA. « Arrêtez la terreur des jeunes rouges », appela-t-il à l'adresse de ses lecteurs. « On n'a pas le droit de laisser la police et leurs canons à eau faire le sale boulot. » Le journal fut accusé d'avoir une responsabilité indirecte dans l'attentat contre Rudi Dutschke. Les tensions culminèrent le 11 avril 1968, lorsque plusieurs milliers de personnes attaquèrent le quartier général de Springer à Berlin-Ouest. Des cocktails Molotov furent lancés contre des véhicules de livraison de journaux. Quarante ans plus tard, des documents révéleront que ces derniers avaient été distribués par un agent provocateur des services de renseignements allemands qui souhaitaient déclencher des violences pour justifier des arrestations.

La rupture atteignit un point de non-retour lorsqu'une petite minorité de jeunes extrémistes s'octroya le droit d'imposer sa vision du monde par la terreur. Les analogies constantes avec le national-socialisme dans lesquels puisaient une partie des groupes d'extrême gauche pour désigner la RFA ou les États-Unis avaient fini par légitimer la violence pour vaincre « l'oppression ». Les organisations terroristes poussèrent comme des champignons : la Fraction Armée rouge (RAF), les Cellules révolutionnaires, Zora la Rouge, le Mouvement du 2-Juin, ainsi nommé d'après la date de la mort de l'étudiant Benno Ohnesorg. Le jeune État ouest-allemand, peu préparé, réagit par une répression policière outrancière qui fit surgir la crainte d'une dérive autoritaire.

Je n'ai pas été témoin de cette décennie, mais je me souviens que lorsque je prenais le train en Allemagne avec ma mère dans les années 1980, de grandes affiches étaient accrochées dans les gares, dont un mot imprimé en caractères gras attirait immédiatement l'attention – *Terroristen*. En s'approchant, on distinguait une mosaïque de photos en noir et blanc, des portraits d'hommes et de femmes avec une légende précisant leur nom et prénom, leur âge, leur taille, la couleur de leurs yeux et des caractéristiques physiques permettant de les identifier. En bas, une mise en garde indiquait : « Attention armes à feu ! » Et en minuscules, était mentionnée une récompense de 50 000 marks pour toute information qui permettrait de mettre la main sur l'un de ces terroristes. Pour la gamine que j'étais, cette annonce semblait sortir d'un décor de western ou de *Lucky Luke*, un « *WANTED !* » collé à l'entrée du saloon. En réalité, les hommes et les femmes des affiches accrochées dans les gares incarnaient l'un des défis les plus ardus pour la jeune démocratie allemande.

L'une des figures centrales du terrorisme d'extrême gauche allemand était la journaliste Ulrike Meinhof, qui avait joué un rôle important dans le mouvement étudiant. Le 14 mai 1970, cette brillante intellectuelle bascula définitivement dans le terrorisme en aidant à s'évader de prison Andreas Baader, un jeune délinquant recyclé en rebelle anticapitaliste ayant mis le feu à des grands magasins à Francfort. La mutation de la journaliste nourrit toutes les hypothèses, certains se demandant si l'opération du cerveau qu'elle avait subie en 1962 avait modifié son équilibre mental. La raison de son geste irréversible est peut-être à chercher dans cette déclaration du mouvement américain noir Black Panther Party qu'elle avait citée dans *Konkret* : « Protester, c'est quand je dis, ça ou ça ne me va pas. Résister, c'est quand je fais en sorte que ce qui ne me convient pas cesse de se produire. Protester, c'est quand je dis, je ne joue plus le jeu. Résister, c'est quand je fais en sorte que les autres non plus ne jouent plus le jeu. »

À certains égards, la RAF se voyait comme une résistance compensatoire par rapport à celle qui avait manqué sous le IIIe Reich. Ce n'est pas par hasard que les seuls pays où les protestations étudiantes débouchèrent sur le terrorisme étaient les anciens alliés du Reich : l'Italie avec les Brigades rouges et le Japon avec l'Armée rouge japonaise.

Le crédit intellectuel d'Ulrike Meinhof fut déterminant pour le rayonnement du groupe. Le 5 juin 1970, elle publia *Construire l'Armée rouge !*, texte fondateur de la Fraction Armée rouge. Adressé aux « éléments potentiellement révolutionnaires dans le peuple », le manifeste prônait « la fin de la domination des flics » et le début d'une « résistance armée pour préparer le prolétariat à la lutte des classes ». En avril 1971, dans un article intitulé « Le concept de la guérilla urbaine », elle déclara la guerre à l'impérialisme américain et allemand. L'État désigna Ulrike Meinhof « ennemie numéro 1 ». Beaucoup de militants de la révolte étudiante et d'intellectuels de gauche étaient séduits par l'intransigeance de ce mouvement et sensibles aux mises en garde contre le « nouveau fascisme » de la société de la RFA. Certains étaient disposés à aider les terroristes en mettant des appartements, des cachettes ou des voitures à leur disposition.

Paradoxalement, la réaction des autorités sembla justifier un temps ces suspicions de transformation de la RFA en un État policier. « J'habitais en France, mais je me souviens que j'étais choqué de voir autant de policiers armés dans les aéroports, relate mon père. Ça faisait un drôle d'effet. » Le pays recourut à des mesures musclées, qui culminèrent avec le recours à un état d'urgence ne disant pas son nom. Les droits des citoyens furent réduits, ceux de la police et de la justice sensiblement élargis. L'État instaura une surveillance étroite du territoire et de ses citoyens avec une présence massive des forces de l'ordre, des contrôles agressifs, des barrages semant le chaos dans la circulation et des perquisitions menées au moindre soupçon. Il élabora des fichiers violant la protection de la vie privée. La presse à sensation, en particulier la *Bild Zeitung*, sema la haine et la suspicion, anéantissant la vie de simples suspects et attaquant des personnalités qui refusaient de se ranger inconditionnellement du côté des autorités.

Certains médias et le pouvoir se sentaient cernés par les « sympathisants » du terrorisme, dont la chasse prit des proportions graves. Le 1er juin 1972, le jour de l'arrestation d'Andreas Baader, la police débarqua dans la maison de campagne de Heinrich Böll et demanda à deux de ses invités de s'identifier. Le prix Nobel de littérature était sous surveillance depuis qu'il avait publié dans *Der Spiegel* une lettre ouverte adressée à *Bild*, qu'il accusait d'appeler à une « justice de lynchage » et de violer systématiquement la présomption d'innocence envers la bande Baader-Meinhof : « La couverture de l'actualité n'est même plus crypto-fasciste, ni même fascistoïde, elle est simplement fasciste : surenchère, mensonges et saletés. » Il dénonçait aussi l'hystérie générale d'une guerre de « 6 contre 60 millions » et comparait le sort d'anciens nazis, « qui sont passés sans mal et sans effort du fascisme à un ordre démocratique et libéral », à celui d'Ulrike Meinhof, qui doit s'attendre à « être livrée à la cruauté la plus totale ».

De nombreuses personnalités reprochèrent à Böll de faire l'apologie du terrorisme et de puiser dans la même rhétorique que la RAF. Mais l'écrivain avait le soutien d'une autre partie de la société qui, après la longue amnésie d'après-guerre, était passée à une véritable chasse aux « fascistes », qu'elle croyait voir un peu partout, dans une grande confusion des genres : derrière le capitalisme, les banques, les temples de la consommation, l'armée, les médias et même la démocratie parlementaire. « Nazi » était devenu une dénonciation applicable à tout et n'importe quoi, dans le monde entier.

En mai 1972, la RAF accéléra subitement la cadence de ses attentats. En un mois, elle en commit six, tuant quatre personnes et faisant soixante-dix blessés graves. Les bombes avaient ciblé des troupes américaines, des bâtiments de police, la voiture d'un juge dont la femme fut gravement blessée et une imprimerie de la maison d'édition Axel Springer. La police allemande se mobilisa et, à la fin du mois de juin, tous les meneurs de la RAF avaient été arrêtés puis transférés dans la prison de Stammheim, près de Stuttgart, une forteresse toute neuve, réputée inviolable. Au lieu de mettre fin au mouvement, ces arrestations donnèrent un nouveau souffle au groupe, qui développa une politique de communication très efficace grâce à des soutiens extérieurs.

L'aura de la RAF dépassait les frontières de l'Allemagne. Elle avait des contacts avec nombre de mouvements terroristes internationaux, de l'IRA irlandais à l'ETA espagnol en passant par les Brigades rouges italiennes et Action directe en France, mais c'est avec les terroristes palestiniens qu'elle coopéra le plus étroitement. Ainsi le 5 septembre 1972 aux Jeux olympiques de Munich, lorsqu'un commando de l'organisation terroriste palestinienne Septembre Noir prit en otage neuf membres de la délégation sportive israélienne, les ravisseurs exigèrent non seulement la libération de plus de 200 militants palestiniens détenus en Israël, mais aussi celle d'Ulrike Meinhof et d'Andreas Baader. Après une journée de négociations entre le commando et les autorités allemandes, la situation dérapa et tous les otages furent tués.

Depuis sa prison, Ulrike Meinhof félicita les terroristes et accusa Israël d'avoir « brûlé ses sportifs comme les nazis les juifs – du combustible pour la politique d'extermination impérialiste ». Peu de temps après, elle allait encore plus loin : « Auschwitz veut dire que six millions de juifs ont été assassinés et expédiés dans la décharge de l'Europe à cause de ce pourquoi on les prenait : des juifs à fric. L'antisémitisme était intrinsèquement anticapitaliste. » Cette rhétorique, qui n'était pas rare dans les cercles antisionistes d'extrême gauche, n'était pas la seule contradiction de la RAF. Le groupe n'hésitait pas à mettre sur le même plan Auschwitz et les bombardements alliés de Dresde ou l'intervention américaine au Vietnam pour justifier ses attentats contre les troupes américaines en Allemagne.

Malgré ces positions, les sympathies pour les détenus redoublèrent parmi les militants et intellectuels de gauche. En 1974, Heinrich Böll publia *L'Honneur perdu de Katharina Blum*, un roman qui traite de la relation critique entre l'extrême gauche radicale et les médias de masse, dont les cinéastes Volker Schlöndorff et Margarethe von Trotta tirèrent un film audacieux.

Böll n'était pas le seul intellectuel à s'alarmer des méthodes autoritaires de l'État fédéral au point d'adopter une attitude ambiguë envers le terrorisme d'extrême gauche. Personne ne franchit la ligne rouge autant que Jean-Paul Sartre. En février 1973, dans une interview au *Spiegel*, le philosophe français justifia en partie les actions de la RAF. Le 4 décembre 1974, il rendit visite à Andreas Baader en prison pour vérifier les conditions de détention après que l'avocat du prisonnier, Klaus Croissant, eut affirmé qu'il vivait sous la torture de l'isolement. Il parla à Baader une demi-heure, et à sa sortie déclara à la presse que les prisonniers étaient maintenus dans des cellules isolées, insonorisées, et soumis à un éclairage permanent. Ce n'est pas « la torture comme chez les nazis », mais « une autre forme de torture, une torture qui peut provoquer des troubles psychiques », dit-il. Ces accusations étaient fausses. Sartre n'a jamais vu la cellule de Baader, et les détenus de la RAF n'étaient pas dans des cellules d'isolement. Ils pouvaient se rendre visite, y compris entre sexes opposés, un privilège par rapport aux autres prisonniers, disposaient de tourne-disques, de postes de télévision, de centaines de livres et recevaient régulièrement les journaux.

Il y a quelques années, *Der Spiegel* a obtenu le protocole du dialogue entre Jean-Paul Sartre et Andreas Baader en prison. Dans une ambiance assez tendue, le philosophe reproche au prisonnier d'avoir « entrepris des actions avec lesquelles le peuple n'était clairement pas d'accord » et tente de le dissuader de recourir au meurtre comme moyen politique. Le détenu répète tel un automate les préceptes de son organisation, sans parvenir à les approfondir lorsque l'intellectuel français le questionne. « Quel con ce Baader », aurait dit Sartre après la rencontre, selon son interprète, Daniel Cohn-Bendit.

Les dénonciations d'un intellectuel influent auprès des militants de gauche internationaux donnèrent une image désastreuse de l'Allemagne de l'Ouest à l'étranger, soupçonnée de ne pas être guérie du nazisme et de traiter ses détenus comme dans les camps. Surtout, en présentant Andreas Baader comme une victime de cette Allemagne-là, le philosophe légitimait le terrorisme d'extrême gauche. Il semble qu'au-delà d'une certaine malhonnêteté intellectuelle, Sartre et d'autres intellectuels de gauche n'ont pas compris le danger d'un terrorisme d'un genre nouveau : une entreprise internationale puissante, avec des ramifications dans le monde entier, où toutes les causes semblaient se mêler dans un magma assez confus.

L'évolution du terrorisme d'extrême gauche à partir de 1975 confirma sa dangerosité. Alors que le procès des terroristes n'avait toujours pas commencé, une deuxième génération prit la relève, avec une violence amplifiée par la volonté d'exercer une pression maximale pour faire relâcher les prisonniers. Elle commença par prendre en otage les occupants de l'ambassade allemande de Stockholm et exécuta deux diplomates. Après une série d'attentats, le terrorisme d'extrême gauche atteint son apogée en 1977.

Le 7 avril, un homme à l'arrière d'une moto tira à la mitraillette sur la voiture du procureur général Siegfried Buback, par ailleurs membre du NSDAP sous le Reich, qui mourut avec son chauffeur et l'un de ses employés. Le 30 juillet, le président de la Dresdner Bank, Jürgen Ponto, attendait la sœur de sa filleule, Suzanne Albrecht, qui lui avait donné rendez-vous chez lui pour prendre le thé quand celle-ci apparut à la tête d'un commando de la RAF venu l'enlever. Face à sa résistance, ils le tuèrent. Le 5 septembre, ce fut au tour du président de la Fédération du patronat, Hanns Martin Schleyer, d'être kidnappé par un groupe qui n'hésita pas à assassiner les quatre personnes qui l'accompagnaient. Outre la fonction, la RAF visait l'homme, entré dans la SS en 1933 et au NSDAP en 1937, qui avait épousé la fille d'un médecin et politicien nazi favorable au programme d'euthanasie de Hitler. Les ravisseurs réclamaient la libération des prisonniers de la RAF.

Le chancelier allemand Helmut Schmidt convoqua la cellule de crise et passa des semaines à veiller jour et nuit, fumant cigarette sur cigarette, déchiré entre le devoir de ne pas céder à l'exigence des ravisseurs et de protéger l'État contre de tels chantages, et le désir bien humain de sauver la vie de l'otage. Le 13 octobre 1977, alors que Schleyer croupissait en captivité, un avion de la Lufthansa qui devait relier Palma de Majorque à Francfort dévia de son cours. Depuis l'appareil, un homme annonça que le FPLP, le Front populaire de libération de la Palestine, avait détourné l'avion avec ses quatre-vingt-six passagers et ses cinq membres d'équipage, et menaçait de les tuer si les prisonniers de la RAF et d'autres détenus palestiniens n'étaient pas libérés sur-le-champ. L'avion atterrit à Mogadiscio. Le 18 octobre, un commando des forces spéciales allemandes GSG 9 lança l'assaut contre l'appareil à terre et délivra les otages.

Apprenant l'échec de l'opération du FPLP, Andreas Baader et Jan-Carl Raspe se tirèrent une balle dans la tête avec des armes transmises clandestinement dans la prison. La compagne de Baader, Gudrun Ensslin, se pendit à un câble au plafond et Irmgard Möller se poignarda quatre fois dans la poitrine mais survécut. Un an et demi auparavant, Ulrike Meinhof s'était pendue à la fenêtre à l'aide d'un bout de chiffon. Le 19 octobre, les ravisseurs de Schleyer envoyèrent un message au journal français *Libération* indiquant que son corps se trouvait dans le coffre d'une voiture garée à Mulhouse. La RAF continua à opérer pendant une quinzaine d'années, mais elle avait perdu toute sympathie au sein de la population.

En France en revanche, des intellectuels de gauche continuaient à adouber l'inacceptable. Le 2 septembre 1977, trois jours avant l'enlèvement de Hanns Martin Schleyer, *Le Monde* publia un texte de l'écrivain Jean Genet d'une violence inouïe à l'égard de l'Allemagne, truffé d'allégations fabriquées de toutes pièces. « L'Allemagne, qui a aboli la peine de mort, conduit à la mort par grèves de la faim et de la soif, isolement par la "dépréciation" du moindre bruit sauf le bruit du cœur de l'incarcéré. » Il poursuivait : « C'est la brutalité même de la société allemande qui a rendu nécessaire la violence de la RAF. » L'animosité et le pathos de Jean Genet frôlaient l'absurde, d'autant que parallèlement il louait « l'héroïsme » de terroristes qui selon lui montraient que « de Lénine jusqu'à maintenant, la politique soviétique ne s'est jamais écartée du soutien aux peuples du tiers-monde ».

Une mauvaise foi sidérante à l'égard des crimes soviétiques, courante chez les intellectuels français de cette époque. Leur image de l'Allemagne était d'autant plus mauvaise que c'était le seul pays d'Europe à avoir interdit le parti communiste, avec l'Espagne de Franco. *Libération* embraya en déclarant la guerre au voisin d'outre-Rhin ; la *FAZ* et *Der Spiegel* répliquèrent en traitant la gauche française de « chauviniste » et d'« anti-allemande ». Une guerre médiatique s'ouvrit entre la France et l'Allemagne.

La solidarité avec les terroristes de certains intellectuels et médias français redoubla en juillet 1977, le jour où Klaus Croissant fut arrêté en France. L'avocat de la RAF, contre lequel l'Allemagne avait émis un mandat d'arrêt parce qu'il avait transmis des instructions des détenus à leurs complices à l'extérieur, s'était enfui en France où les autorités lui avaient refusé l'asile politique. Une campagne contre son emprisonnement s'organisa, soutenue par des philosophes comme Michel Foucault et Jean-Paul Sartre. Le 2 novembre 1977, Gilles Deleuze et Félix Guattari signèrent une tribune dans *Le Monde* pour dénoncer une société où « beaucoup d'hommes de gauche allemands, dans un système organisé de délation, voient leur vie devenir intolérable en Allemagne ». Ils mettaient en garde contre « la perspective que l'Europe entière passe sous ce type de contrôle réclamé par l'Allemagne ». La France extrada Croissant vers l'Allemagne de l'Ouest, laquelle le condamna à deux ans de prison pour soutien à une organisation terroriste.

En France, la germanophobie et les allusions au « caractère » nazi des Allemands furent longtemps une constante. On craignait que l'Allemagne ne retombe dans les vieux schémas. En réalité, la RFA releva les défis des années 1970, montrant que sa démocratie était plus solide que certains ne l'avaient prédit. Lentement, mais sûrement son travail de mémoire commençait à porter ses fruits. Au même moment, la France se réveillait de trente ans d'amnésie.

Chapitre VIII

Douce France…

Ma mère, Josiane, était une brillante élève, l'une des seules de son école normale d'institutrice à être entrée à la Sorbonne grâce à une bourse, la fierté de son père gendarme et de sa mère au foyer avec qui elle vivait dans un petit appartement du Blanc-Mesnil, en banlieue parisienne. Elle avait choisi d'étudier l'anglais après un séjour en Angleterre avec son amie Françoise dans une petite ville jumelée avec Le Blanc-Mesnil, où elle avait trouvé les Anglais « exotiques », elle qui n'avait pratiquement jamais quitté la France.

Le trajet était long pour se rendre à l'université et revenir, autant de temps perdu pour l'étude. Aussi, le soir, Josiane planchait sur ses livres au lieu de sortir avec les étudiants de la Sorbonne, des bourgeois, des fils de médecins et d'avocats avec lesquels elle n'avait jamais réussi à se sentir à l'aise. Josiane ne menait pas une vie monacale pour autant, sa bourse lui permettait de partir en vacances au ski, en Bretagne, sur la Méditerranée, où les photos la montrent souvent entourée de garçons. Elle était jolie fille, très brune, toujours souriante et habillée avec beaucoup de soin, une coquetterie qu'elle avait héritée de sa mère, une couturière hors pair. « Je ne pensais jamais à la guerre, j'étais jeune, j'avais envie de légèreté. D'ailleurs, je ne crois pas que cela préoccupait grand monde, ni dans les médias ni à l'université. Lorsque j'entendais des récits, c'était surtout sur la résistance, ou des histoires monstrueuses comme celle du docteur Marcel Petiot… »

Ce médecin parisien avait exploité la détresse des juifs persécutés pendant l'Occupation en affirmant qu'il pouvait les exfiltrer vers l'Argentine. Il les invitait à se présenter dans son cabinet munis de tous leurs biens de valeur, pour les piller, les assassiner et brûler leurs corps. Des familles entières passaient entre ses mains. L'affaire passionnait la France. Tel Josef Mengele en Allemagne et toutes ces figures estampillées « mal absolu », Petiot permettait de détourner l'attention d'un autre mal, moins spectaculaire, plus subtil, plus effrayant, car beaucoup plus commun, dilué entre des millions de personnes, celui de l'attitude d'une partie des Français sous l'Occupation.

Chaque jour, pour rejoindre Paris, Josiane traversait en bus la commune adjacente de Drancy où, pendant la guerre, la grande majorité des 76 000 juifs déportés de France – des Français mais surtout des étrangers – avaient été détenus dans des conditions exécrables avant d'être envoyés par les Allemands vers les camps de la mort. Quoique sous l'autorité de la Gestapo, le camp de Drancy, établi dans un grand ensemble moderne, la cité de la Muette, avait été administré jusqu'à l'été 1943 par la préfecture de Paris qui avait mis à disposition des gendarmes français pour la surveillance du camp, externe et interne. À la Libération, des rescapés portèrent plainte contre ces gendarmes et une dizaine d'entre eux furent inculpés. Ils plaidèrent l'obéissance aux ordres reçus et seuls deux furent condamnés à de la prison ferme, avant d'être graciés au bout d'un an. « Je n'avais aucune idée de ce qu'était Drancy, ni dans les années 1950 ni dans les années 1960 », me dit ma mère d'un air un peu coupable. Je me suis demandé comment elle avait fait pour ignorer qu'à côté de chez elle avait eu lieu l'un des plus grands drames de Vichy, quelques années seulement avant l'arrivée de sa famille dans la région.

En France, personne ne s'intéressait à Drancy à cette époque. Après la guerre, des associations religieuses avaient commencé à organiser des cérémonies discrètes sur place puis, au début des années 1960, des plaques commémoratives furent fixées à l'entrée de la cité de la Muette. C'est seulement à partir des années 1970 que, très progressivement, un lieu de mémoire fut mis en place. Il n'est donc pas étonnant que ma mère en ait entendu parler si tardivement. En poursuivant mes recherches, j'ai découvert qu'une partie des tours de la cité de la Muette avait continué à servir de caserne aux anciens gendarmes du camp. Or Josiane vivait dans une caserne dont les gendarmes devaient entretenir des contacts avec leurs collègues de la cité voisine de la Muette. Son père, Lucien, avait nécessairement, à cause de son métier, côtoyé l'ancien personnel de Drancy. Est-il possible qu'ils n'en aient pas parlé, que jamais un commentaire, une question, une anecdote, une médisance, un regret ne leur ait échappé ?

Le camp se trouvait dans la ville. Il y avait en face un hôtel où les proches des détenus louaient des chambres à un prix exorbitant pour les apercevoir et leur faire un signe. Quant à la gare du Bourget-Drancy, d'où partirent 42 convois entre mars 1942 et juin 1943, elle se situait exactement à la frontière de Drancy et Le Bourget, une région où nombre de gens circulaient car il s'y trouvait le plus grand aéroport d'Europe après celui de Berlin-Tempelhof. À partir de juillet 1943, les transports furent transférés pour des raisons de logistique et de discrétion à la gare de Bobigny, plus à l'écart, d'où 21 convois partirent. Peu avant la libération de Paris, deux transports furent envoyés *in extremis* direction Auschwitz et Buchenwald, sous l'insistance du commandant de Drancy d'alors, le SS-Hauptsturmführer Alois Brunner, qui avait réussi à faire arrêter en dernière minute encore 1 327 enfants juifs à Paris fin juillet.

Des habitants de Drancy ont sûrement vu ces hommes, ces femmes et ces enfants qu'on entassait par centaines dans des wagons à bestiaux, sur de la paille humide d'urine, avec un seau rempli d'eau et un baquet en guise de tinette. N'évoquaient-ils jamais cet épisode après la guerre, au comptoir du café, à l'église, chez les commerçants ? Cela me semble inimaginable, mais je sous-estime probablement la force de la loi du silence dans la France d'après-guerre. « Le passé n'était pas évoqué à la maison, dit ma mère. Je m'entendais bien avec mon père, mais il ne racontait presque rien. »

Papi avait été gendarme aux ordres de Vichy sous l'Occupation. Pendant la guerre, il avait été en poste à Mont-Saint-Vincent, un village de quelques centaines d'habitants en Saône-et-Loire, situé en zone « libre ».

De cet épisode, Papi aimait raconter une histoire, une seule, mais il la répétait en boucle. En novembre 1942, les Allemands envahirent la zone libre afin, entre autres, de contrôler la côte Méditerranée pour faire face au Débarquement des Américains et des Britanniques en Afrique du Nord. La région de Mont-Saint-Vincent fut occupée par les Allemands qui exigèrent des gendarmes qu'ils rendent leurs armes, mais Lucien et ses collègues eurent un sursaut de courage et en gardèrent quelques-unes qu'ils cachèrent.

Un jour que des résistants avaient commis un attentat, les Allemands déboulèrent comme des fous dans les casernes des environs en promettant d'exécuter des otages s'ils trouvaient une seule arme. Mon grand-père dut passer un mauvais quart d'heure lorsqu'ils fouillèrent la sienne mais, étrangement, ils ne pensèrent pas à quelque chose d'aussi simple qu'une cachette contre le mur derrière l'armoire. Sinon ils auraient probablement saccagé le village, peut-être même l'auraient-ils incendié et tué des otages pour couper les habitants des maquis de résistance, comme ils le firent à Oradour-sur-Glane, le 10 juin 1944. Ce village du Limousin fut totalement détruit et la majorité de ses habitants, soit plus de 600 personnes, furent assassinés avec une grande brutalité par une compagnie SS qui voulait se venger des succès militaires des partisans dans la région. Ce massacre compte parmi les pires perpétrés contre des civils non juifs en Europe de l'Ouest pendant la Seconde Guerre mondiale.

Papi est mort quand j'avais dix ans et je n'ai pas eu le temps d'en apprendre davantage. Mais un ami de la famille, Claude, né en 1929, m'a proposé un jour de me raconter comment lui avait vécu cette époque de guerre et d'occupation. Claude a grandi dans un foyer plus aisé que celui de ma mère, dans une maison avec un grand jardin et un garage, située à une vingtaine de minutes de Paris. Sa famille était très anti-allemande. Son grand-père avait déjà assisté à deux invasions de la France par l'Allemagne, en 1870 et en 1914 et trois de ses oncles avaient été mobilisés dans la Première Guerre mondiale. Ils n'en parlaient jamais, comme beaucoup de leurs camarades, terrassés par ce qu'ils avaient traversé dans les tranchées, des lignes de défense creusées dans la terre et reliées entre elles sur des centaines de kilomètres. Les soldats des deux camps étaient restés piégés pendant quatre ans à se faire face à face dans des conditions épouvantables, à attendre que la mort survienne n'importe quand, n'importe où. La France était sortie très affaiblie de la guerre, moralement, démographiquement et économiquement. On criait : « Plus jamais ça. C'est la "der des der !" »

Vingt et un ans plus tard, l'Europe remettait ça. « Je l'ai bien sentie venir la guerre, dit Claude, qui avait dix ans en 1939. Il y avait des affiches de mobilisation partout et on collait des bandes de papiers sur les carreaux pour freiner les vibrations des bombardements. À l'école on distribuait des masques à gaz, ça m'a marqué. » Finalement, la région où il vivait a été plutôt épargnée par les bombes, mais un de ses copains qui habitait à Paris lui parlait des morts et des blessés qui pavaient les rues. « En mai 1940, à l'approche de la Wehrmacht, mes parents ont décidé de fuir, on a fermé la maison et laissé chien et chat. Les routes étaient très encombrées, tout le monde avait peur des

Allemands et fuyait. » Sa famille se réfugia dans la villa d'une parente, à l'embouchure de la Loire. Un mois plus tard, des officiers allemands réquisitionnèrent le rez-de-chaussée. « Ils étaient très corrects. L'attitude des Allemands rassura beaucoup de Français qui rentrèrent chez eux, comme nous. »

Face à la déroute de l'armée française, considérée comme une des plus puissantes au monde, l'État français avait appelé à la rescousse le maréchal Philippe Pétain, « vainqueur de la bataille de Verdun » et héros de la guerre de 14-18, qui appela à capituler. À Londres, sur la BBC, le général de Gaulle lança son légendaire Appel du 18 juin exhortant les Français à continuer la lutte, scellant l'acte fondateur de la résistance gaullienne, la France libre. Quatre jours plus tard, Pétain signait un armistice avec Adolf Hitler, prévoyant que la France serait divisée en deux parties par une ligne de démarcation, une zone occupée par l'armée allemande au nord et le long de l'Atlantique et une zone « libre » au sud de la Loire. La France devait payer les frais de l'Occupation allemande et accepter, première étape de la perte de son intégrité morale, de « livrer les réfugiés politiques allemands ou autrichiens présents sur son sol ».

Le nouveau gouvernement français quitta Paris et s'installa à Vichy. Théoriquement, son pouvoir s'exerçait sur l'ensemble du pays et de l'empire colonial. Dans les faits, il était inféodé à l'Allemagne nazie. Le 24 juin, la France signa un armistice avec l'allié du Reich, l'Italie, qui obtenait une petite zone d'occupation le long de la frontière italienne, sur la Côte d'Azur et dans les Alpes maritimes, zone qui allait s'agrandir par la suite.

« De retour de la Loire, poursuit Claude, j'ai commencé à faire du porte à porte avec des copains du lycée pour vendre des portraits de Pétain, au bénéfice du Secours national. Je ne me souviens pas qu'on m'ait claqué la porte au nez. À ce moment-là, le maréchal avait une très bonne image. On se disait, c'est le gars qui va sauver quelques meubles ! » Pétain était auréolé d'un énorme prestige. Les Français lui étaient reconnaissants d'avoir évité un nouveau bain de sang en signant l'armistice. Ils se rassuraient en se disant qu'Hitler était le meilleur rempart contre l'avancée des bolcheviques, redoutée.

Le Parlement vota à une écrasante majorité l'attribution des pleins pouvoirs au maréchal, chargé de rédiger une nouvelle constitution. C'était la mort du parlementarisme de la IIIe République, accusée d'avoir affaibli le pays économiquement, militairement et diplomatiquement. Le basculement vers un régime autoritaire aux antipodes des valeurs de la République ne semble pas avoir gêné la majorité des Français qui restèrent de marbre devant l'emprisonnement de gaullistes notoires et d'anciens dirigeants de la IIIe République.

Le 24 octobre 1940, alors que le Führer traversait la France en train, revenant d'Espagne où il avait rencontré Franco, le vieux maréchal alla à sa rencontre à la gare de Montoire-sur-le-Loir et, par une poignée de main très médiatisée, il célébra officiellement l'entrée de la France « dans la voie de la collaboration ».

« Cette poignée de main a tout changé. J'ai cessé de distribuer des portraits de Pétain », explique Claude. Une nouvelle page s'ouvrait pour la France, qui allait s'enliser dans la complicité active avec les crimes du

Reich contre les résistants et les juifs. Vichy se trompait dans ses calculs. Malgré ses gages de bonne volonté, les Allemands ne traitaient pas la France mieux pour autant.

Les réquisitions démesurées en argent, en alimentation et en matières premières du Reich étranglaient le pays. À Paris, où Claude se rendait chaque jour au Lycée, « des tas de magasins étaient fermés et devant ceux qui étaient ouverts il y avait de longues queues ». Beaucoup d'habitants vivaient avec moins de 1 500 calories par jour, l'électricité était rationnée, le charbon pour se chauffer était une rareté et le manque de carburant rendait les déplacements quasiment impossibles. À la campagne, la vie était moins dure qu'en ville. « Nous souffrions moins des privations grâce à nos arbres fruitiers, notre potager, notre poulailler, une accointance familiale auprès d'un épicier. Un peu de troc nous permettait d'avoir du charbon pour chauffer deux pièces en hiver, ajoute Claude. Mais on avait le sentiment d'être sur un bateau à la dérive, sans commandant à bord. Dans ma région, les autorités françaises étaient invisibles : par exemple, le maire de ma commune n'apparaissait nulle part et à aucun moment. »

Dans la zone Sud, en revanche, les autorités françaises étaient bien visibles. Avec la montée de la résistance, le régime était passé de l'offensive de charme à la répression. Après l'attaque de l'Allemagne contre l'Union soviétique en juin 1941, en violation du traité de non-agression signé par les deux pays en août 1939, les communistes français étaient sortis de leur neutralité pour multiplier attentats, sabotages et assassinats, d'abord indépendamment des gaullistes puis conjointement. Les Allemands contre-attaquèrent en faisant exécuter des otages par dizaines, piochés un peu au hasard dans les prisons. Pétain tenta de s'interposer. Mais la seule chose qu'il obtint fut que le régime de Vichy prenne en charge la sale besogne, persécutant les résistants et exécutant des otages français.

Quant aux Allemands, même dans la zone d'Occupation, leur présence n'était pas la même partout. « J'en voyais rarement, il n'y en avait pas dans ma commune. Nous vivions dans une bulle, comme d'autres Français. En revanche ceux qui habitaient Paris étaient confrontés à l'Occupation. » De la Résistance, Claude ne savait rien à part les affiches des fusillés que les Allemands accrochaient dans le train pour dissuader ceux qui auraient pu être tentés. Son père écoutait la BBC parce qu'il était anglophone et anglophile. « Il avait sorti une grande carte de l'Europe, et en fonction des informations qu'il entendait, il faisait avancer ou reculer les pions. »

À partir de novembre 1942, quand le Reich envahit la zone « libre », la popularité du régime de Vichy déclina rapidement. La paix promise était loin d'être en vue. Les privations et la pression pour envoyer des Français travailler en Allemagne dans le cadre du Service du travail obligatoire (STO) devenaient insupportables.

L'Occupation, même si elle fut dure pour tous, avait de multiples visages, selon ses relations, si l'on était politisé ou non, si l'on habitait en zone libre ou en zone occupée, à la campagne ou à la ville, si l'on avait des résistants, des collaborateurs, des prisonniers dans sa famille. Le 6 juin 1944, les Alliés débarquèrent sur les plages de Normandie. Fin août, Paris était libéré.

Après la guerre, pendant longtemps, ma mère, comme la grande majorité de ses compatriotes, fut bercée par l'histoire officielle qui affirmait que son pays avait majoritairement résisté aux Allemands et s'était libéré de leur joug à force de combats. Au fond, les Français croyaient-ils à cette version de l'histoire ? Dans l'entourage de Claude, qui était étudiant après la Libération, « nous sentions bien qu'il n'y avait rien de très glorieux à cet épisode. Nous préférions ne pas en parler ».

Officiellement, le mythe s'était enraciné dès les premières heures de la Libération de Paris, le 25 août 1944, quand le général Charles de Gaulle s'était exclamé : « Paris libéré ! Libéré par lui-même, libéré par son peuple avec le concours des armées de la France, avec l'appui et le concours de la France tout entière [...] de la vraie France, de la France éternelle. » En réalité, Paris n'avait pas été libéré par la Résistance, qui avait combattu mais était trop exsangue pour un tel défi. C'est l'armée américaine qui avait accordé à de Gaulle la permission de faire entrer en tête la division du général Leclerc.

Le président américain Franklin D. Roosevelt et d'autres dirigeants alliés doutaient que la France puisse devenir un allié fiable et démocratique. Non seulement elle avait renoncé au combat et abandonné la Grande-Bretagne face à l'Allemagne nazie, mais c'était le seul pays non allié du Reich à avoir aussi étroitement collaboré avec l'ennemi. Toutefois, grâce à l'engagement des Résistants dans la nouvelle armée française reconstituée aux côtés des Alliés après la Libération, grâce à leur adhésion à la démocratie et surtout grâce à l'obstination du général de Gaulle, Roosevelt finit par accepter d'associer la France à la victoire de 1945. La France évita ainsi l'humiliation d'être traitée en pays vaincu. Même si elle n'était pas considérée comme un vainqueur de premier plan et ne fut pas invitée aux conférences interalliées sur le sort du Reich vaincu, elle obtint paradoxalement une petite zone d'occupation en Allemagne et un siège au Conseil permanent de sécurité de l'ONU.

Sur ce mensonge originel d'une « France victorieuse » allait se construire le mythe d'une « France résistante ». Par une ordonnance du 9 août 1944, le général de Gaulle, qui gouvernait le pays à la Libération, décréta « nul et non avenu » le régime de Vichy, considérant que ce dernier n'avait jamais représenté la France puisque « la République n'a jamais cessé d'être » incarnée par « la France libre, la France combattante, le Comité français de libération nationale », c'est-à-dire la Résistance.

Ainsi était née l'interprétation à laquelle l'État français allait s'accrocher pendant un demi-siècle : contrairement à la RFA qui, sous Konrad Adenauer, allait « officiellement » accepter le lourd héritage de la responsabilité des crimes du IIIe Reich, la France se débarrassait d'un legs encombrant, comme si Vichy avait été imposé de force par un petit groupe de criminels à une population qui lui était farouchement opposée. Même la police nationale fut célébrée comme « résistante » alors qu'elle avait massivement participé aux rafles de juifs et à la surveillance de camps.

« Soudain, des tas de soi-disant résistants sortaient de leur boîte… on les prenait pour des guignols », dit Claude. L'opportunisme régnait. L'on se battait pour obtenir une carte des Combattants volontaires de la résistance. Entre 220 000 et 300 000 furent distribuées, récompensant parfois moins un engagement au péril de sa vie que le talent de se faire passer pour ce que l'on n'avait jamais été. La notion vague de « services rendus à la Résistance » fut invoquée pour garantir l'impunité à des collaborateurs qui avaient retourné leur veste à la dernière minute. Même parmi ceux qui avaient véritablement pris les armes contre les Allemands, on trafiquait la mémoire de la Résistance pour la ramener à soi.

Le camp du général de Gaulle était en concurrence avec le parti communiste qui se définissait comme le « Parti des 75 000 fusillés », par allusion au prétendu nombre de communistes sacrifiés, un chiffre très exagéré selon les historiens. Le Parti glorifiait la grande famille antifasciste dont il s'attribuait le premier rôle, et exploita ce filon pour faire une percée spectaculaire aux élections qui le propulsèrent premier parti de France. Il est vrai que les communistes avaient joué un rôle central dans la Résistance, mais ils semblaient oublier qu'à cause de leur obéissance au pacte germano-soviétique, ils avaient attendu l'été 1941 avant de considérer les nazis comme des ennemis, au lieu de s'engager dans la Résistance dès le début.

Néanmoins, à la Libération, le parti communiste eut l'élégance de rendre hommage à l'ensemble des victimes, prisonniers de guerre, vétérans, juifs, civils, travailleurs forcés, tandis que le général de Gaulle préférait les ignorer et faire briller les seuls héros de la

Résistance pour vendre l'image d'une France combattante et faire oublier qu'elle avait capitulé. Le cinéma était un merveilleux relais de cette propagande. Dès 1944, le Comité de libération du cinéma français, créé par des artistes du septième art, fut encouragé par les autorités à renforcer une identité nationale « positive ». Un film emblématique de cette orientation est *La Bataille du rail* de René Clément sorti en 1946, qui retrace les opérations de sabotage des cheminots français pour perturber la circulation des trains pendant l'occupation nazie.

Cela dit, cet enjolivement du rôle de la France était bienvenu. Même si la situation était moins extrême qu'en Allemagne, les Français souffraient durement des conséquences de la guerre : infrastructures et villes détruites, rationnement alimentaire, pénurie de charbon… D'autant plus que l'atmosphère était plutôt empoisonnée dans une société où l'on se regardait en chiens de faïence, en attendant de savoir qui, dans les règlements de comptes avec les collaborateurs, allait être le dénonciateur et qui le dénoncé.

Dès la Libération, des dizaines de milliers de Français tombèrent sous le coup de la vindicte populaire. Au désir de justice et de vengeance se mêlaient des règlements d'un autre genre. Des profiteurs montaient des pièces à conviction pour pouvoir se débarrasser d'un concurrent ou s'approprier des biens convoités ; au moindre doute, des personnes pouvaient se faire lyncher. Environ 9 000 personnes furent sommairement exécutées. Une vingtaine de milliers de femmes, accusées de « collaboration horizontale », c'est-à-dire d'avoir couché avec des Allemands, furent tondues en pleine rue et livrées en cortège à une foule haineuse. Elles étaient les otages d'une virilité patriotique d'un autre âge qui exigeait que les corps féminins appartiennent à la nation. « Près du village de son enfance, ma mère connaissait une femme qui avait été tondue avec d'autres sur la place centrale parce qu'elles avaient "fréquenté" des Allemands, raconte Josiane. Ma mère, qui lui rendait visite, désapprouvait ouvertement sa conduite, même dix ans après, mais elle trouvait tout de même que la sentence avait été trop rude. »

La violence de l'épuration populaire accéléra l'organisation de procès légaux. Un nouveau crime fut instauré, celui d'« indignité nationale », passible d'une peine de dégradation nationale, visant ceux qui avaient participé aux activités du régime, à ses organisations et partis politiques, et à la propagation de ses idées. Environ 100 000 personnes furent touchées par cette peine qui entraînait la privation de droits civiques et l'interdiction d'exercer certaines fonctions ou métiers (avocat, banquier, enseignant...). Selon le spécialiste de la période, Henry Rousso, une centaine de ministres et de politiciens furent traduits devant un tribunal spécial, la Haute Cour de Justice. La moitié furent condamnés à des peines de prison, et plusieurs à la peine de mort, dont trois furent exécutées. Au total, selon Henry Rousso, quelque 7 000 condamnations à mort furent prononcées, dont 1 600 furent conduites à terme, soit davantage qu'ailleurs et six à sept fois plus qu'en Allemagne.

Des commissions furent créées au sein des administrations départementales, des ministères et des entreprises nationales qui sanctionnèrent des dizaines de milliers de fonctionnaires et d'employés. Les épurations touchaient aussi l'Église, l'armée et les médias. Mais beaucoup de gros poissons échappèrent aux procès : les magistrats, alors qu'ils avaient largement contribué à mettre en application les lois de Vichy, les techniciens des grands corps d'État et de nombreux hommes d'affaires, à quelques exceptions près dont Louis Renault, fondateur de l'empire automobile éponyme, qui mourra en prison avant d'être jugé.

Les plus durement touchés furent les idéologues de Vichy et les intellectuels proches des milieux collaborationnistes. L'écrivain Louis Ferdinand Céline, brillant auteur du pacifiste *Voyage au bout de la nuit* et de pamphlets antisémites, parvint à fuir au Danemark d'où il revint en 1951 après avoir été amnistié. Pierre Drieu la Rochelle, dandy romancier tombeur de femmes, ami des dadaïstes et des surréalistes, puis adepte d'une sorte de « socialisme fasciste », titre de l'un de ses ouvrages, se suicida. Des journalistes furent fusillés, parmi lesquels le très influent écrivain et critique de cinéma Robert Brasillach, rédacteur en chef du journal collaborationniste et antisémite *Je suis partout*. De nombreux écrivains s'étaient mobilisés en vain pour demander sa grâce au général de Gaulle. « Le talent est un titre de responsabilité », et donc une circonstance aggravante car il accroît l'influence de l'écrivain, estima le chef de l'État.

Tous attendaient avec impatience le procès des principaux acteurs. En juillet 1945 s'ouvrit celui du maréchal Philippe Pétain, alors âgé de quatre-vingt-neuf ans, qui avança une ligne de défense pour le moins audacieuse : « De ce pouvoir, j'ai usé comme d'un bouclier pour protéger le peuple français [...]. Chaque jour, un poignard sur la gorge, j'ai lutté contre les exigences de l'ennemi. L'Histoire dira tout ce que je vous ai évité, quand mes adversaires ne pensent qu'à me reprocher l'inévitable [...]. Pendant que le général de Gaulle, hors de nos frontières, poursuivait sa lutte, j'ai préparé les voies à la Libération, en conservant une France douloureuse mais vivante. » Ses avocats allèrent jusqu'à prétendre qu'en raison de son grand âge le dirigeant de Vichy avait été abusé par la deuxième personnalité la plus importante du régime après lui, Pierre Laval, qui l'aurait entraîné dans une collaboration croissante avec l'ennemi. Le maréchal fut condamné à mort, mais le général de Gaulle commua sa peine en réclusion à perpétuité. Pour la paix intérieure de la France, mieux valait ne pas froisser les anciens pétainistes, car ils étaient très nombreux.

Il fallait pourtant bien que quelqu'un paye. Ce fut Pierre Laval, le dernier dirigeant du gouvernement de Vichy qui, le 22 juin 1942, avait prononcé une phrase qui avait choqué dans un discours radiophonique : « Je souhaite la victoire de l'Allemagne, parce que, sans elle, le bolchevisme, demain, s'installerait partout. » Lors de son procès, Pétain avait affirmé avoir été révolté par cette déclaration. En vérité, comme l'a révélé l'historien Marc Ferro, le maréchal l'avait bel et bien avalisée et avait même fait remplacer la version initiale « Je crois à la victoire de l'Allemagne » par « Je souhaite la victoire de l'Allemagne ». Le procès de Laval fut un désastre. Constamment hué par le public, menacé par un jury partial, lynché par la presse, il fut condamné à mort pour haute trahison et exécuté une semaine plus tard après avoir refusé de demander la grâce. Dans ses *Mémoires de guerre,* de Gaulle écrivit :

« Laval avait joué. Il avait perdu. Il eut le courage d'admettre qu'il répondait des conséquences. »

Avec ces procès était née une nouvelle légende, celle des « deux Vichy », l'une représentée par Laval, corps et âme au service des Allemands, et l'autre, celle de Pétain, qui sous couvert de collaborationnisme aurait servi de « bouclier » de la France en attendant que « l'épée », incarnée par de Gaulle, n'intervienne.

Quelques années après la grande colère des Français à la Libération contre les prétendus collaborateurs, le soufflé retomba et laissa la voie libre à ce que les historiens ont baptisé la « désépuration ». La France ne pouvait pas se priver de l'ensemble de ses hauts fonctionnaires, beaucoup de résistants n'étant pas formés pour remplir des fonctions de techniciens spécialisés au sein de l'appareil d'État. La réintrégation massive des fonctionnaires de Vichy et l'amnistie de condamnés se déroulèrent dans l'indifférence générale, sans doute facilitées par l'absence du général de Gaulle qui avait démissionné de la direction du pays en 1946.

En décembre 1948, 69 % des condamnés avaient été amnistiés. En 1953, une nouvelle loi d'amnistie acheva de légaliser l'impunité et permit de libérer la grande majorité des détenus liés à Vichy. Sous la présidence de René Coty, à partir de 1953, d'anciennes personnalités du régime de Vichy entrèrent au gouvernement, comme André Boutemy dont la nomination suscita tout de même de nombreuses protestations, surtout de la part des communistes. En 1965, Jean-Louis Tixier-Vignancourt, responsable de la propagande et de la censure sous Vichy, maréchaliste mais anti-allemand, recueillit 5,2% des voix aux élections présidentielles. La continuité entre les deux régimes était plus forte encore dans les coulisses, dans l'administration et les grands corps d'État où entre deux tiers et 98 % des fonctionnaires avaient déjà été en poste sous Vichy.

« À l'école, on ne parlait quasiment pas de la guerre, souligne ma mère. On nous enseignait l'Antiquité et les étapes glorieuses de la France : Louis XIV, la Révolution française, Napoléon, puis le rayonnement colonial de la France bienfaitrice et porteuse de civilisation. On était fiers de voir tout ce qu'on possédait un peu partout. » Claude, étudiant à Sciences-Po, à Paris, une école destinée notamment à former les futurs hauts fonctionnaires, est lui aussi catégorique : « Les cours s'arrêtaient à 1939. Les problèmes de la guerre et de l'immédiat avant-guerre, ce n'était pas à l'ordre du jour. En revanche, on parlait beaucoup du communisme, on avait peur que l'Europe soit envahie. »

Bien vite, une actualité d'une autre nature allait monopoliser l'attention des Français : la perte de l'empire colonial, où des mouvements d'émancipation s'étaient développés à la faveur de l'affaiblissement de la puissance coloniale pendant la guerre. En quelques années, la France dut se séparer de l'Indochine puis de la Tunisie, du Maroc et de ses territoires d'Afrique noire. Mais le plus traumatisant pour elle fut la guerre d'Algérie, qui avait le statut de département français et était perçue comme la prolongation naturelle de la France sur l'autre rive de la Méditerranée. « Les jeunes tremblaient à l'idée d'être appelés, relate ma mère. Je me souviens du jour où ils sont venus en chercher au

Blanc-Mesnil pour les envoyer combattre là-bas. Tout le monde disait : ils ne reviendront jamais. »

En 1958, alors que la France traversait une crise majeure à cause de la guerre d'Algérie, plusieurs dirigeants français lancèrent un appel au général de Gaulle qui, après une décennie de « traversée du désert », accepta de prendre les rênes du pouvoir. Il fit approuver par référendum la constitution de la Ve République, puis fut élu président de la République. Il ouvrit la voie à l'indépendance de l'Algérie, provoquant l'ire des pieds-noirs qui furent environ 800 000 à fuir une terre où ils vivaient depuis des générations, pour un pays qu'ils connaissaient à peine. Le conflit algérien avait également ébranlé la croyance en une France respectueuse des droits de l'homme sachant que l'armée française faisait un usage systématique de la torture pour soutirer des informations à ses prisonniers. D'anciens résistants et des intellectuels, tels Jean-Paul Sartre et sa compagne, Simone de Beauvoir, comparèrent ces pratiques avec celles de la Gestapo et des nazis. L'aura d'une France affrontant la barbarie nazie et immunisée contre une telle cruauté avait pâli.

Mais de Gaulle tenait à son mythe national. Une fois au pouvoir, il s'empressa de revigorer la mémoire des « Français combattants », et, en 1960, inaugura un Mémorial au Mont-Valérien, où plus d'un millier de résistants avaient été exécutés. En 1964, il fit transférer au Panthéon à Paris, où se trouvent les tombeaux des « grands hommes » de la France, les cendres de Jean Moulin, dirigeant du Conseil national de la Résistance, torturé à mort par la Gestapo. Sous la présidence du Général, le film de résistance fit un retour en force, avec *La Ligne de démarcation* de Claude Chabrol (1966) ou *L'Armée des ombres* de Jean-Pierre Melville (1969), pour ne citer qu'eux. Ces films célébraient la compétence et les sacrifices de ces héros sans que jamais l'image convenue de la France unie autour de ses résistants soit écornée.

En 1962, alors qu'elle pique-niquait avec une amie sur la pelouse du parc Saint-James, à Londres, Josiane vit s'approcher un jeune homme longiligne, aux cheveux plus blonds que les blés et au regard noyé de bleu. Dans un français hésitant mais charmant, il leur demanda s'il pouvait se joindre à elles. Volker avait compris, aux fromages, au saucisson et au vin disposés sur la nappe, qu'il avait affaire à des Françaises ayant pris soin de rapporter des victuailles pour ne pas mourir de faim dans un pays dont la réputation gastronomique était catastrophique. Nul ne sait lequel des plaisirs en perspective fit succomber mon père lorsqu'il aborda les filles, mais quand il prit congé, ce fut avec l'adresse de Josiane en poche. Deux ans plus tard, de passage à Paris, il l'avait contactée et lui avait offert un bouquet de violettes en l'embrassant.

La première fois qu'elle avait rendu visite à Volker à Mannheim, en 1966, au volant de sa deux-chevaux, Josiane avait été impressionnée par les infrastructures routières, la « vague verte » permettant d'enchaîner les feux verts en respectant les limitations de vitesse, les flèches directionnelles au sol, les intersections, les grands ponts modernes, les jonctions complexes, et bien sûr les autoroutes. Le miracle économique allemand était en avance sur celui de la France. « C'était étourdissant, je trouvais tout plus moderne que chez nous. Et aussi tenir le *Deutsche Mark* en main, c'était quelque chose par rapport au franc constamment dévalué. » Ma mère se sentit tout de suite à l'aise en Allemagne. « Je n'avais jamais eu ce réflexe de voir un nazi derrière chaque Allemand. Nous les jeunes étions plutôt positifs, il y avait désormais la Communauté économique européenne, on oubliait tout et on recommençait tout ensemble, confiants dans l'avenir et la solidarité. »

Il faut dire que Josiane connaissait déjà le pays. Elle avait vécu entre 1947 et 1949 à Lindau, une jolie ville du Sud, sur le lac de Constance, située dans la zone d'occupation française où son père avait été muté. Ils vivaient dans un appartement réquisitionné par les Français, dont l'habitante, allemande, leur servait de bonne, même si ma grand-mère, qui n'avait pas l'habitude d'avoir du personnel, préférait s'occuper elle-même du foyer. Josiane se souvient de fêtes, de feux d'artifice et de nourriture à profusion à un moment où les Allemands luttaient pour ne pas sombrer dans la misère.

À Mannheim, ma mère apprécia la gentillesse de la famille de son fiancé, d'autant plus qu'elle pouvait échanger quelques bribes avec eux. À son retour de Lindau à l'âge de huit ans, son institutrice française avait convaincu ses parents de lui financer des cours particuliers d'allemand. « Ces dépenses grevaient pas mal le budget déjà modeste de la famille, mais mes parents se sont toujours serré la ceinture pour nous donner l'éducation qu'ils n'avaient pas eue. » Karl Schwarz était fier de se pavaner dans les rues avec cette beauté latine et Lydia Schwarz, heureuse d'avoir une nouvelle adepte de ses gâteaux légendaires. Pourtant

Oma avait été un peu ébranlée lorsque son fils lui avait annoncé vouloir se fiancer avec « une Française catholique ». Elle lui avait répondu : « Avec toutes les filles honorables qu'il y a en Allemagne, tu n'aurais pas pu te trouver une Allemande ? »

Davantage que la nationalité, c'est la religion qui devait être difficile à avaler, car pour elle qui était une fervente protestante, le catholicisme, avec ses évêques parés de couleurs et de fils d'or, ses messes écrasantes de vapeurs d'encens et ses rituels où le prêtre plonge ses lèvres dans un calice de vin, avait tout d'une « secte » dont elle doutait fort que ses adeptes puissent un jour entrer au paradis. En guise de consolation, elle obtint que le mariage, qui devait être célébré en France, ait lieu dans une église protestante. Mes parents durent se préparer des mois à l'avance à Paris en suivant d'interminables séances de prières avec un pasteur piétiste, une branche très sévère du protestantisme. Mais ce qui rendait Oma triste avant tout, c'était de voir partir son fils, son « Dieu sur terre », dans un pays inconnu où ses petits-enfants grandiraient sans elle.

En 1971, pour le réveillon du Nouvel An, il fut décidé que Volker viendrait à Paris avec sa mère et sa sœur rencontrer le père de Josiane et sa nouvelle épouse, Geneviève, et parler tous ensemble des préparatifs du mariage. La mère de Josiane était décédée quelques années auparavant, sans avoir connu Volker. Le voyage devait se faire en voiture depuis Mannheim et c'est sans inquiétude qu'Oma, qui connaissait la qualité des autoroutes allemandes, monta à bord. Mais après la frontière il fallut se contenter de la nationale 3 qui reliait Metz à Paris, une deux-voies dangereuse encombrée de camions, qui plus est recouverte de verglas et de neige à cette période de l'année. Ils traversèrent une Champagne désertique et dénuée d'infrastructures où ils faillirent tomber en panne d'essence, avant d'arriver à Paris au bout de dix heures, épuisés, affamés et assoiffés. Oma avait été décontenancée par ces routes pleines de trous, l'absence de restaurants et de toilettes publiques sur le parcours, et ces paysages de Champagne sans traces de constructions à l'horizon, un sacré contraste avec la densité urbaine de la région de Mannheim. Elle avait certainement regretté l'*Autobahn*, car en cela, c'était incontestable, les Allemands avaient plusieurs « trains » d'avance sur les Français, et grâce à qui ? Dommage qu'Hitler n'ait pas eu le temps d'en construire en France pendant l'Occupation !

À Paris, Volker avait fait un tour en voiture avec sa mère et sa sœur pour leur montrer la Sorbonne, ce noble bâtiment où avait étudié sa fiancée et qui en imposait, lorsque Oma s'exclama : « Ces Français sont des traînées (*Lumpenpack*), ils n'ont aucune pudeur ! » Depuis la voiture, elle avait remarqué en passant l'acronyme des Presses universitaires de France, PUF, sur la devanture d'une vitrine dont elle n'avait pas eu le temps de voir le contenu. Elle avait lu *Puff*, ce qui veut dire « bordel », persuadée qu'au pied de la Sorbonne une maison des plaisirs avait pignon sur rue pour que les étudiants aillent se distraire entre deux cours magistraux, ce qui la conforta un instant dans l'idée qu'elle avait de ce pays de catholiques aux mœurs indignes.

Le soir du réveillon, ma mère, papi et sa nouvelle épouse s'étaient mis en quatre pour préparer un repas de roi qui ne devait pas être servi avant 22 heures afin que le dessert tombe pile-poil à minuit. Affamées, Ingrid et sa mère qui avaient l'habitude de dîner à 18 h 30 se consolèrent avec les gâteaux apéritif et, lorsque l'heure du dîner sonna enfin, durent affronter avec courage les huîtres et les escargots qu'on leur avait servis, pour elles un défi équivalant à celui pour un Français de manger une araignée frite au Cambodge. Ce soir-là, elles ne dirent rien, mais par la suite elles ne se gêneraient plus pour critiquer la cuisine de ma mère, éloignée des standards des Allemands, bien connus pour leurs talents culinaires... Au début, Josiane emmenait sa belle-mère sur les marchés français, mais ce tourisme alimentaire fut de courte durée car elle n'avait pas pensé au malaise que procurait, pour un non-initié, la vue de l'étalage de viande en plein air, des langues de bœuf pendues à des crochets, des cervelles d'agneau en barquette, des rognons baignant dans leur sang. Curieusement, c'est surtout les légumes pleins de terre posés sur du papier journal à même le sol qui indignèrent Oma : « Jamais un Allemand ne mangerait ça, des épinards sales ! »

Ma mère ne chercha pas à savoir ce que le père de son fiancé avait fait pendant la guerre. Volker lui avait assuré qu'il n'avait pas adhéré au parti nazi. « Si j'avais su qu'il avait été au parti, cela n'aurait pas changé ma décision, mais ça m'aurait un peu dérangée... Un fils de nazi... », dit-elle aujourd'hui. Lucien non plus ne posait pas de questions, mais il ne se privait pas de faire des remarques désobligeantes sur Volker. « Il me disait : "Qu'est-ce que tu nous ramènes ? Il n'y a pas assez de Français ici ? Un garçon taillé à coups de serpe, qui n'a pas de cou, comme tous les Allemands. Je me demande ce que tu lui as trouvé." Puis il commença à l'apprécier, il le trouvait intelligent. » Ailleurs dans la famille de Josiane, l'accueil fut parfois glacial, car certains Français avaient terriblement souffert de la brutalité des Allemands.

Afin d'annoncer leur mariage, Josiane et Volker avaient voyagé en deux-chevaux jusque dans le Jura, d'où était originaire Lucien, pour rendre visite au frère de ce dernier, Prosper, et son épouse, Madeleine. Pendant la guerre, les Allemands avaient fait irruption dans la ferme de celle-ci pour chercher son frère, un résistant qui avait été dénoncé mais avait fui à temps pour rejoindre le maquis, puissant dans cette région de montagnes et de forêts propice au camouflage. Alors qu'ils mettaient la maison sens dessus dessous, la famille de Madeleine craignait qu'ils ne découvrent la trace d'un parachute anglais qu'ils avaient trouvé dans un champ alentour et ramené à la maison pour en faire des draps, une trouvaille précieuse pour ces paysans pauvres. Furieux que le frère résistant leur ait échappé, les Allemands mirent le feu à la ferme. S'ils avaient reconnu la texture de la toile de parachute parmi les draps, ils en auraient probablement déduit qu'ils avaient affaire à une famille de résistants et les auraient peut-être fusillés sur-le-champ. Quand Josiane s'assit dans le salon avec Volker et son fort accent allemand, Madeleine et Prosper ont dû être crispés. Eux qui étaient si accueillants avec leur nièce, ils ne lui proposèrent pas l'hospitalité.

La prochaine étape aurait dû être Bellegarde-en-Forez, un petit village idyllique non loin de Lyon d'où était originaire sa mère, où Josiane avait une tante dont elle était très proche, chez qui elle avait passé toutes ses vacances. Quand j'étais petite nous dormions chez elle sur la route du Sud, elle n'avait pas de salle de bains et ne lavait jamais nos verres, mais possédait en contrepartie une basse-cour et une immense cage avec des canaris, un équilibre qui convenait parfaitement à ma sœur Nathalie et à moi.

« Tante Jeanne ne disait jamais "allemand" mais "boche" ou "dorefin", se souvient ma mère. Lorsque je lui ai dit que j'allais épouser un Allemand elle a dit : "C'est le bouquet ! Eh bien, si ta mère était là…" »

En fait, tante Jeanne a dit bien plus que ça, elle l'a même écrit dans une lettre que Josiane avait oubliée et que j'ai retrouvée, et lorsque je l'ai lue à ma mère et à son frère, celui-ci a pensé que c'était un faux tant elle transpire de haine. En voici un extrait, avec les fautes d'orthographe en moins : « Qu'est-ce que je viens d'apprendre, que tu te maries avec un boche, c'est une honte pour la famille, je savais qu'il y avait des simples d'esprit dans la famille, je ne savais pas qu'il y avait une folle, ton père est aussi fou que toi, vous avez réellement perdu la raison, je crois qu'il y a assez de Français sans que tu aies à te marier avec cette sale race. […] Si ta pauvre mère vivait, qu'est-ce qu'elle dirait, elle qui sait ce que c'est les guerres, elle qui a tant pris, enduré la faim et tout, et toi qui te donnes en pâture à ces hulans. » Je ne connaissais pas ce dernier terme qu'elle avait mal orthographié en lieu et place de *uhlan*, qui signifie « cavalier armé d'une lance dans les armées slaves et germaniques ». Tante Jeanne termine par ces mots : « Je te sors de ma famille comme une pestiférée. […] Prends un Français, ce serait qu'un berger de moutons, il serait français. »

Tante Jeanne n'avait pas particulièrement souffert de l'Occupation à Bellegarde-en-Forez, un village situé en zone libre, qui n'avait pas fait de vagues, mais elle faisait partie de ces Français qui, après le départ des Allemands, déversèrent une haine féroce contre ceux qu'ils soupçonnaient d'avoir pactisé avec l'occupant. « Elle racontait bien plus de choses de la guerre que mon père, elle nous serinait avec les collabos, et surtout avec les femmes du coin qui avaient couché avec l'occupant. »

Dans les années 1970, la mythologie que la France tentait d'entretenir sur son rôle pendant la guerre vola en éclats. C'est un film documentaire qui ouvrit la brèche, *Le Chagrin et la Pitié,* de Marcel Ophuls, qui révélait le comportement ambigu des Français à l'égard des Allemands sous la France de Vichy, à partir d'interviews d'habitants de Clermont-Ferrand et d'anciens soldats allemands en garnison. Le film fut censuré par l'Office de radiodiffusion télévision française d'État, ORTF, et dut se contenter de sortir dans une petite salle de cinéma du 5e arrondissement de Paris, fin 1971, mais la censure et la polémique lui firent beaucoup de publicité. Ophuls raconte que le directeur général de l'ORTF, au début plutôt favorable, alla voir le général de Gaulle retiré dans son manoir de Colombey-les-deux-Églises après avoir démissionné de la présidence de la République en 1969, pour lui demander son avis sur ce film qui disait « des vérités désagréables ». « De Gaulle répondit : “La France n'a pas besoin de vérité, elle a besoin d'espoir.” »

Qui mieux que le général de Gaulle savait qu'à l'été 1940 seuls quelques milliers de Français avaient répondu à son appel au combat et que la Résistance ne commença à se manifester sérieusement qu'à partir de la fin 1942, grâce à l'afflux de nouveaux candidats fuyant en premier lieu le travail obligatoire en Allemagne ? Le général mourut avant l'effondrement du mythe qu'il avait contribué à construire.

Le séisme survint en 1973, avec la sortie en France de *La France de Vichy,* de l'historien américain Robert O. Paxton, qui, à l'aide d'archives allemandes et américaines, dressait un portrait remarquable et inédit de cet épisode sur lequel les archives françaises étaient toujours fermées. Une à une, il démontait les légendes qui s'étaient accumulées après la guerre. Il révéla que la Résistance active n'avait jamais rassemblé plus de 2 % de la population adulte française, des combattants au courage souvent exemplaire, qui payèrent un lourd tribut à la répression des forces de Vichy et de l'armée allemande. La plupart des historiens estiment le nombre de résistants actifs entre 200 000 et 300 000. À eux s'ajoutaient des sympathisants au sein de la population, que Paxton estime à 10 %, disposés à prendre des risques plus ou moins importants, comme relayer des messages, apporter une petite aide logistique, mentir aux Allemands ou lire des journaux interdits.

Paxton montrait par ailleurs que la collaboration avait été une proposition de Vichy qui croyait à la victoire de l'Allemagne et souhaitait s'assurer une place dans la future Europe hitlérienne, tandis que de son côté l'Allemagne s'était montrée réticente du moins au début, car Hitler ne voyait pas dans la France un potentiel allié, mais uniquement une source de butin et une base militaire contre la Grande-Bretagne. L'historien expliquait que la décision du gouvernement de soutenir le Reich, au lieu de se cantonner aux clauses de l'armistice qui exigeait une simple administration du territoire, avait rendu bien des Français complices de mesures et d'actes criminels. Elle avait permis aux Allemands de mener à bien plus facilement leurs projets : le pillage économique et alimentaire, l'exil forcé de la main-d'œuvre française vers l'Allemagne, et surtout la répression sanglante des résistants et la déportation de 76 000 juifs de France. Avec leur manque de troupes et de personnel, les Allemands auraient eu du mal à contrôler un pays aussi développé et vaste que la France.

Autre point primordial, Paxton expliquait que la politique de Vichy n'avait pas été qu'une réaction pragmatique à l'Occupation – qui allait s'avérer mauvaise. Elle répondait également à une aspiration politique, voire idéologique, d'une partie des Français. L'historien démontait ainsi le mythe selon lequel les Allemands avaient voulu imposer leur idéologie à la France. En réalité, Pétain avait cherché à s'associer à l'ordre nouveau des nazis avec son projet de Révolution nationale, qui avait des points en commun avec le fascisme et le national-socialisme : rejet du parlementarisme et de la République, du modernisme culturel et des élites intellectuelles et urbaines ; suppression des syndicats et interdiction du droit de grève ; apologie des valeurs traditionnelles, Travail, Famille, Patrie ; antisémitisme d'État ; culte de la personnalité du chef – l'effigie du maréchal était omniprésente, sur les monnaies, les timbres, les murs des édifices publics ou sous forme de buste, tandis que le fameux *Maréchal, nous voilà !* devint l'hymne national officieux.

Le projet de Révolution nationale suscita beaucoup d'enthousiasme dans de nombreuses familles politiques dont le combat contre la République avait commencé bien avant l'arrivée de Vichy.

Au début des années 1930, face à l'impuissance des gouvernements républicains successifs et à l'influence croissante du bolchevisme, des organisations politiques et paramilitaires appelées ligues, nationalistes ou fascistes et en partie composées d'anciens combattants, s'étaient multipliées. L'une des plus influentes était l'Action française, portée par le charisme de l'écrivain Charles Maurras, royaliste, opposé aux forces libérales qu'il assimilait aux juifs, qu'il voulait exclure de France. Le 6 février 1934, les ligueurs furent aux premiers rangs d'une manifestation contre le Parlement regroupant environ 40 000 personnes. Certains pensaient pouvoir renverser la République. Mais la manifestation dégénéra en combat de rue mortel et, deux ans plus tard, les ligues furent dissoutes. Vichy signait la victoire de leurs idées.

Le livre de Paxton secoua la société française. Au cinéma, la Résistance perdit son statut de culte intouchable. Dans *Lacombe Lucien* (1974), Louis Malle osa mettre en scène un jeune paysan assez fruste qui, après avoir été refusé par la résistance locale, devient collaborateur, par dépit, et commet des exactions avant de s'enfuir avec une juive dont il est tombé amoureux. Le réalisateur soulevait une interrogation nouvelle pour les Français : en 1940, quel camp aurais-je choisi ?

Quand le mariage de Josiane et Volker fut célébré en mai 1971 sous un flot de champagne et de vins, tout le monde s'entendit à merveille : les nombreux copains de mon père venus sans leur femme qui impressionnèrent Papi en descendant toute sa réserve de Ricard cul sec et sans eau comme du Schnaps, la famille Schwarz, celle de l'ancienne femme de Lucien et celle de sa nouvelle femme. Ce mélange explosif se termina en énorme débandade où l'on dansait sur et sous les tables, riait, grimaçait et gesticulait pour tenter de se faire comprendre de son voisin dont on ne parlait pas la langue. « Nous avions un peu l'impression d'enfreindre les règles, nous bravions ces anciennes haines, se souvient ma mère. C'était une petite provocation, le symbole d'un nouvel esprit européen, c'était exaltant. »

Papi invita Oma à danser, et elle le trouva charmant. Je ne pense pas qu'il lui ait raconté ses années avec les forces d'occupation françaises à Lindau. Et je ne crois pas qu'elle lui ait répété ce qu'elle avait dit à Josiane en haussant très haut la voix un jour qu'elle l'avait invitée dans un restaurant en Lorraine : « Ici c'était à nous, vous nous l'avez pris alors que vous n'en avez pas besoin ; c'est nous qui n'avons pas assez de place ! » La vieille phobie hitlérienne du manque de *Lebensraum* (espace vital) avait laissé des traces.

Chapitre IX

L'Holocauste ? Connais pas.

Chez Oma, la pièce qui m'avait toujours le plus impressionnée était la salle à manger, dont les lourds meubles de bois sombre sculpté diffusaient une noblesse intimidante sans commune mesure avec le reste de l'appartement. Un imposant buffet de près de trois mètres de long aux portes décorées d'un labyrinthe de fines arabesques fleuries faisait face à une vitrine découpée dans un bois pareillement ciselé, posée sur de hauts pieds courbés, où Oma entreposait les perles de sa porcelaine fine, l'objet pour moi d'une délicieuse fascination à laquelle je ne me lassais pas de succomber à chaque fois que j'entrais dans cette pièce. Elle avait commencé sa collection dans les années 1930, au moment où la mode des chinoiseries battait son plein et que les dames s'arrachaient les pièces rares dans des ventes aux enchères dont il me plaît d'imaginer le brouhaha enfiévré et l'hystérie de coups de parapluie et de talons que pouvait provoquer une tasse miniature aux délicates peintures.

Ma grand-mère s'était bien débrouillée car sa vitrine était remplie de tasses d'une variété fabuleuse, différentes par la taille et par la forme, tantôt demi-sphériques, tantôt hexagonales ou cylindriques et dont l'anse variait tout autant, semblant épouser les courbes calligraphiques d'un mystérieux alphabet. Ce qui rendait ces objets si affolants, c'étaient les scènes peintes avec une minutie de fée sur la surface de porcelaine, un voyage en pirogue sur une rivière gorgée de poissons aux allures de dragons, une rizière vert tendre sous un soleil incandescent… Et ces figures ! Quelle grâce dans le dessin de ces amples habits brodés d'où émergeaient des visages fardés, semblables aux masques de quelque créature mythologique.

Le grand jour de sortie des tasses était le dimanche après-midi, lorsque Oma invitait la famille et des amis pour le *Kaffee und Kuchen*, un événement auquel elle se préparait dès le samedi matin avec la confection de gâteaux par plaques entières, transformant la cuisine en un champ de bataille où chaque pas comportait le risque d'avoir les pieds englués dans du sucre cristallisé ou de la compote de quetsches, et que ma mère, de nature maniaque, fuyait dès l'aube en ville pour ne revenir que bien après l'heure conventionnelle du déjeuner en Allemagne, au grand désarroi de ma grand-mère qui se lamentait d'avoir une belle-fille émancipée qui « laisse mourir ses petits-enfants de faim ».

Je me souviens de quelques-uns de ces dimanches de réception dans la Chamissostrasse où nous étions réunis autour de la grande table ovale taillée dans le même bois que le reste du mobilier de la salle à manger et qui avait la particularité d'avoir des griffes de lion en guise de pieds et un plateau si haut que même les Allemands si grands de taille devaient se tenir droits comme des *i* pour ne pas avoir le menton dans leur gâteau à la crème. Les vieilles amies de Lydia fraîchement coiffées et le cou serti de colliers pour l'occasion s'esclaffaient autour des derniers cancans, quelques veufs fumaient leur pipe en silence et je passais l'ennui de ces rituels d'adulte à inspecter de près les trésors de tasses qu'Oma avait sorties de sa vitrine, désormais à portée de main sur la table et dont il fallait attendre qu'elles se vident pour en mesurer l'élégance infinie : car c'est à l'intérieur qu'elles recelaient leur ultime secret, de minuscules dessins dont la réalisation ne pouvait être que l'œuvre de célestes doigts. Et tandis que j'étais plongée dans l'observation de ces scènes d'un monde merveilleusement énigmatique ou que j'imaginais la table aux pieds griffés se métamorphoser en un lion véritable qui nous dévorerait tous, nous et nos gâteaux, mon père assis à mes côtés voyait dans ce patrimoine de meubles et de porcelaine une tout autre histoire que mes rêveries exotiques.

Volker commença à observer la salle à manger de ses parents sous un angle nouveau après avoir vu des photos de l'appartement tel qu'il était avant la guerre. On y apercevait des meubles très différents, plus rustiques, qui étaient issus de la dot de mariage de Lydia. Une autre pièce également avait subi un changement majeur avec la guerre, le *Herrenzimmer* (le salon réservé aux hommes), où un bel ameublement Art déco, une bibliothèque, un grand bureau et une table, avait soudain fait irruption. « Ce mobilier, en particulier celui de la salle à manger qui respire la grande bourgeoisie, ne correspondait pas au statut social d'alors de mes parents, et comme ils n'en avaient pas besoin puisqu'ils en avaient déjà, le motif de cet achat a dû être que les prix étaient vraiment bas. Or pendant la guerre, ce sont les biens juifs qui se vendaient ainsi au rabais, et ça se savait », dit mon père. Parmi ces nouvelles acquisitions figuraient aussi des tapis et probablement quelques-unes des délicieuses tasses chinoises d'Oma.

Mon père n'a jamais parlé de ses soupçons à ses parents. « À quoi bon. Déjà quand je prononçais le nom de Löbmann, la tête de mon père devenait toute rouge, il se levait, fermait la fenêtre pour que les voisins ne l'entendent pas et se mettait à hurler si fort qu'on l'entendait jusqu'au bout de la rue. »

Le pillage, la persécution et la déportation des juifs étaient l'aspect du travail de mémoire le plus dur à affronter pour le peuple allemand. S'il était aisé de trouver des excuses pour avoir succombé au prétendu magnétisme de Hitler et salué ses réformes sociales et économiques qui apportaient dans l'immédiat un réconfort bienvenu après des années de disette, il était beaucoup plus difficile de justifier la complicité passive de millions de citoyens face à la persécution des juifs d'Allemagne et l'enlèvement en plein jour, parfois sous leur nez, de plus de 130 000 d'entre eux.

Ainsi, alors que depuis l'amnésie des années 1950 le travail de mémoire en Allemagne avait beaucoup progressé, le génocide des juifs était toujours un tabou à la fin des années 1970. Certes, Auschwitz était désormais connu de tous ainsi que le fait que les SS avaient commis des atrocités en marge de la guerre à l'Est, mais ces faits n'étaient pas perçus comme faisant partie d'un même tout, d'un projet monstrueux dont la dimension échappait encore à la conscience collective. « Il y avait peu d'empathie à l'égard des juifs, c'était choquant, dit mon père. On entendait parfois dire : "Ce sont les Anglais qui ont inventé les camps de concentration en Afrique du Sud" ou bien : "Nous aussi nous avons souffert !" Mais la plupart du temps, ils esquivaient la question. »

Des 500 000 juifs que comptait le pays en 1933, environ 165 000 étaient morts pendant la Shoah. Seulement 15 000 d'entre eux avaient décidé de rester en Allemagne après la guerre. Ils instaurèrent un Conseil central des juifs en Allemagne, reconstruisirent des synagogues et des maisons communautaires avec l'aide de l'État, mais eurent à pâtir du mépris des communautés juives en Israël et aux États-Unis où l'on ne comprenait pas pourquoi ils restaient dans le pays de leurs bourreaux. Ils étaient trop abîmés à l'intérieur, trop laminés par la peur pour intervenir lorsque les Allemands noyaient leur mémoire dans celle de l'ensemble des victimes de la guerre et du nazisme pour ne surtout pas avoir à affronter la réalité du génocide.

Beaucoup d'historiens ne traitaient la Shoah qu'en marge. L'un des rares à s'y attaquer frontalement était l'Américano-Autrichien Raul Hilberg, auteur de *La Destruction des juifs d'Europe*, une œuvre magistrale qui décrit sur un millier de pages comment l'une des sociétés les plus industrialisées et modernes au monde mobilisa toutes ses ressources dans le but de tuer un peuple avec les moyens de la rationalisation économique et technique. Raul Hilberg eut la plus grande difficulté du monde à se faire éditer, y compris aux États-Unis où il fut rejeté par trois maisons d'édition avant d'être publié en 1961 à l'issue d'une longue odyssée. Même la politologue Hannah Arendt déconseilla à l'éditeur de l'université de Princeton de publier l'ouvrage, entre autres parce qu'elle n'était pas d'accord avec la thèse selon laquelle les juifs auraient collaboré avec les nazis au sein des conseils juifs, les *Judenräte*, parce qu'ils auraient dès l'Antiquité appris à ne pas résister pour mieux s'intégrer dans les sociétés. Le mémorial israélien de la Shoah, Yad Vashem, rejeta également le manuscrit parce que Hilberg avait refusé de couper ses passages sur les *Judenräte*. En Allemagne, la publication de *La Destruction des juifs d'Europe* n'intervint qu'en 1982 après vingt ans de refus face à un livre dont la précision chirurgicale sur le fonctionnement de la Solution finale, étape par étape, mettait en cause de nombreux secteurs de la société qui y avaient participé.

Une des manifestations de la force du déni était l'incapacité des hauts responsables nazis jugés après la guerre d'avouer, même après leur libération, avoir été au fait de la Solution finale. Albert Speer, l'ancien architecte et ministre de l'Armement d'Adolf Hitler condamné à vingt ans de prison, a toujours dit qu'il ne savait pas. Au procès de Nuremberg, il fut le seul dirigeant du Reich de ce rang à échapper à la peine de mort, parce qu'il était un des rares à reconnaître une coresponsabilité formelle dans les crimes nazis. « Le procès est indispensable, il y a une responsabilité générale, y compris sous un système autoritaire », écrit-il. Ce semi-aveu répondait à une stratégie pour sauver sa peau. En prison, il forgea son propre mythe, celui du « nazi correct », minimisant son rôle avec habileté tout en exprimant assez de remords pour gagner en crédibilité : il qualifiait Hitler de criminel, collaborait avec des historiens, des journalistes, reversait ses droits d'auteur anonymement à des associations caritatives juives. En réalité, Albert Speer avait des millions de vies sur la conscience.

Le Führer s'était enthousiasmé pour ce jeune architecte raffiné et charmant auquel il confia la conception architecturale du congrès annuel du parti à Nuremberg. Speer dessina, en conformité avec le goût de son commanditaire, des structures monumentales, inspirées de l'architecture gréco-romaine, mais en plus massif et froid, censées inspirer l'admiration et la crainte. Plus tard il dira de lui-même : « Pour une grande construction j'aurais, comme Faust, vendu mon âme. Et j'avais trouvé mon Méphisto. » Ensemble ils conçurent Germania, un projet mégalomane qui prévoyait de convertir Berlin en « une capitale mondiale » qui abriterait la plus grande halle au monde dotée d'une capacité de 180 000 personnes, et un palais pour le Führer, où le visiteur devrait avoir le sentiment d'entrer chez le « Seigneur du monde », Hitler.

Pour dégager de la place en arrachant des immeubles, Speer, nommé Inspecteur général de la construction, commença à chasser des juifs de leurs appartements et à dresser des listes de déportations avec la Gestapo. Par ailleurs, il donna son autorisation pour l'agrandissement du camp d'Auschwitz et mit à disposition un budget de 13,7 millions de reichsmarks. La description des travaux que la SS lui soumit est on ne peut plus claire : elle précise le type de matériel nécessaire pour construire les « installations de désinfection pour le *traitement spécial* », c'est-à-dire les chambres à gaz, ainsi que les « morgues avec des fours crématoires ».

En janvier 1942, le Führer promut son protégé ministre de l'Armement. Le pouvoir d'Albert Speer ne cessa de grandir, et il obtint toute latitude pour décider de la répartition des travailleurs forcés, jusqu'à huit millions en 1944. Sous sa direction, grâce à ces esclaves, la production d'armement atteint un niveau inespéré en pleine guerre, ce qui lui valut l'admiration du Führer. Sans Speer, la guerre n'aurait pas duré aussi longtemps et des millions de vies auraient été épargnées. Dans un documentaire remarquable de Marcel Ophuls datant de 1976, *Memory of Justice*, malheureusement quelque peu oublié, le réalisateur rencontre longuement Albert Speer après sa sortie de prison et finit par lui poser la question qui lui brûle les lèvres : « Monsieur Speer, que saviez-vous ? » L'ancien ministre répond : « Même s'il [Hitler] n'a jamais dit directement ce qui se passait avec les juifs à partir de 1942, il y avait assez d'indices pour que nous comprenions si nous voulions comprendre, pour que je comprenne si je voulais comprendre. » En mentant et en se dérobant à sa propre responsabilité alors même qu'il ne risquait plus de poursuites judiciaires, Speer encouragea la déculpabilisation de toute une nation. Car si l'ami le plus proche de Hitler, l'un des ministres les plus puissants du Reich, ne savait pas, comment les autres Allemands pouvaient-ils savoir ?

Raul Hilberg estime à plusieurs centaines de milliers le nombre de personnes impliquées en connaissance de cause dans l'organisation logistique et dans l'exécution de la Shoah : les plus hauts dirigeants du Reich, des bureaucrates dans quasiment tous les ministères, les tortionnaires des camps, les *Einsatzgruppen*, une partie de la Wehrmacht, des cheminots, des médecins, des experts de l'IG Farben, les entreprises allemandes exploitant les travailleurs forcés des camps… Quant au nombre de ceux qui, sans connaître la finalité exacte de leur participation criminelle, préparèrent le terrain à la Solution finale, il est écrasant. L'administration et la bureaucratie « n'étaient pas neutres, écrit l'historien Dietmar Süss, mais étaient des acteurs responsables, qu'il s'agisse du secteur du travail, de la santé, des affaires étrangères, de la justice, de l'alimentation, de l'économie ou de l'éducation, de fonctionnaires normaux qui participèrent à l'expropriation des juifs, au pillage des territoires occupés ou à la législation fiscale antisémite et qui mirent en marche avec la rigueur allemande la machine d'extermination ».

La population ne pouvait pas savoir que les juifs étaient gazés comme des insectes à l'issue de leur *Umsiedlung* (« réinstallation »). Même un opposant déterminé au nazisme comme le philosophe Karl Jaspers a affirmé n'avoir jamais entendu parler des chambres à gaz avant 1945. Les juifs détenus dans des camps de concentration, qui voyaient partir leurs camarades à bord de trains en direction de l'Est et entendaient circuler des rumeurs funestes, n'y croyaient pas. Des survivants, victimes et bourreaux, l'ont dit : les juifs ne savaient pas ce qui les attendait quand la porte des wagons à bestiaux où ils avaient été agglutinés pendant des jours, parfois plus d'une semaine, s'ouvrait sur une rampe où de féroces gardiens les poussaient à coups de fouet vers des baraquements en hurlant *Schnell Laufschritt !* (« Vite, au pas de course ! »).

Dans l'immense documentaire de Claude Lanzmann, *Shoah*, un témoin, coiffeur de métier, raconte comment, assigné à la tâche de couper les cheveux des femmes avant qu'elles ne soient gazées, il reconnut des femmes de sa ville natale polonaise, Częstochowa. « Lorsqu'elles me virent, elles commencèrent à s'agripper à moi : "Abe, ceci, cela, que fais-tu ici, que va-t-il nous arriver ?" Que pouvais-je leur dire ? Un ami à moi travaillait comme coiffeur, il était aussi un bon coiffeur dans ma ville natale, lorsque sa femme et sa sœur [...] sont arrivées dans la chambre à gaz... » Le témoin s'arrête de parler pendant un long moment, accablé par l'émotion. « C'est trop dur, glisse-t-il avant de poursuivre, encouragé par le réalisateur. Ils ne pouvaient rien dire [...] parce que derrière eux il y avait des nazis allemands, des SS, ils savaient qu'au moment où ils diraient un mot, non seulement les femmes, déjà condamnées, mais eux partageraient le même sort qu'elles. D'une certaine manière, ils faisaient ce qu'ils pouvaient pour elles, rester avec elles une seconde de plus, une minute de plus, juste pour les prendre dans leurs bras, juste pour les embrasser, parce qu'ils savaient qu'ils ne les verraient plus jamais. »

Ne pas divulguer le secret était la condition *sine qua non* du bon fonctionnement de la Solution finale. Une autre victime explique dans le film : « L'ensemble de la machine à tuer ne pouvait fonctionner qu'à une condition : que les gens qui arrivaient à Auschwitz ne sachent pas où ils allaient et dans quel but. Les nouveaux arrivants étaient supposés marcher calmement et de manière ordonnée vers les chambres à gaz. Si des femmes ou des enfants avaient paniqué, cela aurait pu être dangereux. Il était aussi important pour les nazis qu'aucun d'entre nous ne fasse passer une sorte de message qui pourrait causer la panique, et jusqu'au dernier moment. Quiconque tentait d'entrer en contact avec les nouveaux arrivants était tabassé à mort ou tiré derrière un wagon et exécuté. Parce que, si la panique avait éclaté, un massacre aurait eu lieu au niveau de la rampe, cela aurait une faille dans la machinerie. Vous ne pouvez pas décharger un transport quand il y a des cadavres et du sang partout, ça augmente la panique. Les nazis étaient concentrés sur une chose : tout devait se dérouler de manière ordonnée et sans entrave afin de ne pas perdre de temps. »

La méconnaissance de l'objectif précis des déportations des juifs ne dédouane pas la majorité du peuple allemand de sa responsabilité d'avoir laissé piller et exproprier ses voisins, ses collègues, les commerçants de sa rue, d'y avoir parfois participé et d'avoir assisté sans protester aux déportations. « Si le peuple allemand n'était pas informé de tous les crimes, et était délibérément maintenu dans l'incertitude quant à sa spécificité, les nazis avaient fait en sorte que chaque Allemand soit au courant d'au moins une histoire horrible, écrit Hannah Arendt. Il n'avait donc pas besoin de connaître tous les crimes commis en son nom de manière précise, pour comprendre qu'il était devenu le complice d'un crime indicible. »

Qui était un peu attentif aux déclarations de Hitler devait se demander : « Mais jusqu'où ira-t-il avec les juifs ? » Le 30 janvier 1939, lors du discours anniversaire du jour de son arrivée au pouvoir, Adolf Hitler prononça cette phrase inquiétante : « Aujourd'hui je veux être un prophète : si le judaïsme financier international, en Europe et à l'extérieur, parvient à nouveau à plonger les peuples dans une guerre mondiale, alors le résultat ne sera pas la bolchévisation de notre planète et la victoire du judaïsme, mais la destruction de la race juive en Europe. »

S'il était difficile d'imaginer Auschwitz, il était impossible de n'avoir « rien vu, rien entendu » et, pour certains aussi, « rien fait », comme la génération de mes grands-parents l'a prétendu jusqu'à sa mort. Récemment, mon père a fait une tournée dans les environs de l'immeuble de ses parents à Mannheim. Il a découvert un seul *Stolperstein*, ces petits cubes de laiton portant le nom de victimes du nazisme, enfoncés dans le trottoir devant leur ancien domicile en Allemagne et ailleurs en Europe. Il y avait vraisemblablement très peu de juifs dans le quartier de Karl et Lydia Schwarz, mais la communauté de Mannheim était l'une des plus importantes de la région et n'était pas isolée dans un ghetto, mais assimilée et dispersée dans la ville.

Pour mes grands-parents, il suffisait de traverser le pont au-dessus du *Neckar,* à quelques minutes de la Chamissostrasse, et rejoindre la vaste zone piétonne du centre, bordée de magasins, et voir des devantures de boutiques juives couvertes d'étoiles de David. Il est impossible qu'ils aient ignoré la propagande antisémite omniprésente. Eux qui étaient si entourés, n'ont-ils jamais entendu raconter que tel médecin, avocat, fonctionnaire s'était retrouvé à la rue après des années de loyaux services ? N'ont-ils jamais entendu dire qu'une mère de famille avait vu l'école de ses enfants chasser une partie de ses élèves ?

Ingrid se souvient qu'un jour qu'elle était avec Oma, elles avaient croisé un homme avec une étoile jaune sur son vêtement, une mesure inspirée par une pratique du Moyen Âge, imposée par le IIIe Reich à partir du 1er septembre 1941 pour distinguer et humilier les juifs. « Je lui ai demandé, "Maman, c'est quoi ce signe qu'a ce monsieur ?" Je lui ai posé la question plusieurs fois, elle a fini par me dire : "C'est sans importance." Mais que pouvait-elle dire d'autre à une petite fille ? » Quant à Karl Schwarz, il était d'autant plus au courant des persécutions qu'il avait fait de nombreux voyages avec Julius Löbmann, justement à un moment où la situation se dégradait à grande vitesse pour les juifs. Il avait nécessairement vu les dégâts de la nuit de Cristal à son retour de voyage d'affaires le 10 novembre, et la carcasse de la synagogue incendiée située en plein centre-ville, près du grand marché, n'avait pas pu échapper à Oma, ni à personne d'autre d'ailleurs.

C'est surtout le 22 octobre 1940 que la population aurait dû avoir un sursaut d'humanité, de compassion, de révolte, lorsque environ 2 000 juifs de Mannheim furent arrachés de leurs domiciles, rassemblés dans différents points de ralliement de la ville, puis transférés à pied et en bus vers la gare pour être déportés. Certains traversèrent le centre-ville en cortège sous les yeux des habitants, qui à la vue de ces familles ainsi chassées de leur propre ville, gardant une dignité exemplaire, calmes et droits dans leurs habits du dimanche, auraient dû accourir pour soulever une petite fille qui avait trébuché, ou aider les vieux à marcher, ces vieux qui étaient si nombreux, faute d'avoir trouvé le courage de partir, ou un visa. Quel pays voulait d'un vieux juif ?

Les gens de Mannheim auraient dû s'interposer, demander à la police : mais de quel droit emmenez-vous notre camarade avec lequel nous avons fait la guerre de 14-18, notre frère au regard de Dieu, notre coiffeur à qui nous confions tous nos malheurs, notre ami d'université, nos voisins dont les enfants jouent avec les nôtres, notre tailleur qui confectionne nos costumes depuis trois générations ? Mais le spectacle fut tout autre, comme l'ont décrit des témoins juifs : « Quelques-uns applaudissaient, d'autres regardaient, certains se détournaient, visiblement de honte. »

Pour préparer la population, le film de propagande antisémite *Le Juif Süss,* de Veit Harlan, avait été auparavant projeté dans les salles de cinéma allemandes, l'histoire d'un juif qui se hisse insidieusement à la tête d'un État grâce au piège du prêt usuraire réussit à imposer la domination de juifs sur les chrétiens et viole une jeune chrétienne qui se suicide. Cela avait certes mis un peu d'ambiance. Mais pas assez pour expliquer cette abdication d'humanité, quelques semaines plus tard.

La déportation des juifs de Mannheim et de 4 500 autres juifs du sud-ouest de l'Allemagne était la première de cette ampleur dans le Reich et elle servit de test pour sonder la réaction des citoyens. S'ils avaient été assez nombreux à protester, si des personnalités de la ville, si des hommes d'Église s'en étaient mêlés, peut-être qu'Adolf Hitler aurait reculé, comme il l'avait fait pour le programme d'euthanasie contre les handicapés. L'opération « se déroula sans heurt ni incident », commenta dans un rapport Reinhard Heydrich, le chef du RSHA, le ministère de la Sécurité du Reich.

J'ai retrouvé deux photos d'archives de cette journée noire pour Mannheim : sur l'une, on voit un groupe d'une vingtaine de juifs patienter devant un bus vide, assis sur des valises ou debout avec des couvertures sous le bras, élégamment vêtus, les hommes en complet trois-pièces, cravate, pardessus et chapeau feutre, les dames en long manteau sombre agrémenté d'un foulard, certaines portent un chapeau cloche. Sur un autre cliché, devant un mur de brique, un policier en uniforme au ventre bedonnant semble expliquer la procédure à trois femmes et trois hommes se tenant en file indienne à ses côtés, comme pour attendre leur tour. Le dernier homme de la rangée, un peu caché par les autres, a les yeux rivés vers l'objectif, le regard alarmé. Sa bouche semble sur le point d'articuler un appel à l'aide à ceux qui regardent la photo. Je cherche Julius et Siegmund Löbmann sur ces clichés, eux aussi ont été déportés ce jour-là avec les leurs, mais à quoi bon, je ne sais pas à quoi ils ressemblent. À part ceux de trois sœurs, Mathilde, Irma et Sophie, et celui des petits Franz et Otto, les enfants d'Izieu, je n'ai jamais trouvé aucun visage de cette famille disparue.

Je ne sais pas si mes grands-parents ont vu les juifs qu'on amenait aux points de ralliement, puis à la gare, mais lorsque Karl Schwarz s'est rendu à son travail le matin, quand il est sorti déjeuner et que Lydia est descendue promener sa petite fille de quatre ans, n'ont-ils pas senti ce déchirement dans l'air, cette pesanteur sur le visage des passants, plus pressés que de coutume ? Le soir, ont-ils parlé de la rafle autour du dîner ou avec les voisins de la Chamissostrasse ? En a-t-il été question le lendemain matin avec les collègues, les commerçants, les amis ? Cet épisode a été probablement passé sous silence, comme un mauvais rêve qu'on oublie quelques minutes après le réveil.

Longtemps je me suis arrêtée à cette journée pour savoir s'il était possible d'intervenir dans ce contexe de dictature et si je n'étais pas injuste avec mes grands-parents. Puis j'ai lu un passage saisissant dans le livre de la chercheuse Christiane Fritsche et il m'est apparu que la date clé pour mesurer l'implication des *Mitläufer* de Mannheim n'était pas le 22 octobre, mais juste après.

À peine les juifs déportés, leurs appartements furent mis sous scellés. La ville envoya la police récupérer les biens les plus précieux, comme des manteaux de fourrure, et se saisir de quelques habits et de chaussures pour les Allemands dans le besoin. Puis, après les premiers raids sur la ville de Mannheim le 16 décembre 1940, il fut décidé de se servir de ces logements pour héberger ceux qui avaient perdu leur toit sous les bombes. L'idée était de leur laisser le minimum, quelques meubles, des matelas et des draps, et de vendre le reste aux enchères en quelques mois : vaisselle, porcelaine, tapis, livres, argenterie, meubles… Ces ventes étaient annoncées dans les journaux, et il était clair qu'il s'agissait de biens juifs, l'annonce n'hésitant pas à préciser parfois : « contenu d'appartements d'appartenance non aryenne ».

Ce qui rendait ces enchères vraiment nauséabondes, c'était que la plupart avaient lieu à l'intérieur même des appartements des juifs. Les acheteurs savaient donc très concrètement à qui les choses avaient appartenu. Au vu de la taille massive de leurs meubles, mes grands-parents aussi durent les acquérir sur place. Avaient-ils connu les anciens propriétaires ? Probablement pas, mais je les imagine, ou du moins Opa, pénétrer comme des voleurs à l'intérieur de ces foyers abandonnés dans l'urgence d'un départ de dernière minute, où il y avait peut-être encore du linge qui séchait, des tasses de café sur la table de la cuisine, et quelques cheveux dans l'évier de la salle de bains. Comment est-il possible que la vue d'une chambre d'enfants avec des jouets délaissés et des petites chaussures attendant le retour de leur jeune propriétaire, la vue de photos de famille sur les murs, de ces existences sauvagement interrompues, ne les aient pas saisis à la gorge et fait renoncer ?

La cupidité et l'avidité les rendaient impitoyables. Même si l'on ne connaît pas le montant des transactions, il devait s'agir de véritables affaires, au vu de l'ambiance décrite par les observateurs à travers le pays : une véritable « ambiance de chercheurs d'or ». Joseph Goebbels racontait que ses compatriotes aryens se précipitaient « comme des vautours sur les miettes tièdes des juifs ». Des intéressés n'hésitaient pas à demander aux autorités de leur réserver tel ou tel bien qu'ils avaient repéré, parfois avant même la déportation de leur propriétaire.

Cette conduite me semble capitale, car elle discrédite à mon sens l'excuse principale de la génération de cette époque – n'avoir rien su du sort final des juifs :

ceux qui achetaient des biens dans cette atmosphère de redistribution des fruits d'un pillage digne du Moyen Âge ne se doutaient-ils pas que leurs propriétaires n'allaient jamais rentrer, ni être en mesure de les réclamer, parce que morts ou presque ?

Dans le train qui quitta Mannheim le 22 octobre 1940 avec les Löbmann à bord, l'anxiété était vive parmi les juifs qui ignoraient où on les déportait. Un témoin a fait le récit du grand soulagement qui saisit les passagers lorsqu'ils réalisèrent que le convoi s'orientait vers l'ouest et non vers l'est, une destination dont ils se doutaient déjà qu'elle ne présageait rien de bon.

Ils ne savaient pas que la France de Vichy venait à son tour de basculer dans l'hystérie des lois antisémites. Au bout d'un voyage de trois jours, les déportés arrivèrent au pied des Pyrénées dans le camp d'internement de Gurs, en zone libre, entièrement administré par le régime de Vichy.

La persécution des juifs de France et leur déportation vers les camps de la mort sont la plus grande honte de la guerre. Nul autre domaine touchant à cette période n'a déchaîné autant de passions en France, de questionnements, de blessures, de débats, de tentatives de relativisation aussi. Rien n'était plus insupportable que d'accepter ce que Robert Paxton avait révélé : l'immense majorité des 76 000 juifs déportés avaient été arrêtés par la police et la gendarmerie françaises, et dans plusieurs cas les autorités françaises avaient livré plus de juifs que les Allemands ne l'exigeaient, notamment des enfants.

Mon grand-père Lucien n'est plus là pour témoigner. À part l'histoire des armes cachées au nez et à la barbe des Allemands, rien d'autre n'a filtré à travers les deux générations qui nous séparent. Certes, il n'était qu'un pion minuscule du régime, en poste dans un trou perdu dans le sud de la Bourgogne. J'ai eu envie d'aller voir ce petit village de Mont-Saint-Vincent perché au sommet d'une colline, qui se dérobe au regard lorsque l'on suit lentement les virages en lacet, avant de se révéler stupéfiant de charme avec ses maisons en pierre où courent des fleurs sauvages, son église romane et ses remparts médiévaux qui embrassent une vue panoramique sur les vallons alentour. La bâtisse de la gendarmerie est toujours là, du moins c'est ce qu'indiquent les lettres peintes en noir sur une grande maison claire située près du parking.

À quoi pouvaient bien s'occuper ces gendarmes dans cet endroit isolé sous l'Occupation ? La réponse se trouve en contrebas du coteau nord du village. À cet endroit se situait la ligne de démarcation entre la zone « libre », où se situait le Mont-Saint-Vincent, et la zone occupée. C'est là que passaient les clandestins en fuite, les juifs et les résistants du bastion de la région montagneuse du Morvan, situé non loin en zone Nord. Mon grand-père en a-t-il arrêté ? Les a-t-il renvoyés de l'autre côté et livrés aux Allemands ? A-t-il tiré sur des fuyards ? Je ne le saurai jamais, mais ma mère et mon oncle se souviennent qu'après la guerre leur père disait que, quand il le pouvait, il fermait les yeux. Et de ce que je sais de lui, j'aurais tendance à le croire.

Lucien est né dans une ferme perdue du Jura d'où il fallait marcher deux heures pour aller à l'école, et

Dieu sait que les hivers sont rudes sur ces hauts plateaux enneigés balayés par le vent qui arrache le visage. À son retour à la maison, de lourdes corvées l'attendaient, couper du bois, traire les vaches, se briser le dos dans les champs avant de se coucher après un maigre dîner. Mais, déjà jeune, mon grand-père avait un rêve, l'URSS, ce « pays de cocagne » dont il parlait à ses enfants, un pays où les camarades ne permettaient pas qu'on soit en bas de l'échelle, une douce illusion dont il avait besoin pour, à la fin de ses journées harassantes, avoir encore le courage de se préparer au certificat d'études afin de devenir fonctionnaire, gendarme, le mieux qu'un gars de sa condition puisse espérer.

Puis il rencontra Jeanne. Elle tomba amoureuse de cet homme qui avait fière allure en uniforme, très grand, mince et le port altier. Lui s'éprit de cette petite femme qui lui arrivait à la poitrine, élégante, portant des tenues qu'elle confectionnait elle-même, le sac et les chaussures toujours assortis. Ils se marièrent un an après l'armistice, soulagés comme la plupart des Français que la guerre soit terminée, faute de quoi mon grand-père aurait probablement été mobilisé. Ensuite, Lucien fut muté à Mont-Saint-Vincent et Jeanne tomba enceinte de ma mère à l'été 1942.

Cet heureux événement coïncide avec un sinistre épisode dans la région. Les 13 et 14 juillet 1942, à Montceau-les-Mines, la ville la plus proche du village, située à une douzaine de kilomètres, trente-quatre juifs, soit un tiers de la communauté, furent arrêtés et déportés. J'ai retrouvé une étude précieuse, *La Tragédie des juifs montcelliens*, réalisée par Georges Legras et Roger Marchandeau qui ont interrogé des témoins. Montceau-les-Mines se trouve de l'autre côté de la ligne de démarcation, en zone occupée, mais les témoignages sont formels : ceux qui procédèrent aux arrestations étaient des policiers et des gendarmes français.

Les juifs ont dû être tristement surpris d'être ainsi traités par des hommes qu'ils connaissaient bien. Ils avaient taillé leur uniforme, donné des conseils à leur femme à la quincaillerie, ou distribué les cartes pour jouer ensemble au bistrot.

Parmi eux figuraient des juifs allemands qui avaient fui les persécutions sous le nazisme, mais surtout des mineurs polonais, certains arrivés dans les années 1920-1930, d'autres à la fin du XIXe siècle, chassés par la pauvreté et les pogroms dans leur pays. Les plus anciens avaient peut-être bénéficié de la loi de naturalisations de 1927 qui avait élargi le droit à la nationalité française, un rêve pour beaucoup d'immigrés, celui d'être français. Sarah Pulvermacher, une survivante des rafles de Montceau-les-Mines, née en France, a confié aux auteurs de l'étude citée plus haut combien ses parents « auraient été terriblement fiers d'obtenir la nationalité française » et faisaient tout pour se comporter comme des Français. Ils n'avaient pas pensé fuir parce qu'ils « ne se doutaient de rien ». Beaucoup étaient infiniment reconnaissants envers la France de les avoir accueillis et ils continuaient à la percevoir comme la patrie des droits de l'homme qui ne manquerait jamais à sa promesse de les protéger contre les discriminations.

Quel choc ont-ils dû ressentir lorsque les forces de l'ordre de Montceau-les-Mines s'exécutèrent en plein jour, ne reculant devant rien. Selon les témoignages recueillis par Georges Legras et Roger Marchandeau, ils arrachèrent des femmes malades de leur lit, arrêtèrent des hommes devant leurs collègues sur leur lieu de travail, n'hésitèrent pas à mettre des menottes aux récalcitrants, comme des criminels, et abandonnèrent les enfants à leur désarroi, laissés seuls sans parents. À la gare, un train attendait les victimes, des wagons à bestiaux avec de la paille sur le sol et des lucarnes munies de barreaux. Des agents de la police locale escortèrent le convoi jusqu'au camp de transit de Pithiviers d'où ils furent directement déportés vers Auschwitz par le convoi numéro 6, qui s'ébranla le 17 juillet à 6 h 15 du matin avec 928 détenus à bord, essentiellement originaires de Pologne et Russie.

Le convoi, qui était le premier à transporter autant de femmes et d'enfants, fut escorté jusqu'à la frontière par des gendarmes français qui durent entendre les cris des passagers, entassés comme des bœufs, privés d'eau et de nourriture, avec une seule tinette par wagon. Lorsqu'ils avaient fait glisser les portes des wagons sur le départ, la dernière image qu'ils avaient eue des juifs était des visages de gamins, de femmes et d'hommes mangés par l'angoisse, le corps compressé dans un espace confiné, arborant l'étoile comme un bétail marqué au fer rouge, avec une tenue de travail, officiellement pour devenir des esclaves du Reich, loin là-bas, à l'est où les médias britanniques disaient déjà depuis plusieurs mois que les Allemands massacraient par balles des dizaines de milliers de juifs. Cette vision et ces informations auraient dû suffire à mettre immédiatement fin à toute collaboration de la part de la France.

Mais les rafles se multiplièrent. Des amis de mes parents, Moïse et Jacqueline, d'origine polonaise, nés respectivement en 1932 en Pologne et en 1933 en France, ont vécu ce cauchemar. La nuit du 15 au 16 juillet 1942, un voisin policier vint alerter la famille de Moïse à Paris. « Il nous a dit : “Foutez le camp, demain on arrête tous les juifs.” Ma mère lui a répondu : “Vous êtes rigolos, c'est le couvre-feu, je ne peux pas sortir dans la rue sinon on va se faire tirer dessus par les Allemands !” » C'était la veille de la rafle du Vel' d'Hiv. Le 16 juillet à midi, la police française frappait à leur porte. « J'étais avec mon petit frère, ma mère et ma grand-mère. Bien entendu, on n'a pas répondu. Je les entends encore dire : “Ce n'est pas grave on reviendra les chercher à deux heures, on va aller manger." La pause déjeuner, c'est sacré en France ! C'est comme ça qu'on a été sauvés. »

Moïse et sa famille se réfugièrent chez un voisin qui était allé vivre chez sa fille et leur avait laissé la clé. « Il ne fallait pas faire de bruit, pas tirer la chasse d'eau, car l'appartement était censé être vide. Les flics sont revenus, ils sont allés chez nous et chez une voisine et ont défoncé les portes, on les entendait. Je me souviens, c'était un jeudi, il faisait très chaud. »

Pendant deux jours, ils n'ont pas bougé. « On a attendu le samedi, le jour où la concierge allait au marché. Les flics lui avaient promis 500 balles par tête de pipe, alors vous pensez bien qu'elle nous aurait dénoncés. D'autant plus qu'elle était une antisémite notoire. » Grâce à l'aide d'un communiste qui avait fait la guerre d'Espagne, la famille réussit à s'exfiltrer hors de l'immeuble. Le soir même, Moïse et son frère étaient dans un train direction la Normandie. « Ma mère ne pouvait pas venir, les gares étaient sous surveillance, mais pour les enfants c'était moins risqué. Nous ne savions pas si nous allions jamais la revoir un jour. » Pendant le voyage, les Allemands contrôlèrent deux fois les passagers, mais ils ne s'intéressèrent pas aux deux frères. « C'était Vichy qui voulait déporter les gosses, le Reich s'en foutait à ce moment-là. »

Après la rafle, Moïse recommença à faire pipi au lit, à onze ans. « Vous ne pouvez pas maîtriser ça, la peur. Il faut bien voir, j'étais un petit garçon naïf, timide, le monde s'est écroulé ce jour-là. »

Son épouse Jacqueline est une miraculée. Quelques jours avant la rafle du Vel' d'Hiv, elle partit en camion avec sa petite sœur et sa mère rejoindre son père réfugié à Lyon. « Nous étions cachées avec deux autres types au niveau des batteries du véhicule, dans une sorte de caisse où il y avait de la paille. À la ligne de démarcation, ils sont montés avec des chiens qui reniflaient partout ; nous, on était dans la cache, ils ne nous ont pas trouvés parce que l'acide sulfurique des batteries trouble leur flair. Une fois qu'ils étaient partis avec leurs chiens, je me suis mise à vomir. Il y avait des passeurs qui livraient les gars. Vous savez il y a des choses comme ça… J'avais neuf ans. »

Lors de la rafle du Vel' d'Hiv, plus de 13 000 juifs, dont près d'un tiers d'enfants, furent arrêtés à Paris et dans la région parisienne avec la participation de 6 000 agents de police français aux ordres de René Bousquet, le chef de la police de Vichy, qui avait autorité sur la police française de l'ensemble du territoire. 8 000 détenus furent enfermés sous surveillance française au Vélodrome d'Hiver de Paris pendant cinq jours, par une chaleur et dans une odeur épouvantables, sans nourriture et avec un seul point d'eau.

Adolf Eichmann avait réclamé un premier contingent de 40 000 juifs de France, mais le Reich n'ayant pas assez de personnel en France, il obtint de Vichy de faire effectuer ces arrestations par la police française. La Préfecture de Paris mit à disposition plus de 27 000 fiches nominatives de « juifs apatrides » séjournant dans la région parisienne avec leurs adresses. Des familles entières furent internées, alors que les Allemands n'avaient pas réclamé les enfants de moins de seize ans. C'est Pierre Laval, chef du gouvernement de Vichy, qui souhaitait s'en débarrasser parce qu'il ne voulait pas s'encombrer de futurs orphelins. Le pasteur Marc Boegner était intervenu pour lui proposer de les faire adopter par des familles françaises, en vain.

Des scènes terribles eurent lieu dans les camps. On arrachait les mères à leurs enfants pour déporter d'abord les adultes, en attendant la réponse d'Eichmann. 3 000 enfants restèrent sans leurs parents, plongés dans une détresse morale et matérielle terribles, avant d'être déportés dès que Berlin donna son feu vert. Aucun ne survécut.

Pour atteindre le contingent, René Bousquet avait proposé aux Allemands de livrer 10 000 juifs étrangers de la zone « libre » afin de limiter les arrestations des juifs français de la zone occupée. La prétendue protection des juifs français est une excuse que brandissent encore aujourd'hui certains Français pour défendre Vichy. Quelle différence cela fait-il ? Avancer cet argument, c'est prétendre que les vies humaines ne se valent pas et c'est passer à côté de l'essentiel, puisque sans la mobilisation massive de la police française et la mise à disposition des fichiers de l'administration française, les Allemands n'auraient jamais pu arrêter et déporter 76 000 juifs aussi rapidement. L'argument est d'autant plus tronqué que, parmi son contingent de juifs « étrangers », Vichy a aussi livré des enfants nés en France de parents étrangers, ainsi que des Français d'origine étrangère qu'elle avait pris soin de dénaturaliser auparavant.

La famille de Moïse a subi cette humiliation. En mai 1940, alors que les Allemands fondaient sur la France, un policier français frappa à leur porte avec un certificat de naturalisation et un ordre de mobilisation adressé au père. « Ma mère lui dit : “Qu’est-ce que vous croyez, il n’a pas attendu d’être naturalisé pour s’engager, il est allé combattre volontairement.” » La récompense fut amère : le 20 juillet 1940, le régime de Vichy dénaturalisa tous les membres de la famille de Moïse, comme bon nombre d’autres juifs qui devinrent apatrides, donc plus facilement déportables que des juifs « français ». Quelle blessure avait dû infliger aux naturalisés cette mesure que le ministre de la Justice Raphaël Alibert justifiait ainsi : « Les étrangers ne doivent pas oublier que la qualité de Français se mérite. »

Au printemps 1941, comme beaucoup de juifs désormais « apatrides », le père de Moïse reçut un ordre de convocation l’intimant à se rendre au commissariat de l’arrondissement, pour « régulariser » sa situation. « Je me souviens que tous les hommes de la famille se sont réunis. Les uns disaient : “Il ne faut pas y aller, c’est un piège à cons.” D’autres disaient : “Mais non regarde ce sont les autorités françaises qui nous convoquent, pas les Allemands.” Mais Vichy s’était déjà discrédité avec tout un tas de mesures antisémites. Mon père n’y est pas allé et il est entré dans la Résistance. » La famille ne le voyait plus à la maison, jusqu’à ce qu’un jour il vienne les embrasser en cachette. Quelqu’un dut le voir et le dénonça. Quand la police comprit qu’il était non seulement résistant mais juif, elle l’envoya à Auschwitz.

Le père de Jacqueline reçut la même convocation, mais lui s’y rendit, confiant dans les autorités françaises. « On était petites ma sœur et moi, donc maman nous a emmenées au commissariat lorsque papa s’est présenté. Ils ont dit : “Veuillez, mesdames, aller préparer une petite valise pour vos hommes avec des objets de toilette et leur linge.” On est retournées à la maison pour faire la petite valise et lui apporter. » Le lendemain, son père était interné au camp de Beaune-la-Rolande. Un jour, alors qu'il travaillait à l'administration du camp, il vit passer des listes qui annonçaient le début des déportations vers Auschwitz. Avec un copain résistant, il convainquit un paysan qui nettoyait le camp de les faire sortir sur son véhicule en les dissimulant sous une montagne d'ordures, puis réussit à rejoindre Lyon où il s'engagea activement dans la Résistance, participant à des attentats contre les Allemands.

Pendant longtemps, la population française s'était montrée indifférente aux arrestations qui avaient commencé dès 1940. Mais la rafle du Vel' d'Hiv, par son ampleur et parce qu'elle menaçait également des juifs français, toucha l'opinion publique. Un rapport de police constata : « Bien que la population française soit, dans son ensemble et d'une manière générale, assez antisémite, elle n'en juge pas moins sévèrement ces mesures, qu'elle qualifie d'inhumaines. » De là à passer à l'action… Personne ne s'interposa lorsque les autobus chargés de juifs arborant l'étoile jaune traversèrent Paris en plein jour pour rejoindre le Vélodrome. À Pithiviers et à Beaune-la-Rolande, où se situent les camps de transit, « c'est avec indifférence, la plupart du temps, que les habitants voient passer les convois d'internés », note le préfet du Loiret.

Il y eut néanmoins de vives protestations, en particulier de la part de représentants de l'Église qui exprimèrent ouvertement leur indignation. L'épiscopat protesta officiellement, et des institutions religieuses et caritatives s'organisèrent pour protéger des juifs et soutenir des organisations juives comme l'Œuvre de secours aux enfants. La Résistance, qui comptait des juifs, et un certain nombre de citoyens courageux s'organisèrent pour cacher et aider les fugitifs. Ainsi Moïse et son frère purent survivre pendant deux ans dans un village normand grâce à l'accueil d'une mère nourricière qui s'occupait d'orphelins et les fit passer pour des pensionnaires habituels. Et grâce au soutien de la police locale aussi qui avertissait l'orphelinat dès qu'une inspection des autorités était annoncée. « Les agents venaient dire à la paysanne : "Vous savez, demain, il vaut mieux que les petits nouveaux aillent ramasser du bois dans la forêt, qu'on ne les voie pas…"

Jacqueline, la seule à avoir l'étoile jaune dans sa classe, se souvient que sa maîtresse était très gentille avec elle. Elle avait proposé de l'héberger avec sa sœur dans son studio. « Il n'y avait pas que des salauds », dit-elle. Il y avait même des héros. Comme le chef du service des étrangers au commissariat de Nancy, Édouard Vigneron, qui organisa avec ses hommes la fuite en train de trois cent cinquante juifs en les dotant de laissez-passer pour rejoindre la zone libre. Édouard Vigneron fut emprisonné pendant quelques mois, puis libéré et démis de ses fonctions.

Le 9 octobre 1942, une nouvelle vague d'arrestations emporta dix-sept juifs de Montceau-les-Mines. Cette fois, on chercha aussi les enfants, si nécessaire jusque dans les écoles. Cela en connaissance de cause quant à une partie au moins du sort qui les attendait puisque entre-temps la police montcellienne, qui avait escorté le premier convoi en juillet, avait dû raconter à son retour ce qu'elle avait vu et entendu à Pithiviers. Après avoir été transférées à Drancy, les nouvelles victimes partirent le 6 novembre dans le convoi numéro 42 pour Auschwitz. D'autres membres de la communauté réussirent à se cacher ou à fuir, mais dix d'entre eux furent arrêtés ultérieurement. Des déportés, seuls quatre reviendront vivants des camps.

Pour échapper aux arrestations, des juifs montcelliens tentèrent de fuir la zone occupée en traversant la ligne de démarcation clandestinement, là où mon grand-père était en poste. Lucien les a-t-il aidés ou les a-t-il arrêtés ? Il devait savoir que, s'il les renvoyait à Monteau-les-Mines, ils iraient directement dans un camp de transit aux conditions de vie peu enviables, puis de là seraient déportés loin à l'est vers de sombres horizons.

Je n'ai pas trouvé trace de rafles au Mont-Saint-Vincent, sans doute parce qu'il n'y avait pas de juifs dans ce petit village. À l'exception d'un fugitif, Georges Levy, propriétaire de la grande quincaillerie de la rue Carnot à Montceau-les-Mines, qui se réfugia dès août 1940 au Mont-Saint-Vincent où il possédait une maison. Il fut déporté à Auschwitz le 7 mars 1944 après avoir été arrêté à son domicile. Par qui ? Et pourquoi si tard ? Tout le village, y compris la gendarmerie, devait savoir que Georges Levy était juif et l'a probablement protégé dès 1940. Il devait y avoir un traître. Car les archives précisent que Georges Levy a été « dénoncé ».

Si Moïse et Jacqueline ont été sauvés, c'est surtout parce que leur père était dans la Résistance dont ils purent bénéficier des impressionnants réseaux. Et même si, hors de ces cercles, beaucoup de Français ont fait preuve d'une courageuse solidarité avec les juifs, ils n'étaient pas assez nombreux. Il manqua à la majorité cet élan humain spontané qui permit par exemple aux citoyens bulgares de faire barrage à la déportation des juifs de leur pays et aux fonctionnaires italiens de refuser en bloc de livrer aux Allemands les juifs de leur zone du sud-est de la France.

Que risquait un agent français s'il désobéissait aux ordres antisémites ? Ce télégramme du préfet régional de Saône-et-Loire avant les arrestations donne une idée des sanctions : « Négligences dans exécutions » des rafles « entraîneront révocation immédiate ». Il n'est ni question d'exécution, ni de prison, ni d'amende, mais de perdre son emploi ou ses chances de carrière. Il existait aussi des directives plus sévères, comme celles de René Bousquet, qui envisageaient l'internement administratif de « personnes dont attitudes ou actes entraveraient exécution de mes instructions sur regroupements israélites » et demandaient de « signaler les fonctionnaires dont l'indiscrétion, la passivité, la mauvaise volonté auraient compliqué votre tâche ». Mais ces ordres étaient rarement appliqués à la lettre.

Peut-être que si la population française avait réagi dès le début aux persécutions contre les juifs, Vichy n'en serait pas arrivé à se rendre complice de meurtres en masse. Elle resta trop longtemps de marbre, non seulement face à la rafle de juifs étrangers, mais aussi à l'égard de toute une série de lois antisémites visant aussi les juifs français, instaurée à la seule initiative de Vichy :

introduction d'un *numerus clausus* pour limiter leur présence dans de multiples secteurs professionnels ; interdiction d'appartenir à des organismes élus, d'occuper des postes de responsabilité dans la fonction publique, la magistrature, l'armée et la culture ; autorisation d'interner les étrangers juifs dans des camps spéciaux…

Personne ne protesta non plus quand Vichy engagea le processus d'aryanisation des biens juifs – moins par conviction que pour empêcher que les Allemands ne prennent seuls le contrôle. En France, l'aryanisation profita bien moins à la population qu'en Allemagne. Mais l'État ne se gêna pas pour voler des devises, de l'argent liquide, des métaux précieux, des bijoux, des œuvres d'art des juifs lors de leur arrestation. Et dans la société, il y eut toute une série de profiteurs : des dizaines de milliers d'administrateurs français provisoires des sociétés spoliées, des acquéreurs qui bradaient les prix, la concurrence qui se débarrassait d'un rival, sans parler des notaires, commissaires-priseurs, galeristes, collectionneurs et musées impliqués dans ces pillages. Les témoignages ne manquent pas non plus, qui relatent comment des voisins venaient dans les appartements des déportés se servir dans les armoires après leur départ.

Ces mesures antijuives ne suscitaient pas seulement l'indifférence, mais l'adhésion parfois. Robert Paxton estime que, bien avant l'avènement du IIIe Reich, dominait dans la société française comme ailleurs en Europe l'idée d'un « problème juif » qu'il fallait régler. Dans les dernières décennies du XIXe siècle, la presse et l'édition françaises étaient parmi les plus violemment antijuives d'Europe et l'un des foyers les plus vifs de ce ressentiment était l'Algérie française où l'octroi de la nationalité française aux juifs en 1870 (décret Crémieux) avait déclenché une haine féroce contre cette communauté.

L'antijudaïsme français culmina au moment de l'affaire Dreyfus, du nom d'un capitaine juif de l'armée française condamné au bagne sur une île au climat infernal, au large de la Guyane, pour avoir prétendument livré des documents secrets aux Allemands, alors que des preuves accablaient un autre homme. L'affaire fit scandale et de nombreuses personnalités s'engagèrent dans un bras de fer violent opposant dreyfusards et antidreyfusards. Dans le premier camp figuraient des écrivains tels Marcel Proust et Émile Zola, dans l'autre des hommes de plume nationalistes comme Maurice Barrès et surtout Charles Maurras, future figure de proue de la ligue d'extrême droite Action française.

Selon Robert Paxton, à la différence des nazis, l'antisémitisme de Vichy n'était pas racial, mais culturel et national. Le régime n'envisageait pas le meurtre des juifs comme une solution et était réticent à leur déportation. Pétain réussit à empêcher l'instauration de l'étoile jaune dans la zone libre et, à l'été 1943, Pierre Laval refusa obstinément de céder à la pression des Allemands qui souhaitaient retirer la nationalité française à tous les juifs l'ayant obtenue depuis 1933, pour faciliter leur déportation. Le régime n'en était pas moins antisémite et, soucieux d'arracher autant que possible un semblant de souveraineté aux Allemands, il finit par organiser lui-même l'application de l'Holocauste en France.

Grâce à l'aide de la Résistance, la mère de Moïse put se cacher de planque en planque et échapper à la déportation. Son père eut moins de chance. Après avoir travaillé comme une bête pour une entreprise de ciment à Auschwitz, il fut envoyé dans une *Todesmarsch* (marche de la mort) par les SS en janvier 1945, à l'approche des Alliés. Il mourut sur les routes chaotiques de la guerre finissante, alors que les SS décampaient. « Je pense qu'il est mort libre », dit Moïse.

À la Libération, sa mère est allée à la préfecture. « Elle a dit : "Je veux qu'on me réintègre dans la nationalité française", les gars lui ont dit : "Oh ça va être long, vaut mieux faire une nouvelle demande, avec vos états de service dans la Résistance, ça devrait être facile." Elle a dit : " Non, je veux être réintégrée, qu'on reconnaissance l'erreur, la faute de la France..." Cela n'a jamais été fait. » Officiellement, Moïse et sa mère sont français depuis seulement 1947. Ils n'ont reçu aucune pension ni aucune compensation du gouvernement français, puisqu'ils étaient considérés comme apatrides au moment des faits. Il fallut attendre les mesures de réparation des Allemands, qui indemnisèrent les juifs apatrides de France.

Après la guerre, il y avait très peu de rescapés juifs pour témoigner de la Shoah en France, puisque seuls 2 500 étaient revenus des camps, soit 3 % des déportés. La parole des détenus politiques – sur 85 000, 60 % avaient survécu – supplantait la leur. On écoutait plus volontiers des récits d'opposants politiques et de résistants qui confirmaient l'image d'une France résistante que ceux de victimes de persécutions raciales. Or, l'expérience n'était pas la même. Les prisonniers politiques avaient enduré le calvaire des camps de concentration, mais ils n'étaient pas passés par l'horreur des camps d'extermination. Les survivants de l'enfer, des fantômes vidés de tout, préféraient garder le silence pour ne pas être marginalisés par une société qui, à l'évidence, avait choisi de passer à autre chose. Même le documentaire si célébré *Nuit et Brouillard* d'Alain Resnais, sorti en 1956, réussit à traiter de l'univers concentrationnaire nazi en prononçant une seule fois le mot « juif », perdu dans l'énumération d'une liste de victimes.

Cette amnésie était partagée par l'ensemble de la communauté internationale. L'attitude des Alliés pendant la guerre vis-à-vis de la détresse des juifs d'Europe ne les encourageait guère à rafraîchir leur mémoire. Informés du génocide, les Britanniques et les Américains s'étaient gardés de faire de cette cause une justification de leur guerre contre Hitler. Après tout, leurs sociétés non plus n'étaient pas exemptes d'antisémitisme.

En mai 1944, des représentants juifs leur avaient demandé de bombarder les voies de chemin de fer reliant Budapest à Auschwitz pour stopper les déportations des juifs de Hongrie et détruire les chambres à gaz et les crématoires d'Auschwitz. Les Alliés, qui disposaient de photos précises du camp, avaient répondu que leurs avions étaient tous mobilisés pour des efforts de guerre prioritaires. L'un des arguments était la crainte de tuer des détenus. Pour l'historien américain Walter Laqueur, au contraire, « des centaines de milliers de vies auraient pu être sauvées ».

Les Soviétiques non plus n'intervinrent pas pour soutenir les juifs. Ni les résistants : lors de l'insurrection à Varsovie de la résistance polonaise à l'été 1944, l'Armée rouge, qui se trouvait aux portes de la ville, ne fit rien pour venir en aide aux insurgés.

Aussi étonnant que celui-ci puisse paraître, l'événement qui fit sauter les verrous du refoulement en Europe et aux États-Unis est une série télévisée américaine, *Holocauste*, de Marvin J. Chomsky et Gerald Green, diffusée en 1978 aux États-Unis. C'est l'histoire croisée d'une famille juive, les Weiss, sur lesquels les crimes du IIIe Reich vont s'abattre l'un après l'autre, et d'un couple de nazis, les Dorf, dont l'homme, d'abord réticent envers le national-socialisme, finit, poussé par sa femme pressée de gravir l'échelle sociale, par entrer dans la SS où il excelle bientôt dans ses nouvelles fonctions. Comme les Weiss, Erik Dorf finira à Auschwitz, mais du côté des bourreaux.

Le récit de ces drames individuels rendit soudain l'inimaginable imaginable pour le large public et déclencha un séisme international dans la conscience collective. Aux États-Unis, où un Américain sur deux regarda la série, on annonça le projet d'un vaste Musée du mémorial de l'Holocauste à Washington DC doté d'un centre de documentation, de l'argent afflua de toutes parts pour en financer la construction, des conférences, des expositions proliféraient sur le thème.

En 1979, la série *Holocauste* fut diffusée en Europe. En Allemagne de l'Ouest, où un tiers des citoyens, soit 20 millions de personnes, la regardèrent, une sourde colère saisit les citoyens contre les pouvoirs publics accusés de n'avoir pas rempli leur devoir de mémoire. Une certaine honte aussi, celle d'avoir négligé un crime dont le souvenir était à portée de main. Après chaque épisode d'*Holocauste*, des milliers et des milliers de téléspectateurs appelaient la chaîne de télévision où, à l'issue de la diffusion, un plateau d'historiens apportait son éclairage et répondait aux questions des téléspectateurs. Le standard était submergé par les demandes pressantes de personnes abasourdies, incrédules. Certaines pleuraient, d'autres s'indignaient : « Comment a-t-on pu laisser passer de telles choses ? » D'après un sondage, 65 % s'étaient dit bouleversés, 45 % « honteux » et 81 % affirmaient que l'émission avait provoqué des discussions dans leur entourage.

Holocaust fut élu « mot allemand de l'année » par la Société pour la langue allemande. Trois mois après la diffusion de la série, le Bundestag décida de rendre le meurtre et le crime de génocide imprescriptibles. Peu de temps après, en 1982, le livre monumental de Raul Hilberg, *La Destruction des juifs d'Europe*, sortit enfin en Allemagne. Il fut traduit en français en 1988, en Italie en 1999 et en espagnol en 2005. Il devint une référence incontournable.

En France, la série *Holocauste* intervint juste après la publication par Serge Klarsfeld du *Mémorial de la déportation des Juifs de France*, un ouvrage qui égrenait un par un les noms des déportés de France. Dans la foulée, le film de Marcel Ophuls, *Le Chagrin et la Pitié*, censuré dix ans auparavant, fut enfin diffusé en 1981 et attira de 15 à 20 millions de téléspectateurs. Mais c'est surtout un film documentaire sorti en 1985 qui, après la série, ébranla les consciences en France : *Shoah*, de Claude Lanzmann, un film de dix heures, l'aboutissement de douze ans de travail.

Les derniers survivants, auxquels on ne s'était jamais intéressé, émergèrent soudain de l'oubli, leurs témoignages devinrent une priorité absolue. Les langues se délièrent, les juifs restés si longtemps silencieux se mirent à parler. Claude Lanzmann partit aux quatre coins du monde à la recherche de rescapés de l'Holocauste, pour reconstituer à travers leurs témoignages, étape par étape, la Solution finale.

J'ai vu deux fois *Shoah*, mais toujours par petits morceaux tant l'intensité des témoignages est insoutenable. Jamais je n'oublierai la voix mélodieuse de cet homme qui chante devant la caméra, comme les nazis le lui demandaient, gamin, afin de les distraire tandis que tout près de lui sa famille, son village entier agonisaient dans des camions à gaz. Ni le récit de ce détenu de Treblinka qui raconte comment, alors qu'il déterrait les corps nus des fosses communes que les nazis voulaient brûler dans de vastes bûchers, il reconnut ses proches parmi la masse de corps en décomposition.

L'un des immenses mérites du film est d'avoir, grâce aux descriptions croisées des lieux, des acteurs, des méthodes, des dates et des procédures, démontré face aux négationnistes que l'organisation industrielle de l'extermination massive des juifs d'Europe dans des chambres et des camions à gaz a bien existé.

À cet égard, l'un des témoins clés du film *Shoah* est le sergent SS Franz Suchomel, affecté pendant la guerre à l'*Aktion T4*, puis au camp d'extermination de Treblinka, condamné à six ans de prison en 1965. Il est l'un des rares bourreaux à avoir volontairement décrit avec une extrême précision le fonctionnement du camp, avec l'aide d'un grand plan accroché au mur.

À son arrivée en août 1942, les chambres à gaz de Treblinka tournaient à plein régime : « En deux heures, en deux heures et demie, tout était fini entre l'arrivée et la mort, un train entier..., explique-t-il. Les trains arrivaient les uns après les autres et il y avait toujours un nouvel afflux de gens, vous comprenez ? [...] Certains juifs devaient attendre deux jours parce que les petites chambres à gaz n'arrivaient pas à tout traiter, elles fonctionnaient pourtant jour et nuit. » Les hommes passaient en premier, les femmes devaient patienter, nues, été comme hiver, par des températures pouvant descendre à – 15 °C. « Elles entendaient les moteurs des chambres à gaz, peut-être qu'elles entendaient aussi les gens crier dans les chambres à gaz et prier. Et alors qu'elles attendaient, la *Todesangst* (peur de la mort) s'emparait d'elles. »

Chapitre X

Le pacte

Je n'ai pas connu Opa. Le 20 septembre 1970, alors qu'il se promenait dans le centre-ville de Mannheim, il tomba à terre, foudroyé par une crise cardiaque, à l'âge de soixante-sept ans. « Mon père savait qu'à la fin de l'année il devait évacuer le terrain de sa société qui appartenait à la ville, relate tante Ingrid. Tout allait être détruit pour rénover le quartier. Ma mère lui disait : "Ce n'est pas grave, à ton âge tu as déjà assez travaillé !" Mais je crois que cela lui pesait de voir disparaître cette société pour laquelle il s'était tué au travail : il a fini par en mourir. » En décembre 1970, les bâtiments de la société Schwarz & Co. Mineralölgesellschaft furent détruits, et son histoire douloureuse disparut sous le bitume d'une route flambant neuve. Jusqu'à ce que j'entreprenne de rassembler les débris de sa mémoire et de celle de mon grand-père dont longtemps je ne connus que les portraits accrochés au mur à Mannheim. On le voit à soixante ans, les cheveux tout blancs et affublé d'épaisses lunettes rectangulaires noires qui lui donnent un air sévère.

Aujourd'hui, j'ai l'impression de mieux le connaître. Ma tante l'a toujours défendu quand je l'ai interviewée, elle excusait ses actions en exagérant ses soucis, comme si elle avait peur que je ne salisse sa mémoire. Mon père, lui, a une vision bien différente de Karl Schwarz : « Au niveau matériel, il a veillé à ce que l'on ne manque de rien, mais sinon il n'a pas été un modèle pour moi. Il n'essayait pas d'être proche de moi. Tout ce que j'ai appris, je l'ai appris sans lui. Il n'a pas cherché à m'apprendre les choses de la vie », confie-t-il. Ingrid dit qu'en réalité son père était fier que son fils ait réussi ses examens d'université.

Si je l'interrogeais sur le passé nazi de ses parents, ma tante répondait : « Nous ne pouvons pas nous mettre à la place des gens d'une époque que nous n'avons pas vécue, où tout était si différent. » Elle n'a pas confronté ses parents, probablement freinée par son empathie pour eux dans le difficile contexte d'après-guerre, et ce respect aveugle que les jeunes entretenaient alors à l'égard de l'autorité parentale.

Lorsque Volker, qui était de sept ans le cadet de sa sœur, entra dans la fleur de l'adolescence, la situation financière de sa famille s'était améliorée, lui laissant le champ libre à d'autres réflexions. Sa scolarité au Gymnasium, ses lectures et son caractère furent propices à l'émergence d'un esprit critique qui l'amena à considérer l'attitude de ses parents sous un nouvel angle. « Je leur disais : "Ce qui me dérange, ce n'est pas que vous ayez levé le bras, car qui sait, peut-être que moi aussi je l'aurais fait, par enthousiasme, par lâcheté. Ce qui me dérange, c'est que même après la révélation que ce régime a commis les pires crimes que l'on puisse imaginer, vous ne le condamniez toujours pas vraiment." »

La divergence de deux frère et sœur tient peut-être aussi au fait qu'à la différence de Volker, ma tante, née en 1936, se souvient très bien de l'angoisse des bombardements sur Mannheim, de la fuite à la campagne et du retour traumatique dans une ville dévastée, peuplée de fantômes errants. Plus que son frère qui était un enfant, elle a été marquée par le conflit de son père avec Julius Löbmann, qu'à travers le filtre de l'amour filial elle a perçu comme une injustice.

En enquêtant pour ce livre, une question complexe n'a cessé de me tarauder. Dans quelle mesure était-il possible pour des hommes et des femmes ordinaires comme mes grands-parents de ne pas être nazis sous le IIIe Reich ? De dire non sans avoir l'étoffe d'un héros ? Sans risquer sa vie ou la déportation dans un camp ? Dans quelle mesure était-il possible de ne pas être un *Mitläufer* ?

Le régime nazi était à double tranchant : d'un côté il déployait un arsenal de séduction suscitant l'admiration, de l'autre il disposait d'un système répressif redoutable inspirant la peur et décourageant toute dissidence. J'imagine qu'il était difficile de ne pas se laisser intimider par la violence des SA, le meurtre et l'envoi de communistes et de sociaux-démocrates dans des camps de concentration. *A fortiori* lorsque la répression commença à s'étendre aux « asociaux » et aux « ennemis de la communauté », faisant planer la menace d'une arrestation au-dessus de beaucoup de têtes susceptibles d'entrer dans ces catégories aux contours très flous.

Pendant la guerre, au fur et à mesure que le Reich donnait des signes croissants de faiblesse, les sanctions se durcirent terriblement. Des tribunaux spéciaux devinrent des antichambres de la mort. La peine capitale était prononcée pour un oui ou pour un non. Pour celui qui avait l'infortune de tomber sur un juge fanatique, avoir fait une déclaration défaitiste, même prononcée en petit cercle, était passible de la peine de mort, tout comme le vol de quelques malheureux poulets qui pouvait passer pour du « sabotage ». Entre 1940 et la capitulation, 16 000 peines de mort furent prononcées contre des citoyens allemands.

En revanche, avant la guerre, les marges de manœuvre n'étaient pas aussi étroites que cela pour la population. L'adhésion à une organisation nazie était préférable si l'on voulait accélérer sa carrière, mais pas obligatoire. Préférer le *Grüss Gott* (Salut à Dieu) au salut hitlérien ou critiquer le régime portait peu à conséquence si l'on n'était pas un personnage public. Il existe une photo où, au milieu d'une foule qui brandit le bras pour l'inauguration d'un bateau à Hambourg en 1936 en présence d'Adolf Hitler, l'on voit un homme croisant ostensiblement les bras. Ce geste courageux ne fut pas réprimé. Mais pour une autre raison, le même homme fut condamné à trois ans de prison en 1938 : il avait jeté la « honte » sur sa « race » en entretenant une relation hors mariage avec une juive, avec laquelle il avait deux enfants.

Si la majorité des Allemands se conforma au moule nazi, c'est aussi parce que beaucoup n'étaient pas forcément opposés à la violence. Les uns avaient fini par s'y habituer, se laissant convaincre de sa nécessité pour faire régner un ordre nouveau contre la prétendue menace bolchevique et le retour d'une république honnie sur le modèle de Weimar. D'autres étaient séduits par ce qu'ils percevaient comme l'exaltation de la force virile et la supériorité des Allemands ou l'occasion d'un tremplin professionnel ou matériel. La violence était d'autant plus aisée à tolérer que les juristes s'empressaient d'y apporter une légitimation légale. Elle conférait à ceux qui étaient épargnés la satisfaction narcissique de se sentir privilégiés d'appartenir à la *Volksgemeinschaft*, comme si c'était un club privé sélect.

De la tolérance du crime à la participation, il n'y avait plus qu'un pas qu'il était néanmoins possible de ne pas franchir : refuser de reprendre le poste d'un collègue licencié parce que juif et ne pas prendre part à l'aryanisation. Il était aussi possible pendant longtemps de continuer d'acheter à des commerçants et entrepreneurs juifs, en l'absence d'une loi décrétant le contraire.

Quant au sauvetage des juifs pendant la guerre, il était plus risqué, mais pas impossible. Quelque 10 000 citoyens allemands y participèrent, par empathie ou pour s'enrichir. En cas de dénonciation, leur sort divergeait : ils pouvaient être envoyés dans un camp ou être épargnés, mais la peine capitale restait rare alors qu'en Pologne les sauveteurs de juifs risquaient vraiment la mort.

Sur le front, si un soldat de la Wehrmacht ou de la SS désertait, il risquait d'être exécuté. S'il répugnait à tuer un juif, un civil ou un prisonnier soviétique, il perdait en prestige auprès de ses camarades, obtenait un avertissement de la hiérarchie ou était muté. Mais jusqu'à présent les experts n'ont trouvé qu'un seul cas où un soldat aurait payé un tel refus de sa vie.

Certes, tout ce que nous savons aujourd'hui n'était pas connu à l'époque, par conséquent il n'était pas toujours facile d'évaluer les risques. Aujourd'hui encore, il est difficile de porter un jugement. « Mes parents vivaient sous une dictature, dit ma tante. Pour résister aux exigences du parti ou protéger des juifs, il fallait être un héros. Les gens qui le faisaient mettaient leur vie en péril, il fallait un courage que très peu de personnes ont. » Volker est moins clément. « Mon père a joué le jeu sans y être forcé. Il a pris la carte du parti et il a acheté une entreprise à un juif dont il savait qu'il avait le couteau sous la gorge. » Dans certaines situations, il était évident qu'il était possible et même préférable de dire non. Comme dit mon père : « Si dès le début les gens avaient refusé de jouer le jeu du régime à chaque étape, les nazis n'en seraient probablement pas arrivés là. »

Je me demande souvent ce que j'aurais fait. Je ne le saurai jamais. Ce qui importe, je l'ai compris en lisant ces lignes de l'historien Norbert Frei : que nous ne sachions pas comment nous nous serions comportés « ne veut pas dire que nous ne sachions pas comment nous aurions dû nous comporter ». Et comment nous devrions nous comporter à l'avenir.

Un autre sujet où Volker et Ingrid ne sont pas non plus tout à fait d'accord est l'importance qu'il faut accorder à la transmission de la mémoire du passé nazi. Sur la table de nuit de mon père ou à côté de la baignoire, traîne toujours un livre sur le IIIe Reich. Récemment, c'était une biographie de Joseph Goebbels, la énième, ce qui ne l'empêche pas d'être un bon vivant. Sa sœur, elle, affirme « préférer vivre dans le présent et en avoir marre de ces histoires », tout en passant son temps à les raconter, ces histoires, mais les petites, celles des gens, pas la grande, à laquelle elle s'identifie moins.

Ingrid est à cheval entre deux générations : celle de mon père, née pendant la guerre ou après, qui dans les années 1960 se souleva contre l'amnésie de la société allemande, et celle née au tournant des années 1930, qui passa son enfance et son adolescence sous le IIIe Reich, dans les *Hitlerjugend*, et recrutée de force dans la défense antiaérienne. Ceux qui appartiennent à cette dernière génération ont un lien particulier avec le national-socialisme. Ils sont à la fois des victimes du système et des acteurs, certes innocents pour la plupart, mais inévitablement marqués. C'est eux qui, alors qu'ils étaient trop jeunes pour avoir des responsabilités sous le IIIe Reich, durent affronter le lourd héritage de la « culpabilité allemande » après la guerre. Des décennies après la guerre, certains ne supportaient plus ce poids et réclamèrent de tirer un trait sur le passé.

Lorsque, après treize ans de pouvoir social-démocrate, le chrétien-démocrate Kohl arriva à la chancellerie en 1982, il exprima d'emblée vouloir incarner un « tournant moral et spirituel » : un renforcement de la confiance en soi des Allemands sur la scène internationale, confiance qui devait passer par une libération du passé nazi. Cette annonce tombait plutôt mal, puisque la diffusion de la série *Holocauste* avait renforcé dans l'opinion publique internationale le besoin de comprendre comment le génocide avait été possible. Au lieu de faire montre de bonne volonté pour répondre à ces attentes, Helmut Kohl réagit par la défensive. Il voulut intervenir dans le projet de construction du Musée du mémorial de l'Holocauste à Washington en tentant de faire intégrer un volet sur la résistance allemande et le développement démocratique de son pays.

Mais c'est surtout sa déclaration devant le Parlement israélien, la Knesset, en 1984 qui marqua les esprits. « Je vous parle comme quelqu'un qui ne peut être coupable du nazisme parce qu'il a eu la chance d'être né trop tard et d'avoir des parents exceptionnels », dit Helmut Kohl, né en 1930. Le chancelier fut accusé de chercher à libérer son pays de sa responsabilité historique vis-à-vis d'Israël.

Il lui fut aussi reproché de chercher à réduire l'attention portée au IIIe Reich, en déplaçant l'intérêt vers la Première Guerre mondiale, dont le souvenir avait été écrasé en Allemagne par l'omniprésence de la Seconde Guerre mondiale. Encore aujourd'hui, je frémis devant cette scène filmée le 22 septembre 1984 à Verdun, l'un des sites les plus meurtriers de la Grande Guerre où plus de 310 000 soldats furent tués en dix mois : François Mitterrand et Helmut Kohl figés au pied de l'ossuaire où reposent les restes de 130 000 soldats allemands et français, l'hymne allemand se termine, leurs mains se lèvent, se rejoignent et restent ainsi unies alors que *La Marseillaise* retentit. Le colosse et le petit homme, liés par ce geste d'une bouleversante humilité, prenaient les morts à témoin pour dire « Plus jamais ça ».

Dans son aspiration à tourner la page nazie, Helmut Kohl avait le soutien d'une partie de la population, mais beaucoup, choqués par la multiplication de témoignages déchirants sur la Shoah, avaient un besoin urgent de vérité, en particulier les gens nés après la guerre qui avaient pris en marche le train de la mémoire.

La confrontation entre ces deux camps s'envenima lorsque, en 1985, à l'occasion de la visite du président américain Ronald Reagan pour le 40e anniversaire de la fin de la guerre, Helmut Kohl invita son hôte à rendre hommage aux soldats du Reich au cimetière militaire allemand de Bitburg, où reposent également des membres de la Waffen-SS. La visite, qui mit le président américain mal à l'aise et fut perçue comme une tentative de relativisation des crimes nazis, déclencha une vive polémique. Le magazine américain *Time* appela Ronald Reagan à s'abstenir de visiter tout cimetière de guerre allemand. Günter Grass accusa Kohl de se réfugier dans la posture de l'innocence par l'ignorance. « La majorité savait qu'il y avait des camps de concentration… Aucun auto-acquittement n'efface cette réalité : tous savaient, pouvaient savoir, auraient dû savoir. »

Le chancelier avait voulu poser les jalons d'une relation d'égal à égal avec les anciens vainqueurs de la guerre, qui disposaient toujours de troupes stationnées en Allemagne. Mais son geste avait réveillé de vieilles peurs à l'étranger et apporté de l'eau au moulin des révisionnistes allemands.

Trois jours après la visite au cimetière militaire, le jour anniversaire de la victoire alliée sur l'Allemagne nazie, le président allemand chrétien-démocrate Richard von Weizsäcker allait, par un discours légendaire, mettre un frein décisif à cette politique. J'ai revu son intervention filmée de près de quarante-cinq minutes et s'il n'y avait qu'une chose à montrer aux jeunes générations, c'est celle-là. Ce jour-là, Weizsäcker, fils de diplomate et secrétaire d'État du IIIe Reich, scella les bases d'un consensus mémoriel qui allait transcender le clivage droite-gauche.

« Le 8 mai était un jour de libération, affirma-t-il, modeste apparition derrière un petit pupitre, face au Bundestag. Il nous a tous libérés du système de domination nationale-socialiste basé sur le mépris de l'homme. » Une déclaration qui semble évidente aujourd'hui, mais qui ne l'était pas en 1985, beaucoup ayant encore du mal à exprimer et entendre certaines vérités historiques. « Nous avons besoin et disposons de la force de regarder autant que nous le pouvons la vérité en face sans enjolivement ni partialité », insista-t-il.

Tout en rendant hommage à la souffrance des Allemands pendant la dictature, Weizsäcker rappela que leurs épreuves étaient à mettre sur le compte du IIIe Reich et non des Alliés. « Nous n'avons pas le droit de voir dans la fin de la guerre la cause de l'exil, l'expulsion et le manque de liberté. Celle-ci se trouve bien davantage dans son déclenchement et le début de la tyrannie qui mena à la guerre. » De même, « sans la guerre commencée par Hitler [...], l'Europe n'aurait pas été divisée en deux ».

Richard von Weizsäcker, qui avait combattu sur les fronts de l'Est et de l'Ouest où il aurait été blessé par deux fois, énuméra avec gravité la longue série de victimes de la barbarie nazie et eut le courage assez inédit pour un homme d'État de cette envergure de critiquer frontalement l'attitude du peuple allemand sous le nazisme : « Qui pouvait rester naïf après l'incendie des synagogues, les pillages, la stigmatisation de l'étoile juive, la privation des droits, la profanation continuelle de la dignité humaine ? À qui ouvrait ses oreilles et ses yeux, à qui voulait s'informer, ne pouvait échapper que des trains de déportés roulaient. [...] Il était facile de refuser la conscience, de ne pas être responsable, de détourner le regard, de garder le silence. À la fin de la guerre, quand la vérité indicible de l'Holocauste surgit, nous fûmes beaucoup trop nombreux à invoquer l'excuse de ne rien avoir su ou de ne rien avoir pressenti. »

Le président allemand termina son discours avec une mise en garde. « Notre histoire nous permet de savoir de quoi l'homme est capable. Nous ne devons pas nous imaginer que nous sommes différents et meilleurs. [...] Notre mémoire historique [doit être] la ligne directrice de notre attitude [et nous permettre d']accomplir les tâches qui nous attendent. »

Son discours, acclamé dans le monde, traduit en au moins 13 langues et imprimé en plus de 2 millions d'exemplaires, permit de restituer une confiance internationale dans l'Allemagne qu'Helmut Kohl avait mise à mal. Le *New York Times* en reproduisit la totalité, et plus de 60 000 citoyens allemands écrivirent au président. Richard von Weizsäcker avait scellé un pacte entre la politique allemande et la morale tirée de son histoire.

Tous les intellectuels et les historiens allemands n'adhéraient pas à ce consensus politique. La plupart des experts s'accordaient certes pour dire que les recherches sur les crimes nazis étaient très incomplètes. Mais, tandis que les uns estimaient urgent de faire du génocide le cœur de la mémoire allemande et d'y sensibiliser l'opinion publique par l'aménagement de musées, monuments et commémorations, d'autres y étaient opposés et contestaient la singularité de l'Holocauste, réclamant le droit de comparer les crimes nazis avec ceux des bolcheviques sous Staline.

18 millions de personnes ont connu l'enfer des goulags. Des témoins ont raconté leur quotidien : creuser la glace à la recherche de minerais pour un État volant leur force de travail, lutter contre le vent assassin des grandes plaines, le visage lacéré, la peau des pieds collée par le gel à la semelle des chaussures, dormir le corps contorsionné par le froid à même le sol en béton et mourir de faim. Les morts des goulags se comptent par millions. À eux s'ajoutent plus de 10 millions de victimes des famines provoquées par les politiques soviétiques, 6 millions de personnes déportées et d'innombrables vies brisées par un régime impitoyable. Derrière ces chiffres démesurés, il y a avant tout Joseph Staline, père de la patrie, amoureux de Tchaïkovsky et des danseuses du *Lac des cygnes*, qui, dans les années 1936-1938, n'eut aucune peine à faire exécuter d'un coup de stylo quasiment tous ses camarades bolcheviques qui avaient joué un rôle de premier plan pendant la révolution russe de 1917. Un monstre en l'honneur duquel le président russe Vladimir Poutine, faussaire en chef de l'histoire, a érigé en 2017 un buste à Moscou.

En 1986, les désaccords historiographiques culminèrent avec la « querelle des historiens », après la publication dans le quotidien *FAZ* d'un texte de l'historien allemand Ernst Nolte intitulé « Le passé qui ne veut pas passer ». Il faut « s'autoriser à poser une question incontournable : [...] L'archipel du goulag n'a-t-il pas précédé Auschwitz ? Le “meurtre de classe” des bolcheviques n'était-il pas le préalable logique et factuel du “meurtre racial” des nationaux-socialistes » ? En posant ces questions, l'historien avançait la thèse selon laquelle le meurtre de classe des bolcheviques serait à la fois le modèle et le spectre qui auraient poussé Hitler au génocide des juifs.

La riposte ne se fit pas attendre, conduite par Jürgen Habermas. Dans un article paru dans l'hebdomadaire *Die Zeit*, le philosophe dénonça « les tendances apologétiques de l'historiographie allemande ». Nolte, écrit-il, « fait d'une pierre deux coups : les crimes nazis perdent de leur singularité du fait qu'ils deviennent, à ses yeux au moins, compréhensibles en tant que réaction à la menace des destructions bolcheviques ».

Plusieurs historiens contre-attaquèrent, accusant le philosophe d'imposer une censure d'ordre moral sur leur travail. De nombreux intellectuels prirent son parti. Eberhard Jäckel fit remarquer que le problème n'était pas de comparer les crimes bolcheviques et nazis, mais le lien de cause à effet entre le Goulag et l'Holocauste qui suggérait « la thèse du meurtre préventif » et était historiquement faux. « L'aryen n'avait pas peur du “sous-homme” slave et juif », écrit Jäckel dans *Die Zeit*. Hitler avait « parfaitement » compris « comment canaliser pour son propre intérêt la peur de la bourgeoisie à l'égard du bolchevisme ».

Loin d'être un débat d'ordre scientifique, observa l'historien Hans Mommsen, ce conflit révélait la tendance de l'historiographie allemande à « réhabiliter des idées favorables à un État autoritaire par la relativisation historique du national-socialisme ».

Cette tentative échoua et contribua à permettre à l'idée de s'imposer que l'Holocauste était un point central de l'identité allemande.

En novembre 1989, la chute du Mur allait sceller encore davantage l'impératif de mémoire du national-socialisme. La disparition de la RDA ôtait un argument de taille à ceux qui accusaient le travail de mémoire de la RFA d'apporter de l'eau au moulin de la propagande antifasciste de l'ennemi communiste. La voie était libre pour rappeler à la mémoire les crimes nazis sans craindre que cela soit instrumentalisé par la RDA. Lors du cinquantenaire de la fin de la guerre en 1995, un véritable « marathon commémoratif » célébra sans retenue la « libération » du peuple allemand. « Passé surmonté » proclama *Der Spiegel* en couverture. Un an plus tard, le président allemand Roman Herzog faisait du 27 janvier, date anniversaire de la libération du camp d'Auschwitz, le jour de commémoration des victimes du national-socialisme.

La chute du Mur rendait caducs les derniers mythes que la RFA avait réussi à préserver sur le passé nazi. Tel celui d'une Wehrmacht propre, qui avait réussi à sortir indemne de toutes les tempêtes mémorielles. La légende était née au procès de Nuremberg, quand le tribunal avait décidé de ne pas inclure la Wehrmacht dans la liste des « organisations criminelles ». Cette décision passa pour un acquittement aux yeux de nombre d'Allemands, confortés dans leur impression par l'amnistie de nombreux membres de la Wehrmacht pendant les années 1950. Puis la multiplication d'autobiographies, de témoignages, de films et de livres contribuant à enjoliver la Wehrmacht acheva d'ancrer dans l'opinion publique l'image du « soldat correct » et d'une armée épargnée par l'idéologie nazie et les massacres de civils et de juifs.

En 1995, une exposition organisée par l'Institut pour la recherche sociale de Hambourg intitulée *Guerre d'extermination. Crimes de la Wehrmacht, 1941-1944*, donna le coup de grâce à cette légende. Grâce à l'aide d'historiens, l'exposition démontrait que, si la Wehrmacht avait désapprouvé les actions de la SS au début, elle avait fini par s'y plier et collaborer activement. Elle avait même, indépendamment de cette dernière, donné de son plein gré d'innombrables ordres criminels contre des juifs, des civils et des prisonniers de guerre, car elle aussi était rongée par l'antisémitisme et le racisme envers les *Untermensch* slaves. L'exposition créa une polémique telle que, dans certaines villes, des débats houleux éclatèrent et certaines municipalités refusèrent de l'accueillir. Il y eut même des manifestations. Le Bundestag y consacra un débat très remarqué. Ces divisions n'empêchèrent pas l'événement d'avoir un succès éclatant auprès d'un public de tous âges, de toutes classes sociales et professionnelles, près d'un million de personnes au total, prêtes à patienter dans de longues files.

Un autre complice majeur des crimes nazis qui avait réussi à se faire oublier refit à son tour surface. Outre les bénéfices de l'aryanisation et des affaires conclues avec le régime nazi, beaucoup d'entreprises allemandes, publiques et privées, avaient largement profité des plus de dix millions de travailleurs forcés du Reich. Après la guerre, ces entreprises profitèrent du fait que la plupart de leurs anciennes victimes vivaient derrière le « rideau de fer » pour ne pas les indemniser. La chute du Mur ouvrit la voie à des accords de réparation de l'État allemand avec certains anciens pays de l'Est et la Russie, sur le modèle de ceux conclus avec les pays occidentaux après la guerre, mais les négociations pour indemniser spécifiquement les anciens travailleurs forcés traînèrent en longueur. Pourtant, il y avait urgence. Les victimes qui n'étaient pas mortes étaient très âgées et avaient vraiment besoin de cet argent au vu de la pauvreté régnant à l'Est. Finalement, en 2000, la fondation Souvenir, responsabilité et avenir, créée pour indemniser les anciens travailleurs forcés, vit le jour, dotée de plus de 10 milliards de marks versés à parts égales par le gouvernement fédéral et plus de 6 000 entreprises privées.

Par ailleurs, sous la pression de l'opinion publique qui commençait à s'intéresser à ce volet méconnu de l'histoire nazie et sous la pression de plaintes devant les tribunaux, des grandes entreprises et des banques ouvrirent leurs archives à des historiens ou des commissions indépendantes chargés de faire la lumière sur leurs activités sous le IIIe Reich, dont le recours massif au travail forcé. Certaines furent plus réticentes que d'autres, telles Quandt, Flick et Oetker qui s'y résolurent seulement sous la pression médiatique. Aujourd'hui encore, il en est qui traînent des pieds, dont Siemens et Bayer, ou ne font rien, comme Henkel, Röchling ou Wella. Néanmoins, ces exemples sont des exceptions et, de manière générale, la majorité des grandes entreprises allemandes ont fini, même si très tardivement, par jouer la carte de la transparence.

Tel était le contexte mémoriel lorsqu'en 2000 je m'installai à Berlin pour travailler comme correspondante au sein d'une agence de presse française. Je me sentis immédiatement à l'aise dans cette ville défigurée par les guerres et les dictatures, mais animée d'une soif de vie et de liberté contagieuse. À Berlin, la mémoire du XXe siècle est incontournable, elle cohabite avec le présent et s'inscrit dans les murs comme dans l'action citoyenne. L'Allemagne est à son image, impossible à déchiffrer si on n'envisage pas ses actions politiques et les sensibilités de sa société dans une perspective historique.

Mon arrivée coïncidait avec le début d'une nouvelle évolution du rapport de l'Allemagne à son histoire, initiée par le gouvernement de coalition Verts/sociaux-démocrates, arrivé au pouvoir en 1998. Peut-être parce que ces partis sont traditionnellement peu suspects de visées révisionnistes, ils réussirent là où Helmut Kohl avait échoué : imposer une certaine normalisation du statut de leur pays sur la scène internationale.

En 1999, pour la première fois depuis 1945, l'Allemagne participa à une intervention militaire, encadrée par l'OTAN, au Kosovo. Le gouvernement avait réussi ce tour de force en dépit du pacifisme très profond de la société allemande, en agitant la menace d'un génocide en ex-Yougoslavie. « Jamais plus la guerre » avait été balayé par « Jamais plus Auschwitz ». Une étape avait été franchie dans le retour de l'Allemagne sur la scène mondiale, qui allait se confirmer lorsque le chancelier Gerhard Schröder refusa net de suivre son allié de toujours, les États-Unis, lors de l'invasion militaire de l'Irak en 2003, et mena une campagne assumée pour tenter d'obtenir à son pays un siège permanent au Conseil de sécurité de l'ONU.

L'un des symboles les plus forts de cette « normalisation » fut la première participation d'un chancelier allemand aux festivités annuelles du Débarquement. En juin 2004, je fus envoyée couvrir les festivités du soixantième anniversaire auquel Gerhard Schröder avait accepté de participer, parachevant le geste commencé vingt ans auparavant par Richard von Weizsäcker.

Le Calvados, où 22 chefs d'État ou de gouvernement étaient attendus, s'était transformé en forteresse sécurisée pour prévenir tout attentat qui aurait pu rendre plus de vingt pays orphelins de leur dirigeant. Dans ce tumulte, je rencontrai un groupe de seniors allemands venus de Nuremberg pour se recueillir sur les tombes de proches morts au combat pendant la bataille de Normandie. Trois sœurs faisaient partie du groupe, elles avaient perdu leur frère, Hans, dont elles me montrèrent une photo : le visage à peine sorti de l'adolescence, de grands yeux bruns candides et un sourire un peu timide, tranchant avec l'uniforme sombre aux boutons de métal poli et arborant sur le col l'insigne des Waffen-SS, deux S taillés comme des éclairs. Leur bus était sur le point de les conduire au grand cimetière allemand de La Cambe, et je proposai de les rejoindre.

Je découvrais un magnifique cimetière, ressemblant à un vaste terrain de golf, tapissé d'une herbe impeccable, luisante, presque phosphorescente, coupée à ras, où des milliers de dalles funéraires posées à plat sur le sol s'alignaient à perte de vue. Çà et là, des petites croix de granit émergeaient par séries de cinq, collées les unes aux autres comme si elles se tenaient la main, un dernier hommage à la camaraderie contre la solitude de la mort. 1 200 érables éventaient le sanctuaire de leurs larges branches, un symbole de paix financé par des donateurs internationaux.

J'arpentai les allées et j'aperçus mon groupe devant un ensemble de dalles plus fleuries que les autres, la tombe du redoutable SS Michael Wittmann, le chef de blindés le plus décoré d'Allemagne, héros de la propagande nazie qui avait pulvérisé pas moins de 138 chars avant de mourir dans son Tigre 007, explosé en Normandie. Dans un pot de fleurs posé près de sa dalle funéraire, flottait un petit drapeau noir où se découpait le dessin d'une clé blanche, l'insigne de la *Leibstandarte-SS-Adolf Hitler*, la division blindée des gardes du corps SS du Führer. Alors que je m'apprêtais à demander aux seniors allemands pourquoi ils avaient choisi justement cette tombe, ils entonnèrent en chœur une chanson de guerre allemande. Je dois dire que je fus soulagée qu'ils ne tendent pas le bras droit à l'horizontale. Le chant terminé, je décidai de me lancer et demandai aux trois sœurs qui essuyaient leurs yeux humides avec un mouchoir si elles savaient qu'elles étaient devant une tombe de SS. « Notre frère était aussi dans la Waffen-SS, qu'est-ce que cela change, eux aussi étaient de valeureux soldats », répondirent-elles. Aux yeux des sœurs et de bien d'autres Allemands de leur génération, la fin de la guerre n'était pas un jour de libération.

Le lendemain, j'étais au milieu d'autres journalistes au cimetière anglo-canadien de Ranville où Gerhard Schröder devait déposer deux gerbes, l'une pour les morts alliés, l'autre dans un petit carré réservé aux soldats allemands. Tout le monde retenait son souffle devant cette délicate chorégraphie d'un chancelier allemand marchant seul au milieu d'un océan de croix, sachant que chacun de ses gestes, chacune de ses expressions allait être scrutée, comparée, interprétée.

Schröder réussit l'exercice à la perfection, ni trop grave ni trop léger. Il transmettait l'image d'une Allemagne à laquelle on ne pouvait plus demander de se sentir coupable, qui avait fait de son travail de mémoire un fondement incontournable de son identité.

Dans ce climat d'apaisement, on commença à s'autoriser à briser de nouveaux tabous en Allemagne. J'avais suivi pour l'agence de presse le passionnant débat qui avait entouré la sortie en 2002 d'un roman de Günter Grass où l'auteur foule un terrain très inhabituel pour lui, celui de la souffrance des Allemands pendant la guerre. Mêlant réalité et fiction, passé et présent, *En crabe* fait le récit du drame du *Wilhelm Gustloff*, un navire allemand envoyé en janvier 1945 au port de Gotenhafen, en mer Baltique, pour tirer des griffes de l'Armée rouge les colonnes de réfugiés allemands de Prusse-Orientale. Grass décrit leur combat pour obtenir une place sur le *Gustloff*, seul gage de survie, car rester à terre signifiait être piégé par l'Armée rouge. La rumeur disait que ses soldats tuaient les hommes, violaient les femmes et égorgeaient les enfants devant leur mère, en partie pour répondre à la politique de la terre brûlée de la Wehrmacht lors de sa retraite de Russie. Mais le destin de ceux qui embarquèrent ne fut guère meilleur : torpillé par un sous-marin soviétique qui savait qu'une majorité de civils se trouvaient à bord, le *Gustloff* fit naufrage dans les eaux gelées de la Baltique avec 10 500 réfugiés à son bord, dont très peu survécurent. Les torpilles portaient les noms de « Pour Leningrad », « Pour le peuple soviétique » et « Pour Staline ». C'était le même bateau que celui que ma grand-mère avait pris en 1938 pour visiter les fjords de Norvège, dans l'euphorie générale qui caractérisait l'Allemagne nazie de ces années-là.

Au moment de la sortie d'*En crabe*, sans doute influencé par ce roman, *Der Spiegel* publia une grande série intitulée « L'Exil » sur l'expulsion des Allemands d'Europe orientale, avec une analyse titrée « Les Allemands comme victimes ». Ces débats nourrirent un intérêt nouveau pour les crimes de l'Armée rouge. En 2003, la réédition du livre autobiographique de Martha Hillers, *Une femme à Berlin*, qui relate le quotidien d'une femme reléguée au statut de gibier sexuel sous l'occupation soviétique à Berlin, tira de l'oubli l'infamie du viol massif de plus de 1,4 million d'Allemandes par les soldats russes.

Pour une interview, je rencontrai deux victimes de ces viols : Elizabeth et Martha, originaires de Silésie, une province allemande aujourd'hui polonaise, qu'elles avaient dû fuir pendant l'hiver 1945 devant l'avancée de l'Armée rouge. Elles me reçurent dans leur petit appartement de Berlin où elles habitaient ensemble depuis que leurs époux étaient morts. « Nous avons vécu tant de choses toutes les deux », me dit Martha avec un sourire incertain. Leur regard si doux l'une pour l'autre, la gentillesse de leur accueil, la table dressée avec un soin de fée pour me servir du thé et des petits gâteaux me firent monter les larmes aux yeux, avant même d'avoir commencé l'interview.

Elles avaient quinze et seize ans. Après avoir perdu la trace de leur famille dans le chaos de la fuite, elles sautèrent sur une charrette au milieu d'une interminable colonne de réfugiés, déjà chargée de tout ce que les gens avaient pu emporter à la va-vite de leur maigre patrimoine. Les bêtes, des chevaux de trait, étaient trop faibles pour parcourir dans le froid de l'hiver les 600 kilomètres qui les séparaient de Berlin, et les routes étaient mauvaises car il fallait emprunter des petits chemins pour éviter de tomber sur les Russes dont la seule évocation tétanisait les jeunes filles. Elles sursautaient chaque fois qu'elles apercevaient des silhouettes humaines, jusqu'au jour où ce sont bien des Russes qui surgirent. Elles furent tirées à terre, poussées dans la forêt, les soldats déchirèrent leur pantalon, et sur la terre gelée, ils violèrent ces corps déjà meurtris par la faim, la peur et le froid – combien de fois, elles ne le savent plus. « Je me souviens que j'avais une idée fixe dans la tête : que j'avais mes règles et qu'il y aurait du sang partout sur mes vêtements », raconte Elizabeth qui éclate en sanglots. Martha se met à pleurer mais parvient à ajouter : « Dans ces moments, l'instinct de survie vous commande de penser à autre chose pour vous détourner de l'horreur que vous subissez. »

Une fois leur plaisir consommé, les soldats s'intéressèrent au chargement de la charrette, et pendant qu'ils fouillaient, buvaient et terrorisaient la famille de paysans, les deux filles abandonnées à terre à l'écart profitèrent de leur inattention pour s'enfuir. Elles n'étaient pas au bout de leur peine. En route, elles croisèrent un transport d'Allemands en fuite qui les accueillit. À nouveau l'Armée rouge les arrêta, à nouveau elles furent violées et brutalisées. En Allemagne, Martha et Elizabeth rejoignirent leur famille dans la zone américaine et refirent leur vie, mais longtemps elles mentirent sur leurs origines, aux collègues, aux petits copains, aux voisins. « Tout le monde savait que venir de l'Est, pour une femme, ça voulait dire avoir été violée par les Russes. Nous avions honte. »

Pendant mes années à Berlin, comme beaucoup de journalistes, j'ai interviewé de nombreux témoins. Nous le savions : c'étaient les derniers survivants. Qui prendrait la relève de la mémoire ?

Pour lutter contre l'oubli, on construisit des monuments. Le Mémorial aux juifs assassinés d'Europe fut inauguré en 2005 près de la porte de Brandebourg, 2 711 stèles de béton couleur anthracite qui s'étendent à perte de vue et forment un labyrinthe de dalles dont les variations de hauteurs donnent le vertige. Ce sont les sépultures auxquelles les morts de la Shoah n'ont pas eu droit. Plusieurs intellectuels, peu suspects de révisionnisme, dénoncèrent cette construction en plein cœur de Berlin. L'écrivain Martin Walser s'insurgea contre une « instrumentalisation de l'Holocauste », réclamant le droit « de regarder ailleurs ».

D'autres monuments suivirent, en hommage à des victimes du national-socialisme restées dans l'ombre. Au milieu d'une clairière du grand parc central de Berlin, le Tiergarten, un bassin noir de forme circulaire, rempli d'eau, symbolise les larmes versées pour les Roms et les Sintis. Non loin, sous les arbres, un bloc de béton percé d'une fenêtre d'où l'on peut voir un film projeté à l'intérieur commémore les homosexuels persécutés. En bordure du parc, un long verre bleu transparent posé sur les ruines de la villa où fut élaboré le programme *Aktion T4* rappelle à la mémoire les martyrs de l'euthanasie. Les travailleurs forcés eux ont leur mémorial à Leipzig.

Autre rempart contre l'oubli, les archives. Depuis 2005, l'un après l'autre, des ministères et institutions publiques ont demandé à des commissions d'historiens indépendantes de travailler sur leur rôle sous le national-socialisme, mais aussi sur les premières décennies de l'après-guerre marquées par des continuités personnelles et idéologiques entre le IIIe Reich et la RFA. Même les services secrets ouest-allemands, le BND, où beaucoup de nazis travaillèrent après la guerre, sous la présidence de l'ancien général de la Wehrmacht, Reinhard Gehlen, ont ouvert ses archives pour une période allant jusque dans les années 1970. Une mesure totalement inédite en Europe.

À présent que les témoins sont morts, victimes comme bourreaux, il reste le souvenir de leurs mots et de leurs visages, les monuments et les livres d'histoire, pour rappeler aux vivants ce que l'Allemagne ne veut plus être. Il reste la mémoire familiale aussi. J'ai voulu tisser les fils de la grande histoire avec ceux de la petite, poser ces traces par touches sur ma toile imaginaire, les croiser et les superposer, jusqu'à ce que jaillisse un tableau vivant, un monde d'antan, avec son décor, son esprit, ses vies d'alors, ses parts d'ombre et de lumière. Mon père et ma tante les ont connues, ces existences du passé. L'émotion filtre leur mémoire, la colère d'une enfance troublée, le souvenir d'un sentiment d'injustice, la blessure d'une déception, la tristesse de ne plus pouvoir parler avec ceux qui sont partis pour toujours, et l'amour, la loyauté malgré tout.

Mes grands-parents sont des fantômes pour moi. Opa est mort avant ma naissance, et Oma, six ans plus tard. Je peux réfléchir la tête froide, privilégier la quête de la vérité à l'émotion. Mais les faits seuls n'ouvrent pas la porte du réel, il faut puiser dans la force de la représentation, de l'intuition et de la psychologie. Et laisser vivre mon empathie pour ces vies écrasées par la mégalomanie d'une poignée d'hommes, pour Lydia et Karl qui eurent la malchance de naître à l'orée d'un siècle maudit.

Un jour, personne ne sait lequel, Oma commença à être dévorée par des crises d'angoisse, convaincue qu'elle allait manquer d'argent et sombrer dans la pauvreté, qu'il lui faudrait, à son âge, s'humilier en quémandant de l'argent auprès des autres. Après la mort de son époux, elle avait continué à vivre seule dans le foyer familial. Ses enfants et ses amis avaient beau lui dire qu'avec les revenus locatifs des appartements de l'immeuble hérité de son père elle n'avait rien à craindre, ce fut en vain. « Elle me disait : “Sans argent, la vie ne vaut pas la peine” », se souvient tante Ingrid, qui est restée très proche d'elle jusqu'au bout. Qui peut comprendre les traumatismes d'une femme allemande née en 1901, qui n'a connu que les guerres et les après-guerres, pour qui le lendemain ne peut qu'être pire que le présent.

Après avoir parcouru un demi-siècle comme on marche sur des braises, elle avait donné toute l'énergie qui lui restait pour veiller sur sa fille jusqu'à ce qu'elle se marie, et pour lutter pour que son fils fasse des études, contre l'avis de Karl. Puis elle avait attendu avec impatience que son fils lui donne des petits-enfants pour les cajoler, les adorer.

Lorsque Oma crut enfin pouvoir se reposer, elle s'est rendu compte qu'elle n'y arrivait pas. Les épines du passé qu'elle avait charriées toute son existence comme une valise qu'on n'a jamais le temps de poser et d'ouvrir se déployèrent à une vitesse fulgurante, distillant sans relâche leur poison du souvenir. Les crises ne firent qu'empirer et l'angoisse irrationnelle de finir pauvre plongea ma grand-mère dans une spirale infernale, dont ni les médicaments ni personne ne réussirent à la sauver. Elle souffrait profondément, répétant toujours et encore cette prière à Dieu : « Si seulement il venait me chercher. »

Un soir, malgré sa profonde foi protestante qui lui interdisait de décider du jour de sa mort, elle choisit de ne plus attendre Dieu. Une amie qui habitait non loin était venue regarder la télévision avec elle. Vers 23 heures, elle partit en disant : « Vous me faites peur ce soir, Lydia, allez vous coucher. » Oma ferma la porte en la rassurant, puis elle ressortit sur le palier et grimpa jusqu'à la dernière fenêtre de la cage d'escalier. Il devait être assez tard pour ne pas risquer d'attirer l'attention des voisins. Quand elle ouvrit la fenêtre à double battant, Oma embrassa du regard les foyers de lumière et de vie perçant la pénombre au loin, et salua la silhouette sombre du grand chêne de la cour qui l'avait vue grandir. Puis elle sauta dans le vide.

Chapitre XI

Mémoires d'une Franco-Allemande

Jusqu'à l'âge adulte, je crois bien avoir passé chaque Noël de mon enfance à Mannheim, dans l'immeuble hérité de mes grands-parents. Ce rituel immuable s'inscrivait dans une double éducation franco-allemande à laquelle veillaient rigoureusement mes parents. Comme nous vivions en France, il était acquis, par souci d'équilibre, que toutes les vacances scolaires seraient consacrées à l'immersion dans la société allemande, à l'exception de trois semaines en été où nous partions pour un grand voyage en Europe à la découverte d'autres cultures.

Lorsque, à l'âge de vingt ans, je passai pour la première fois Noël en France, je fus déconcertée par la transformation de cet événement grave et solennel, la naissance de Jésus, en une fête frisant l'orgie païenne. Pas moins de huit ou dix plats, huîtres, foie gras, chapon farci, saumon fumé, coquilles Saint-Jacques, canard à l'orange, bûche de Noël défilèrent sur la table, noyés sous des litres de champagne, vins et digestifs, dans un tourbillon de lumières multicolores et clignotantes autour d'un sapin perdu sous une avalanche de décorations. Le lendemain, les conversations du 25 décembre tournaient autour de la qualité des mets de la veille, qui, après avoir été largement commentés le soir du réveillon, subissaient un nouvel examen justifié par le recul qu'avait apporté la nuit.

À Mannheim, nous célébrions le réveillon dans une église protestante éclairée à la bougie, un édifice fidèle à la tradition luthérienne, sobre et sévère, que la vibration des flammes et la musique limpide de Bach et de Händel rendaient sublime pour un soir. Cet office religieux était un ingrédient indispensable à la magie de Noël, et jamais ma sœur et moi n'aurions renoncé à cette intronisation ardente au mystère du christianisme que nous renouvelions chaque année à la même date et à la même heure. À l'exception du prêche et de quelques extraits de la Bible lus par des membres de la communauté, la cérémonie n'était que musique, jaillissant, puissante, des flûtes de l'orgue, s'élevant des profondeurs de la création pour s'unir, purifiée des contingences terrestres, au chant exorcisant des choristes.

Je perçois dans cette cérémonie de Noël, si différente de la célébration française, une quête de pureté et d'essence qu'il me plaît d'associer à l'âme allemande. Au risque d'être accusée de clichés, c'est ainsi que je vis cette culture en tant que Française et que je la ressens en tant qu'Allemande : le dégoût pour la légèreté, l'inclination pour l'absolu, dans l'infâme comme dans le beau. Dans l'amour aussi, où Goethe et les romantiques allemands laissèrent un héritage indélébile, la vision d'un amour mystique et prédestiné, unique, torturé et irrationnel, une valeur absolue qui se passe de réciprocité pour exister, quitte à mener au désespoir et à la mort. C'est celle du jeune héros du roman épistolaire de Goethe, *Les Souffrances du jeune Werther* (1774), dont le succès – la fièvre werthérienne – fut tel qu'il fut accusé d'être responsable d'une augmentation soudaine des suicides chez les jeunes hommes.

Quel contraste avec la « manière d'aimer » telle que décrite dans l'écriture libertine française du XVIIIe siècle ! Dans le roman épistolaire de Pierre Choderlos de Laclos, *Les Liaisons dangereuses*, la séduction est érigée en art psychologique et stratégique destiné à satisfaire l'orgueil, la sensualité et le plaisir du jeu. Au XIXe siècle, l'amour tel que défini par Stendhal, Flaubert et Balzac, devient moins cynique, mais n'en reste pas moins un « amour de tête », où l'on pense avant de ressentir. Dans *De l'amour*, Stendhal propose le concept de « cristallisation amoureuse », l'amour comme une illusion : « En un mot, il suffit de penser à une perfection pour la voir dans ce qu'on aime. »

Tardivement, j'ai lu *De l'Allemagne,* que Madame de Staël publia en 1813 à l'issue d'un long voyage en Allemagne. Je fus stupéfaite de lire ces lignes qui résonnaient si justement avec mes propres pensées : en France, « l'homme à bonnes fortunes, tel que le dernier siècle nous en a fourni tant d'exemples, choisit les femmes pour victimes de sa vanité ; et cette vanité ne consiste pas seulement à les séduire, mais à les abandonner. Il faut qu'il puisse indiquer avec des paroles légères et inattaquables en elles-mêmes que telle femme l'a aimé et qu'il ne s'en soucie plus. [...] L'esprit de chevalerie règne encore chez les Allemands, pour ainsi dire passivement ; ils sont incapables de tromper, et leur loyauté se retrouve dans tous les rapports intimes ».

Après la cérémonie religieuse de Noël, nous rentrions à l'appartement familial, où mon père, qui s'arrangeait toujours pour quitter l'église prématurément, avait transformé le salon en un décor féerique regorgeant de cadeaux, métamorphose que ma sœur et moi, même éclairées sur le mystère de Noël, faisions semblant d'attribuer à la visite du *Christkind*, qui chaque année profitait de notre absence pour venir déposer des présents et des friandises, allumer des bougies et mettre un disque de chants solennels. Je me souviens que, n'ayant pas le droit d'entrer au salon avant l'arrivée de ma tante Ingrid et de mon oncle, nous attendions, trépignant d'impatience, devant la porte vitrée en mosaïque de verre qui fragmentait la lumière des bougies en une galaxie d'étoiles, ajoutant encore à la délicieuse hypnose de l'instant.

Quand retentissait la clochette signalant le début des festivités, nous nous précipitions à l'intérieur, saisies d'émerveillement devant une caverne d'Ali Baba éblouissante de rouge, de vert et d'or, où trônait un grand sapin auréolé de bougies et de figurines rouges, qui mêlait son parfum de résine à celui des biscuits à la cannelle, aux amandes et aux écorces d'agrume que mes parents confectionnaient dans des petits moules en forme de lune, d'étoile et de cœur chaque samedi d'automne précédant l'Avent. Cet enchantement d'éclats et d'arômes était accompagné du son galvanisant d'un *oratorio* de Noël que la tradition nous commandait d'accompagner. Seule la voix de ma mère, qui a une prédisposition pour le chant, n'était pas une insulte cacophonique à la sublime musique, et je garde un souvenir ému de cette union intime avec le sacré, rare pour nous qui étions si peu pratiquants.

Notre célébration n'en était pas moins consumériste, et tandis que mon oncle, un mélomane authentique, avait déjà trouvé sa place favorite, assis en retrait pour s'immerger dans la musique, les yeux mi-clos et les lèvres fredonnantes, ses doigts ondulant furtivement sur les accoudoirs du fauteuil, ma sœur Nathalie et moi déballions les présents. Le plus grand plaisir de mon père était de nous regarder découvrir les surprises qu'il avait choisies avec une tendre attention. Quand nous fûmes en âge de lire, il veillait à glisser des romans qui, au-delà de leur qualité littéraire, permettaient d'approfondir notre conscience du traumatisme nazi.

Il avait l'embarras du choix tant sont nombreux les auteurs germanophones à avoir traité jusqu'à l'obsession cette page noire de l'histoire allemande. Dès le lendemain de la guerre, un mouvement littéraire baptisé *Trümmerliteratur* (« littérature des ruines ») avait émergé, caractérisé par une rupture complète avec le vocabulaire, les valeurs et le sentimentalisme de la « vieille Allemagne », au profit d'une littérature réaliste et non psychologique, qui aspirait à saisir le réel tel qu'il est. Ces récits racontent la lutte pour la survie dans l'Allemagne de l'après-guerre, la misère et le chaos dans les villes détruites, l'errance désespérée de millions d'Allemands sans logement, et le retour traumatique des soldats dans une patrie méconnaissable, anéantie physiquement et moralement.

L'une des figures du mouvement est Heinrich Böll, qui, après avoir servi à contrecœur dans la Wehrmacht, rentra dans sa ville natale de Cologne où l'attendait un spectacle apocalyptique qui le hantera toute sa vie. En lisant à l'âge de douze ans sa nouvelle

« Wanderer, kommst du nach Spa… » (« Voyageur, si tu vas à Spa… »), la cruelle absurdité de la guerre m'est apparue pour la première fois, sous le visage d'un adolescent de l'âge de ma sœur Nathalie, de trois ans mon aînée, qui sur le territoire européen où je vivais mon enfance innocente avait pris les armes, tué et vu mourir ses camarades et une partie de lui-même. J'ai été bouleversée par le monologue intérieur de ce très jeune soldat gravement blessé au sein du *Volkssturm*, ces unités recrutées à la dernière minute par le Reich parmi les adolescents et les vieillards pour les forcer à défendre les villes allemandes, sans armes adéquates, dans des combats totalement vains contre les Alliés. Alité, le narrateur se rend peu à peu compte qu'il est dans le lycée qu'il a quitté trois mois auparavant, utilisé comme hôpital de fortune, et livre un combat intérieur pour nier cette douloureuse ironie. Le jour de son opération, transporté dans une ancienne salle de cours transformée en bloc opératoire, il reconnaît sa propre écriture au tableau. Forcé de se confronter au réel, il comprend au même moment qu'il n'a plus de bras et une seule jambe. Qu'avait-il écrit au tableau juste avant d'être envoyé au front ? « Wanderer, kommst du nach Spa… », le début d'une épitaphe de la Grèce antique en souvenir des Spartiates qui, en 480 avant J.-C., avaient sacrifié jusqu'au dernier homme pour défendre le passage stratégique des Thermopyles contre les Perses. Cette histoire antique enseignée en classe, sous le IIIe Reich, devait servir de modèle aux Allemands pour que, dès leur enfance, ils prennent goût au sacrifice total exigé par Hitler.

Dans le sillage de la *Trümmerliteratur*, qui s'éteignit au début des années 1950, les écrivains germanophones furent de plus en plus nombreux à approfondir cette critique des valeurs d'héroïsme et de sacrifice patriotique, et à réfléchir sur le danger du conformisme. En 1947, certains d'entre eux lancèrent le Groupe 47, une plateforme de discussions et de lectures informelles qui deviendra une institution littéraire de la seconde moitié du XXe siècle.

Günter Grass était un auteur phare du groupe. *Le Tambour*, un roman paru en 1959, vendu à des millions d'exemplaires dans le monde et adapté au cinéma par Volker Schlöndorff, raconte avec exubérance et fantaisie la vie d'Oskar Matzerath, né dans la ville libre de Dantzig en 1924, qui décide d'arrêter de grandir pour ne pas avoir à rejoindre le monde hypocrite et médiocre des adultes. Oskar assiste au basculement vers le nazisme des habitants de sa ville, moins par aveuglement que par conformisme, et finit, poussé par l'égoïsme et l'opportunisme, par sombrer à son tour dans la banalité nazie. Comme moi, des millions d'Allemands de toutes les générations ont lu ce roman dont le tableau des mœurs ordinaires accuse la petite bourgeoisie allemande d'avoir cédé, sans chercher à comprendre les conséquences dramatiques de l'enchaînement de petits renoncements. Qui n'a pas, au moment où Oskar, en dépit de sa lucidité sur l'immoralité du régime, finit par « s'adapter », été taraudé par la question : qu'aurais-je fait à sa place ?

En 2006, Grass révéla qu'à l'âge de dix-sept ans, en octobre 1944, il s'était enrôlé dans les Waffen-SS. Que le gardien de la morale allemande tarde autant à livrer un tel aveu suscita l'indignation. Cela donnait également une nouvelle profondeur au travail édifiant de cet intellectuel qui, comme personne, a questionné et croisé les mémoires, collective et personnelle, et décrit l'enchevêtrement de culpabilité, de déni et de confession qui caractérise l'Allemagne depuis la Seconde Guerre mondiale.

Jusqu'à l'âge de dix ans, je suis allée à l'école primaire française dans le village où nous vivions dans la région parisienne. Je ne me suis jamais réellement intégrée, et sans pouvoir me remémorer les causes exactes de cette gêne qui peut être de nature multiple à cet âge, je suis certaine que l'une était la différence à laquelle m'exposait ma double culture.

Dans les années 1980, l'Allemagne n'était pas à la mode en France. Les idées reçues négatives abondaient à son égard, de la médiocrité culinaire à la disgrâce du style vestimentaire – les fameuses sandales portées avec des chaussettes blanches –, en passant par le manque de charme de ses centres-villes reconstruits à la va-vite après la guerre, lesquels poncifs, il est vrai, n'étaient pas toujours dénués d'une certaine vérité. Les colporteurs de ces lieux communs ignoraient la galaxie incomparable de philosophes, compositeurs et autres génies que la civilisation allemande avait produite. Mais ces moqueries restaient bien inoffensives comparées à la suspicion assez répandue en France que derrière chaque Allemand se cachait un nazi potentiel, du moins une espèce de robot obéissant mécaniquement aux ordres, exempt de sentiments et incapable de rébellion envers la hiérarchie, une conception qui avait l'avantage d'expliquer un succès économique qu'on jalousait secrètement.

Je n'ai pas le souvenir que ma famille ait personnellement fait l'objet d'une germanophobie exacerbée, mais le jour où un instituteur projeta en classe un film sur la Première Guerre mondiale et s'exclama : « Hourra ! On les a eus, ces sales boches ! » en faisant le V de la victoire, j'étais tétanisée, seule au milieu de mes camarades criant hourra en chœur. Un autre moment difficile à passer fut lors de la Coupe du monde de football France-Allemagne en 1982, que ma sœur et moi avions regardée avec deux cousines françaises. La soirée prit un mauvais tournant quand le gardien de but allemand, Toni Schumacher, percuta le Français, Patrick Battiston, avec une telle violence qu'il perdit trois dents et fut évacué d'urgence, inconscient. L'attitude choquante du joueur allemand, que le sort de Battiston avait visiblement laissé impassible, fut une publicité très négative pour l'Allemagne, et les médias français s'en donnèrent à cœur joie pour déverser toute leur haine des Allemands – monstre tu fus, monstre tu resteras.

Tony Schumacher n'y est sûrement pour rien, mais peu après, j'arrêtai de parler allemand à mon père. J'avais huit ans et lui imposai le français. C'est paradoxalement ma mère, française, dont l'approche de l'autorité divergeait de celle de mon père, qui me força à faire de l'allemand, cahiers de grammaire, conjugaison et vocabulaire à l'appui, alors que ses soirées étaient déjà bien remplies. Un bras de fer acharné nous opposait ainsi chaque soir, ma mère, professeure d'anglais entraînée à mater une trentaine de mômes insupportables, et moi, coriace, peu intimidée par l'autorité grâce à l'éducation paternelle, ne cédant qu'une fois ses menaces mises à exécution. Cette attitude, qui stratégiquement ne présentait aucun intérêt, dut me coûter un bon paquet de gifles et beaucoup de temps. Mais c'est grâce à la persévérance et à la générosité de ma mère face à l'enfant colérique et entêtée que j'étais, que je réussis l'examen d'entrée en sixième au lycée international de Saint-Germain-en-Laye.

Malgré l'inconvénient du long trajet en bus, je me sentis tout de suite en harmonie avec l'esprit libéral de cet établissement qui accueillait des enfants de couples binationaux ou expatriés, originaires de pays du bloc occidental. Italiens, Portugais, Espagnols, Scandinaves, Allemands, Britanniques, Néerlandais et Américains étaient ainsi joyeusement mélangés dans des classes qui suivaient le programme français et étudiaient en plus la littérature et l'histoire de son pays respectif. C'est ainsi que j'allais compléter mon éducation antinazie.

Le programme en allemand était calqué sur celui d'outre-Rhin et mes professeurs, des Allemands âgés de 35 à 50 ans, pénétrés du devoir de mémoire, accordaient une large place aux réflexions nées du passé nazi, en histoire comme en littérature. Il y avait *Andorra* de Max Frisch, qui décrit étape par étape le mécanisme de création d'un bouc émissaire, ou *La Vsite de la vieille dame*, de Friedrich Dürrenmatt, l'histoire d'une vieille dame devenue milliardaire, qui revient dans sa ville d'origine, dont la communauté a des difficultés financières et espère qu'elle leur donnera de l'argent. Ce qu'elle leur promet, à condition qu'ils tuent l'un des leurs, son amour de jeunesse, qui l'avait reniée après l'avoir mise enceinte. Choqués par la proposition, les citoyens vont peu à peu inverser leur discours et se lancer dans une effroyable chasse à l'homme.

La nature de ces œuvres, qui faisaient l'objet de débats très ouverts en classe, invitait à une exploration de notre propre intégrité et encourageait l'indépendance d'esprit et le courage de nos opinions. C'est en cours d'allemand que j'ai entendu pour la première fois un professeur expliquer que la désobéissance à l'autorité pouvait être légitime, quand elle répondait à la conviction intime d'être face à une injustice.

En cours de français, qui suivait le programme des écoles françaises, je ne me souviens pas avoir jamais traité ces thématiques. Après la guerre, les romanciers français ont peu abordé le rôle ambigu de leur pays et de sa société sous l'Occupation, à quelques exceptions près – Marcel Aymé dans *Le Chemin des écoliers*, ou Jean Dutourd dans *Au bon beurre*. Dans les décennies suivant la Libération, la Seconde Guerre mondiale ne fit pas l'objet d'une littérature aussi abondante que la Première dans les années 1920 et 1930. Il n'y eut pas vraiment d'équivalent de Louis-Ferdinand Céline, Henri Barbusse, Blaise Cendrars, Roland Dorgelès, Jean Giono, Pierre Drieu la Rochelle qui avaient raconté l'épouvante des tranchées : la vermine et les rats rongeant les cadavres des copains en décomposition, la mort qui survient n'importe quand, les souffrances atroces des blessés, amputés sans morphine, défigurés, sourds, aveugles, condamnés à revivre chaque nuit le feu apocalyptique de la guerre. En tout, environ 1,4 million de soldats étaient morts sous l'uniforme français pendant la guerre de 14-18 et 3,5 millions avaient été blessés. 36 % des hommes âgés de 19 à 22 ans en 1914 avaient été arrachés à la vie. Environ 36 000 monuments aux morts avaient été érigés dans presque toutes les communes de France. De ce point de vue, contrairement à l'Allemagne, en France, le traumatisme de la Première Guerre mondiale fut longtemps plus profond que celui de la Seconde, bien moins coûteuse en vies.

Un an après la chute du Mur, en 1990, ma classe partit en voyage à Berlin pour découvrir une ville d'une nonchalance stupéfiante, qui contrastait avec les plaies omniprésentes de la Seconde Guerre mondiale et de la guerre froide. De là nous nous rendîmes à Weimar, qui, avant d'être le siège d'une faible parenthèse démocratique dans les années 1920, avait été le cœur du classicisme allemand et de la poésie de Johann von Goethe et Friedrich von Schiller.

Après cette ascension au sommet de la civilisation allemande, la chute fut rude à notre arrivée au camp de Buchenwald, où nous attendaient les images crues d'un film tourné par les Alliés à la libération des camps. Les vers du poème *Fugue de mort* de Paul Celan que nous avions étudié en classe prenaient tout leur sens. Celan, poète au feu maudit, dont la famille juive avait péri dans les camps, et qui n'eut de cesse d'accuser la langue et la culture allemandes d'avoir nourri le terreau de cette abomination : « La mort est un maître d'Allemagne son œil est bleu / il te touche avec une balle de plomb il te frappe juste / un homme habite la maison tes cheveux d'or Margarete / il lâche ses chiens sur nous il nous offre une tombe dans l'air / il joue avec les serpents et rêve la mort est un maître d'Allemagne / tes cheveux d'or Margarete / tes cheveux de cendres Sulamith. »

En avril 1970, Paul Celan fut retrouvé mort dans la Seine.

Après le bac, je décidai d'aller creuser mes racines paternelles en passant un an à Mannheim, que je ne connaissais qu'à travers le filtre des vacances. Mon père m'aida à déménager dans l'appartement de la Chamissostrasse et m'accompagna pour l'inscription dans son ancienne université, visiblement heureux de la germanophilie inattendue de la part d'une fille qui avait répudié sa langue lors de sa crise prépubère. Cela – je m'en rends compte aujourd'hui – avait dû l'attrister, lui qui devait déjà vivre dans une langue et une culture différentes des siennes, même s'il était accepté par une belle-famille qui le trouvait sympathique et « original ». Volker ne s'est jamais vraiment assimilé et a toujours maintenu un lien immuable avec l'Allemagne, à travers sa fidélité à la presse et la littérature allemandes, et une loyauté indéfectible envers ses amis de jeunesse. Il a réussi à donner à la famille une empreinte résolument allemande qui aurait pu si facilement se perdre puisque nous vivions en France.

À Mannheim je passai une année agréable, malgré un centre reconstruit à la va-vite, selon un plan en quadrillage. J'aimais les rives verdoyantes du Rhin et du Neckar, et la région environnante qui a un charme que la ville ne laisserait pas présager. L'université, aménagée dans un vaste château baroque et flanquée de dépendances modernes, spacieuses et bien équipées, proposait des cours où les étudiants avaient un large droit de parole, même en cas de divergences avec les professeurs qui nous traitaient comme des adultes à part entière. Je me liais d'amitié avec Tina, une fille plus âgée, dont la crinière de cheveux blonds frisés et le bagou en cours de sciences politiques m'impressionnaient. Elle me prit sous son aile et m'initia au fonctionnement démocratique de l'université auquel elle participait en tant que membre du parlement élu par les étudiants. Cet organe législatif, qui élisait les membres du « gouvernement » des étudiants, l'Asta, avait pour mission, notamment, de défendre les élèves contre des abus de pouvoir éventuels, par exemple, si un conflit d'opinion se traduisait par une note médiocre.

C'est infusée d'éducation allemande que je décidai, en 1993, de poursuivre mes études d'histoire à la Sorbonne, ma première expérience avec le système scolaire français depuis le primaire. J'avais choisi de suivre un cours sur le Siècle d'or espagnol (XVIe siècle). Pendant les travaux dirigés, j'assistai, sidérée, aux épanchements du maître de conférences sur le traitement des Indiens par les conquistadors espagnols qu'il considérait comme un « mal nécessaire intrinsèque aux conquêtes ». Il s'était même autorisé une petite digression sur la torture, parfois nécessaire, disait-il, car il était de ceux qui défendaient son usage par l'armée française pendant la guerre d'Algérie. Lors d'un examen écrit, tout en décrivant le rayonnement de l'Espagne à cette époque, j'en soulignais les ombres, l'« obscurantisme religieux » de l'Inquisition sanguinaire contre l'« hérésie », et surtout le « massacre des Indiens d'Amérique ». Je reçus un très médiocre 9/20, flanqué du commentaire suivant : « Vision marxiste de l'Histoire. » Je n'avais jamais lu Karl Marx, et prêter à mon analyse de débutante maladroite une quelconque vision inspirée de l'immense philosophe était lui faire gravement insulte.

Décontenancée mais encouragée par le souvenir de l'engagement de mon amie Tina à Mannheim, je me mis à la recherche d'une autorité capable de relayer les plaintes des élèves contre les discriminations et les dérives idéologiques en cours. Je n'en trouvai aucune dans ce berceau de l'éducation française, symbole des Lumières et des droits de l'homme. En dernière instance, j'allai voir le supérieur du chargé de travaux dirigés, professeur titulaire, spécialiste de l'histoire militaire de l'époque moderne, pour lui faire part de mes doléances et de mon intention de porter plainte. Il me reçut sans lever les yeux du haut de son estrade, et quand j'eus fini mon récit en lui disant que je comptais porter plainte, il me répondit : « Pour qui vous prenez-vous ? Nous pouvons vous écraser à tout moment. »

Au-delà de la formulation contestable, ce ton infantilisant et cet abus d'autorité seraient un trait que je retrouverais à plusieurs étapes de mes études et de ma carrière professionnelle en France. En attendant, une autre déconvenue m'attendait à la Sorbonne.

Je m'étais inscrite au cours de géopolitique, une matière passionnante mais facile à instrumentaliser à des fins idéologiques, et dont l'attrait restait visiblement limité puisque nous n'étions qu'une soixantaine d'étudiants dans une salle de taille moyenne à écouter un petit homme aux cheveux presque blancs. En réalité, je ne m'y rendis qu'une seule fois car je reconnais à ce professeur le mérite d'avoir immédiatement donné le ton de son cours, me permettant de me désinscrire le jour même, sans perdre de temps. Il posa la question rhétorique de savoir pourquoi l'Afrique noire était « le seul continent à n'avoir pas eu de grande civilisation », alors qu'à l'exception du Sahara la nature et les sols y sont riches, tandis que d'autres peuples, de ceux de l'Himalaya aux Incas, y étaient parvenus « malgré des conditions climatiques et géographiques très difficiles ». « Je ne fais que poser la question », précisa-t-il avec malignité, fier de ce qu'il devait probablement prendre pour de l'audace : sa référence indirecte aux arguments des théories raciales du XIXe siècle élaborées pour justifier le colonialisme. Aucun étudiant, y compris moi-même, ne pipa mot ou ne quitta la salle en guise de protestation.

J'avais à peine retenu le nom de ce professeur, lorsque j'eus la surprise de le retrouver dans l'un de ces amphithéâtres grandioses de la Sorbonne, imprégné d'histoire et de dignité. Depuis la tribune d'honneur, il donnait un cours sur la France de Vichy. Il exposait une thèse à l'opposé de celle de Robert Paxton, réhabilitant une ancienne idée, pourtant largement contredite par les archives depuis, selon laquelle le maréchal Pétain et son entourage auraient œuvré en cachette contre l'occupant allemand. Il vantait également la politique économique de Vichy qui avait préparé, selon lui, l'avènement des Trente Glorieuses. C'était édifiant. Au fur et à mesure du semestre, l'amphithéâtre se vida de ses étudiants, révoltés qu'on leur serve une telle soupe dans un établissement à la réputation si honorable. Ce qui n'empêcha pas les autorités universitaires de renouveler le cours, sans aucun égard pour la désapprobation de la majorité de la communauté d'historiens français qui avaient critiqué, pour ses inexactitudes et son manque de rigueur intellectuelle, une *Histoire de Vichy* publiée par ce professeur émérite en 1990. Il était par ailleurs membre du Club de l'Horloge, un cercle de pensée politique français proche de l'extrême droite.

Cette période coïncidait pourtant avec d'importants changements en France concernant le travail de mémoire. C'était juste après la fin du règne de François Mitterrand, qui, comme tous ses prédécesseurs, avait empêché une exploration honnête du passé en rejetant toute responsabilité de la France dans les crimes de Vichy. « Vichy n'est pas la France, » disait-il tout en faisant fleurir la tombe de Pétain à l'île d'Yeu le 11 novembre, jusqu'en 1992.

En 1995, deux mois après son investiture, le nouveau président Jacques Chirac décida de rompre avec cette politique de l'amnésie. Lors de la cérémonie commémorative de la rafle du Vel' d'Hiv, le 16 juillet, il fut le premier chef d'État français à reconnaître que Vichy et ses crimes faisaient partie de l'histoire de France : « [...] Ces heures noires souillent à jamais notre histoire, et sont une injure à notre passé et à nos traditions. Oui, la folie criminelle de l'occupant a été secondée par des Français, par l'État français [...] La France, patrie des Lumières, patrie des droits de l'homme, la France ce jour-là accomplissait l'irréparable. Manquant à sa parole elle livrait ses protégés à leurs bourreaux. » Jacques Chirac répondait à une demande pressante au sein de la société française qui, depuis les années 1980, réclamait davantage de transparence et la tête des bourreaux.

La première à tomber fut celle de Maurice Papon, secrétaire général de la Gironde sous Vichy. En mai 1981, l'hebdomadaire satirique *Le Canard enchaîné* publia des documents signés de sa main qui tendaient à prouver sa responsabilité dans la déportation de 1 690 juifs de Bordeaux au camp de Drancy, dont cent trente enfants de moins de treize ans. Ces révélations tombaient mal : en 1981, Papon était ministre du Budget sous la présidence de Valéry Giscard d'Estaing. Deux ans plus tard, il fut inculpé de crimes contre l'humanité, une première pour la France. Lui-même dut être très étonné, car il n'avait jamais eu à cacher son passé et avait fait une belle carrière dans la fonction publique après la guerre. À l'issue d'un très long périple judiciaire, en 1998, il fut condamné à dix ans de réclusion criminelle pour « complicité de crimes contre l'humanité ». Fidèle à la tradition, l'accusé maintint jusqu'au bout n'avoir rien su et disait condamner la Solution finale. Que pensaient donc Maurice Papon et ses acolytes du service public français lorsque les Allemands leur demandèrent de leur livrer les juifs pour les jeter dans des trains vers l'Est ? Quel intérêt pouvait bien avoir l'occupant d'avoir une France *judenrein*, sinon de servir une pure folie génocidaire ?

Dans sa plaidoirie de partie civile, l'avocat Arno Klarsfeld, fils de Serge et Beate, expliqua ainsi le mécanisme qui fit progressivement de ce républicain bon teint un criminel : « En croyant que céder sur les petites choses ne prête pas à conséquence. Tout finit par s'amasser, brindille après brindille, compromis après compromis. On se retrouve à la croisée des chemins entre le bien et le mal. On accepte, on accepte. On cède à soi-même. On oublie l'homme qu'on a été, l'homme qu'on devrait être. On se dit spectateur alors qu'on est déjà un protagoniste. Et c'est tout naturellement qu'on accepte l'irréparable. »

En 1989, ce fut au tour de Paul Touvier, l'ancien chef de la Milice lyonnaise, d'être arrêté. La Milice française, une organisation paramilitaire créée par le régime de Vichy pour aider la Gestapo dans sa traque des résistants et des juifs, avait semé la terreur et recouru à la torture et aux exécutions sommaires en nombre. Après la guerre, condamné deux fois à mort par contumace, Touvier avait engagé une cavale qui allait durer plus de quarante ans, passant de cache en cache grâce à la générosité de certains milieux ecclésiastiques catholiques qui s'étaient émus de la foi de cet homme qui avait les mains couvertes de sang. Au cours de son trépidant parcours, il avait aussi bénéficié d'une étonnante grâce présidentielle accordée par le président Georges Pompidou en novembre 1971, un geste qui avait déclenché une telle tempête que Touvier fut contraint de retourner dans la clandestinité. En 1994, il fut condamné pour crimes contre l'humanité.

La même année paraissait *Une jeunesse française*, de Pierre Péan, qui révélait les liens que François Mitterrand avait entretenus avec l'extrême droite et Vichy avant qu'il n'entre dans la Résistance en 1943, ainsi que son amitié avec René Bousquet, secrétaire général de la police du régime de Vichy à partir d'avril 1942. À la Libération, comme par miracle, Bousquet était passé à travers les mailles du filet de l'épuration. Il avait commencé une carrière dans la banque, homme d'influence auprès du gratin de la politique française que son passé ne semblait pas déranger. Rattrapé par l'Histoire, il fut accusé de crimes contre l'humanité en 1989, mais l'instruction traîna considérablement en longueur et Mitterrand fut accusé d'intervenir pour freiner la procédure. En 1993, René Bousquet fut assassiné par un déséquilibré.

Puis vint le tour d'un Allemand d'être jugé, Klaus Barbie, ancien dirigeant de la Gestapo lyonnaise qui se cachait sous le nom de Klaus Altman, en Bolivie, où les autorités l'avaient longtemps protégé. Grâce aux efforts de plusieurs acteurs, parmi lesquels le couple franco-allemand Beate et Serge Klarsfeld, il put être extradé en 1983. Le procès, où de nombreuses victimes vinrent témoigner en détail des sévices infligés par Barbie et ses hommes – écrasement des parties génitales, arrachage des ongles, administration de décharges électriques, coups de barres de fer –, permit aux Français de partager au plus près l'enfer que les Allemands et leurs alliés français avaient fait traverser aux juifs et aux résistants sous l'Occupation. Le 4 juillet 1987, Barbie, qui n'avait exprimé aucun remords, fut reconnu coupable de dix-sept crimes contre l'humanité et condamné à la prison à perpétuité.

À la reconnaissance politique et juridique des responsabilités historiques de la France allait s'ajouter un volet financier avec la création de la commission Mattéoli (1997), chargée d'évaluer les dommages liés à la spoliation des biens juifs.

Confirmant cet intérêt pour un passé que les Français avaient le sentiment de méconnaître, les travaux d'historiens se multiplièrent, abordant des aspects jusque-là délaissés, tels les corps d'État, l'armée, les entreprises, l'université sous Vichy… Les archives de la Seconde Guerre mondiale devinrent plus accessibles, l'État inscrivit des changements au programme scolaire, fit construire des monuments à Paris : le Mémorial et le musée de la Shoah, et le monument du

Vélodrome d'Hiver, une sculpture qui représente des civils en détresse et rappelle la honte de la France.

Cette volonté d'éclairer et de commémorer le passé répondait également à la montée d'une nouvelle menace : la percée électorale d'un politicien et de son parti cultivant un rapport ambigu avec Vichy. Je me souviens des apparitions de Jean-Marie Le Pen à la télévision dans les années 1980 et 1990, lorsqu'il exultait après chacune de ses victoires électorales, les poings serrés, brandis en l'air à la manière des champions de boxe, une étincelle d'acier dans le regard et le sourire carnassier. Je le vois encore, ce personnage charismatique et rusé, maniant la repartie comme personne, ne craignant rien et surtout pas la provocation et le cliché qu'il entretenait avec dévotion car c'est aussi à eux qu'il devait son succès.

En 1972, il avait créé le Front national, un rassemblement des brebis perdues de l'extrême droite qui s'étaient éparpillées après la fin de la guerre. Un certain nombre de fonctionnaires du Front national avaient activement collaboré avec le régime de Vichy. Une partie avait retrouvé une cause avec la guerre d'Algérie, défendant jusqu'au bout la domination coloniale française de cette terre occupée depuis 1830. Jean-Marie Le Pen y avait œuvré en tant qu'officier du renseignement et fut accusé plus tard d'avoir eu recours à la torture, ce qu'il démentit, tout en légitimant cette pratique. L'un des cofondateurs du Front national était allé plus loin : il avait été membre de l'Organisation de l'armée secrète (OAS), un groupe terroriste procolonialiste, qui commit des attentats meurtriers en Algérie et en France – y compris un attentat manqué contre le général de Gaulle – à partir de 1961, alors que l'indépendance était déjà quasiment acquise.

Après des débuts difficiles, Jean-Marie Le Pen multiplia les succès électoraux à partir des années 1980, profitant de l'émergence de nouvelles inquiétudes : le chômage en hausse constante, l'insécurité et l'immigration dans les grandes concentrations urbaines. Au fil des années 1990, son parti prit une place de plus en plus importante dans la vie politique française, réalisant des percées dans l'électorat populaire, où beaucoup se retrouvaient orphelins, à cause du déclin du parti communiste lié à l'effondrement de l'Union soviétique.

Jean-Marie Le Pen n'a jamais caché sa filiation historique. Il défendait le maréchal Pétain, car il le percevait comme un grand chef d'État qui avait défendu les Français, et faisait défiler son portrait lors de défilés du parti. Il semblait aussi cultiver un certain plaisir à entretenir l'ambiguïté sur sa position quant au national-socialisme et à la Shoah. En septembre 1987, interrogé par des journalistes à propos de la contestation de l'existence de chambres à gaz par des négationnistes, Jean-Marie Le Pen répondit : « Je n'ai pas étudié spécialement la question, mais je crois que c'est un point de détail de l'histoire de la Deuxième Guerre mondiale. » Cette déclaration créa une onde de choc, y compris au sein de son parti, ce qui ne l'empêcha pas de la reprendre à plusieurs reprises.

En France, il y avait une clientèle pour ce genre de provocations, à l'extrême droite et à l'extrême gauche, où une thèse avait le vent en poupe, qui voulait que les chambres à gaz soient une invention. L'objectif était de diffamer les témoins, de discréditer les travaux historiques sérieux, de réviser considérablement à la baisse le nombre de victimes du génocide, et *in fine* de remettre en cause la Shoah. Malheureusement jusque dans les années 1990 cette thèse totalement infondée trouva un écho démesuré auprès de certains politiciens et médias français qui leur firent de la publicité.

C'est dans ce contexte qu'en mai 1990, 34 sépultures juives furent profanées au cimetière de Carpentras, dans le sud-est de la France, suscitant une émotion considérable. Deux mois plus tard, la loi dite Gayssot fut votée, destinée à réprimer la négation des crimes contre l'humanité.

Elle signait le début d'une série de lois sur la mémoire : en 2001, une loi reconnut le génocide contre les Arméniens et l'esclavage comme des crimes contre l'humanité. Puis en 2005, une nouvelle loi mémorielle mit le feu aux poudres, à cause d'un article qui enjoignait aux programmes scolaires d'insister sur le « rôle positif de la présence française outre-mer ». Historiens, juristes, écrivains, enseignants accusèrent l'État d'instrumentaliser l'Histoire à des fins politiques, signèrent des pétitions et firent plier le président Jacques Chirac qui annonça en personne l'abrogation de l'alinéa controversé.

L'intervention dans la prise en charge de la mémoire nationale et la multiplication des témoignages sur Vichy inquiétèrent les historiens français qui mirent en garde contre une confusion entre histoire, justice et mémoire. Ils craignaient la dévalorisation de leur valeur d'expertise au profit de politiques mémorielles et de témoins se livrant parfois à une « concurrence mémorielle », voire à une « concurrence victimaire ». Par ailleurs, ils dénonçaient l'intérêt « obsessionnel » pour la France de Vichy, un « trop-plein » de mémoire, une « hypermnésie du souvenir » qui « a envahi l'espace public et scientifique », pour reprendre les termes de l'expert de la période Henry Rousso. L'historien Pierre Nora parle même d'une « tyrannie de la mémoire ». Le philosophe Paul Ricœur, mort en 2005, incontournable en la matière, estime que « mettre à l'impératif la mémoire, c'est le début d'un abus ». Aussi, dit-il : « Je suis prudent sur le devoir de mémoire [...]. Je préfère dire le travail de mémoire. »

Selon moi, cette réflexion de Ricœur livre une clé centrale pour comprendre une différence majeure entre la manière dont la France et l'Allemagne affrontent leur passé. En France, la terminologie pour décrire ce processus est limitée et c'est surtout « devoir de mémoire » que l'on utilise. En Allemagne, la variété sémantique est à la mesure de l'intérêt porté à cette mission : gestion du passé (*Vergangenheitsbewältigung*), travail sur l'histoire (*Geschichtsaufarbeitung*), culture mémorielle (*Erinnerungskultur*), politique historique (*Geschichtspolitik*), politique du passé (*Vergangenheitspolitik*)...

En Allemagne, le travail de mémoire a été le fait d'une multitude d'acteurs. En France, il a longtemps été surtout porté par l'État, les historiens et les groupes de victimes. « Nous doutons, en tant que sociologues, de la force de l'influence des autorités politiques sur le comportement des individus », écrivent Sarah Gensburger et Sandrine Lefranc dans leur ouvrage paru en 2017, *À quoi servent les politiques de mémoire ?* « Pour fonder des valeurs pérennes et largement répandues », les politiques de mémoires « ont besoin de s'appuyer sur des acteurs nombreux et forts », poursuivent-elles, en appelant à stimuler l'esprit critique de l'individu plutôt que d'imposer une mémoire par le haut.

Si le travail de mémoire allemand est une réussite, c'est qu'il a non seulement été porté par de nombreux acteurs, mais il met l'accent sur le processus qui transforme un citoyen normal en persécuteur (*Täter*), du moins en *Mitläufer*. « En France, on s'est beaucoup moins, voire pas du tout posé cette question, on s'est plutôt posé la question de savoir comment on devient un héros, et on a masqué la responsabilité de chacun », estime Alain Chouraqui, président fondateur de la Fondation du Camp des Milles, d'où des milliers de juifs, dont de nombreux enfants, ont été envoyés dans les camps de la mort.

Certes, la France n'a pas connu le phénomène d'une communauté du peuple fanatique en communion avec son Führer et elle compte bien plus que l'Allemagne de résistants et de citoyens qui les aidèrent et cachèrent des juifs – aussi parce que, à la différence de l'Allemagne, c'était un pays occupé. Mais une majorité soutint Pétain, au moins jusqu'à l'invasion de la zone libre par les Allemands en novembre 1942, et elle laissa s'installer un régime liberticide, répressif et antisémite. Les dénonciateurs et les profiteurs furent nombreux, et l'impression dominante reste une certaine apathie de la population à l'égard des victimes et de l'évolution politique du pays. L'attitude de ceux qui étaient ni des résistants ni des collaborateurs, soit la grande majorité, n'a pas fait l'objet de recherches aussi approfondies qu'en Allemagne.

« Les faits historiques ne suffisent pas, il faut se concentrer sur le comportement individuel et montrer que chacun a une part de choix et de responsabilité incontournable [et peut] résister ou du moins ne pas rester passif », affirme Alain Chouraqui. Le musée-mémorial du Camp des Milles est le premier de France à avoir ajouté à la question du « quoi ? » la question du « comment ? », en mettant l'accent sur l'étude des mécanismes psychologiques et sociétaux qui, dans un contexte de crise, mènent un individu et une société à succomber aux engrenages identitaires et à se rendre complice de crimes par peur, opportunisme, aveuglement ou indifférence.

Il ne fait aucun doute que la différence de travail de mémoire de part et d'autre du Rhin s'explique beaucoup par le fait que le traumatisme n'était pas le même pour la France que pour l'Allemagne, ses crimes n'étant pas comparables aux atrocités commises par le Reich. Mais cela a eu pour conséquence que la France n'a pas exploité pleinement l'occasion que représentait ce travail pour renforcer la démocratie dans ses institutions et sa société.

À l'époque où j'étais dans une école de journalisme à Paris, un enseignant nous emmena en voyage d'étude à Bonn, juste avant le déménagement du gouvernement à Berlin. Je me souviens avoir été impressionnée par la facilité avec laquelle nous sommes entrés dans la chancellerie, un bâtiment de verre et d'acier fonctionnel et sans chichi, où un haut fonctionnaire nous reçut sans façon, dans un bureau simple. Quel contraste avec le décor de l'Élysée, de Matignon et des ministères français, ces palais aux intérieurs de dorures, miroirs et chandeliers qui entourent l'État d'une aura d'inaccessibilité monarchique, et où des hauts fonctionnaires siègent dans des pièces fastueuses où le visiteur se sent tout petit sous des plafonds interminables.

Cette opposition architecturale reflète de nombreuses différences institutionnelles entre les deux pays. En France, le système présidentiel personnalise le pouvoir, incarné par le président de la République qui a parfois tendance à régner en souverain. En Allemagne, le pouvoir est bien plus divisé, avec une place centrale accordée au Bundestag, qui contrôle l'action de l'exécutif et sert d'arène à des débats de fond, retransmis à la télévision. La centralisation à la française ne laisse guère de place aux régions, alors que le système fédéral allemand accorde beaucoup de prérogatives aux Länder, ce qui rend le pouvoir plus proche des citoyens. En outre, le mode de scrutin majoritaire français élimine les petits partis, donc les thématiques qu'ils portent, alors que le mode de scrutin proportionnel allemand leur donne la chance d'exister au Bundestag. La conjugaison de ces divers éléments oblige les représentants politiques au dialogue, à l'argumentation, à la recherche d'un compromis et les empêche d'imposer une vision, contrairement à ce qu'un président peut faire en France. De manière générale, il existe plus de canaux institutionnels pour exprimer son insatisfaction en Allemagne, alors qu'en France les conflits éclatent dans la rue.

Autre contre-pouvoir efficace, la presse allemande, d'une variété et d'une qualité exceptionnelles en

Europe. La relation entre les journalistes et le pouvoir n'est pas le même en France qu'en Allemagne. Lorsque j'étais journaliste pour une agence de presse française de 2000 à 2009, à plusieurs reprises j'ai été confrontée à des tentatives d'intimidation ou de corruption déguisée. Cela allait des déjeuners orgiaques offerts par un homme politique contre l'exigence d'une certaine complaisance, de l'attachée de presse d'un ministre me promettant plus d'informations qu'à d'autres en échange d'un article flatteur, au coup de fil direct d'un agent de l'État m'intimant d'écrire une dépêche sur je ne sais quelle performance ministérielle, en passant par une ambassade qui refusa de me donner le prix de construction exorbitant de son nouvel édifice payé avec l'argent des contribuables car « cela ne regarde pas la presse ».

La transparence a gagné en force dans ces rapports, les journalistes français ne se laissent plus intimider et le personnel de la fonction publique française semble avoir changé : il est plus ouvert, plus accessible, moins arrogant. Mais des symboles persistent, notamment faire le poireau par tous les temps dans la cour de l'Élysée en attendant que les ministres sortent de leur Conseil hebdomadaire pour les pourchasser afin qu'ils daignent répondre. À Berlin, les ministres sont assis et munis d'un micro dans un immeuble dédié à la presse, et trois fois par semaine, leurs porte-parole répondent à toutes questions des journalistes. Outre ces conférences régulières, les journalistes peuvent choisir d'inviter des politiciens pour venir leur parler en des occasions particulières : ce sont eux qui se déplacent et se soumettent aux règles des journalistes, et non le contraire, comme dans la plupart des pays. Un symbole puissant de liberté de la presse.

En Allemagne, la démocratie s'exerce aussi dans la vie des entreprises. Le patronat associe à la prise de décision le syndicat qui siège au conseil de surveillance et suit au plus près les affaires. Ce qui lui permet d'être plus réaliste et constructif qu'en France où la relation entre patronat et syndicat est conflictuelle. Un ami coach, qui aidait des cadres anglo-saxons et étrangers mutés à Paris à comprendre la *french touch* en entreprise, m'a raconté leur surprise face au sens marqué de la hiérarchie qui rend la chaîne de décision interminable. À poste égal, ces étrangers avaient plus de pouvoir que leurs interlocuteurs français qui devaient demander à leur chef qui devait demander à leur chef qui devait… Cette différence, je la ressens souvent, au restaurant, dans un magasin, au téléphone avec un service après-vente : en Allemagne, la marge de manœuvre des employés est plus importante, donc leur esprit d'initiative et leur flexibilité à l'égard du client, ce qui fait dire à ma mère que « les Allemands ont le sens des affaires ».

Ce contraste est aussi le résultat d'une différence majeure dans le rapport à l'autorité et au prestige social, et cela dès l'école. Grâce au lycée international, j'ai longtemps échappé à cette éducation, avant d'y goûter à la Sorbonne et dans mon école de journalisme parisienne. Nombre de mes amis français ont été poussés par leurs parents pour se préparer aux concours des grandes écoles et dressés par des profs qui mettaient leur volonté à l'épreuve en les humiliant publiquement quand leurs notes étaient médiocres. Les diplômes, les décorations et les prix, littéraires entre autres, font l'objet d'un véritable culte en France, parfois à la limite de la soumission. Il est courant qu'un interlocuteur vous fasse rapidement savoir s'il a fait une grande école et laquelle, même des décennies après. Cela dit, si le système des grandes écoles perpétue une sorte d'aristocratie aux réactions claniques et à l'esprit parfois formaté, les mentalités changent. Le culte du secret qui a longtemps accompagné l'exercice du pouvoir n'est plus toléré, les grandes écoles se remettent en cause, certaines réforment leur concours d'entrée pour repérer des personnalités plus créatives.

Dès mon adolescence, j'ai toujours vécu le rapport sain des Allemands à l'autorité, à la hiérarchie, comme une grande liberté, une source d'inspiration pour avoir confiance en soi. La confrontation honnête de plusieurs générations d'Allemands avec leur passé a permis de forger un certain sens des responsabilités individuelles morales et un esprit critique salutaire pour une démocratie : la prudence face aux hommes providentiels promettant de régler tous les problèmes, le rejet des discours excitant la haine contre un groupe, la méfiance à l'égard des extrémismes de droite comme de gauche, la conscience de la nécessité d'une société civile forte. Toute une éducation tirée d'une observation scrupuleuse de l'un des exemples les plus aboutis de manipulation et d'aveuglement collectif des foules, le IIIe Reich.

Adolf Hitler n'a jamais fait mystère de sa stratégie de manipulation des masses. « La capacité d'absorption des masses est très limitée, la compréhension restreinte, en contrepartie leur capacité à oublier est grande, lit-on dans *Mein Kampf*. Sur la base de ces faits, une propagande efficace doit se limiter à très peu de points qu'il faut répéter à l'envi à la manière d'un slogan » jusqu'à ce que chacun soit convaincu avoir toujours voulu cela et rien d'autre. Son ministre de la Propagande, Joseph Goebbels, recommandait d'« imprégner le citoyen des idées de la propagande sans qu'il se rende compte qu'il est imprégné ».

L'un des grands inspirateurs de ces méthodes est le sociologue et psychologue français Gustave Le Bon, dont l'œuvre, *La Psychologie des foules*, fut acclamée par le dictateur italien Benito Mussolini, et inspira Joseph Goebbels et sans doute Hitler. Publié au tournant du siècle, le livre n'a rien perdu de son actualité. Il analyse la métamorphose de l'individu qui se fond dans une foule, ce qui réduit considérablement ses facultés de réflexion et de volonté propres : « Évanouissement de la personnalité consciente, prédominance de la personnalité inconsciente, orientation par voie de suggestion et de contagion des sentiments et des idées dans un même sens, tendance à transformer immédiatement en actes les idées suggérées, tels sont les principaux caractères de l'individu en foule. Il n'est plus lui-même, il est devenu un automate que sa volonté ne guide plus. »

Face à ces mécanismes, un meneur peut facilement manipuler une foule. Il doit utiliser des termes qui font émerger des images fortes, souligne Gustave le Bon, il doit impressionner, flatter les passions et les désirs de ceux qui l'écoutent, satisfaire le goût des foules pour la légende, brouiller les frontières entre l'invraisemblable et le réel, et surtout, renoncer à tout raisonnement. Alors il obtient d'eux abnégation, sacrifice de soi, sens du devoir, voire renoncement à des valeurs humaines profondément ancrées, au point de considérer le meurtre d'enfants, de femmes et de vieillards comme un acte héroïque.

Le IIIe Reich excellait dans cet exercice d'inversion de la morale. En octobre 1943 à Posen, en Pologne, le maître absolu de la SS, Heinrich Himmler, déclara dans un discours devant des SS-Führer : « La plupart d'entre vous savent ce que cela veut dire quand cent cadavres s'amoncellent, voire 500 ou 1 000. Avoir tenu le coup, tout en restant corrects, à l'exception de moments exceptionnels de faiblesses humaines, nous a rendus solides. C'est un titre de gloire qui n'a jamais été nommé et ne le sera jamais. »

L'histoire de mon lien avec l'Allemagne est celle d'une relation fiévreuse et ambiguë, où l'exaltation le dispute à l'agacement, la confiance à l'appréhension, le respect à l'ennui. À Berlin, je me languis de l'art de la conversation des Français, cette « sorte d'électricité qui fait jaillir des étincelles », comme le définissait Madame de Staël, qui observe ailleurs : « La loyauté des Allemands ne leur permet rien de semblable [...] car ils n'entendent pas un mot sans en tirer une conséquence, et ne conçoivent pas qu'on puisse traiter la parole en art libéral, qui n'a ni but ni résultat que le plaisir qu'on y trouve. »

Je suis nostalgique aussi d'une particularité de l'identité française, la « culture générale », cette connaissance des humanités classiques et des arts, très valorisée en France. Elle est perçue comme un socle commun servant à forger un « esprit français », qui peut s'autoriser à être légèrement superficiel, du moment qu'il brille et déploie un humour piquant et distrayant, au prix parfois d'une certaine méchanceté. En France, être cultivé est un attribut difficilement contournable pour qui veut faire partie de l'élite. Néanmoins, en Allemagne mon admiration pour le général l'emporte sur mon agacement face au particulier, et je savoure la quiétude de vivre dans un pays où le discernement, le sens du collectif et l'honnêteté intellectuelle me semblent plus profonds que dans bien des pays. Même si je me demande parfois s'il n'y a pas un revers de la médaille au travail de mémoire, par exemple son influence abusive sur la création artistique.

C'est un ami peintre italien vivant entre l'Italie et Berlin, Flavio de Marco, qui m'a mis la puce à l'oreille quand il m'a dit : « J'ai l'impression qu'il existe en Allemagne, davantage qu'en Italie, en France ou en Grande-Bretagne, une tendance de faire de l'art une sorte de slogan. Comme si l'artiste avait l'obligation morale de prouver son engagement politique et de le rendre bien visible par son art, au lieu de se hisser hors de ce réel pour développer une vision nouvelle, et inventer un nouveau monde à travers l'art. »

J'ai interrogé à ce sujet le rédacteur en chef de la rubrique Art de la *Franfkurter Allgemeine Zeitung*, Niklas Maak. Il estime que l'art contemporain allemand a été fortement influencé par des artistes comme Anselm Kiefer et Georg Baselitz qui ont utilisé le IIIe Reich comme une stratégie de marketing pour s'établir internationalement. Comme si « la seule invocation du nazisme suffisait à donner de la profondeur à un tableau ». Selon lui, cet art a davantage nui au travail de mémoire qu'il lui a servi, « car il dépolitise ce qu'il prétend révéler ». Il aurait aussi nui à la qualité du discours artistique en Allemagne, écrasé par l'impératif d'un message politico-sociétal.

Quand j'ai dit à ma sœur que j'écrivais ce livre, elle n'a pas été étonnée. Elle a fréquenté la même école que moi, elle a lu les mêmes livres et a eu la même éducation. « Ça, c'est l'influence de papa », m'a-t-elle dit. C'est étrange parce que j'ai toujours cru me sentir plus française qu'allemande. Petites, notre père était souvent absent, parti en voyage d'affaires, et quand il était avec nous, ce n'était pas pour nous assommer avec le IIIe Reich. La transmission s'est faite autrement. Peut-être parce qu'il ne nous faisait jamais la morale, ni ne nous jugeait. Très tôt il nous a laissées libres de nos choix et nous a donné envie de cultiver une liberté d'esprit fondée non pas sur l'inconscience, mais sur la mémoire d'une dictature.

Chapitre XII

Le Mur est mort, vive le Mur

Le jour où le mur de Berlin est tombé, le 9 novembre 1989, j'étais trop jeune pour demander à mon père de m'emmener à Berlin vivre cette révolution qui avait la grâce de ne pas être souillée par le sang. Je regrette de ne pas avoir été témoin de ce triomphe de la liberté, des foules qui s'embrassent sans se connaître, pleurent et rient en creusant des trous à la pioche dans le mur qui les avait séparés depuis des décennies. Sur les images filmées, je ne vois ni amertume sur le visage des Allemands de l'Est enfermés pendant un demi-siècle dans un pays qu'ils n'avaient pas choisi, ni hostilité sur celui des Allemands de l'Ouest face à ces nouveaux compatriotes avec lesquels il faudrait tout partager.

Quelle émotion dut saisir Helmut Kohl un mois plus tard, lors d'un discours à Dresde, quand des dizaines de milliers d'Est-Allemands l'acclamèrent au cri de : « Helmut, Helmut ! », « Unité, unité ! », en agitant des drapeaux de la RFA. Le chancelier dira que c'est à cet instant qu'il comprit qu'il ne pouvait, qu'il ne devait y avoir d'autre option que la réunification. Le Premier ministre britannique Margaret Thatcher et le président français François Mitterrand n'étaient pas de cet avis. Ils craignaient le retour d'une grande Allemagne au cœur de l'Europe.

En RFA, certains intellectuels aussi étaient réticents. « À cause d'Auschwitz, pas de réunification » était leur mot d'ordre. En décembre 1989, au congrès berlinois du SPD, Günter Grass déclara : « Un État dont les bourreaux ont, pendant quarante-cinq ans, infligé aux autres et à nous-mêmes de la souffrance, des ruines, des défaites, des millions de réfugiés, des millions de morts, et inscrit dans l'histoire le poids de crimes impossibles à expier, n'a pas à être renouvelé. » Le passé nazi, déjà responsable de la division de l'Allemagne après la guerre, allait-il compromettre l'union ? Kohl décida que non et se fia à son intuition.

Le 3 octobre 1990, deux pays qui avaient connu des évolutions diamétralement opposées depuis le IIIe Reich furent réunifiés. D'un côté, une démocratie fondée sur la réussite économique et la confrontation critique avec le passé nazi. De l'autre, une dictature bâtie sur le mythe suivant lequel les citoyens avaient tous été antinazis, alors qu'en réalité ils avaient largement adhéré au régime, comme partout ailleurs. Toute sa vie, la RDA nia la moindre responsabilité historique dans les crimes du IIIe Reich, donc tout travail de réflexion sur les fautes passées.

Un demi-siècle après la fin de la guerre, l'Allemagne devait à nouveau relever le défi majeur d'ancrer la démocratie dans une société n'ayant connu que la dictature. Forts de l'expérience de la RFA, les Allemands misèrent sur l'essor économique et le travail de mémoire.

Le jour de la réunification, à l'issue d'un discours enfiévré du proviseur du lycée international s'adressant à nous, élèves de toutes les nations, comme au « nouvel espoir de la paix en Europe », je compris que cet événement serait un des plus puissants que la vie me donnerait à connaître. Et c'est transportée d'une ardeur nouvelle pour les grandes odyssées de l'Histoire qu'aux prémices de l'hiver j'allai rendre visite à mon père à Berlin-Est, avec ma mère.

Il avait une mission de huit mois auprès de la Treuhandanstalt, un organisme créé par le conseil ministériel de la RDA, qui, avec le feu vert du premier parlement est-allemand voté librement en mars 1990, devait privatiser pour l'intérêt général environ 8 500 entreprises de RDA où travaillaient plus de 4 millions de personnes. L'État ouest-allemand avait demandé à des grandes entreprises du pays de lui « prêter » des experts capables de mener cette vaste conversion.

Nous vivions dans la région parisienne où mon père travaillait pour le siège français d'un constructeur automobile allemand, quand le directoire lui proposa la mission. Il accepta immédiatement, ravi de participer à la réunification de son pays, lui qui ne l'avait connu que divisé. « J'avais un intérêt professionnel mêlé à un sentiment patriotique. Je souhaitais aider les Allemands de l'Est. Je trouvais injuste qu'ils aient payé beaucoup plus cher la défaite du IIIe Reich que les Allemands de l'Ouest, en atterrissant dans le mauvais camp à l'Est, où ils avaient souffert de la dictature d'un point de vue politique et économique. Pour moi c'était un honneur de les aider. »

Mon père fut l'un des premiers à se lancer, avant même la réunification. Au sein de la Treuhandanstalt, il était directeur de projet, chargé de la vente de grandes entreprises du secteur industriel. « Quand je suis arrivé, il n'y avait presque que des Allemands de l'Est, nous n'étions qu'une poignée de l'Ouest. Bonn n'avait pas prévu de budget pour le matériel de bureau. L'équipement était assez catastrophique, il manquait des machines à écrire et des stylos. Vu ces débuts, je me suis dit : ce qui est sûr, c'est qu'on n'est pas près de le construire, ce IVe Reich tant redouté par les Français », ironise-t-il. Il n'y avait pas plus de six lignes téléphoniques, un nombre ridicule au vu de l'énormité de la tâche.

À ces difficultés s'ajoutait la réticence de beaucoup de grandes entreprises ouest-allemandes à soutenir la Treuhandanstalt, du moins au début. « Elles rechignaient à nous envoyer des experts de qualité, spécialisés dans la vente de grosses entreprises. On devait insister, on a dû leur mettre la pression. On les appelait pour leur dire : si vous ne dépêchez personne, on ne vous vendra rien. Ils ont fini par coopérer. »

En RDA, une atmosphère de fin de règne et d'insécurité prévalait. L'autorité du parti SED vacillait, le nombre de ses membres avait chuté de 2,3 millions à 700 000, beaucoup de ses dirigeants avaient été évincés. En coulisse, des caciques du parti tentaient de sauver ce qu'il y avait encore à sauver, notamment les caisses du parti, un des plus riches d'Europe – une fortune acquise de manière douteuse. Des centaines de millions de marks se volatilisèrent mystérieusement.

Un État disparaissait, le nouveau n'était pas encore prêt. Les forces de maintien de l'ordre du vieux système perdaient leur mainmise. Le marché noir fleurissait, la petite criminalité se répandait, une forme d'anarchie s'installait, empreinte d'incertitude et d'excitation. Les structures étatiques périclitaient, des rixes violentes éclataient entre punks, skinheads et néonazis sans que les autorités est-allemandes n'interviennent. Après avoir été interdits par la RDA, les groupuscules d'extrême droite proliféraient et faisaient la loi dans certains centres-villes de l'Est, tandis que dans les stades les hooligans répandaient une violence inouïe sous le regard passif de la police.

Dans son roman semi-autobiographique intitulé *89/90*, l'écrivain Peter Richter de Dresde, qui avait dix-sept ans à l'époque et était punk, met en scène une génération en quête d'identité, passant d'un extrême à l'autre de l'échiquier politique, un jour punk, le lendemain néonazi, puis vice versa, en fonction des fringues, des accessoires et de la musique de mise. « Nous étions les bons, car ce que les autres disaient ou faisaient était clairement mauvais, et ils étaient peut-être plus nombreux que nous, mais la morale était de notre côté. Cela nous exaltait et nous rendait intrépides, même si être méchant, être raciste, être un connard, être nazi était légèrement plus cool » à ce moment-là.

Il y avait une fureur de vivre aussi. Des bars, des concerts, des fêtes, des lieux de culture jaillissaient partout et n'importe où, sans autorisation ni interdiction. On se défoulait, on buvait cette liberté dont on avait été privé pendant quarante ans. À Berlin-Est, des maisons entières faisaient l'objet d'occupations sauvages et une scène techno underground effrénée prenait racine dans les ruines des quartiers désertés de la ville.

En décembre 1989, un *runder Tisch* (table ronde) se mit en place pour rassembler des délégués de groupes citoyens et religieux ayant joué un rôle majeur dans le soulèvement, ainsi que des représentants du parti SED est-allemand, de la CDU et du parti libéral-démocratique LDPD. Ils se réunissaient régulièrement pour débattre de l'avenir économique de leur pays. Que faire des grands combinats industriels de la RDA, des moyennes entreprises, des commerces, des restaurants, des pharmacies, des cabinets de médecins ? En RDA, quasiment tout appartenait à l'État et était perçu par les citoyens comme propriété du peuple.

Certains rêvaient d'une troisième voie, entre économie planifiée et économie de marché, mais l'idée était difficilement conciliable avec le désir d'une majorité de la population est-allemande, qui, après des décennies de privation, voulait profiter des fruits du capitalisme et aspirait au mark fort et aux produits de l'Ouest. En outre, le niveau économique de la RDA était trop désastreux pour envisager une réforme en douceur. Entre 1980 et 1989, la productivité des entreprises est-allemandes avait chuté d'environ 50 %, et après la chute du Mur, la situation devint catastrophique avec l'effondrement des pays du bloc de l'Est, qui représentaient la majorité des clients de la RDA. Au premier semestre 1990, l'activité industrielle dégringola, entraînant des vagues de licenciements et un exode massif vers l'Ouest.

Les participants de la table ronde débattaient aussi de l'avenir politique du pays : la fin du parti unique et de la Stasi, l'organisation d'une réforme démocratique et d'élections libres. Bientôt deux camps se formèrent. Les uns souhaitaient la réunification, les autres préféraient préserver l'indépendance de leur pays tout en le réformant. La question fut tranchée lors des premières élections parlementaires libres de RDA, le 18 mars 1990, quand la CDU, très pro-réunification, arriva largement en tête, avec plus de 40 % des voix. Ce fut un choc pour ceux qui espéraient préserver une RDA autonome. Les formations citoyennes étaient loin des 5 % de voix nécessaires pour entrer au Parlement, et furent donc écartées de la prise en main du destin de leur pays, alors qu'elles avaient largement contribué à faire fléchir le régime. Leurs compatriotes leur avaient préféré le mark, symbolisé par le vote CDU.

L'heure n'était pas à la fête pour l'ancienne élite. À rebours des principes d'un «État d'ouvriers et de paysans », la RDA avait une classe privilégiée, formée par les hiérarques du parti qui abusaient de leur pouvoir pour s'octroyer des privilèges : obtenir une place à l'université pour un fils, une carrière pour une épouse et tout ce qui était denrée rare – une datcha, une voiture ou une ligne téléphonique. La fin de la RDA signifiait un déclin de leur statut. Mon père comptait un certain nombre de hauts fonctionnaires dans son équipe, dont deux anciens ministres. Parfois le soir il les invitait à boire un verre de vin pour les écouter parler de leur quotidien sous la RDA et de leur peur de l'avenir. Il avait fini par éprouver de la sympathie pour eux : « Il y avait malgré tout une certaine cohérence entre leur train de vie et leur idéal socialiste. Ils avaient un niveau de vie relativement modeste pour des personnalités de leur rang. On disait qu'un maître boucher à l'Ouest avait une plus belle maison que le chef d'État de RDA

Erich Honecker ! Leur privilège était d'avoir du pouvoir, plus que de l'argent, et la différence de niveau de vie entre un ministre et sa secrétaire était beaucoup moins importante qu'à l'Ouest. »

Une collègue qui avait été membre du Politburo, l'organe le plus puissant de RDA, avait salué mon père en ces termes : « Monsieur Schwarz, je vous préviens, j'ai fait des études à Leningrad, je suis une marxiste convaincue. » « Chère madame, avait répondu mon père, je suis protestant, mais il va bien falloir travailler ensemble. » Son équipe avait une image négative de la protection sociale à l'Ouest. « Je leur ai dit : "Vous avez une fausse image de nous, allez voir nos entreprises." Ils sont revenus étonnés de voir la prise en charge sociale à l'Ouest. La manière dont les salariés étaient traités ne correspondait pas à l'idée qu'ils s'en faisaient. » L'un d'eux, démoralisé après avoir visité une usine ouest-allemande, avoua à mon père : « Je savais que vous étiez en avance sur nous, mais je ne pensais pas que c'était à ce point. »

Ces collaborateurs est-allemands ont beaucoup aidé mon père parce qu'ils connaissaient parfaitement le fonctionnement et les structures internes des entreprises de RDA. En revanche, ils ignoraient le marketing, les notions de productivité et de compétitivité, et ils avaient peu d'idée de la valeur financière des choses suivant les critères occidentaux. « Certains étaient prêts à vendre un terrain sur une île de la Baltique à 1 mark le mètre carré. » À la Treuhandanstalt, seuls 10 % des postes de direction étaient occupés par des Allemands de l'Est.

Volker travaillait chaque jour d'arrache-pied du matin jusqu'à tard dans la nuit à éplucher deux piles, d'un côté, les dossiers des entreprises à vendre, de l'autre, ceux des candidats potentiels au rachat, afin d'identifier des correspondances judicieuses entre les deux. Il passait des journées à négocier avec les acheteurs potentiels, en général ouest-allemands, pour s'accorder sur le concept, le prix, les subventions et les emplois. « Il y avait une sorte de ligne directrice venant d'en haut, selon laquelle on devait essayer de préserver les emplois. Je tâchais de choisir le candidat qui sauvait le plus d'emplois, mais je n'imposais rien », dit-il.

Parfois des candidats tentaient de faire pression. Un jour, l'héritier d'une dynastie de propriétaires de grands magasins voulut racheter un concessionnaire à Berlin-Est ; les représentants des salariés vinrent voir mon père pour lui demander : « Je vous en prie, ne nous vendez pas à cet homme. On a l'impression que seul le terrain l'intéresse, il veut tous nous licencier. » Mon père en fit part à ses collègues est-allemands. « Ils m'ont apporté un Livre blanc qui expliquait que ce monsieur avait acheté des entreprises ouest-allemandes avant de les démembrer pour les revendre et empocher la marge. » Il montra le document à l'intéressé qui se défendit ainsi : « Écoutez-moi bien, monsieur Schwarz, je suis prêt à exploiter mon carnet d'adresses pour vous obliger à être plus docile. » Plusieurs responsables politiques intervinrent, mais sans le menacer. Finalement, mon père vendit le concessionnaire à un autre acheteur.

À l'Est comme à l'Ouest, on comptait sur les privatisations pour engranger d'importants gains qui permettraient de financer de nouvelles infrastructures en ex-RDA. Interrogé par des journalistes sur la valeur totale estimée des entreprises est-allemandes, le président de la Treuhandanstalt, Detlev Rohwedder, répondit : « Tout le bazar vaut 600 milliards » de marks. Une estimation sans fondement, car personne n'était en mesure de mesurer la valeur de ce legs. « Je n'ai jamais cru à cette évaluation, me dit mon père, et je n'étais pas le seul à la Treuhandanstalt. Je pense que Rohwedder voulait attirer des investisseurs pour faciliter la vente, ce qui était dans l'intérêt des Allemands de l'Est. Il ne pouvait pas dire : les firmes sont dans un état catastrophique, elles ne valent rien. »

Finalement, les privatisations ne rapportèrent qu'entre 60 et 70 milliards de marks, et la Treuhandanstalt s'endetta à hauteur de 260 milliards de marks. Aujourd'hui encore, cet écart par rapport à l'estimation initiale provoque des doutes sur la gestion des caisses de l'organisme, surtout parmi les Allemands de l'Est. En réalité, la Treuhandanstalt eut une avalanche de dépenses à gérer : les dettes des entreprises, les nouveaux financements pour leur relance, les plans sociaux, et le coût faramineux de l'assainissement écologique qu'elle prit en charge quasi intégralement.

Hélas, de nombreuses erreurs de gestion, des problèmes de corruption et d'escroquerie aussi eurent lieu. L'organisme fut attaqué pour négligences et accusé de vendre trop rapidement les sociétés. « Il est vrai qu'on devait prendre des décisions très vite, reconnaît mon père. On n'avait pas le temps d'approfondir les dossiers des entreprises et on ne pouvait pas exclure l'hypothèse que les intéressés essaient de nous escroquer ou nous mentent. » Certains ne s'intéressaient qu'au terrain, ils se fichaient de l'entreprise qu'ils s'empressaient de liquider, abandonnant les employés à la rue. Si Bonn avait mobilisé des moyens adéquats et envoyé plus de fonctionnaires de qualité dès le début, il y aurait eu moins d'erreurs. « La situation était très compliquée, Helmut Kohl s'est beaucoup investi. Mais je me souviens que l'indifférence de certains décisionnaires à l'Ouest à l'égard du sort de l'Est, au moins au début, m'a profondément choqué. »

Le 3 octobre 1990, la réunification fut célébrée en grande pompe à Berlin, mais pas devant le siège de la Treuhandanstalt, sur Alexanderplatz. « Une foule d'Allemands de l'Est étaient venus manifester. Ça a dégénéré, ils ont jeté des cocktails Molotov contre le siège, on a dû sortir sous escorte policière. Ils nous accusaient de détruire leur économie, surtout leurs emplois », se souvient mon père. Les Allemands de l'Est ne croyaient plus à la promesse d'Helmut Kohl affirmant qu'ils se réveilleraient au milieu de « paysages florissants ».

Le chômage avait atteint un niveau explosif à cause de l'Union monétaire. Le 1er juillet 1990, l'*Ostmark* (mark est-allemand) avait été remplacé par le *Deutsche Mark*, suivant un taux de change de 1 : 1 pour les salaires, ainsi que les retraites, les loyers et une partie des épargnes. Cette conversion excessive avait été réclamée par les citoyens de la RDA, qui voulaient avoir le plus possible de *Deutsche Marks*, symbole du miracle économique. Mais elle eut pour conséquence de rendre le coût de la force de travail en RDA exorbitant, surtout mesuré à sa productivité, qui à la base était déjà trois fois moins forte qu'en RFA. Car la RDA préférait créer des emplois non productifs plutôt que de reconnaître l'échec de l'une de ses prétentions : le plein-emploi.

Inévitablement, les privatisations des entreprises de l'Est s'accompagnèrent de coupes claires dans l'emploi. La Treuhandanstalt devint un bouc émissaire. On lui reprochait d'être au service de l'Ouest et de brader les fleurons de l'industrie est-allemande, un reproche encore d'actualité aujourd'hui. « Ce n'était pas ce que certains s'imaginent, une mine d'or, se défend mon père. Longtemps, la plupart des acheteurs ouest-allemands ont dû se contenter d'une rentabilité très médiocre de leurs investissements à l'Est. Certains ont eu de graves difficultés financières. Si on avait interdit les suppressions d'emplois, aucun investisseur ne se serait présenté. »

En 1991, les manifestations contre la Treuhandanstalt allèrent crescendo. Le 1er avril, Detlev Rohwedder fut assassiné par un tireur de la Fraction Armée rouge en embuscade devant sa maison, à Düsseldorf. Ce fut le dernier attentat meurtrier de la RAF avant son auto-dissolution en 1998. Detlev Rohwedder était perçu par ses détracteurs comme le fer de lance d'un capitalisme effréné. En réalité, ce social-démocrate était très soucieux des conséquences sociales de la transformation économique.

Les Allemands de l'Est avaient la chance, certes ambivalente, d'avoir un « frère riche » qui paya de généreuses allocations-chômage. Le choc n'en fut pas moins dévastateur pour eux qui n'avaient jamais connu le chômage sous la RDA. Le désespoir prit une dimension particulièrement poignante en 1993, quand des mineurs occupèrent pendant plusieurs mois les Kaliwerke, des mines de potasse de Thuringe dont on avait annoncé la fermeture. Des images déchirantes firent le tour des médias, sur lesquelles les enfants brandissaient des pancartes suppliant « Préservez le travail de nos pères ! » et les épouses étaient en pleurs. Certains mineurs firent la grève de la faim.

En 1994, quand la Treuhandanstalt fut dissoute comme prévu, deux tiers des entreprises de RDA avaient été privatisées, un tiers liquidées. Sur 4,1 millions d'emplois, entre 1,1 et 1,5 million avaient été sauvés.

Un des souvenirs les plus précis de ma visite à mon père, à Berlin-Est, est l'hôtel où nous logions, qui abritait de nombreux collaborateurs de la Treuhandanstalt. Le Palasthotel, lieu légendaire sous la RDA, paroxysme du luxe communiste exclusivement réservé aux étrangers, était situé au sud d'Alexanderplatz, sur les rives de la Spree. Le rez-de-chaussée était un immense espace vide, le long duquel il y avait un grand restaurant à l'ambiance marron – c'est le premier qualificatif qui me vient à l'esprit tant cette couleur semblait avoir déteint partout : sur le sol, les murs, les vitres, les uniformes du personnel, les cartes des menus, jusqu'au contenu des assiettes, au point qu'il était aisé de perdre ses repères dans cette mare monochrome qui absorbait les reliefs, une métaphore du régime communiste qui avait dilué les différences dans la dictature de l'uniformité.

Pour rejoindre les plus de 600 chambres de ce bâtiment, il fallait passer par un étage intermédiaire et un hall intimidant qui conduisait à un labyrinthe de couloirs où le client rentrant tard le soir après un repas d'affaires bien arrosé au schnaps, la seule denrée en surabondance en RDA, devait avoir une attaque de claustrophobie avant de réussir à trouver la porte de sa chambre. Des dizaines de caméras cachées l'observaient depuis l'entrée de l'hôtel, et cela jusque dans son lit s'il faisait partie des hôtes de marque à qui la jolie réceptionniste avait attribué l'une des chambres spéciales, celles dont les tapisseries en moquette étaient truffées de micros et de caméras installés par la Stasi. L'ironie de l'histoire est que le client le savait, tout comme il savait que la femme charmante lui souriant au bar ou lui demandant de le raccompagner dans sa chambre était au service de la Stasi. À part le personnel, le Palasthotel était interdit aux ressortissants de la RDA, de crainte qu'ils ne succombent au charme décadent de l'Ouest : non seulement on y proposait du whisky écossais, des cigarettes américaines et des vins français, mais les clients risquaient surtout d'entrer en contact avec l'ennemi…

Ma chambre semblait directement tirée d'un film de James Bond. Elle avait un mobilier des années 1970, une radio encastrée dans la table de nuit, un vieux téléviseur dans un cube en plastique blanc, et une immense baie vitrée arrondie en verre cuivré, qui donnait l'impression de pouvoir toucher la coupole enneigée du Dom, une église de style néo-Renaissance située juste en face, de l'autre côté de la Spree.

Pendant que mon père travaillait, ma mère et moi visitions les alentours de l'hôtel. Le paysage urbain était partagé entre de belles percées bordées d'immeubles et d'édifices historiques élégants mais délabrés, et de larges artères aussi démesurées que les blocs de béton glaciaux qui les longeaient. L'ensemble provoquait une sensation de vide écrasant, avec des voitures ridiculement petites et rares par rapport à la taille des rues, et des commerces tellement clairsemés que nous n'osions nous aventurer trop loin dans cette ville fantôme ensevelie sous la neige. Il y avait quelques restaurants et quelques bars, mais ils sentaient le tabac mouillé ou le chou bouilli.

Plus tard, je trouverais du charme à ce décor indigent en noir et blanc, mais à l'époque, quand je croisais des jeunes Est-Allemands sur Alexanderplatz, je les considérais comme des rescapés du pire, et l'idée qu'ils puissent accéder à leur tour aux couleurs de l'Ouest, celles de l'argent, de la consommation, de l'offre délirante de divertissements, de gadgets et de nourriture, faisait fondre mon cœur d'enfant du capitalisme. Je ne comprenais pas que, dans ce monde diabolisé par l'Ouest, il y avait aussi eu du bonheur et des émotions, celles de la jeunesse, du premier amour et du premier enfant ; des plaisirs simples, qui avaient disparu chez nous où l'abondance rendait indifférent – flirter avec l'interdit, lire des journaux occidentaux, écouter en cachette des tubes américains entre copains, défier la police en roulant en skateboard, banni car *made in USA*… Je m'en rendis compte plus tard, en lisant cette phrase de Roland Jahn, un ancien dissident, aujourd'hui commissaire fédéral chargé des archives de la Stasi : « Sous la dictature aussi le soleil brille, mais pas à chaque moment, ni pour tous. »

Les Allemands de l'Est furent obligés de tout apprendre. Jana Hensel, qui était adolescente, a décrit ce bouleversement dans son livre, *Zonen Kinder* : « Les premières années, nous profitions de chaque minute libre pour observer l'Ouest, voir et comprendre. Nous voulions l'imiter à s'y méprendre. J'en avais assez de me faire remarquer, au supermarché à cause de mon mauvais goût, ou au restaurant parce qu'il y avait un plat que je ne connaissais pas. Je voulais tout savoir. Une machine tournait dans ma tête qui scannait tout autour de moi et enregistrait les gestes, les formules de salutation, les façons de parler, les expressions, les coiffures et les fringues de mes concitoyens ouest-allemands. »

Les normes ouest-allemandes faisaient voler en éclats toutes les habitudes de l'Est : les lois, les systèmes de la retraite, des impôts, de la sécurité sociale, les contrats de travail, les loyers… Il fallait s'adapter très vite. Les repères disparaissaient : le langage, l'humour, le code comportemental, la mode vestimentaire, les styles de décoration intérieure, le programme télévisé, les défilés, les célébrations, les produits alimentaires… Les premières pancartes publicitaires Ikea apparurent, les premiers Mc Donald's ouvrirent.

Il fallait s'habituer aux nouveaux prix, à la publicité, à la performance, à la concurrence. Au lieu de faire la queue pour obtenir une denrée rare, on devait apprendre à choisir parmi l'abondance d'offre. « À l'Est, les gens avaient l'habitude de fonctionner collectivement, ce qui évitait d'avoir à choisir, explique mon père. Je pense à ce détail qui m'a marqué : dans beaucoup d'immeubles, il était impossible de régler le chauffage individuellement, ni même de l'éteindre ! Si on avait trop chaud, on ouvrait les fenêtres. Tout était plus ou moins comme ça, dans la vie sociale, professionnelle, il y avait très peu de marge de manœuvre pour la responsabilité personnelle, l'État organisait presque tout. Soudain, ce fut le grand chamboulement, les gens étaient appelés à agir, à choisir, à donner leur avis. » Le plus difficile, c'était pour les personnes âgées. Elles étaient totalement dépassées. Il y eut une vague de suicides. « L'Ouest aurait pu accompagner les gens au début, les assister, leur expliquer, afin de rendre la transition moins douloureuse », estime mon père.

La réunification fut vécue par nombre d'Allemands de l'Est comme une humiliation, voire une colonisation de l'Est par l'Ouest. L'impression fut renforcée par le fait que plus de 85 % des entreprises est-allemandes furent rachetées par des Allemands de l'Ouest, contre 6 % par des compatriotes de l'Est. Ces derniers n'avaient ni les moyens d'acquérir de grandes sociétés ni l'expérience pour les diriger. Cependant, ils auraient pu, avec le soutien d'un crédit de l'Ouest, avoir accès aux 25 000 petits commerces de la RDA. « Nous avons cherché à les leur vendre, mais ce n'était pas facile, dit mon père. Les gens avaient passé quarante ans à servir un système extrêmement hiérarchisé, sans avoir à prendre d'initiative. On ne pouvait pas leur demander d'avoir l'esprit d'entreprise du jour au lendemain. »

Le défi de la réunification n'était pas seulement de passer d'une économie planifiée à une économie de marché, mais aussi d'épurer l'appareil d'État. Contrairement à l'après-IIIe Reich, cette épuration fut rapidement engagée, une condition *sine qua non* de la démocratisation. Les plus menacés, les hiérarques du parti SED et du ministère de la Sécurité d'État, la Stasi, se dépêchèrent de détruire des archives en secret. Quand les militants des droits civiques en eurent vent, ils occupèrent des filiales de la Stasi dans toute l'ex-RDA. À leur arrivée, le sol était jonché de papiers déchirés et brûlés, des dossiers fragmentés en mille morceaux remplissaient des sacs par dizaines de milliers ; heureusement, des kilomètres d'archives étaient intactes.

Avant la chute du Mur, la Stasi comptait 91 000 agents officiels, auxquels s'ajoutaient 180 000 inofficiels, appelés IM. Au total, en quarante ans d'existence, outre son personnel, la Stasi a bénéficié de la collaboration successive de plus de 620 000 IM, des Allemands recrutés au sein de la société civile. Le régime était tellement paranoïaque que les informateurs de la Stasi étaient partout : c'était votre amant, votre belle-mère, votre collègue, l'épicier du coin, le livreur de journaux, la jolie fille qui vous fait de l'œil au café, votre conjoint. La méfiance régnait au travail, entre amis, dans les loisirs et même au sein des familles.

Le soir après le travail, mon père invitait parfois ses collaborateurs est-allemands à boire un verre de vin. « Ils avaient du mal à se livrer. Ils avaient tellement l'habitude de faire attention à ce qu'ils disaient. Avec le vin, les langues se déliaient parfois. Les employés parlaient encore moins du régime, sans doute parce que la peur de la délation était plus profonde chez eux. »

La Stasi condamnait ses victimes à la schizophrénie permanente et à l'isolement intérieur, alors qu'une grande partie d'entre elles n'étaient pas des ennemis de la RDA et aspiraient simplement à plus de liberté. Quiconque tombait entre les griffes de la Stasi risquait d'être maltraité psychologiquement et enfermé dans une cellule individuelle non chauffée. On battait les détenus, on les torturait pour les faire parler et les obliger à trahir leurs amis, à devenir informateur ou à signer de fausses déclarations. On les exploitait aussi comme travailleurs forcés, en les obligeant, par exemple, à manipuler des produits dangereux dans des sites contaminés, tel le combinat chimique de Bitterfeld.

Comme souvent après la chute d'une dictature, les esprits se déchirèrent entre ceux qui exigeaient que toute la lumière soit faite sur le passé et ceux qui réclamaient qu'on tire un trait. Les premiers voulaient que les archives de la Stasi soient ouvertes, les autres, qu'elles restent fermées, soit pour sauver leur peau, soit parce qu'ils craignaient que des règlements de comptes et des actes de vengeance divisent et déstabilisent la société. Le gouvernement Kohl commença par s'opposer à leur ouverture, mais à l'issue d'une grève de la faim de militants des droits civiques, il finit par céder. En novembre 1991, le Bundestag vota à une écrasante majorité une loi dans ce sens et une nouvelle autorité fédérale chargée des archives de la Stasi fut créée, une instance qui n'a pas trouvé d'égal à ce jour dans le monde.

Son président actuel, Roland Jahn, un ancien dissident que la RDA expulsa à l'Ouest en 1983 où il devint journaliste, était présent le premier jour d'ouverture des archives. « C'était une victoire de pouvoir se dire : “Ils n'ont plus le droit de faire ce qu'ils veulent de toi, désormais c'est toi qui as ton dossier en mains.” En même temps c'était déprimant, parce que tout ce dont tu te doutais – qu'ils s'étaient infiltrés dans ton intimité, qu'ils voulaient te détruire –, tu le voyais soudain noir sur blanc. C'était effrayant », raconte-t-il. Dans un reportage pour la télévision allemande, Roland Jahn rencontre plusieurs victimes de la Stasi venues consulter leur dossier pour la première fois. Une dissidente tombe sur des rapports rédigés par son mari qui l'espionnait sous le nom de code Donald. Un poète découvre qu'une des figures emblématiques de la scène littéraire alternative qu'il fréquentait, Sascha Anderson, espionnait tout leur milieu. Une femme est encore sous le choc d'avoir été trahie par ceux qu'elle pensait être ses meilleurs amis. « Cela fait vraiment mal, la confiance trahie est le pire », dit-elle. Pour éviter les drames familiaux, la police politique encourageait ses espions à enrôler des membres de leur propre famille, surtout leurs enfants.

Certains collaborateurs officieux n'eurent pas le choix. Ils tombèrent dans un piège tendu par la Stasi pour les forcer à espionner des personnes ciblées, au travail ou parmi leurs amis. Ils furent injustement blâmés après la réunification. Mais d'autres s'engagèrent volontairement, mus par leurs convictions idéologiques. Comme Monika Haeger, dont Roland Jahn a recueilli un témoignage saisissant. Elle réussit à infiltrer les cercles les plus intimes de la dissidence, participant à leurs discussions, leurs réunions et leurs manifestations avant d'en référer à un agent de la Stasi tard le soir, dans un appartement anonyme. Elle était fière, convaincue de combattre « l'ennemi », de contribuer au rêve « du socialisme, de l'humanité, de l'humain ». « J'ai occulté une réalité pourtant très claire : le régime était tout sauf humain, il était même profondément inhumain », confie-t-elle en pleurant.

L'endoctrinement commençait dès le plus jeune âge, à l'école où les professeurs avaient pour mission d'enseigner l'histoire, la géographie, la culture, l'économie à travers le prisme de l'idéologie communiste. Les élèves devaient citer Erich Honeker dans leurs devoirs et une des notes les plus importantes de leur bulletin était celle qui évaluait leur engagement idéologique. La *Freie Deutsche Jugend* faisait le reste : c'était une organisation de masse que presque tous les jeunes rejoignaient à partir de l'âge de quatorze ans, faute de quoi ils risquaient d'être discriminés à l'université et au travail.

Beaucoup d'actes commis sous ce régime dictatorial étaient difficiles à juger dans le cadre du droit pénal de la RFA. On ne pouvait pas faire le procès de tous ceux qui avaient collaboré. Il était déjà difficile d'identifier les coupables parmi l'ancienne classe dirigeante. « Je ne les ai jamais comparés aux dignitaires nazis, dit mon père, qui travaillait avec des anciens ministres et membres du Politburo. C'était pas du tout la même chose. Ils n'avaient pas commis de massacres, ni déclenché de guerres offensives. En 1989, ils ont finalement cédé face aux revendications des citoyens sans verser une goutte de sang ni envoyer l'armée. »

Depuis que je vis à Berlin, je rencontre régulièrement des Allemands ayant grandi sous la RDA. Leur perception du régime diverge beaucoup selon qu'ils furent victimes ou non de la Stasi, mais la plupart affirment avoir cru au rêve d'une meilleure société, plus égalitaire, plus solidaire. Certains ont même du mal à parler de dictature, qu'ils associent au IIIe Reich, à une idéologie et à des crimes bien plus barbares que ceux de la RDA.

Après la réunification, les Allemands de l'Ouest ne voulaient pas donner l'impression de pratiquer une *Siegerjustiz*. Il fallait des chefs d'accusation concrets. Le meurtre de fugitifs à la frontière en était un. En 1991, la justice ouest-allemande ouvrit le premier d'une longue série de procès qui devait s'étendre jusqu'à 2004, contre des garde-frontières accusés de la mort de plusieurs centaines d'Est-Allemands. Ces procès soulevaient le même dilemme que pour les serviteurs du IIIe Reich : comment condamner une personne pour un acte légal au moment de son exécution, sachant qu'elle prenait le risque d'être sanctionnée en désobéissant ?

La justice trancha : l'exécution délibérée de fugitifs équivalait à un meurtre et elle violait le droit naturel, une norme juridique universelle qui ne saurait être abrogée par la législation d'un État. Le souvenir de l'impunité dont les criminels nazis avaient bénéficié après la Seconde Guerre mondiale a certainement pesé sur les consciences. C'est ainsi que l'Allemagne n'hésita pas à condamner la plupart des garde-frontières pour « complicité de meurtre », même s'ils obéissaient à un ordre. En réalité, ces condamnations avaient surtout une portée symbolique, car elles étaient assorties de peines très légères. Aucun accusé ou presque ne fut condamné à une peine de prison ferme.

La priorité des procès n'était pas les garde-frontières, mais les grosses pointures du régime, ceux qui avaient donné l'ordre de tirer et mis en place un dispositif de sécurité implacable à la frontière : mines au sol, barbelés tranchants et détecteurs de chaleur humaine permettant de déclencher des mitrailleuses automatiques au moindre signal. Entre 1960 et 1989, plusieurs ordonnances obligeant à tirer furent édictées. Le 3 mai 1974, Erich Honecker, numéro un de la RDA de 1971 à 1989, affirma lors d'une réunion : « Comme jusqu'à présent, un usage impitoyable de l'arme à feu doit être fait en cas de tentative de passage forcé de la frontière, et il convient de récompenser les camarades qui ont utilisé l'arme à feu avec succès. » La *Republikflucht* (« fuite de la République ») était au cœur des préoccupations du régime, car elle révélait les failles d'un système qui n'avait aucune assise démocratique.

Au total, une quarantaine de peines de prison ferme furent prononcées, y compris contre des ministres et des membres du Politburo. Egon Krenz, qui avait succédé à Erich Honecker juste avant la chute du Mur, fut condamné à six ans et demi de prison. Erich Honecker, livré en juillet 1992 à la police allemande par la Russie où il s'était réfugié, obtint l'interruption de son procès à cause de ses problèmes de santé et fut autorisé à s'exiler au Chili où il mourut peu après. Quant à Erich Mielke, qui avait développé et dirigé pendant plus de trente ans un des systèmes de surveillance généralisée les plus redoutables au monde, la Stasi, les preuves manquaient pour le condamner dans les règles d'un État de droit. La justice contourna le problème en le condamnant à six ans de prison pour un fait remontant à 1931 : membre d'une organisation paramilitaire communiste, il avait participé au meurtre de deux policiers. Finalement, les condamnations à la prison ferme furent limitées en nombre, mais assez sévères en soi.

Outre le travail de la justice et de l'Office des archives de la Stasi pour éclaircir le passé, le Bundestag mit en place une Commission d'enquête sur « L'histoire et les conséquences de la dictature du régime SED ». Constituée de députés et d'experts, cette commission devait contribuer à la réconciliation de la société et engager un dialogue avec l'opinion publique pour renforcer la conscience démocratique et alimenter une culture politique commune.

La bataille de la mémoire se jouait aussi sur le terrain de l'architecture et des symboles. À l'Est, le paysage urbain se métamorphosa. Les rues et les façades furent rénovées, récurées, polies, des milliards et des milliards furent investis dans l'infrastructure. Comme souvent après la chute d'une dictature, des emblèmes et des statues furent arrachés, des noms de rue changés, des bâtiments démolis. Il fallut retirer les statues de Lénine qui envahissaient le pays, dont la plus impressionnante était un colosse de 19 mètres de haut érigé à Berlin au centre d'une place Lénine. Des Berlinois s'y opposèrent en tapissant la statue de panneaux. « Vous, occupants de RFA, craignez-vous même un Lénine de pierre ? » lisait-on. Un jour de novembre 1991, les habitants du quartier virent surgir dans le ciel berlinois la tête gigantesque de l'icône de la révolution bolchevique tirée par une grue.

Les noms de Staline et Lénine, deux dictateurs sanguinaires, pouvaient difficilement être honorés dans une démocratie, mais le grand ménage de l'Histoire allait parfois trop loin. Certains cherchaient à effacer toute trace de la RDA avec une énergie frôlant l'hystérie, comme si tout était à maudire dans ce pays. Les noms de Karl Marx et Engels faillirent être bannis. Non loin de la tour de la télévision de Berlin, de hautes sculptures représentant les auteurs du *Manifeste du Parti communiste* furent menacées, finalement épargnées grâce à des défenseurs déterminés.

La guerre des symboles atteint son paroxysme avec le Palais de la République, un bloc en verre à effet miroir construit au cœur de Berlin-Est dans les années 1970 pour divertir le peuple et lui offrir un havre de luxe : boutiques, restaurants, salles de spectacle, bowling, discothèques, bars… Un petit temple de la consommation à l'occidentale, une petite trahison du dogme communiste. Le Palais de la République abritait aussi la *Volkskammer,* le Parlement qui, sous la dictature, n'avait strictement aucun pouvoir. En 1990, le bâtiment fut fermé pour subir une longue opération de désamiantage et la question de son destin fut posée, déclenchant un long débat entre les défenseurs d'une démolition et ceux d'une rénovation. En RDA, toute une génération associait une partie de sa jeunesse à ce vaste espace de distraction. À l'issue d'un long bras de fer, le Bundestag vota la destruction de l'édifice en 2003 et la reconstruction de la résidence de l'empereur bombardée pendant la guerre, le château baroque des Hohenzollern, que la RDA avait fait raser en 1950. À la restauration du Palais on préféra une semi-copie de château à l'élégance douteuse, anachronique, à laquelle personne ne s'identifie, comme si on refusait aux Allemands de l'Est le droit d'avoir vécu des moments heureux malgré la dictature.

En réaction, quelques années après la réunification, émergea une vague de nostalgie de la RDA baptisée « Ostalgie ». D'anciens produits de l'Est réapparurent sur les étagères des supermarchés, des meubles, des lampes et toutes sortes d'objets du quotidien firent l'objet d'un culte inattendu et des *Ostalgie-Partys* furent organisées dans des lieux couverts de portraits, drapeaux, banderoles de la RDA… La tendance était plus profonde qu'elle en avait l'air, et cette distanciation ouverte avec l'Allemagne réunifiée se vérifia aux élections fédérales de 1994, quand le nouveau parti communiste obtint 30 sièges au Parlement. Certains Allemands de l'Est réagissaient à ce que beaucoup percevaient comme une diabolisation de la RDA par l'Ouest. « Les gens avaient malgré tout réussi à construire une existence sous la RDA, explique Roland Jahn, jusqu'au jour où tout s'est écroulé. Une fois de plus, il avait fallu qu'ils rebondissent. Et ils étaient rongés par la peur de perdre ce qu'ils avaient reconstruit. Les premières victimes de cette peur furent les étrangers. »

Depuis la chute du Mur, à l'Est, les descentes de skinheads et de néonazis pour lyncher des étrangers en pleine rue et hurler des insultes devant les foyers de réfugiés étaient devenues une routine. On comptait déjà les premiers morts. La haine culmina un jour d'août 1992, à Rostock, sur la mer Baltique, quand un millier de personnes prirent d'assaut un foyer de réfugiés vietnamiens en hurlant : « On vous aura ! » « On va tous vous passer au gril ! » Les assaillants tentèrent de forcer les portes du foyer, brisèrent les fenêtres et lancèrent des cocktails Molotov sous les applaudissements de 3 000 spectateurs. Le foyer prit feu. À l'intérieur, où se trouvait aussi une équipe de télévision, le désespoir s'empara des réfugiés pris au piège des flammes et de la fumée. Les enfants hurlaient, les femmes pleuraient, d'autres couraient à la recherche d'une issue qu'ils finirent par trouver en forçant une porte qui menait au toit.

Les responsables de la police, alertés en amont, furent d'une incompétence désastreuse. Garés à proximité, ils intervinrent une heure seulement après le début de l'incendie, dégageant la voie aux pompiers pour leur permettre d'éteindre le feu et d'évacuer les blessés. L'Allemagne fut saisie d'effroi. Le plus choquant était les milliers d'habitants venus acclamer ou même aider les assaillants : des citoyens normaux, d'âges divers. Le foyer en feu abritait des Vietnamiens qui avaient été invités par la RDA pour faire des travaux que les Est-Allemands refusaient de faire. Rostock comptait 1 640 étrangers pour 240 000 habitants.

À l'Ouest aussi, les violences xénophobes se multiplièrent à partir de 1990 avec l'afflux de réfugiés originaires de l'Est, en particulier de Yougoslavie où une guerre civile avait éclaté. En 1992, le nombre de demandeurs d'asile atteint le chiffre de plus de 440 000 demandes. Le taux d'octroi de droit d'asile était très faible, ce qui n'empêcha pas la CDU, la CSU et les partis d'extrême droite de lancer une campagne virulente contre les réfugiés.

C'est dans ce contexte qu'en novembre 1992, à Mölln, dans le Schleswig-Holstein (nord), deux néonazis mirent le feu à une maison où vivaient des familles turques : deux fillettes turques et leur grand-mère périrent dans les flammes. Quelques mois plus tard, toujours à l'Ouest, à Solingen, en Rhénanie du Nord-Westphalie, quatre néonazis incendièrent une maison où vivaient également des familles turques : une femme et son petit garçon moururent en sautant par la fenêtre, un jeune homme et deux enfants furent brûlés. Le chancelier Helmut Kohl n'assista à aucune des funérailles, préférant envoyer le ministre des Affaires étrangères. Son porte-parole se justifia en disant que le gouvernement voulait éviter le « tourisme de condoléances ».

Cette indifférence n'était pas le fait des citoyens. À l'Ouest, plus d'un million de personnes descendirent dans la rue du pays pour dire : « Plus jamais ça ! » À Mannheim, où j'étais étudante, j'ai participé à une longue chaîne lumineuse et silencieuse pour faire bloc contre la haine raciale. Debout pendant deux heures entre une vieille dame qui tenait une bougie entre ses mains tremblantes et un jeune punk, tous deux déterminés à protéger cette chaîne qui symbolisait bien plus que le deuil de deux familles turques, j'ai éprouvé la force de la mémoire face à la haine.

À l'Est, en revanche, les témoignages de solidarité avec les victimes de xénophobie étaient rares. Les scènes de Rostock n'avaient pas suscité d'indignation aussi virulente qu'à l'Ouest où elles avaient été comparées aux pogroms antisémites du nazisme. À l'Est, les attaques se déroulaient souvent ouvertement, les auteurs ne se cachaient pas en voyant les caméras, comme s'ils partaient du principe qu'ils avaient l'adhésion de la majorité de la population. En effet, il n'était pas rare qu'une foule vienne les encourager.

Les Allemands de l'Ouest durent se rendre à l'évidence : le travail de mémoire du national-socialisme, si central dans la construction de leur identité, avait été ignoré en RDA, laissant à l'Allemagne réunifiée un héritage explosif.

Pendant quarante ans, le régime communiste avait maintenu son peuple dans le déni en cultivant le mythe suivant lequel elle ne représentait que les Allemands communistes, ceux qui avaient combattu le nazisme. C'était vrai pour les dirigeants qui avaient construit la RDA après avoir payé cher leur opposition au IIIe Reich. Mais cette élite antifasciste projetait son expérience sur l'ensemble de la société est-allemande, alors que la majorité de la population avait été nazie. Aussi fallut-il inculquer l'antifascisme de manière artificielle, par le biais de commémorations, de monuments, de défilés, de discours, de rituels et d'une éducation ciblée. Le résistant, le communiste, le soldat de l'Armée rouge étaient au cœur de cette mémoire collective, très peu les juifs ni les autres victimes du nazisme. « Dès le collège, les élèves devaient aller visiter le camp de concentration de Buchenwald, transformé en un gigantesque mémorial, explique Roland Jahn. Il était question des héros communistes, mais on ne nous demandait jamais de réfléchir aux raisons pour lesquelles le fascisme avait eu du succès et que tant de gens étaient devenus des *Mitläufer.* »

Le sujet n'était pas non plus débattu dans les familles. L'Est n'a pas connu de soulèvement étudiant dans les années 1960, les jeunes n'ont pas demandé de comptes à leurs parents sur leur rôle sous le IIIe Reich. Le père de Roland Jahn avait été maire NSDAP d'une petite bourgade. « Ma famille n'a jamais critiqué mon père sur son passé, dit-il. Elle l'a plutôt défendu. Moi non plus, je ne posais pas de questions. » Jana Hensel fait part du même type de petits arrangements avec le passé dans *Zonen Kinder* : « En cours d'histoire, nous étions tous antifascistes. Nos grands-parents, nos parents, les voisins, tous avaient été antifascistes. »

La RDA avait officiellement décidé que la RFA était seule responsable des crimes nazis, c'est donc à elle qu'il revenait de s'excuser et d'indemniser les juifs. Elle s'était même arrogé le droit de dénoncer la continuité – réelle – entre les dirigeants politiques du IIIe Reich et ceux de l'Allemagne de l'Ouest, faisant de cette thématique le cœur de sa propagande antioccidentale.

L'absence de responsabilisation morale individuelle par rapport aux crimes racistes et antisémites des nazis, associée au manque de contact avec d'autres cultures et d'autres ethnies, favorisa une vision de l'étranger chargée de clichés, de préjugés et de peurs. Les Allemands de l'Est vivaient dans une bulle dominée par la pensée unique. Rien ne pénétrait de l'extérieur. S'ils sortaient de leur pays, c'était pour aller dans des pays communistes au fonctionnement similaire, sur la mer Noire, en Bulgarie, ou au bord du lac Balaton, en Hongrie.

À l'inverse, il était difficile pour un Occidental de voyager en RDA, même avec un visa. Le nombre d'étrangers ne dépassait pas 200 000 et ils étaient cloisonnés : les soldats soviétiques, détestés car perçus comme des occupants, habitaient dans des casernes, tandis que les travailleurs de pays communistes d'Afrique ou d'Asie, recrutés pour un salaire bien inférieur à celui des Est-Allemands, vivaient dans des foyers.

La dictature contrôlait toute forme de contact avec les étrangers. Contredisant la rhétorique communiste internationaliste, le parti SED exploitait le pathos patriotique pour façonner un nationalisme exclusivement est-allemand.

En 1988, Roland Jahn réalisa pour la télévision ouest-allemande un reportage sur la montée en puissance des groupes néonazis et skinheads en RDA, considérée comme un phénomène occidental. Il montra des images d'hommes au crâne rasé criant « Les étrangers dehors » dans un stade, filma des tombes juives profanées et interrogea des jeunes, dont l'un expliquait : « Beaucoup d'entre nous manquent de modèles politiques ici […] qui nous aideraient à construire notre vie. » Les autorités est-allemandes ont toujours minimisé une évolution qui contredisait le mythe fondateur du pays, échouant à affronter le problème à temps.

Aujourd'hui, trente ans après la chute du Mur, l'Est n'a plus rien à voir avec ce que mon père a connu. Quand je reçois des amis étrangers à Berlin, je les encourage à visiter ces belles régions que le maître de la peinture romantique allemande, Caspar David Friedrich, a immortalisées. Au nord, il faut traverser un grand plateau de lacs aux eaux limpides, refuge d'une variété infinie d'oiseaux, de villes historiques et de châteaux, avant d'arriver sur les côtes de la mer Baltique où l'architecture des villes balnéaires fin de siècle offre un voyage dans le temps. Au sud, la meilleure manière d'admirer les paysages est de monter dans le train qui relie Berlin à Prague, et de regarder défiler les forêts baignées de lacs, l'Elbe qui serpente entre les collines verdoyantes d'où surgit, peu avant la frontière tchèque, un vertigineux assemblage de pinacles rocheux qui semble tiré d'un conte de fées. Dans certaines zones, surtout en Saxe et en Thuringe, l'économie est en pleine croissance, l'industrie rayonne et le chômage ne cesse de diminuer. Dans le Nord, le tourisme s'est bien développé. Certes, il reste des zones délaissées, mais globalement l'écart économique et social avec l'ex-RFA s'est considérablement réduit ces dernières années, à tel point que certaines régions d'ex-RDA dépassent celles de l'Ouest.

Pourtant, si l'on visite Dresde ou Leipzig un jour de rassemblement du mouvement citoyen Pegida (Européens patriotes contre l'islamisation de l'Occident) ou du parti d'extrême droite Alternative für Deutschland (AfD), force est de constater qu'une partie non négligeable d'Allemands de l'Est est en colère : contre le gouvernement, contre les partis politiques traditionnels, contre les journalistes, contre l'Ouest, contre les intellectuels, contre l'Union européenne, et surtout contre les réfugiés. Avec l'arrivée de réfugiés fuyant notamment la guerre en Syrie à partir de 2014, la xénophobie de l'Est prit une nouvelle dimension. Des citoyens commencèrent à se réunir à Dresde sous la bannière de Pegida en scandant des slogans agressifs contre « l'invasion » de l'islam en Europe et en brandissant des drapeaux allemands et des croix chrétiennes. Puis le mouvement grandit et essaima dans d'autres villes.

Les agressions contre les réfugiés se multiplièrent. En 2014, il y en eut quatre fois plus à l'Est qu'à l'Ouest par rapport au nombre d'habitants. La décision de la chancelière chrétienne-démocrate Angela Merkel d'ouvrir les frontières aux réfugiés en septembre 2015 électrisa encore cette violence. Une scène filmée par un anonyme est restée ancrée dans mon esprit : dans le petit village de Clausnitz, au sud de la

Saxe, une froide nuit de février 2016, un bus de réfugiés est arrêté, il fait nuit. Une meute lui bloque l'accès au centre de réfugiés et aboie des propos racistes, l'ambiance est oppressante. La police tente de faire descendre les passagers. Un jeune garçon résiste, il a dix ou onze ans, il pleure, il a peur, il se réfugie auprès du chauffeur, un policier monte et le tire brusquement vers l'extérieur sous les acclamations de la horde que cette violence excite. Au premier rang des sièges, deux femmes assises se prennent dans les bras, terrifiées.

En septembre 2017, peu avant les élections fédérales, j'ai réalisé un reportage sur la campagne électorale de l'AfD pour un magazine français. Nous sommes à Iéna, une jolie ville universitaire de Thuringe. Quelques centaines de personnes sont réunies devant une tribune sur la place du marché, encerclée par des barrières surveillées par la police. Sur le podium, Stephan Brandner, tête de liste de l'AfD en Thuringe, s'empare du micro et commence à insulter les partis du Bundestag : les Verts, associés à des « fanatiques du climat, des nez à cocaïne et des violeurs d'enfants » ; le FDP, « une sorte de mélange entre un mannequin pour sous-vêtements et une publicité de parfum bon marché » ; le SPD, « ce tas de débris ». Derrière les barrières, une contre-manifestation déclenche un tintamarre destiné à perturber le meeting. La société civile d'Iéna, dont de nombreux étudiants et des sympathisants de la gauche radicale Die Linke, s'est mobilisée et brandit des banderoles appelant à « Résister à la haine ! »

Brandner termine par une attaque *ad hominem* contre Angela Merkel, « ce tyran que nous devons éliminer ». Un hélicoptère des forces de sécurité apparaît dans le ciel, son vrombissement couvre la voix de l'orateur qui le montre du doigt en demandant : « Peut-on l'abattre ? » Vient le tour d'Alice Weidel, candidate du parti au niveau fédéral, qui s'attaque aux réfugiés. « Après douze ans de Merkel, il suffit d'aller sur Google et d'entrer les mots-clés "homme" et "couteau", suivis par "actualités", pour découvrir les drames de la semaine précédente : il y en a des pages entières », affirme-t-elle en citant des exemples fumeux. La violence et la vulgarité de ces responsables ne choquent pas le public, une majorité d'hommes qui n'ont rien du look étudié des néonazis. Ils avaient vingt, trente ans quand le Mur est tombé.

Deux semaines plus tard, aux élections fédérales législatives, le score de l'AfD atteint presque 22 % des voix en ex-RDA contre 10,7 % à l'Ouest, et le parti Die Linke emporta 17,8 % des votes à l'Est contre 7,4 % à l'Ouest, une radicalité de mauvais augure pour la démocratie. Aujourd'hui, le mouvement Pegida a décliné, mais l'AfD est dans tous les parlements régionaux.

À Iéna, je tombe sur Roland Jahn, qui a été invité à un colloque intitulé « Stasi : l'oubli nous menace-t-il ? ». La salle est remplie aux deux tiers de retraités. Un spectateur se lève et dit qu'autour de lui les gens sont oppressés par le « politiquement correct », un peu comme « sous la dictature en RDA ». « Sauf qu'aujourd'hui on ne finit pas en prison quand on donne son avis, répond Roland Jahn. Attention à ne pas confondre la haine et la liberté d'opinion. »

Dans le public, une femme prend la parole : « Nous étions lâches. La plupart d'entre nous ont participé à la dictature communiste d'une manière ou d'une autre. » Roland Jahn, auteur d'un livre intitulé *Nous les conformistes : survivre sous la RDA,* acquiesce. « Après la réunification, m'explique-t-il plus tard, le débat a été dominé par la confrontation entre victimes et bourreaux alors que la plupart des gens ne s'identifiaient ni aux premiers ni aux seconds. On s'est concentré sur la Stasi au lieu d'essayer de comprendre comment une telle société avait pu fonctionner, comment la dictature avait pu se renforcer en s'appuyant sur les nombreux *Mitläufer.* »

Après la conférence, il me montre Iéna, la ville où il a grandi. Il en connaît chaque mur, chaque rue, l'histoire de leurs cicatrices cachées qu'un déluge de rénovations a effacées. Voici l'université dont il a été chassé après avoir critiqué en séminaire l'expulsion du très populaire chansonnier Wolf Biermann. À l'exception d'un seul, tous ses camarades de classe votèrent la radiation de Roland, des amis qui avaient eu peur. Il fut profondément blessé. Dans son livre il écrit : « Il y a beaucoup de manières de s'adapter, du silence à la servilité. Mais s'adapter a aussi un prix. Il a apporté de la légitimité à ceux qui au nom de la raison d'État ont commis des injustices. » Bien sûr, on ne peut pas exiger de tous d'être un héros, reconnaît-il, néanmoins « quiconque s'adapte dispose presque toujours aussi d'une marge de manœuvre ». L'une des raisons du succès de l'AfD en ex-RDA – Roland Jahn en est convaincu – est une grave lacune mémorielle, et pas seulement par rapport au passé nazi : « Jusqu'à aujourd'hui, très peu de gens se sont posé la question de la responsabilité individuelle des citoyens dans la consolidation de la dictature en RDA. »

Une autre amnésie qui porte toujours à conséquence concerne l'après-chute du Mur, des années traumatisantes pour nombre d'Allemands de l'Est. Le déficit d'empathie de l'Ouest pour les destins individuels de l'Est et le mythe, vivace à l'Est, d'une ruée des Allemands de l'Ouest sur les prétendus trésors de la RDA divisent toujours l'Allemagne.

De passage obscur en raccourci secret, Roland Jahn traverse Iéna avec la fluidité d'un gamin qui devait souvent courir pour échapper à la police. « À chaque fois que je reviens, j'ai de vieilles images qui me reviennent et je me dis, quel chemin parcouru, quelle liberté gagnée ! »

C'est peut-être justement cette mémoire qu'il faudrait rendre aux Allemands de l'Est, la fierté d'appartenir à un peuple qui a fini par avoir le courage de dire non à la dictature, et de conquérir sa liberté et sa dignité à la sueur de son front.

Chapitre XIII

Autriche-Italie : petits arrangements avec le passé

Sur l'autoroute pour Vienne, tandis que défilent sous mes yeux de vastes vallées enneigées bordées de montagnes crénelées, j'écoute Radio Österreich 1. À Hagenberg, en Haute-Autriche, un homme parle de son père, Otto von Wächter. C'était un SS-Führer, successivement gouverneur de Cracovie et du district de Galicie, au sein du gouvernement général de Pologne où les nazis assassinèrent trois millions de juifs polonais. J'écoute attentivement. « Mon père n'a rien à voir avec la déportation des juifs parce qu'il ne pouvait pas faire autrement, pour ainsi dire », affirme Horst von Wächter aux journalistes de Ö1 auxquels il a ouvert les portes de son château délabré. On entend des voix et des rires derrière lui. Sa fille, Magdalena, prend la parole : « J'ai un sentiment de culpabilité, qui, avant, était encore plus fort [...] c'était horrible pour moi d'apprendre que mon grand-père a participé à ça. J'étais anéantie. » Sa propre fille, Gwendolyn, quatorze ans, glisse à son tour : « Ce n'était pas seulement un mauvais nazi, j'ai entendu dire. » « Personne ne peut être un bon nazi, répond Magdalena, parce que le national-socialisme est condamnable en soi. Le national-socialisme est la racine de tous les maux. »

Pendant une heure, l'histoire d'Otto von Wächter et du legs empoisonné qu'il laissa à sa famille m'accompagnent alors que je m'enfonce dans cette nature immense, au cœur de l'Europe centrale, qui a vu passer tant de peuples, d'armées et d'empires.

Nous sommes en mars 2018. Il y a quatre-vingts ans, les troupes allemandes envahissaient l'Autriche sans aucune résistance armée. À leur arrivée, la police viennoise avait déjà mis le brassard nazi et commencé à arrêter les « indésirables ». Trois jours plus tard, sous les applaudissements d'un parterre de 250 000 personnes réunies sur Heldenplatz, à Vienne, Adolf Hitler, né en Autriche, avait lancé : « En tant que Führer et chancelier de la nation allemande et du Reich, j'annonce l'entrée de ma patrie dans le Reich allemand. » L'Autriche était désormais une province du Reich baptisée *Ostmark* (marche de l'Est). La population ne s'y opposa pas. Depuis la dissolution de l'empire des Habsbourg en 1918, l'Autriche était devenue un petit pays, et la volonté de se rapprocher de l'Allemagne était courante chez les Autrichiens qui avaient le sentiment de partager une forte identité germanique avec leur voisin. En outre, le national-socialisme s'était bien implanté dans le pays pendant l'entre-deux-guerres.

Dès les années 1920, un NSDAP autrichien avait été créé, qui avait un succès croissant. Après que des militants eurent commis plusieurs attentats contre les autorités autrichiennes, leur parti fut interdit en juin 1933, mais ils poursuivirent leurs activités de manière clandestine, grâce à des soutiens logistiques et financiers provenant d'Allemagne. Leur violence culmina à l'été 1934 avec un putsch manqué. Le chancelier autrichien Engelbert Dolfuss, proche de l'Italie fasciste et de l'Église catholique, fut assassiné et remplacé par Kurt Schuschnigg. Après l'échec du coup d'État, les nazis changèrent de méthode. Le gouvernement allemand infiltra le pouvoir autrichien avec des sympathisants officiellement non-membres du NSDAP qui prépareraient le terrain à l'Anschluss.

Otto von Wächter, un membre du parti depuis 1923, avait participé au putsch. Recherché pour haute trahison, il s'enfuit en Allemagne où il entra dans la SS, avant de revenir dans son pays après l'annexion. Il existe une photo d'Otto von Wächter en uniforme nazi, assis à son bureau dans le palais de la Hofburg, à Vienne. Elle est datée du 9 novembre 1938, jour du déclenchement des pogroms contre les juifs en Allemagne et en *Ostmark*. Wächter était commissaire d'État du nouveau chef du gouvernement autrichien, Arthur Seyss-Inquart, qui fit régner la terreur contre les opposants politiques et les juifs.

L'antisémitisme autrichien n'avait rien à envier à l'allemand. Dans *Mein Kampf*, Adolf Hitler, qui séjourna à Vienne entre 1908 et 1913, a salué les discours fracassants du maire de la capitale, Karl Lueger, contre les juifs, qui brillaient par leur réussite dans beaucoup de secteurs en Autriche. Après la défaite de la Première Guerre mondiale, les théories du complot juif redoublèrent d'ardeur, relayées par l'Église catholique et le Parti chrétien-social de Karl Lueger. Dans les années 1930, sous l'influence du national-socialisme, les harcèlements s'intensifièrent contre les juifs, qui commencèrent à émigrer. La haine montait mais restait contenue par la loi et un résidu de bienséance morale. L'arrivée des troupes allemandes fit éclater ce fragile garde-fou et déclencha une violence rarement vue en Allemagne.

Ce fut la métamorphose de Vienne, astre de la Mitteleuropa, jadis irriguée de culture, devenue le théâtre de son propre déclin. Une bête immonde, la foule cupide et envieuse, pillait, volait, frappait, humiliait et martyrisait ceux qui avaient tant contribué au rayonnement de leur ville. Dans son autobiographie parue en 1966, l'écrivain allemand Carl Zuckmayer, témoin de ces jours, les décrit comme l'enfer sur terre : « L'air était continuellement empli de cris stridents, effroyables, hystériques, émanant de gorges d'hommes et de femmes, perçant le jour et la nuit. Et tous les êtres humains perdaient leur visage, remplacé par des gueules déformées : les uns par la peur, les autres par le mensonge, les autres par un triomphe sauvage rempli de haine. [...] J'ai vécu les premiers jours de la domination nazie à Berlin. Rien de comparable à ce qui se déroulait ces jours à Vienne ne s'y était déroulé. »

Dans *Le Monde d'hier* (1944), l'écrivain autrichien juif Stefan Zweig décrit ce « plaisir infâme de la torture publique, du supplice psychique, des humiliations raffinées. [...] Chacun avait le champ libre pour exercer son désir particulier de vengeance. Des professeurs d'université furent contraints de frotter le sol des rues à mains nues, des juifs pieux à la barbe blanche furent arrachés de leurs temples par des hommes hurlants, qui les forcèrent à se prosterner en criant en chœur "Heil Hitler" ». Une vague de suicides emporta ceux qui ne voulaient pas savoir jusqu'où cette infamie irait, tel le philosophe Egon Friedell, qui se jeta par la fenêtre de son appartement quand deux SA se présentèrent à sa porte. Stefan Zweig, en exil au Brésil, le suivit quatre ans plus tard, en février 1942, refusant d'assister à l'agonie de la civilisation européenne à laquelle il avait identifié son œuvre et sa vie.

Sur les 185 000 juifs vivant en Autriche au printemps 1938, 120 000 réussirent à partir, mais 65 000 périrent assassinés dans des camps ou ailleurs, ainsi que la quasi-totalité de la communauté rom, une dizaine de milliers de personnes.

Après l'Anschluss, les fonctionnaires civils et les forces militaires et policières autrichiennes furent intégrés dans l'appareil d'État et l'armée de l'Allemagne nazie. Ceux qui refusaient de participer risquaient rarement plus que la perte de leur emploi ou un départ anticipé à la retraite. Pourtant, la grande majorité des Autrichiens collaborèrent. Beaucoup firent carrière à l'étranger, notamment aux Pays-Bas et à l'Est, et participèrent aux crimes nazis. Vu la proximité de l'Autriche avec l'Europe de l'Est datant de l'Empire austro-hongrois, le Reich pensait judicieux d'envoyer ses effectifs autrichiens dans cette région où se déroulaient les pires atrocités nazies. Les historiens débattent toujours pour essayer de comprendre pourquoi autant d'Autrichiens figurent parmi le personnel directement impliqué dans l'Holocauste.

Otto von Wächter était l'un d'eux. En tant que gouverneur de Cracovie, il fit exécuter plus de cinquante otages polonais, ordonna que tous les juifs de plus de douze ans portent un signe distinctif et enferma les juifs dans un ghetto fermé par des murs et des barbelés. Alors qu'il gouvernait la Galicie depuis le siège de Lemberg (Lwiw, aujourd'hui en Ukraine) entre janvier 1942 et août 1944, plus de 100 000 juifs de la ville furent massacrés ou déportés dans des camps pour être gazés. Des archives ont montré qu'il protégea des travailleurs juifs et qu'au début de 1942, alors que la solution finale était déjà en cours, il critiqua la *Germanisierung* de la zone de Lemberg. Un supérieur remit en cause sa « loyauté de SS ». Son rôle exact dans les atrocités, en tant que haut fonctionnaire civil, sans responsabilité policière, n'est pas connu. Mais sa responsabilité dans la Shoah est indéniable.

Son fils, Horst von Wächter, tente de justifier son père : obéissance aux ordres, aveuglement, impuissance. « Je suis convaincu qu'il n'a pas d'êtres humains sur la conscience et qu'il a refusé de tuer des gens, de par ses valeurs. Ça ne lui correspondait pas », insiste-t-il. Sa fille Magdalana ajoute : « Je veux aussi bien y croire, j'aimerais bien y croire, je le crois en partie, je crois mon père. » En août 1942, alors que les déportations des juifs de Lemberg vers le camp d'extermination de Belzec battaient leur plein, Heinrich Himmler proposa à Otto von Wächter de retourner à Vienne. Il déclina l'occasion de mettre fin à sa mission et de limiter son implication directe dans la Shoah.

La réaction de Horst m'intrigue. Il est né en 1939, quatre ans avant mon père. Son père, un SS à un poste de haut commandement, était impliqué jusqu'au cou dans la machine criminelle nazie ; le père de Volker, qui a rejoint le NSDAP et profité des mesures d'aryanisation, n'a jamais occupé de fonction dans l'État nazi. Le premier a à peine connu son père, Otto, mort sous un faux nom en exil à Rome en 1949, le second a vécu sous le même toit que son père, Karl, pendant plus de vingt ans.

Comment est-il possible que Horst défende son père et que Volker le condamne ? Magdalena von Wächter et moi sommes de la même génération. Nous sommes influencées par la vision que nos pères ont de leur propre père, cette narration qui se transmet dans les familles et brouille parfois les pistes de la grande Histoire. Magdalena veut croire son père pour sauver l'honneur de son ascendance ; je suis moins sensible qu'elle à la loyauté familiale, je préfère me forger ma propre opinion fondée. Elle ne veut pas transmettre cette histoire à ses enfants afin de les « décharger » de ce legs. Mon père et moi avons puisé dans cette mémoire pour forger des valeurs qui nous servent au quotidien.

À quoi tiennent ces différences ? À l'écart de degré de culpabilité entre Karl et Otto, le plus lourd étant trop difficile à reconnaître pour ses descendants ? À nos caractères, nos rencontres, nos lectures, aux hasards de la vie ? Et si un autre facteur pesait : ils ont grandi en Autriche alors que nous avons eu une éducation allemande ?

L'Autriche n'a pas échappé à l'amnésie générale qui a frappé l'Europe après la guerre. Au contraire, l'amnésie autrichienne, elle, ne dura pas vingt, trente ans, comme en Allemagne ou en France, mais s'installa pendant près d'un demi-siècle. Dès la proclamation de son indépendance en avril 1945, le pays s'empressa de graver dans le marbre le mythe fondateur de la

Deuxième République : l'Anschluss « fut le résultat d'une menace militaire extérieure, du terrorisme et de la haute trahison d'une minorité d'Autrichiens fascisto-nazis, il fut imposé à des dirigeants sans défense et au peuple d'Autriche, que l'occupation militaire de temps de guerre rendait impuissants ».

Après la guerre, les Alliés occupèrent le pays qu'ils divisèrent en quatre zones d'occupation, puis instaurèrent le *NS-Verbotsgesetz*, une loi interdisant le NSDAP, ses organisations affiliées et la propagation d'idées nazies. Sur une population de 6,6 millions d'habitants, ils relevèrent plus d'un demi-million de membres du parti nazi. Ils entreprirent la dénazification et poussèrent le gouvernement provisoire autrichien à instaurer des tribunaux populaires qui firent de nombreux procès et prononcèrent des condamnations plus ou moins sévères.

La dénazification se heurtait au déni des Autrichiens qui se percevaient comme des victimes, et non comme des nazis. Le journal *Neues Österreich*, porte-parole du parti conservateur ÖVP, du parti social-démocrate SPÖ et du parti communiste KPÖ, écrivit en septembre 1945 : « En vérité, pendant toute l'époque nazie, Vienne a été une marmite bouillonnant de révolte et d'indignation [...]. Il faut pourtant continuer à subir les reproches selon lesquels nous avons obéi à Hitler, ce que contredisent tous les faits historiques. » Le maire de la capitale et futur président d'Autriche, le social-démocrate Theodor Körner, alla jusqu'à prétendre en 1947 : « Le Viennois est un citoyen du monde, il n'est pas antisémite. Les tendances antisémites lui sont totalement étrangères. » 5 000 juifs avaient survécu à Vienne, 2 300 étaient revenus vivants des camps. La plupart quittèrent la ville qui les avait trahis et dont les habitants montraient un manque affligeant d'empathie après la guerre. Il fallut la pression des États-Unis pour que l'Autriche engage des réparations et indemnise les juifs, très en deçà de ce qui leur avait été volé. « Une partie de l'élite politique défendait l'idée qu'on devait "faire traîner en longueur" le traitement des requêtes des victimes juives », explique l'historien autrichien Winfried Garscha, spécialiste de la période.

En 1955, les Alliés quittèrent l'Autriche, ayant d'autres chats à fouetter que d'essayer de rééduquer les Autrichiens en pleine guerre froide. À peine le pays avait-il recouvré sa souveraineté qu'un nouveau parti vit le jour, le FPÖ, présidé par un ancien *SS-Brigadeführer*, Anton Reinthaller, qui avait fait trois ans de prison pour haute trahison à cause de ses fonctions politiques dans le IIIe Reich. La justice autrichienne s'empressa d'instaurer une amnistie de fait en classant les enquêtes sur les crimes nazis. La plupart des nazis furent libérés de prison.

Au moment où j'approche de Vienne, la radio Österreich 1 diffuse une interview de Christian Frosch, réalisateur autrichien de *Murer : Anatomie eines Prozesses*, un film sur le procès de Franz Murer, un SS-Führer, responsable du massacre de la quasi-totalité des 80 000 juifs de Vilnius en Lituanie entre 1941 et 1943. Après la guerre, Murer menait une vie paisible de politicien local en Autriche, jusqu'au jour où Simon Wiesenthal, juif autrichien survivant de l'Holocauste qui consacra sa vie à lutter contre l'impunité à l'égard des nazis, alerta l'opinion internationale sur son passé. Un procès s'ouvrit en juin 1963 à Graz. La presse « a décrit l'ambiance dans la salle comme étant de manière générale incroyablement hostile aux témoins juifs, avec des protestations dans le public [...] il y eut même un homme qui se leva pour faire le salut hitlérien, décrit Christian Frosch, saisi par ce phénomène "d'inversement des rôles du bourreau et de la victime" ». À l'issue d'un procès scandaleux marqué par l'ingérence massive du politique, à droite comme à gauche, l'accusé fut acquitté et célébré comme un héros par une grande majorité de la population.

Pendant des décennies, les deux grands partis politiques autrichiens, le SPÖ et l'ÖVP, préférèrent accorder une sorte d'absolution générale plutôt que de se priver d'électeurs et de soutiens parmi les anciens nazis, si nombreux. Ils nourrirent le mythe de l'Autriche victime du Reich et nièrent la collaboration de centaines de milliers d'Autrichiens. C'était l'« amnésie froide », comme la baptisa Simon Wiesenthal.

La plupart des crimes avaient été perpétrés hors du territoire autrichien, donc loin du regard de la population. Mais pas tous. Le Führer avait donné l'ordre d'ériger à 20 kilomètres de Linz, à Mauthausen, un gigantesque camp qui avait plus de quarante dépendances dispersées à travers le pays. 190 000 détenus de diverses nationalités y furent déportés : opposants politiques, civils et prisonniers de guerre. La moitié d'entre eux périrent. Mauthausen était le seul camp du territoire du Reich à être classé catégorie III, c'est-à-dire que la finalité était la « Destruction par le travail ». Une des mesures les plus efficaces était d'obliger les détenus à porter plusieurs fois par jour des blocs de granit du fond d'une carrière jusqu'au sommet d'un escalier de 32 mètres de haut. Pour rejoindre la carrière, les victimes longeaient un précipice profond de 50 mètres, où les SS, dont nombre d'Autrichiens, s'amusaient parfois à pousser des détenus pour les regarder s'écraser. Mauthausen disposait aussi d'un bordel où des femmes étaient violées à longueur de journées. Il y avait un laboratoire d'expérimentation médicale où des détenus servaient de cobaye à des médecins tel Aribert Heim pour des expériences douloureuses, souvent fatales.

Les médecins autrichiens étaient particulièrement impliqués dans les crimes du IIIe Reich. Dans le cadre de l'*Aktion T4* destinée à éliminer les personnes jugées anormales, 18 000 personnes périrent dans une chambre à gaz installée dans la cave du château de Hartheim, près de Linz. En septembre 1941, quand Hitler fut contraint de mettre fin à l'*Aktion T4* à cause des protestations en Allemagne, en Autriche on continua à tuer. De septembre 1941 à la fin de la guerre, 12 000 personnes supplémentaires furent assassinées à Hartheim, détenus malades ou indésirables, notamment des prêtres dont les camps voulaient se débarrasser.

À Vienne, dans le centre médical pour jeunes *Am Spiegelgrund,* 800 enfants jugés handicapés moururent dans le cadre d'expérimentations médicales sur le système nerveux. L'un des principaux responsables, Heinrich Gross, fit carrière après la guerre grâce à ses travaux sur les cerveaux d'enfants, utilisant des cerveaux des victimes du *Spiegelgrund* qu'il avait précieusement conservés… Il devint l'un des psychiatres légaux les plus renommés d'Autriche. Malgré des preuves évidentes, il ne fut jamais condamné. Le parquet autrichien entrava la procédure jusqu'à sa mort en 2005.

« Quand on parle du “refoulement” des Autrichiens, je trouve l'image presque trop sympathique, explique Christian Frosch. Parce que refoulement veut dire : les événements sont tellement terribles qu'on n'arrive pas à les aborder. » En réalité, on a volontairement menti et caché la vérité. Les collaborateurs étaient tellement nombreux qu'on se disait : « Si tous sont coupables, personne n'est coupable. » Avant la sortie du film en mars 2018, presque personne ne savait qui était Franz Murer en Autriche.

Le procès Murer n'eut pas l'effet escompté par Simon Wiesenthal. Il échoua à briser le mur du silence, contrairement aux procès Auschwitz qui s'ouvrirent la même année en Allemagne. Comme les Autrichiens, la majorité des Allemands était peu favorable à ce genre de procès, mais en Allemagne il y eut des hommes comme Fritz Bauer, le chancelier Willy Brandt, les intellectuels de l'école de Francfort et les étudiants en révolte pour sauver leur pays de l'amnésie. L'Autriche n'a pas eu de mouvement étudiant assez fort pour secouer les mentalités et purger les structures gangrenées par les vieux nazis. « L'époque nazie ne fut réellement enseignée à l'école qu'à partir de la fin des années 1970 », observe Winfried Garscha. La situation n'était guère meilleure dans l'enseignement supérieur où certains professeurs ne se gênaient pas pour afficher leur attachement au national-socialisme.

Très peu d'opposants au nazisme exilés revinrent en Autriche après la guerre. Un des rares est le social-démocrate Bruno Kreisky, fils de la bourgeoisie juive viennoise. En 1970 il fut élu chancelier et le resta jusqu'en 1983. Victime du nazisme, Kreisky refusa pourtant de faire la lumière sur le passé et préféra opter pour le *Schlussstrich.* Il nomma quatre anciens membres du NSDAP ministres, ce qui lui valut les critiques acerbes de Simon Wiesenthal. En 1975, les tensions entre les deux hommes explosèrent. Au cas où le SPÖ perdrait sa majorité absolue lors des élections législatives, Kreisky avait prévu de s'allier au FPÖ, dirigé par Friedrich Peter. Wiesenthal fit savoir au chancelier qu'il avait découvert que Friedrich Peter avait servi dans une unité SS ayant participé aux massacres de juifs en Europe orientale. Quatre jours après les élections, qui permirent au SPÖ de maintenir sa majorité absolue, Wiesenthal rendit sa découverte publique.

Kreisky prit la défense de Friedrich Peter et émit la thèse que Wiesenthal aurait été un informateur de la Gestapo pendant la guerre. Ce dernier porta plainte et le chancelier dut revenir sur sa déclaration, mais très peu de personnalités publiques et intellectuelles vinrent à la rescousse du survivant de l'Holocauste qui fit l'objet d'un déchaînement d'insultes antisémites. De son côté, Wiesenthal n'est pas exempt de zones d'ombre. Malgré son impressionnant travail de documentation sur les crimes nazis, nombre d'historiens s'accordent à dire qu'il n'hésitait pas à exagérer les faits, voire à propager intentionnellement de fausses informations.

En 1985, alors qu'ailleurs la dimension monstrueuse des crimes nazis faisait partie de la conscience collective, en Autriche, le ministre de la Défense Friedhelm Frischenschlager (FPÖ) accueillait en héros national l'ancien SS, Walter Reder, de retour d'Italie où il avait purgé une peine de trente-trois ans de prison. Reder avait entre autres crimes une responsabilité centrale dans le massacre de Marzabotto, dans les Apennins, où plus de 770 civils italiens furent assassinés, dont de nombreux enfants et femmes. Le FPÖ s'était fortement mobilisé pour la libération de Reder qu'il présentait comme un « prisonnier de guerre ». L'accueil dont il bénéficia déclencha des protestations publiques, une première pour l'Autriche.

Mais il fallut attendre un scandale international pour que la forteresse du déni que les Autrichiens avaient construite se fissure. En 1986, Kurt Waldheim, diplomate de carrière, secrétaire général des Nations unies entre 1972 et 1981, se présenta à l'élection présidentielle autrichienne sous les couleurs du parti conservateur ÖVP. Il avait publié son autobiographie dans laquelle il insistait si lourdement sur ses convictions antinazies qu'il éveilla les soupçons des journalistes, lesquels eurent tôt fait de découvrir qu'il avait servi comme officier de la Wehrmacht dans les Balkans au sein d'une unité responsable de nombreux crimes de guerre. Ces révélations n'empêchèrent pas les Autrichiens de l'élire.

Leur vote choqua la communauté internationale. Kurt Waldheim fut déclaré *persona non grata* aux États-Unis, et Israël rappela son ambassadeur à Vienne. L'« affaire Waldheim » déclencha une avalanche d'attaques verbales antisémites en Autriche, mais aussi la colère d'une partie croissante de la société civile qui réclamait la fin des mythes et des mensonges. Des débats se multiplièrent, qui culminèrent avec la présentation de *Heldenplatz,* de Thomas Bernhard, au Burgtheater de Vienne, à l'occasion du cinquantenaire de l'Anschluss en 1988. Dans la pièce, un professeur juif se suicide sur Heldenplatz, la place où Hitler avait été acclamé par les Autrichiens cinquante ans auparavant. Bernhard dénonçait la survivance des idées nationales-socialistes et de l'antisémitisme dans son pays. La pièce fit scandale et, le jour de la première, des paysans déversèrent du fumier devant le théâtre. La représentation fut huée par les uns, applaudie par les autres, mais *Heldenplatz* fut un des plus grands succès du Burgtheater.

Le 8 juillet 1991, pour la première fois, un haut représentant de l'État, le chancelier social-démocrate Franz Vranitzky, révisa la thèse de l'Autriche victime du Reich dans un discours au Parlement : « Il y a une coresponsabilité, non pas en tant qu'État autrichien [qui a disparu *de facto* avec l'Anschluss, *ndlr*] –, mais en tant que citoyens d'un pays qui infligèrent des souffrances à d'autres êtres humains et peuples [...]. Les politiciens autrichiens ont toujours refusé de l'avouer. Je voudrais aujourd'hui l'affirmer clairement, y compris au nom du gouvernement autrichien, et établir une norme dans le rapport que nous devons instaurer avec notre histoire. »

En novembre 1994, le président autrichien Thomas Klestil effectua une visite d'État en Israël. Devant la Knesset, il reconnut « que certains des pires ordures de la dictature nazie étaient des Autrichiens. Aucun mot d'excuse ne saura jamais effacer de la mémoire la souffrance de l'Holocauste ».

L'heure était enfin venue de la prise de responsabilité politique en matière de travail de mémoire. Le Fonds national de la république d'Autriche pour les victimes du national-socialisme fut créé, plusieurs lois de restitution suivirent, ainsi qu'un fonds pour indemniser les travaux forcés sous le nazisme. En 2000, à l'initiative de Simon Wiesenthal, la ville inaugura sur Judenplatz un monument en mémoire des 65 000 juifs autrichiens assassinés dans la Shoah. Trois ans plus tard, un centre fut ouvert pour enquêter sur la manière dont la justice autrichienne avait traité les crimes nazis. La dictature nazie et l'Holocauste font désormais fermement partie du programme scolaire.

Ces mesures étaient bienvenues, mais n'arrivaient-elles pas trop tard pour les victimes, mortes depuis bien longtemps, et pour les Autrichiens enfermés depuis quarante-cinq ans dans un désert de réflexion sur leur passé, privés du travail de mémoire qui enseigne le danger des partis extrémistes et populistes ?

Il neige sur Vienne et un ciel de coton donne à sa grandeur baroque la fragilité d'un rêve aux couleurs passées. La ville s'abandonne aux flocons et ralentit sous cette étreinte silencieuse. Des Viennoises à la carnation éclatante et aux joues rosies par le froid se faufilent à pas feutrés dans les rues pavées, bordées de palais, de grillages d'airain, de façades Art nouveau tapissées de végétaux stylisés, dorés et colorés. Grâce et charme s'entrelacent dans ce décor aussi doux qu'une vieille photo délavée aux contours imprécis. Je succombe à la pastorale romantique, au voyage dans le temps, à la nostalgie auxquels invite cette cité intemporelle.

Vienne est aux antipodes de Berlin, sa sœur de culture et de langue avec qui elle partage pourtant une histoire commune, noire de sang. À Berlin, il ne reste presque rien des lumières architecturales d'antan. Ses palais et ses monuments, ses églises et ses grands magasins se sont effondrés sous les bombes. Ses légendaires cafés, bars et cabarets de Potsdamer Platz, du Kurfüstendamm et de Friedrichsstrasse, hauts lieux de divertissement des années folles, ont disparu. Sur l'élégant boulevard Unter den Linden, les bâtiments néoclassiques signés Karl Frierich Schinkel sont en partie des copies. La ville qu'Hitler destinait à devenir Germania, la capitale de l'Univers, n'était plus qu'un trou béant à la fin de la guerre, un vide qu'on s'est empressé de remplir après 1945, puis après 1989, avec des tours de béton, des palais de verre et d'acier et des contrefaçons du faste de jadis. Mais Berlin n'a pas effacé les cicatrices de ses dictatures sinistres, elle n'a pas cherché à cacher ses blessures qui balafrent la ville, elle a incrusté dans la pierre la mémoire de son infamie et de ses innombrables victimes.

À Vienne, je cherche les empreintes de la guerre. Les bombes, plus rares, ont laissé des traces moins visibles qu'à Berlin et on s'est dépêché de faire disparaître les relents du crime.

Il fallut attendre 1988 pour qu'un Monument contre la guerre et le fascisme soit érigé sur Albertinaplatz, deux statues posées sur des blocs de granit, la pierre que les détenus devaient traîner en masse depuis la carrière de Mauthausen. Sur le sol une sculpture montre un juif nettoyant le sol, en mémoire de l'ignominie que les Viennois firent subir aux juifs. Je visite aussi le Mémorial de l'Holocauste, construit au-dessus des fondements d'une ancienne synagogue médiévale. Une sorte de cube rectangulaire en béton armé représente des rayonnages de bibliothèque remplis de livres dont le dos est tourné vers l'intérieur, empêchant de lire les titres, symbole de ces vies brutalement interrompues. Des riverains inquiets pour la « beauté » de la place ont protesté contre le projet.

Je vais au Musée juif, qui retrace l'histoire des juifs de Vienne. Le parcours commence par la période qui va de 1945 à nos jours, la difficile reconstitution d'une communauté qui compte 8 000 personnes aujourd'hui en Autriche. L'exposition relate l'accueil honteux réservé aux juifs après 1945 et s'interroge sur leur avenir : « Peuvent-ils considérer que la Vienne qu'ils ont contribué à façonner, et pas seulement autour de 1900, est leur ville, avec l'antisémitisme récurrent et les expulsions répétées ? »

À l'étage, une élégante scénographie illustre l'évolution de la communauté, du Moyen Âge à la Seconde Guerre mondiale. Seule une très petite partie est consacrée à la Shoah. Quel contraste avec le Musée juif de Berlin, où il est impossible d'échapper à cette immense tragédie, non seulement grâce à la collection permanente, qui croise une multitude de destins individuels, mais aussi grâce à l'architecture de Daniel Libeskind. L'édifice recouvert de zinc a la forme d'un éclair qui évoque une étoile de David brisée ; les fenêtres étroites et asymétriques ressemblent à des meurtrissures. À l'intérieur, le visiteur se perd dans des couloirs de béton aux lignes brisées et aux angles aigus, un sentiment de pesanteur l'envahit lorsqu'il marche sur le sol incliné, le long de parois non verticales, sous des poutres de béton transperçant l'espace de manière aléatoire.

À Vienne, je cherche s'il y a d'autres musées et mémoriaux rappelant le rôle des Autrichiens sous le nazisme. Sous l'influence des sociaux-démocrates, une

Maison de l'histoire a été inaugurée fin 2018, qui met l'accent sur la période de 1918 à nos jours dans le cadre d'une « éducation démocratique », ce qui ne plaît pas à tout le monde. Sinon il n'y a rien de remarquable, à part l'Exposition permanente du centre d'archives de la résistance (DÖW). « La seule exposition en Autriche qui aborde la thématique dans une telle largesse », vante le site. Le musée, très discret, est étonnamment modeste pour une telle ambition. Dans une atmosphère austère, des textes, des photos, des documents et des objets sont alignés. De toute évidence, Vienne et l'État autrichien n'y accordent pas assez d'importance pour l'équiper d'outils scénographiques et multimédias plus actuels. Mais le DÖW est surtout un centre d'archives, de publications et de recherches, une référence incontournable pour l'histoire du passé nazi de l'Autriche et un poste de surveillance de l'évolution de l'extrême droite depuis l'après-guerre.

J'ai rendez-vous avec Bernhard Weidinger, spécialiste de l'extrême droite, qui me reçoit très simplement. Il est particulièrement sollicité depuis que le FPÖ fait partie de la coalition minoritaire du ÖVP dans le gouvernement du chancelier Sebastian Kurz. « Si ce parti est au pouvoir, c'est parce que, depuis l'après-guerre, l'ÖVP et le SPÖ y voient une option tactique. Ce flirt avec le FPÖ a contribué à lui donner beaucoup de pouvoir et à le rendre "fréquentable" », explique Weidinger.

Le FPÖ a toujours eu un rapport ambigu avec le national-socialisme. À l'étranger, il s'est fait connaître quand Jörg Haider a pris les rênes du parti et l'a mené au pouvoir en 2000, en tant que partenaire minoritaire du ÖVP. Né de parents aux claires convictions nazies, Haider devait sa popularité à son hommage décomplexé à la génération de la guerre, soldats et SS compris, et ses déclarations provocantes, blagues antisémites et louanges du IIIe Reich pour sa « politique de l'emploi ». En 2008, sous l'emprise de l'alcool, il mourut dans un accident de voiture.

Au moment de sa mort, Haider avait déjà quitté le parti depuis trois ans à cause de dissensions internes. Heinz-Christian Strache avait pris la présidence du FPÖ, déterminé à inverser la courbe descendante du parti. Dans sa jeunesse, Strache a côtoyé des néonazis comme Gottfried Küssel, négationniste condamné deux fois à des peines de prison. Il a également fréquenté la Wiking-Jugend, une organisation créée en 1952 sur le modèle des Jeunesses hitlériennes, interdite en 1994. Dans les années 1990, il entama une ascension fulgurante au sein du FPÖ qui le contraignit à être plus prudent dans ses relations. Sans nier ses anciennes fréquentations, il les mit sur le compte de ses excès de jeunesse. En 2007, des photos émergèrent, qui le montraient faisant le *Kühnengruß*, trois doigts levés, une variante du salut hitlérien interdit en Allemagne. En 2012, il posta sur sa page Facebook une caricature de la crise financière : un banquier au nez proéminent portant des étoiles de David en guise de boutons de manchettes. Depuis 2017, Heinz-Christian Strache est vice-chancelier d'Autriche.

« Aujourd'hui le FPÖ est beaucoup plus extrémiste qu'avant à cause de l'influence des *Burschenschaften* [confréries étudiantes proches de l'extrême droite], explique Bernhard Weidinger. Jörg Haider avait pris soin de s'en distancer, Strache les a ramenés dans le parti. » Beaucoup de *Burschenschaften* autrichiennes placent le nationalisme *völkisch* au cœur de leur vision du monde, autrement dit, l'idée que seuls les individus issus d'une même origine peuvent constituer un peuple. Le *völkisch* était un élément central de l'idéologie nazie. Par ailleurs, ces confréries sont nombreuses à cultiver un *Deutschnationalismus*, c'est-à-dire l'idée que l'Autriche devrait faire partie d'une grande Allemagne.

J'ai déjà eu affaire aux *Burschenschaften*. En 2012, j'ai réalisé un reportage sur le rassemblement annuel des *Deutsche Burschenschaft* (DB), qui réunit des confréries autrichiennes et allemandes. Comme chaque année, elles étaient à Eisenach, près du château de la Wartburg, ancien siège de la Cour des comptes de Thuringe, un régime féodal réputé pour ses succès guerriers et sa culture du *Minnesang*, un style de poésie lyrique. En 1817, le château fut le théâtre d'une manifestation de 500 étudiants de 13 universités allemandes qui venaient de fonder les *Burschenschaften* pour promouvoir l'unification de l'Allemagne, alors éclatée en plusieurs royaumes et principautés. Ces confréries jouèrent un rôle important dans la création d'un État national allemand en 1871. Leur credo – liberté, démocratie et unité contre l'oppression des seigneurs – était symbolisé par les couleurs noir-rouge-or, celles du drapeau allemand.

Un fossé sépare la fédération d'aujourd'hui de l'esprit d'alors. La DB est passée sous le contrôle des partisans d'une ligne proche de l'extrême droite, si bien qu'en 1996 une partie de ses adhérents a créé une nouvelle fédération, plus libérale, la *Neue Deutsche*

Burschenschaft. La majorité des confréries autrichiennes sont restées dans la formation la plus extrémiste.

J'avais dû me montrer convaincante pour obtenir le droit de filmer avec un cameraman cet événement habituellement fermé aux journalistes. Une légère tension flottait dans l'air. Des centaines de jeunes hommes portaient une casquette garnie d'une visière en cuir noir entourée d'un galon coloré, et, sur le torse, un ruban en soie aux couleurs de leur confrérie. Certains avaient une estafilade au visage, gage de leur virilité. Le point culminant était une marche aux flambeaux jusqu'à un mémorial édifié en 1902, en hommage aux *Burschenschaften*. On nous interdit de filmer, et bientôt je compris pourquoi. Autour du monument magnifié par la lueur des flammes, dans la nuit tiède de l'été, un chant s'éleva de la masse de silhouettes indistinctes : la première strophe du *Deuschlandlied*, le *Deutschland über alles,* proscrite en Allemagne depuis que le IIIe Reich lui donna un sens national-socialiste. Après cette fâcheuse dérive, la ville d'Eisenach refusa de continuer à accueillir la fédération dans son château.

Depuis les élections de 2017, sur les 51 députés FPÖ du Parlement autrichien, une bonne vingtaine est membre de *Burschenschaften* ou son équivalent pour les filles, les *Mädelschaften*, contre 8 sur 52 députés en 2000. Leur présence est aussi très forte dans les parlements régionaux et les municipalités, et ils représentent plus de la moitié de la présidence fédérale du parti.

Certains appartiennent à des confréries extrémistes, notamment Olympia, opposée à la loi interdisant la propagation d'idées ou de symboles nazis. Son discours est en symbiose avec les conférenciers qu'elle invite, des théoriciens des races et des négationnistes. D'autres élus du FPÖ sont membres de Teutonia, dont j'ai découvert les locaux dans un reportage télévisé : on voit au mur un texte de Mathilde Ludendorff, figure de proue du mouvement *völkisch* dans les années 1930, antisémite et grande admiratrice d'Adolf Hitler ; non loin, un patchwork de photos d'anciens membres de Teutonia tapisse le mur, parmi lesquels des hommes en uniforme SS.

En janvier 2018, on a découvert qu'un livret de chansons nazies circulait dans la *Burschenschaft* Germania zu Wiener Neustadt, dont le vice-président Udo Landbauer avait été tête de liste du FPÖ aux élections. En voici un extrait : « Puis arriva en leur sein le juif Ben Gourion. Mettez les gaz, vieux Germains, on va y arriver au septième million. » Landbauer affirma ne rien savoir mais renonça à son mandat de député au parlement régional. Il ne fut pas exclu du parti. Peu de temps après c'était au tour de la *Burschenschaft* Bruna Sudetia d'être accusée de faire circuler un livret de chansons nazies.

Les représentants du FPÖ n'hésitent pas à s'afficher en compagnie de néonazis et de révisionnistes, ni à collaborer à des publications et des sites au contenu douteux. Les réactions antisémites, racistes et néonazies au sein du FPÖ sont si fréquentes qu'on ne peut plus parler de dérapages, mais d'une posture solidement ancrée dans le parti.

Avant d'aller à Vienne, j'avais essayé de joindre le service de presse du FPÖ pour obtenir un rendez-vous avec un responsable. J'ai dû chercher longtemps avant d'en dénicher un. « Nous n'avons pas encore d'agenda, il y a eu un problème, nous avons du retard, me répondit une jeune femme, la semaine prochaine il sera affiché. » Ce ne fut pas le cas. Je rappelai et tombai sur un interlocuteur qui me promit un retour rapide. Personne ne se manifesta jamais, un manque de transparence sidérant pour un parti au gouvernement.

Il y a longtemps que le FPÖ a déclaré la guerre aux journalistes, mais depuis qu'il est au pouvoir il peut mettre ses menaces à exécution. Dans un mail classé secret, le ministère de l'Intérieur a ainsi « encouragé » la police à limiter l'accès des « médias critiques » aux informations. Le ministre Herbert Kickl, ancien secrétaire général du FPÖ, s'est distancié du mail mais n'a pas congédié le responsable, son porte-parole. Cet épisode révèle une fois de plus les menaces de dérives autoritaires qui pèsent sur les pays qui portent des populistes au pouvoir.

Pour me consoler, je décrochai un rendez-vous avec un ancien responsable local du FPÖ, passé à l'ÖVP il y a plusieurs années, parce qu'il trouvait Hans-Christian Strache sans substance et « embarrassant » à cause de ses polémiques. Aujourd'hui il modère : « Je n'étais pas d'accord avec leur nationalisme économique ; pour moi l'intégration européenne est l'avenir. » Je lui demande si le succès croissant du FPÖ le préoccupe. Il prend l'air désapprobateur. « Il y a un large consensus sur la condamnation du passé nazi en Autriche, dit-il, la démocratie est solide. » En revanche, il est préoccupé par le manque de « liberté d'opinion au sein de l'ORF », la radiotélévidiffusion publique autrichienne, une des cibles privilégiées du FPÖ. Je l'interroge sur la vigilance à exercer quand on sait qu'un parti influencé par des *Burschenschaften* violentes est au gouvernement. « La peur est le moyen de la gauche unifiée, me répond-il, je suis contre la peur, je suis un optimiste. » Je me demande ce que signifie l'expression « gauche unifiée » dans un pays où il n'y a plus de force politique digne de ce nom à gauche des sociaux-démocrates et je m'abstiens de lui dire qu'aucun parti n'instrumentalise autant la peur que le FPÖ. « Votre vision du FPÖ n'est-elle pas un peu naïve ? », je lui demande. « J'imagine que vous êtes de gauche », s'esquive-t-il.

Peu après, je retrouve un autre interlocuteur au café Landtmann, lieu hanté par les fantômes de Sigmund Freud et Gustav Mahler. Je traverse une salle tout en longueur aux boiseries sculptées et aux amples fenêtres habillées de vieilles tentures. Sur une banquette cossue m'attend un membre du ÖVP qui connaît les coulisses de la politique. « Le FPÖ est un parti populiste de droite qui puise son électorat dans les couches sociales inférieures, frustrées et prêtes à accueillir des réponses simples, dit-il ouvertement. Haider, qui était intelligent et talentueux, avait une bonne équipe. Strache est habile, mais il est plus fruste, il a du mal à recruter des gens compétents et se retrouve avec des radicaux, peu compétents. C'est un problème pour diriger un État. » Je lui demande si l'alliance avec le FPÖ le normalise. « Il y a deux possibilités pour faire face à ce parti : soit on l'isole, soit on l'intègre. En 2000, quand l'ÖVP a formé une première coalition avec le FPÖ, ce dernier a perdu en popularité. Peut-être que le phénomène va se répéter, peut-être pas. »

La nuit tombe sur Vienne, je vais à mon dernier rendez-vous en admirant les édifices de l'Universitätsring. Jusqu'en 2012, ce boulevard s'appelait encore Dr Karl-Lueger-Ring, du nom de l'ancien maire de la ville, président du parti chrétien-social dont Adolf Hitler admirait la fièvre antisémite. Je pense à Stefan Zweig qui, dans *Le Monde d'hier*, transmet sa passion pour Vienne, décrivant le rayonnement splendide de la ville en 1900, puis le désespoir qu'elle lui inspira.

Au bar-restaurant Zum Schwarzen Kamel, une foule joyeuse est agglutinée devant le comptoir Art nouveau, les verres valsent entre les mains, il faut se frayer un passage pour atteindre une salle plus tranquille, décorée d'une frise aux motifs maritimes. Un proche du chancelier Kurz qui a un poste important dans son gouvernement m'attend. Il est cultivé, polyglotte, charmant : « Kurz est décidé à garder le contrôle de la situation et à ne pas se laisser déborder par le FPÖ, m'explique-t-il. Le FPÖ est moins inquiétant qu'on le pense. » « Un parti populiste qui joue sur la peur, la désignation de boucs émissaires et la diffamation n'est pas dangereux pour la démocratie ? » je demande. « Ce sont des incidents qui ont peu de chose à voir avec le parti. Il ne fait pas de doute que le parti défend la démocratie. Regardez plutôt les Verts, ils ont montré par le passé ce qu'ils pensaient de la démocratie ! »

À quoi fait-il référence ? Aux occupations illégales et violentes des Verts contre des projets de construction de centrales nucléaires, dans les années 1970 ? Veut-il me rassurer en relativisant le problème que pose un partenaire de coalition qui rêve de sortir l'Autriche de l'Union européenne pour la rapprocher de la Russie, est hostile à un certain nombre de piliers de la démocratie comme la liberté de la presse et considère Viktor Orban comme un modèle ? Ou bien cherche-t-il à se rassurer lui-même ? Je lui demande s'il n'a pas la chair de poule à l'idée qu'en donnant les clés du pouvoir au FPÖ – qui a la haute main sur la police, les services de renseignement, l'armée, la diplomatie et le social – Kurz a ouvert la boîte de Pandore. « Il sait ce qu'il fait, il va essayer de changer le FPÖ et d'utiliser le gouvernement pour minimiser son influence », dit-il. Avant de glisser : « Je l'espère. »

En 2010, je rencontrai un Germano-Italien qui faisait la promotion des vins italiens en Allemagne. On se connaissait à peine quand il m'invita à le rejoindre pour quelques jours en Toscane, dans sa maison adossée à une colline constellée de vignes produisant l'un des meilleurs vins rouges d'Italie, le Brunello di Montalcino. Il avait rénové une ancienne bâtisse de pierre, percée d'un bout à l'autre par une immense pièce au sol de pierre où de petites portes-fenêtres disposées à chaque extrémité laissaient passer une agréable brise et une lumière discrète. L'ameublement était rare, mais les pièces uniques, chinées çà et là au rythme des envies, assemblées avec cette habileté qu'ont les hommes italiens à libérer leur féminité sans perdre leur virilité.

Sur un mur, au-dessus d'une banquette orange, j'avais remarqué un tableau de style surréaliste. « C'est une toile de mon père, italien, qui était peintre, m'expliqua mon ami. Il admirait l'Allemagne, ses traditions chevaleresques et guerrières. Il a étudié les beaux-arts en Bavière, c'est là qu'il a rencontré ma mère, une Allemande. » C'était le portrait d'un homme avec des épaulettes et un casque de soldat sur lequel étaient relevées des lunettes de protection contre le soleil ou la poussière. Il avait deux yeux au strabisme divergent, et le bas du visage caché par une muselière de cuir. Derrière lui, se déployait un paysage désertique dessiné à la manière du Quattrocento, avec dans le fond la silhouette d'une forteresse de style arabe. Dans la pénombre, je n'avais pas fait attention à deux mots qui se fondaient dans le noir du ciel. En me hissant sur la pointe des pieds, je lus : Erwin Rommel.

Mon hôte avait cette surprenante habitude de se lever à cinq heures du matin pour aller cueillir des champignons, équipé de grandes bottes et d'une serpe pour se frayer un chemin à travers les fourrés de la Maremme, une terre rude et peuplée d'insectes, où il furetait des heures à l'affût de cette odeur sophistiquée de noisette qui donne aux cèpes leur incomparable arôme. Un matin, je me réveillai avant son retour et je descendis faire un café dans la cuisine tapissée d'anciens carrelages bleus. Perdue dans mes pensées, les yeux fixés au hasard sur un bol en bois servant de vide-poches, mon regard heurta un objet métallique. C'était un porte-clés en fer représentant un fagot constitué d'éléments longilignes liés par des courroies et entourant une petite hache. Je le pris dans la main et, en le faisant rouler dans ma paume, j'aperçus une écriture minuscule sous la hache : « *Fascismo e libertà.* »

Lorsque le maître de maison rentra de sa chasse, je lui demandai pourquoi il avait un porte-clés en forme de symbole fasciste. Il me répondit, l'air ni gêné ni surpris : « Parce que je suis fasciste. »

Un jour où sa cueillette avait été particulièrement fructueuse, il eut envie d'aller exhiber ses trophées au village. Ces derniers remportèrent un tel succès qu'il décida de les cuisiner le soir même dans la trattoria locale, où je fis la connaissance de plusieurs de ses amis. Et tandis qu'il était aux fourneaux, je leur demandai ce qu'ils pensaient de Silvio Berlusconi, qui dirigeait alors l'Italie, avec l'espoir de les amener sur un autre terrain qui me travaillait depuis quelques jours, les tendances fascistes de mon hôte. Je n'eus pas à attendre longtemps. L'un d'eux, un rentier d'une quarantaine d'années, me dit : « Ce n'est pas un Berlusconi qu'il nous faut, il est corrompu, il est vulgaire, comme un businessman. Il nous faut un homme d'État, un vrai, un homme comme Mussolini. » Devant ma mine décomposée, son voisin renchérit : « Cela fait plus de soixante ans que l'Italie est une démocratie, et quel est le résultat ? Un échec total. La démocratie, ça fonctionne peut-être en Allemagne, mais pas ici. Les Italiens ont besoin d'un pouvoir fort, d'un homme fort. » Les autres acquiescèrent et, en trois coups de fourchette, la démocratie fut mise à mort et le fascisme célébré comme un âge d'or.

Mon ami italien et moi étions de la même génération, binationaux avec un parent allemand, nous avions un parcours social similaire, une expérience internationale, comment un tel décalage était-il possible ? Je ne m'étais jamais interrogée sur le travail de mémoire en Italie tant il me semblait évident dans le pays qui a vu naître le fascisme et s'est allié dès la première heure à l'Allemagne nazie. Je m'étais trompée. Un metteur en scène de théâtre né à la fin des années 1960 me dit un jour une phrase éclairante : « Pour nous, les fascistes c'étaient les Allemands, pas les Italiens. Ceux qui envahissaient les plages de l'Adriatique, on les appelait des nazis. Il y avait une réaction épidermique contre les Allemands à l'époque. » Comme les Autrichiens, les Italiens se sont accrochés à la monstruosité des crimes nazis pour faire oublier les leurs. Les plus proches alliés du Reich ont ainsi nié leurs responsabilités, pourtant écrasantes.

La politique extérieure agressive de l'Italie fasciste dans les années 1930 et pendant la guerre est restée dans l'ombre, jusqu'à aujourd'hui : les bains de sang en Libye et en Éthiopie, l'annexion de force de l'Albanie, l'occupation partielle de la France et de l'Égypte, les massacres en Grèce et en Yougoslavie.

Dans les Balkans, les troupes italiennes ont laissé un souvenir effroyable aux populations locales. Le racisme antislave du Duce le rapprochait d'Adolf Hitler. Le 22 février 1922, il avait déclaré : « Face à la race des Slaves – inférieurs et barbares –, nous ne devons pas poursuivre la politique de la carotte, mais celle du bâton [...]. Nous ne devons pas avoir peur de faire de nouvelles victimes. [...] Je dirais que nous pouvons aisément sacrifier 500 000 Slaves barbares pour 50 000 Italiens. » Dans la province yougoslave du Monténégro, le gouverneur Alessandro Pirzio Biroli fit régner la terreur, exigeant que soient exécutés 50 civils monténégrins pour chaque Italien tué par des partisans. Parfois, tous les hommes d'un village étaient massacrés en guise de représailles, abandonnant les veuves et les enfants à leur sort.

En Slovénie et en Croatie, le commandant Mario Roatta distribua à ses officiers un mode d'emploi de répression de la résistance, qui ordonnait le recours à la terre brûlée, au nettoyage ethnique destiné à « italianiser la région », à l'exécution d'otages et à l'internement massif de prisonniers dans des camps de concentration italiens : « Si nécessaire, ne pas hésiter à être cruel. Nous devons faire un nettoyage complet. Nous devons interner tous les habitants et mettre des familles italiennes à leur place. » Les Italiens brûlèrent des maisons, des villages, massacrèrent des otages et envoyèrent des dizaines de milliers de civils dans des camps. La province de Ljubljana fut particulièrement touchée : sur une population de 360 000 personnes, 70 000 furent envoyées dans des camps où plus de 15 000 furent assassinées, selon l'historien Giacomo Scotti.

Dans les Balkans, les Italiens érigèrent 200 camps de concentration destinés aux résistants présumés, mais aussi aux juifs et autres *persona non grata*. Le pire était le camp de Rab, sur la côté croate, où les conditions de vie étaient telles que le taux de mortalité allait jusqu'à 19 % – contre environ 21 % à Buchenwald ou Dachau. Prévu pour 6 000 détenus, le camp en comptait souvent le double. Beaucoup de femmes et d'enfants étaient exposés au froid et à la canicule, logés dans des tentes précaires, mourant de faim au rythme d'une soupe transparente et de 80 grammes de pain par jour. Les prisonniers devaient se battre pour accéder aux rares points d'eau, les poux pullulaient et la dysenterie faisait rage. J'ai vu des photos qui montrent les détenus, ils n'ont plus que la peau sur les os. Le nombre de morts estimé se situe entre 3 000 et 4 500.

En Italie aussi, il existait des camps de concentration où les fascistes envoyèrent des dizaines de milliers de Slaves, une vérité que le pays préfère oublier. Qui se souvient des camps de Gonars près de Trieste, de Renicci en Toscane, de Monigo à Trévise, de Chiesanuova à Padoue et de bien d'autres encore ?

Je n'ai pas retrouvé la trace d'un mémorial, d'un musée à la mémoire des victimes, à l'exception d'un monument érigé à la demande de la Yougoslavie, par un sculpteur monténégrin, dans un cimetière voisin du camp de Gonars, où sont enterrés les restes de 453 victimes slovènes et croates. Aucun haut représentant de l'État italien ne s'est jamais rendu à Rab, jamais un ambassadeur ou un consul italien n'est allé déposer une gerbe de fleurs. Ni là ni dans les autres camps. Seul l'ancien président Carlo Ciampi a daigné envoyer une couronne de fleurs une fois à Gonars. L'Italie n'a jamais non plus indemnisé ces victimes. En matière de réparation, seuls les citoyens italiens ayant subi des persécutions politiques ou raciales ont reçu de maigres indemnisations.

En revanche, le pays commémore chaque année la mort de milliers d'Italiens de souche du nord-est de la Yougoslavie que les partisans communistes jetèrent dans des crevasses naturelles dénommées *foibe*. L'Italie ne rappelle pas que ces massacres étaient la conséquence de l'invasion sanglante de la région par Mussolini, qui en porte donc la responsabilité première.

La Grèce ne fut pas non plus épargnée par la brutalité des Italiens quand Mussolini occupa le pays avec les Allemands et les Bulgares. Par hasard, à la terrasse d'un café à Paris, j'ai rencontré Giovanni Donfrancesco, qui a réalisé plusieurs documentaires sur l'Italie fasciste, dont *La Guerre sale de Mussolini* (*La guerra sporca di Mussolini*) sur le massacre du village grec de Domenikon. En 1943, les Italiens l'incendièrent et tuèrent tous les hommes, ainsi que certains des bourgs alentour, soit plus de cent cinquante personnes au total. Le documentaire, diffusé en 2008, a ouvert la voie aux premières excuses officielles de l'Italie à Athènes. « Les crimes de l'armée de Mussolini en Grèce et en Yougoslavie ne sont pas connus des Italiens, m'a confirmé Giovanni Donfrancesco. Ils ont une fausse image de cette occupation, nourrie par des films comme *Mediterraneo*, une comédie de Gabriele Salvatores, qui a eu un grand succès. » C'est l'histoire de soldats italiens sur une île en Grèce où ils tissent des liens avec la population locale – ils y apparaissent comme peu belliqueux, inoffensifs et dotés d'un grand cœur. Le film, sorti en 1991, a été couvert de prix en Italie.

Cependant, c'est en Afrique que l'Italie fasciste battit des records de violence. Dans les années 1920 et 1930, en Libye, placée sous l'autorité du gouverneur Pietro Badoglio, le général Rodolfo Graziani écrasa une puissante rébellion anticoloniale, dans le cadre de la deuxième guerre italo-libyenne. Il ordonna des exécutions en masse et, afin de priver la rébellion de son soutien populaire, força 100 000 nomades de la province rebelle de Cyrénaïque, soit la moitié de la population, à parcourir à pied jusqu'à plus de mille kilomètres pour rejoindre des camps de concentration érigés par les Italiens. 10 % des déportés ne survécurent pas à la marche, et au moins 40 000 autres moururent dans les camps. Le nombre total de victimes en Libye est estimé à 100 000 personnes, un massacre qu'une partie des historiens assimile à un génocide.

Peu après, en 1935, l'Italie se lança à la conquête de l'Éthiopie, un des derniers États non colonisés d'Afrique. Sous le commandement du maréchal Badoglio, qui passa ensuite la main à Graziani, elle mena une guerre d'une grande violence. Mussolini donna l'ordre d'exécuter tous les rebelles et tous les prisonniers, de sévir contre des villages entiers et d'employer des bombes remplies de gaz moutarde, des armes interdites par la convention de Genève à cause des brûlures chimiques atroces qu'elles infligent. Après un attentat manqué contre Graziani en 1937 à Addis-Abeba, ce dernier, nommé vice-roi d'Éthiopie, déclencha un bain de sang dans le pays. Au total, entre 350 000 et 760 000 Éthiopiens succombèrent à la guerre d'agression italienne.

En 2008, l'Italie présenta des excuses officielles à la Libye et s'engagea à verser des indemnités à hauteur de 5 milliards de dollars sur vingt-cinq ans. En contrepartie, elle obtint de Tripoli l'engagement de renforcer le contrôle de ses côtes pour freiner l'émigration clandestine et la garantie d'un accès privilégié au pétrole et au gaz de la Libye. L'Italie n'a pas étendu son geste à l'Éthiopie, où elle n'a pas d'intérêts économiques. « Beaucoup d'Italiens pensent toujours que les colons italiens étaient de braves paysans partis labourer des terres inexploitées, construire des routes et des écoles, apporter la civilisation en quelque sorte, estime Giovanni Donfrancesco. Il suffit de voir combien de personnes se sont indignées en 2005, quand l'Italie a restitué à l'Éthiopie l'obélisque d'Axoum que Mussolini avait volé pour l'installer à Rome… »

En matière de politique antijuive, l'attitude de l'Italie fasciste était ambiguë. En 1938, Benito Mussolini prit l'initiative de copier une partie des lois de Nuremberg en émettant des décrets prévoyant l'exclusion des juifs de l'armée, de la fonction publique et des universités, le bannissement des mariages mixtes, l'interdiction de publier un journal ou de posséder un poste de radio, ainsi que la confiscation de propriétés. Cette législation fut vécue comme une profonde humiliation par les juifs, très bien intégrés en Italie, où ils avaient été ministres, généraux, députés. Cependant, les autorités mirent peu de zèle à appliquer ces décrets, car la haine des juifs n'était pas au cœur du fascisme italien, même si le Duce n'était pas dépourvu d'antisémitisme.

Après son entrée en guerre en juin 1940, l'Italie fit interner les juifs étrangers dans des camps puis, en 1942 et 1943, en expulsa certains hors du pays, où le pire les attendait. Néanmoins, contrairement à la France, elle resta sourde aux demandes du Reich de les déporter vers les camps allemands. Même à l'extérieur de son territoire, dans sa petite zone occupée du sud-est de la France, l'Italie protégea les juifs et annula les mesures antisémites que Vichy avait instaurées, entraînant l'affluence d'environ 30 000 juifs qui étaient mieux protégés par les fascistes italiens que par le gouvernement français. Dans la zone italienne, la police de Vichy mena des rafles mais les autorités italiennes protestèrent auprès du Reich et s'engagèrent à lui livrer directement des juifs, sans tenir leur promesse.

Les Allemands se plaignaient régulièrement de l'obstructionnisme italien auprès de Mussolini qui, tout en faisant mine de comprendre, ne relayait pas leurs demandes, ce qui rendait fou de rage le ministre allemand des Affaires étrangères, Joachim von Ribbentrop, piètre politicien mais antisémite notoire, qui écrivit qu'il manquait aux « cercles militaires italiens [...] une véritable compréhension de la question juive ».

En septembre 1943, après l'armistice italien avec les Alliés et le renversement de Mussolini, les Allemands occupèrent le nord de l'Italie, où vivaient la plupart des juifs. Environ 8 000 membres d'une communauté forte de quelque 46 000 personnes furent déportés avec l'aide d'une partie de la police italienne restée fidèle au Duce. Mussolini, qui était la tête d'un gouvernement fantoche à la botte des Allemands mais qui avait gardé une certaine influence sur ses hommes, porte une responsabilité centrale dans les déportations et les crimes commis par les fascistes et les nazis contre la population italienne, juive et non juive.

Après la guerre, les partis antifascistes italiens, y compris les communistes qui avaient pris les armes contre Mussolini, préférèrent ne pas insister sur les crimes commis par l'Italie à l'étranger. Ils voulaient éviter de donner une image négative du pays lors des négociations de paix et amadouer les Alliés pour limiter le montant des réparations et la perte de territoires.

Ils espéraient même récupérer des colonies ! Leur argument principal était que, après la destitution de Mussolini par le roi Victor-Emmanuel III en juillet 1943 et la déclaration de guerre à l'Allemagne trois mois plus tard, une partie du pays avait soutenu l'effort de guerre allié.

L'Italie n'eut pas l'équivalent des procès de Nuremberg, et les Alliés n'exercèrent pas de pression pour qu'elle juge les hauts responsables et criminels fascistes, moins parce qu'ils croyaient en son innocence que parce qu'ils redoutaient de diviser une société où le parti communiste était très ancré. Pour endiguer cette menace, les Britanniques, qui occupaient l'Italie après la guerre, soutenaient le retour d'anciens fascistes. Cette politique d'amnistie avait l'aval de la papauté, ennemi naturel des communistes athées. Le Vatican avait par ailleurs intérêt à laisser le passé dans l'ombre et à faire oublier l'attitude du pape Pie XII qui n'a jamais explicitement condamné le régime d'Adolf Hitler ni la persécution des juifs en Europe. En 1946, une amnistie générale entra en vigueur.

Comme en France, la République fondée après la guerre en Italie se targuait d'être née de la Résistance. Il est vrai qu'après l'invasion allemande de Rome et du nord de l'Italie et la constitution de la république de Salò, un État fantoche fasciste établi par Benito Mussolini dans les zones contrôlées par la Wehrmacht, un mouvement de résistance armé s'était mis en place, comptant environ 340 000 *Partigiani*. S'y étaient ajouté plus de 370 000 militaires formant un corps d'armée luttant aux côtés des forces alliées.

Néanmoins plus de 550 000 forces de sécurité étaient restées fidèles à Mussolini. Beaucoup d'Italiens retournèrent leur veste par opportunisme. Comment auraient-ils pu devenir antifascistes du jour au lendemain après avoir soutenu à bout de bras le fascisme et les guerres de Mussolini ? Les vrais antifascistes étaient trop peu nombreux pour reconstruire le pays, surtout quand le Parti communiste italien (PCI), qui avait joué un rôle majeur dans la naissance de la *Repubblica*, fut exclu du gouvernement en 1947, après son adhésion au Kominform, l'organisation internationale du mouvement communiste dominée par Moscou. Les autres partis italiens, mais aussi les États-Unis et les Britanniques, redoutaient que le PCI, le parti communiste le plus puissant d'Europe occidentale, arrive au pouvoir.

Dans un ouvrage paru en 2017, *Les Hommes de Mussolini*, l'historien Davide Conti analyse l'impunité dont bénéficièrent des fascistes responsables de crimes de guerre. Leur anticommunisme viscéral favorisa leur nomination à des hautes fonctions ministérielles, policières et militaires justement pour lutter contre le PCI.

Une vaste loi d'amnistie en 1946 « créa un climat qui permit aux gouvernements successifs d'après-guerre d'intégrer d'anciens bourreaux pour reconstruire le nouvel État sans que cela fasse de remous, explique l'historien dans une interview. Le passé fasciste de chacun fut passé sous silence. Le but était une sorte de transition douce du fascisme à la démocratie ». Deux autres lois d'amnistie succédèrent à la première, en 1953 et en 1966. Quant à ceux qui avaient changé de camp en 1943, au moment où le déclin du régime se fit sentir, on se garda bien d'enquêter sur leurs actions précédentes. Tel le maréchal Badoglio qui avait docilement servi le Duce avant d'être nommé Premier ministre en juillet 1943. Il ne fut jamais importuné pour son implication dans les pires crimes du régime, notamment en Afrique. En tout, très peu de fascistes furent jugés et condamnés et aucun des criminels de guerre italiens réclamés par l'étranger ne fut jamais extradé.

En complément du mythe résistencialiste naquit une légende commode, analysée par Angelo Del Boca dans *Italiani, brava gente ?* (2005) : celle présentant l'ensemble des Italiens, y compris ceux ayant soutenu le fascisme, comme des braves gens ne faisant pas de mal à une mouche, un tantinet naïfs manipulés par Benito Mussolini et les nazis. Le corollaire de cette construction est une diabolisation de l'Allemand et l'instrumentalisation du nazisme, présenté comme le mal absolu, pour minimiser les crimes du fascisme.

Le cinéma a contribué, peut-être malgré lui, à la consolidation de cette illusion. À la fin de la guerre, en réaction aux mensonges de la propagande fasciste, un nouveau mouvement cinématographique, le néoréalisme, naquit, qui aspirait à peindre la réalité telle qu'elle est. Pourtant, une réalité fut éludée, celle du rôle du peuple italien dans la montée du fascisme. Les films de Luchino Visconti, Vittorio De Sica ou Roberto Rossellini, dont la plupart sont des chefs-d'œuvre, condamnent le nazisme et le fascisme, mais épargnent la population, présentée comme une victime de la dictature. Devant *Rome, ville ouverte*, de Rossellini, qui n'a pas ressenti d'empathie pour le peuple italien lorsque Pina, magistralement interprétée par Anna Magnani, court à en perdre haleine derrière la fourgonnette allemande qui emmène l'homme qu'elle devait épouser le jour même, un résistant, puis s'écroule, abattue par un soldat allemand ?

À la différence de l'Allemagne, beaucoup d'artistes et intellectuels italiens composèrent avec le régime fasciste ; certains y adhérèrent, au moins un temps. Roberto Rossellini et Vittorio De Sica travaillèrent avec Vittorio Mussolini, le fils du Duce, qui avait la haute main sur le cinéma italien, sans que cela leur soit reproché après la guerre. Le poète Giuseppe Ungaretti, l'écrivain et prix Nobel de littérature Luigi Pirandello et l'écrivain et journaliste Curzio Malaparte, une trentaine d'intellectuels au total, signèrent un *Manifesto* profasciste en 1925. Plus tard, certains se distancièrent cependant du fascisme, tel Curzio Malaparte, condamné à l'exil sur l'île Lipari.

En réaction au *Manifesto*, le philosophe Benedetto Croce, qui qualifiait le fascisme de « maladie morale », rédigea un manifeste des intellectuels antifascistes. Lors de l'instauration des mesures antijuives en 1938, il fut l'un des rares intellectuels italiens non juifs à refuser de compléter un formulaire destiné à collecter des informations sur « les origines raciales » de l'intelligentsia italienne.

En dépit de cette ambiguïté, la littérature italienne a entamé très tôt sa critique du fascisme et de la guerre, avec des auteurs comme Corrado Alvaro, Alberto Savinio, Elio Vittorini, Cesare Pavese ou le poète Eugenio Montale. Mais très peu abordèrent le phénomène du *Mitläufertum* de la population, à l'exception du roman d'Alberto Moravia *Le Conformiste*, paru en 1951 : c'est le portrait d'un Italien banal qui, par confort mêlé d'ambition, s'implique de plus en plus dans le fascisme, jusqu'au jour où il trahit son ancien professeur d'université, qui meurt, exécuté.

L'Italie n'a pas eu l'équivalent des procès Auschwitz conduits dans les années 1960 à Francfort, une césure qui aurait empêché l'amnésie de s'installer. Le soulèvement étudiant a bien protesté contre les réseaux fascistes perdurant sous la République, mais cet aspect n'a pas eu la même ampleur qu'en RFA. En Italie, la colère étudiante fusionna avec celle des ouvriers et des paysans qui grondait depuis le début des années 1960. La lutte sociale était leur préoccupation majeure, bien plus que le combat mémoriel.

Comme en Allemagne et au Japon, une partie du mouvement se radicalisa et des groupes d'extrême gauche préconisèrent la lutte armée. Leur détermination se renforça face à l'irruption d'une série d'attentats néofascistes. Le 12 décembre 1969, une bombe explosa à l'entrée de la banque agricole de Milan, qui fit 16 morts et 80 blessés. La police accusa des anarchistes et arrêta leur leader présumé, Giuseppe Pinelli. En garde à vue, Pinelli tomba d'une fenêtre au quatrième étage dans des circonstances non élucidées et mourut. En réalité, l'attentat de Milan était l'œuvre de néofascistes qui étaient en contact avec les services de renseignement italiens et un service secret militaire américain. D'autres attentats néofascistes suivront pendant une quinzaine d'années, qui coûteront la vie à 149 personnes.

Dans ce climat de haute tension naquit une organisation terroriste qui allait rapidement attirer des milliers de militants et sympathisants : les Brigades rouges. Elles se vivaient comme les légataires de la Résistance italienne et appelaient à faire la révolution que, selon elles, le parti communiste italien avait trahie en préférant le consensus avec les forces conservatrices. La multiplication d'attentats croisés de terroristes d'extrême gauche et de terroristes néofascistes donna à l'Italie un parfum de guerre civile qui n'était pas sans rappeler les années 1943-1945. Les Brigades rouges recouraient aux attentats et aux actions violentes contre les « serviteurs » de l'État. Leur violence, en particulier lors de l'enlèvement et de l'assassinat du président du parti de la Démocratie chrétienne Aldo Moro en 1978, leur valut le rejet de tous les partis politiques, y compris de gauche, et des syndicats. Leur discours antifasciste s'en trouva discrédité.

Dans ce contexte de crise, le cinéma italien commença à s'intéresser à un aspect qu'il n'avait pas traité : le fascisme en tant que phénomène populaire. *Une journée particulière* d'Ettore Scola, avec Sophia Loren et Marcello Mastroianni, fit sensation en montrant l'immense popularité du fascisme dans la société italienne. C'est l'histoire d'une rencontre entre une mère au foyer qui croule sous les tâches ménagères et un intellectuel homosexuel persécuté par le régime ; l'immeuble a été déserté par ses habitants qui se sont précipités pour aller acclamer le Duce accueillant Hitler à Rome en mai 1938. Bernardo Bertolucci porta *Le Conformiste* à l'écran, et Federico Fellini revint sur son enfance à Rimini sous le fascisme triomphant dans *Amarcord*. « Le fascisme sommeille toujours en nous, écrivait Fellini. Il y a toujours le danger de l'éducation, d'une éducation catholique qui ne connaît qu'un but : conduire l'homme à une dépendance morale, réduire son intégrité, lui dérober tout sentiment de responsabilité pour le figer dans une immaturité qui n'en finit pas. »

Un des artistes qui poussèrent le plus loin la réflexion est Pier Paolo Pasolini, cinéaste, essayiste, poète, qui dressa un parallèle entre le fascisme et la société de consommation. « Si l'on observe bien la réalité, écrit-il dans *Écrits corsaires*, et surtout si l'on sait lire dans les objets, le paysage, l'urbanisme et surtout les hommes, on voit que les résultats de cette insouciante société de consommation sont eux-mêmes les résultats d'une dictature, d'un fascisme pur et simple. » En 1975, il recourra à la parabole sexuelle pour dénoncer les dérives totalitaires dans son film *Salò ou les 120 journées de Sodome.*

Longtemps, la thématique de la déportation des juifs apparaîtra très peu dans le cinéma italien, à l'exception du *Jardin des Finzi-Contini*, de Vittorio De Sica (1970), adaptation du roman éponyme de Giorgio Bassani, sorti en 1962, qui relate l'histoire d'une famille de la grande bourgeoisie de Ferrare face à la montée de l'antisémitisme. En littérature, *Si c'est un homme* de Primo Levi, qui rédigea dès la fin de la guerre ce témoignage bouleversant de sa détention à Auschwitz, fut longtemps passé sous silence avant d'être révélé dans les années 1960 où il connut un grand succès. La persécution des juifs fut également abordé par Natalia Ginzburg, dont l'époux fut tué par la Gestapo. Dans *Les Mots de la tribu*, paru en 1963, elle explore les relations de sa famille juive sous le fascisme.

Au début des années 1990, une grande enquête judiciaire baptisée *Mani pulite* dévoila un vaste réseau de corruption et de financement illicite des partis politiques historiques qui avaient tiré leur légitimité de leur résistance au fascisme. Le scandale signa la fin de l'alliance antifasciste qui était la base de la république italienne. Des partis politiques, en particulier la Démocratie chrétienne, qui monopolisait le pouvoir depuis l'après-guerre, disparurent du paysage politique. La première république s'effondra et la référence à l'antifascisme, jusque-là incontournable, fut sérieusement ébranlée. Ce séisme favorisa l'émergence de nouveaux partis qui se distancièrent de ce modèle, voire se mirent à œuvrer à une réhabilitation partielle du fascisme.

En mars 1994, le mouvement politique de centre droit Forza Italia, de Silvio Berlusconi, remporta les élections et fit entrer au gouvernement le parti d'extrême droite Alliance nationale, fondé par Gianfranco Fini. Ce dernier avait présidé le parti néofasciste Mouvement social italien (MSI), né en 1946 dans la continuité du Parti fasciste italien et soutenu par Alessandra Mussolini, la petite-fille du Duce. Gianfranco Fini considérait que Mussolini était « le plus grand homme d'État de ce siècle » et que « le fascisme est idéalement vivant ». Ces déclarations n'empêchèrent pas sa formation de devenir la troisième force politique du pays, avec 13,4 % des voix en 1994. Fini suscita la surprise générale des années plus tard quand, au milieu d'une carrière éblouissante, il opéra un revirement radical et fit son *mea culpa* en qualifiant le fascisme de « mal absolu » et dénonça l'attitude de « très nombreux Italiens » qui, « en 1938, ne firent rien pour s'opposer aux infâmes lois raciales voulues par le fascisme ».

En revanche, Silvio Berlusconi, moins par conviction que par goût de la provocation et par calcul politique, n'hésita pas à relativiser les crimes de Mussolini et de l'Italie fasciste. Le 27 janvier 2013, alors qu'il n'était plus chef de gouvernement, à l'occasion de la Journée de commémoration de la Shoah, il affirma depuis le quai 21 de la gare de Milan, d'où partaient les convois en direction d'Auschwitz : « Il est difficile de se mettre à la place de ceux qui décidèrent alors. Le gouvernement a certainement eu peur que la puissance allemande se transforme en victoire générale et préféra s'allier à l'Allemagne de Hitler plutôt que de s'y opposer. C'est dans le cadre de cette alliance que l'extermination des juifs fut imposée. » En réalité, l'Italie s'est volontairement liée à l'Allemagne nazie et a commencé à persécuter les juifs de sa propre initiative, bien avant le début de la guerre. « Les lois raciales sont la pire faute d'un leader, Mussolini, qui à bien des égards a bien fait » résuma-t-il.

La déclaration reflète une pensée qui a gagné du terrain en Italie depuis les années Berlusconi : l'idée que les lois raciales sont intolérables, mais que, sans elles, le fascisme serait acceptable. Il n'est plus rare d'entendre dire que « le fascisme est diabolisé » ou qu'« il y avait des choses positives sous le fascisme », comme je l'ai expérimenté en Toscane et ailleurs en Italie. « Quand j'étais au lycée, dans les années 1980, se souvient le réalisateur Giovanni Donfrancesco, il y avait parfois des groupes qui cherchaient à distribuer des tracts néofascistes, mais ils étaient si mal reçus qu'ils devaient se cacher. Aujourd'hui, déclarer ouvertement ses penchants fascistes n'est plus un tabou. » Un ami cinéaste m'a signalé le retour sur le marché de livres à caractère nostalgique, tel le roman *La Distruzione* (« La Destruction »), de Dante Virgili, publié en 1970 et réédité en 2016 : l'histoire d'un ancien interprète italien des SS, qui se languit du IIIe Reich et de son « feu purificateur », un sentiment qui éveille beaucoup de compréhension chez l'auteur.

Les pages Facebook et Internet se revendiquant du fascisme prolifèrent en toute impunité en Italie. Des calendriers, briquets, bouteilles de vin, porte-clés, tee-shirts à la mémoire de Mussolini et du fascisme se vendent à ciel ouvert, en particulier à Predappio, où se trouve le caveau familial Mussolini qui fait l'objet d'un pèlerinage attirant 200 000 visiteurs en moyenne par an, des curieux mais aussi des nostalgiques. Les acquéreurs de ces gadgets ne se cachent plus, comme j'ai pu le constater lors d'un séjour dans les Pouilles chez des amis.

Un jour que nous allions chercher du poisson frais dans le petit port d'Otranto, le poissonnier nous invita à venir contempler dans l'arrière-boutique un splendide espadon empaillé qu'il avait lui-même capturé. Tandis qu'il faisait le récit de ses péripéties pour attraper cet animal à la vitesse impressionnante, je remarquai au mur une lanière de cuir attachée à un petit clou d'où pendait une matraque avec, le long du manche, une inscription masquée par le dossier d'une chaise. J'inclinai la tête pour mieux voir et je lus en gros caractères : DUCE MUSSOLINI.

Contrairement à l'Allemagne, l'Italie a laissé en place nombre de constructions et monuments fascistes, tel l'obélisque blanc situé à l'entrée du stade olympique à Rome où est inscrit : « Mussolini Dux » (chef). Non loin, des mosaïques couvrant le sol rendent hommage au dictateur. L'architecture fasciste a une valeur artistique incontestable, mais quand un monument fait l'apologie de Mussolini, ne serait-il pas avisé de rappeler les crimes de ce dernier par une plaque ?

Dans ce contexte, il n'est pas étonnant que certaines communes aient pris l'initiative d'honorer des personnalités fascistes. En 2008, l'aéroport de la ville de Comiso, en Sicile, changea subitement de nom : Pio La Torre, un député communiste assassiné par la Mafia qu'il combattait, fut évincé en faveur de Vincenzo Magliocco, général tombé en Éthiopie pendant la conquête fasciste. Face au tollé, l'ancien nom fut repris. Ce dérapage est modeste au regard de la construction d'un mausolée à Affile, financé par des fonds régionaux, en hommage au général Rodolfo Graziani, héros des guerres coloniales à la cruauté légendaire. Le mausolée suscita l'indignation des communes alentour qui portèrent plainte, révélant l'existence d'une Italie qui, elle, veille sur la mémoire. La région retira son financement et, à l'issue d'un long périple judiciaire, le maire de la ville et deux conseillers municipaux furent condamnés à des peines allant jusqu'à huit mois de prison.

La sentence reflète une évolution récente en Italie : la prise de conscience que le laxisme ahurissant de l'application d'une loi datant de 1952 interdisant l'apologie du fascisme, puis renforcé en 1993, a creusé le lit du néofascisme. Le Parlement réagit une première fois en septembre 2016 avec une loi interdisant la négation de l'Holocauste, puis en septembre 2017, en votant en première instance une nouvelle loi, dite « Fiano ». Celle-ci devait rendre passible de peines la diffusion d'images et de contenus de propagande fascistes ou nazis, ainsi que de tous les slogans, symboles et objets en référence à ces idéologies. Un des éléments déclencheurs de cette décision est un article qui fit le tour de la presse internationale, celui d'un journaliste de *La Repubblica* qui, en juillet 2017 à Chioggia près de Venise, avait découvert une plage privée glorifiant Mussolini et annonçant une « zone antidémocratique et sous régime » fasciste. La loi Fiano n'eut pas le temps d'être validée par le Sénat, dissous en décembre 2017 en vue des élections fédérales de mars 2018.

Trois mois après les élections, j'étais en Italie au moment de la formation d'une coalition entre le Mouvement 5 étoiles, devenu en moins de dix ans la première formation du pays avec 32,6 % des voix, et le parti d'extrême droite Ligue du Nord, qui a signé le meilleur score national de son histoire avec 17,3 % des voix. Dans un magasin de journaux, je fus interloquée par la couverture d'un journal barrée d'un titre en allemand : « *Böses Deutschland ?* » (« Mauvaise Allemagne ? »). À l'intérieur, un article analysait les accusations qui fusaient contre l'Allemagne, accusée d'avoir contribué par son excédent commercial et sa politique d'austérité à la crise économique de l'Italie qui croule sous les dettes.

La germanophobie est perceptible dans une partie du monde politico-financier et des médias, qui préfèrent oublier que leur pays a lui-même généré sa crise. Certains n'hésitent pas à qualifier l'Allemagne d'Angela Merkel de « Quarto Reich », voire de l'accuser de poursuivre « la politique économique des nazis ».

Ces comparaisons pour le moins agressives m'étonnent dans un pays où le néofascisme a le vent en poupe et où l'extrême droite est une des plus puissantes d'Europe, avec l'Autriche et la Hongrie. Malgré des résultats électoraux largement inférieurs à ceux de son partenaire de coalition, Matteo Salvini, le leader de la Ligue du Nord et ministre de l'Intérieur, s'est rapidement imposé comme l'homme fort du gouvernement, avec une popularité en hausse constante. Il doit son succès inattendu à une campagne axée autour de la crise des réfugiés, particulièrement forte en Italie qui est l'un des principaux points d'entrée en Europe, où 630 000 migrants ont débarqué entre 2014 et 2017.

Depuis qu'il est au pouvoir, Salvini nourrit la xénophobie montante dans la population : il refoule des ports italiens les bateaux d'ONG ayant secouru des réfugiés en pleine mer, il incite à la haine contre les Roms sur les réseaux sociaux et propose de les recenser en vue d'exclure ceux qui n'ont pas la nationalité italienne, une mesure que certains médias ont comparée aux lois raciales de Mussolini. Salvini fait partie de ceux qui ont une vision pour le moins ambiguë du Duce. « Il est évident que le fascisme a accompli beaucoup de choses », a-t-il déclaré en janvier 2018. Six mois plus tard, le jour de l'anniversaire du dictateur, il rendait un hommage à peine voilé à Mussolini en citant l'un de ses slogans : « Tant d'ennemis, tant d'honneurs. »

Le style Salvini est payant : à la fin de 2018, son parti était crédité de 30 % des voix dans les sondages, alors que beaucoup de ses promesses électorales n'étaient pas tenues. Parmi les rares qu'il ait respectées, la chasse aux immigrés illégaux, menée par exemple en ordonnant l'évacuation de migrants de Riace où le maire avait réussi à repeupler et rénover un village moribond grâce à un programme d'accueil salué comme un modèle d'intégration. Ou la discrimination des étrangers, dont les magasins se voient soumis au couvre-feu.

Malgré ses mensonges, ses contradictions et ses scandales, Salvini, qui se fait appeler « Il capitano », bénéficie d'une confiance à la limite de l'aveuglement de la part d'une partie des Italiens que l'idée d'un « homme fort » à la tête de l'État séduit, alors qu'en Allemagne la figure de « l'homme providentiel » a été largement discréditée par le travail de mémoire. Salvini profite de l'absence d'opposition de gauche et manie très bien la propagande, grâce à une équipe d'experts des médias sociaux qui diffusent des photos de lui sous tous les angles, promouvant l'image de l'homme fort et paternaliste qui résoud tous les problèmes des citoyens.

D'autres partis d'extrême droite gagnent en force en Italie. Les Frères d'Italie, dont le logo est celui de l'ancien parti néofasciste MSI, qui ont plus que doublé leur score aux élections législatives de 2018 par rapport à 2013, avec 4,4 % des voix. Leur fondateur, Ignazio La Russa, ancien membre du MSI, a fait le salut fasciste au Parlement en septembre 2017 pour dire son rejet de la loi Fiano.

Autre formation qui a nettement renforcé sa visibilité dans l'opinion publique ces dernières années, Casa Pound, du nom d'un admirateur de Mussolini, le poète antisémite et raciste Ezra Pound. Créé en 2003, le mouvement a su exploiter la crise du logement en Italie en dénonçant des loyers trop élevés et en aidant les personnes peinant à se loger. Ses militants se présentent comme les « fascistes du troisième millénaire », investissent les terrains sociaux délaissés par l'État où ils apportent conseil et support caritatif, sont très actifs sur les réseaux sociaux, produisent leur programme radio et relaient des écrits à caractère révisionniste et néofasciste. Leur succès électoral est très limité au niveau national (0,94 % en 2018), mais cela ne reflète pas leur influence sur le terrain, réelle, qui fait de Casa Pound un modèle pour de nombreux néofascistes en Europe.

L'extrême droite n'est pas la seule menace pour la démocratie en Italie. Le Mouvement 5 Étoiles dirigé par Luigi di Maio, « ni de droite ni de gauche », antiélite, antisystème, anti-Bruxelles, a banalisé l'usage d'une rhétorique ultra-simplificatrice, opportuniste et mensongère en politique, largement diffusée par les réseaux sociaux. Ensemble, Luigi di Maio et Matteo Salvini ont fait plonger l'Italie dans un populisme primaire puisant dans l'europhobie, la xénophobie, le racisme et les promesses économico-sociales irréalisables. Ils menacent de déstabiliser l'Union européenne et de mener leur pays à la ruine financière. Depuis qu'ils sont au pouvoir, les attaques racistes se sont multipliées en Italie dans un climat d'intolérance et de racisme rampant.

Comment ce pays a-t-il pu en arriver là ? Les observateurs relèvent que le fort chômage chez les jeunes et l'écart persistant de richesses entre le Nord et le Sud ont contribué à creuser les frustrations. Il y a surtout une grande lassitude de la population à l'égard du monde politique à laquelle l'ère Berlusconi a fortement contribué. Paolo Sorrentino a dépeint dans son film *Loro* la décadence de la politique sous le règne du *Cavaliere* : un vide sidérant de valeurs et de pensées, remplacées par un show grotesque dominé par l'argent, le sexe et la drogue. Ce modèle de vulgarité a imprégné la société à travers les nombreuses chaînes de télévision contrôlées par Berlusconi. Il a contribué à endormir les cerveaux et à préparer le terrain au populisme.

Cependant, le rapport troublé des citoyens italiens à la politique ne date pas de Berlusconi. L'hégémonie de la Démocratie chrétienne qui a eu le monopole du pouvoir pendant près d'un demi-siècle a facilité l'instauration d'une « dictature étatique », peu favorable à l'ancrage de la démocratie dans le pays : le parti disséminait ses hommes partout et pratiquait le népotisme et le conformisme idéologique. L'éducation démocratique de la société italienne a d'autant plus été freinée que la Démocratie chrétienne a empêché une confrontation honnête avec le passé fasciste.

Il fallut attendre les années 1990 pour que les conditions de recherche et d'accès aux archives permettent aux historiens italiens d'analyser les conséquences désastreuses du fascisme. Ce retard explique en partie pourquoi la moitié des Italiens estiment que le fascisme n'est pas dangereux, selon un sondage. Ils semblent oublier que les crimes fascistes ont frappé les Italiens eux-mêmes. Mussolini était un dictateur mégalomane qui s'est arrogé tous les pouvoirs et a ordonné que toute opposition soit violemment réprimée. Il méprisait la vie humaine, comme il l'affirma en 1932 : « Hors de l'État, rien de ce qui est humain ou spirituel n'a de valeur. »

Au nom du fascisme, 240 000 soldats furent sacrifiés sur le front, 60 000 civils italiens moururent, le pays se déchira dans une quasi-guerre civile, des villes furent détruites sous les bombardements alliés, et la population subit la honte et la violence de l'occupation allemande. La SS mais aussi la Wehrmacht tuèrent en masse, parfois des centaines habitants d'un même village. Les fascistes qui œuvraient pour le compte de la République de Salò, souvent de mèche avec les Allemands, ne furent guère plus tendres. Les chercheurs d'une commission historique germano-italienne sur les crimes de guerre nationaux-socialistes et fascistes en Italie a récemment recensé pas moins de 6 000 crimes nazis et fascistes pendant cette période ; plus de 24 000 Italiens moururent, et d'innombrables autres furent victimes de viols, de torture et d'enlèvements.

L'Allemagne aussi a sa part de responsabilité dans cette amnésie. Après la guerre, en Italie et ailleurs, elle a usé de son pouvoir économique pour empêcher que toute la lumière soit faite sur les nombreux massacres de l'Allemagne nazie dans ces pays.

Si l'Italie avait fait son travail de mémoire, ses citoyens seraient-ils aussi nombreux à excuser et relativiser le fascisme ? Si les responsables, mais aussi la population qui a soutenu un régime criminel, avaient été responsabilisés, les Italiens seraient-ils aussi sensibles aux discours démagogiques ? Si le pouvoir politique sous Berlusconi hier et sous Matteo Salvani aujourd'hui préfère ne pas éclairer les populations sur le passé, n'est-ce pas par crainte de forger un esprit critique et démocratique chez les citoyens qui ne serait pas dans l'intérêt des populistes ? Je retiens ce commentaire de Sabrina Gasparrini, secrétaire générale de la Fédération italienne des droits de l'homme, publié dans *The Guardian* après les élections de 2018 : « L'après-guerre nous a offert une chance démocratique. La nouvelle République était censée autoriser et encourager la population à participer à la vie politique. La liberté d'opinion et la liberté de réunion auraient dû préparer la voie à un débat citoyen épanoui. Mais l'histoire ne fonctionne pas toujours ainsi. »

Chapitre XIV

Les nazis ne meurent jamais

Habituellement je ne regarde pas la télévision, mais ce 5 septembre 2015, une excitation inhabituelle était dans l'air, le présage que l'Histoire était en train de s'écrire, relayée à la vitesse de l'éclair par la radio et les réseaux sociaux, et pour la première fois depuis longtemps j'allumai mon poste à Berlin et restai accrochée, le cœur battant, à des images qui faisaient étrangement écho à celles de la chute du Mur. La chancelière Angela Merkel avait fait tomber un nouveau mur, celui érigé entre des peuples aux destins inégaux, les Européens et ceux qui aimeraient l'être. L'Europe, jadis terre de guerres féroces, de génocide et de divisions fratricides, était devenue un éden aux yeux de millions de personnes engluées dans leur triste sort d'être nées au mauvais endroit, au mauvais moment, à la merci de tyrans qui disposent de la vie des peuples comme s'ils jouaient aux échecs.

Cela faisait des années déjà que les Européens suivaient le drame de ces exodes aux risques insensés, à 800 personnes à bord d'un bateau prévu pour 100, abandonnées à leur funeste sort par des passeurs à l'âme noire, implorant les cieux pour que le vent ne se lève pas sur la Méditerranée et ne transforme l'embarcation vétuste en un cercueil géant qui irait rejoindre au fond de l'eau froide le vaste cimetière des réfugiés anonymes. En 2015, le phénomène avait pris plus d'ampleur encore avec l'arrivée massive de Syriens fuyant une guerre civile et un dictateur ivre de pouvoir. Ils étaient las de jouer leur vie à la roulette russe, d'être les otages du hasard des bombes, exténués d'avoir tant de fois creusé sous les décombres d'un hôpital, d'une école, d'une maison, les tempes brûlantes, dans l'espoir de trouver une fille, un frère, une mère pour finalement sentir sous leurs doigts frémissants un cadavre figé comme une momie sous la poussière blanche.

Depuis le début du conflit en 2011, plus de 4 millions d'entre eux s'étaient enfuis vers les pays frontaliers de la Syrie et, en 2015, des centaines de milliers s'étaient lancés sur la route des Balkans, traversant inlassablement des milliers de kilomètres à travers la Grèce, la Macédoine, la Serbie, ciblant la Hongrie, dans l'espoir de pouvoir poursuivre à partir de là vers l'ouest. Mais la Hongrie n'était pas préparée et se retrouva vite submergée. Elle prit peur et construisit une barrière de barbelés à sa frontière pour empêcher les migrants de pénétrer sur son territoire. Au moins 150 000 y étaient déjà entrés, accueillis dans des conditions indignes que des caméras commencèrent à révéler au monde. Ces images sont peut-être à l'origine de cette décision surprenante de l'Office allemand des migrations de publier le 25 août 2015 un tweet dont il n'avait visiblement pas mesuré la portée : *#Dans les faits nous ne respectons actuellement plus le processus de Dublin pour la majorité des Syriens.* Le message ambigu résonna comme une invitation inespérée pour les réfugiés coincés sur la route des Balkans, qui comprirent que l'Allemagne renonçait à renvoyer les Syriens dans le premier pays de l'Union européenne où ils avaient touché le sol, ainsi que le prévoient les accords de Dublin. Le tweet se répandit comme une traînée de poudre.

Le 4 septembre 2015, une colonne de mille réfugiés brandissant des pancartes disant leur amour pour Angela Merkel quitta la gare de Budapest et s'engagea à pied sur l'autoroute en direction de l'Autriche, d'où ils espéraient pouvoir rejoindre l'Allemagne. La police hongroise tenta mollement de les arrêter, mais une volonté inouïe portait cette foule compacte que rien ne semblait pouvoir disperser. Dans la gare de Budapest, le chaos régnait, les réfugiés rompaient les barrières de police et se précipitaient sur les quais pour essayer de grimper dans les trains en direction de l'ouest. D'heure en heure, la tension montait en Hongrie, une cellule de crise fut convoquée puis une idée osée, provocante même, commença à prendre forme. Le soir même, le Premier ministre hongrois Viktor Orban fit connaître à Berlin et à Vienne sa décision : dans l'heure, il déploierait une centaine de bus pour transporter de 4 000 à 6 000 migrants jusqu'à la frontière austro-hongroise – à l'Autriche de décider qui elle laisserait entrer. Pris de court, et sans doute aussi de panique, le chancelier autrichien Werner Faymann appela Angela Merkel pour lui demander si elle était prête à ouvrir ses frontières puisque c'était en Allemagne que la grande majorité des réfugiés voulaient se rendre. La chancelière avait quelques instants pour se décider.

À la vue des images de ce long cortège de femmes, d'hommes et d'enfants marchant sur l'autoroute, à bout de forces mais déterminés, une scène dut lui revenir, à elle qui avait grandi en ex-RDA et qui savait que les frontières peuvent être des prisons : celle des dizaines de milliers d'Allemands de l'Est qui, à l'été 1989, avaient traversé en trombe la même frontière austro-hongroise, ivres de liberté grâce à la Hongrie qui avait eu l'audace de déchirer le rideau de fer. D'autres images encore durent surgir, celles des colonnes infinies de millions de réfugiés allemands chassés de leurs terres orientales après la guerre, jetés sur les routes, à pied ou sur des charrettes chargées à bloc.

Chaque fois, les Allemands avaient dû faire de la place et des sacrifices pour ces frères, et ils s'y étaient appliqués. La chancelière imagina sans doute aussi l'affolement à l'arrivée des bus si la frontière restait fermée, l'escalade de violence, l'intervention armée de la police hongroise, les bavures, le sang, les morts. Trois jours auparavant, la mer avait rejeté le cadavre d'un petit garçon de trois ans sur une plage de Turquie et la photo du petit corps sans vie, le visage enfoui dans le sable, résonnait encore comme la signature féroce d'une Europe indifférente.

Angela Merkel consulta quelques ministres et conseillers, s'assura auprès de Viktor Orbán qu'il s'agissait bien là d'une mesure exceptionnelle, tout en sachant déjà que cela ne l'était pas, mais qu'au fond elle n'avait pas d'autre choix que de dire oui. Le lendemain, le samedi 5 septembre, les premiers convois entrèrent en gare de Munich. En un week-end 17 500 réfugiés arrivèrent, bien plus que le nombre annoncé, puis 6 000, 8 000, jusqu'à 13 000 personnes par jour la semaine suivante. Viktor Orbán continuait à laisser le flot se déverser sur l'Allemagne. Tandis que Horst Seehofer, alors ministre-président de Bavière, *Land* limitrophe de l'Autriche, hurlait de colère et exigeait la fermeture immédiate des frontières, la chancelière appelait ses homologues européens l'un après l'autre pour leur demander de prendre en charge une partie des réfugiés. Les Italiens, les Grecs et les Suédois remplissaient déjà plus que quiconque leur devoir d'accueil, les autres déclinèrent toute solidarité, sauf le président français François Hollande qui fit un tout petit geste et annonça que mille de ces réfugiés seraient accueillis en France. Merkel resta ferme, les dés de l'Histoire étaient lancés. À la fin 2015, un million de réfugiés étaient arrivés sur le sol allemand.

Lorsque j'allumai ma télévision le premier jour de l'arrivée des réfugiés à Munich, la première image que je vis était un train de la Deutsche Bahn à quai d'où débarquaient une nuée de voyageurs, quelques femmes voilées, des enfants, mais surtout des hommes seuls, assez jeunes. Pendant une fraction de seconde, j'ai redouté que l'accueil ne se passe mal et, à voir leur mine, ils devaient penser la même chose. L'instant d'après, la caméra montrait ces mots écrits partout sur le sol, des pancartes, des banderoles : « *Willkommen ! Welcome ! Bienvenue !* » et l'on entendait des applaudissements et des acclamations de joie. Des centaines de citoyens allemands étaient venues les attendre avec des ballons, des ours en peluche, de l'eau, des habits, certains avaient même confectionné des petits sacs contenant des oranges, des sandwichs et des gâteaux. Les visages des étrangers s'illuminèrent, un petit sourire timide d'abord, un temps d'étonnement, puis la joie franche du soulagement, des mains qui saluent, qui font le signe de la victoire, d'autres qui pressent le drapeau allemand sur leur cœur.

Dans mon esprit, tout allait très vite, ces images se superposaient à celles des trains de la Reichsbahn bondés qui déversaient leur chargement humain sur la rampe des camps où des gardiens accueillaient les condamnés à coups de bottes, en leur hurlant dessus pour qu'ils se dépêchent d'aller mourir. Je revoyais les colonnes de juifs à la gare de Mannheim, une valise dans une main, un gamin dans l'autre, les foules d'Allemands endoctrinés faisant à l'unisson le salut hitlérien, la photo du jeune Est-Allemand Peter Fechter dans une flaque de sang au pied du Mur, condamné par les garde-frontières à mourir seul après avoir agonisé pendant une heure durant parce qu'il avait voulu être libre. J'ai réalisé que c'était cela l'événement historique : après un long recueillement à purger l'héritage empoisonné de ses ancêtres, des monstres nazis, des criminels communistes et de la foule de *Mitläufer* qui les avaient accompagnés, le peuple allemand avait enfin le bon rôle, le meilleur même qu'il n'eût jamais imaginé avoir un jour, celui de chevalier de l'humanité, de prophète de la foi en l'homme.

Je ne devais pas être la seule à avoir éprouvé un choc mémoriel en regardant ces images ce jour-là car, dans les semaines qui suivirent, des dizaines de milliers de bénévoles offrirent leur soutien partout où ils le pouvaient, au point que les autorités étaient non seulement débordées par les migrants, mais aussi par ceux qui voulaient les aider. Le déferlement de volontaires était tel que les autorités durent en renvoyer en expliquant qu'ils étaient plus nombreux que les réfugiés. Des amis organisèrent des tournées en voiture pour récupérer chez les uns et les autres tout ce qui pouvait être utile aux exilés, des anciens collègues de mon père à la retraite offrirent leur expertise pour les guider dans le labyrinthe administratif allemand, des propriétaires de club de sport installèrent des lits de camp dans leurs locaux, des professeurs se portèrent volontaires pour donner des cours d'allemand, des chefs pour cuisiner, des psychologues pour assister les enfants. Les médias prirent rapidement le parti de cette nouvelle religion du bien baptisée *Willkommenskultur* (« culture d'accueil ») et lancèrent des messages euphoriques appelant les Allemands à libérer le meilleur d'eux-mêmes dans le sillage de la chancelière, cette fille de pasteur protestant qui avait su imposer comme personne auparavant la morale en politique.

Partout dans le monde, des voix louaient cette générosité qu'on pensait disparue de l'humanité, et des tribunes dans les journaux témoignaient de la fierté d'être allemands. L'Allemagne avait déjà fait ses premiers pas en patriotisme lors de la Coupe du monde de football de 2006, quand tout un peuple avait pris conscience dans un même élan qu'il avait le droit d'aimer son pays et de le dire, sans que cela implique la haine ou l'arrogance envers les autres. Pour la première fois, des drapeaux noir-rouge-or avaient fusé dans le ciel, surgi sur les balcons, les voitures, les habits et les cheveux, et j'entends encore cette clameur s'élever dans le silence des rues désertées de Berlin, celle de milliers de Berlinois qui à aucun prix n'auraient manqué venir acclamer la Mannschaft en rangs serrés devant des écrans dispersés dans la ville. Mais ce n'était rien à côté du séisme de 2015, cet automne de la rédemption des Allemands, un siècle presque exactement après le début d'une longue damnation, inaugurée avec le déclenchement de la Première Guerre mondiale.

Dans cette effusion contagieuse, j'avoue avoir même songé à adopter un enfant syrien, mais je me suis finalement contentée de donner mon numéro de téléphone pour mettre mon appartement à disposition au cas où des réfugiés arrivant tard le soir à Berlin auraient besoin d'être logés en attendant de trouver une place dans un camp. Des organisations tentaient de promouvoir le logement chez l'habitant afin de faciliter le contact des réfugiés avec les autochtones et leur intégration. On ne m'a jamais appelée, peut-être parce que j'avais exclu les hommes, qui formaient la majorité des candidats, ou bien que la logistique était devenue trop compliquée au vu des arrivées en masse, car il fallait aussi gérer les cohabitations qui se passaient mal, et celles-ci n'étaient pas rares.

Peu à peu, l'enthousiasme des débuts se fit plus mesuré lorsque des communes aux frontières se réveillèrent un beau matin avec plus de réfugiés que d'habitants dans les rues, que des volontaires submergés tirèrent la sonnette d'alarme et que des fournisseurs d'équipements se déclarèrent en rupture de stock. L'inquiétude montait. Elle fit place à l'affolement le 31 décembre 2015, lorsque, pendant la nuit de la Saint-Sylvestre à Cologne, plus de 600 femmes furent harcelées et subirent des attouchements devant la gare où un millier de jeunes hommes d'Afrique du Nord et du Moyen-Orient étaient réunis. La politique d'immigration, qu'Angela Merkel menait en solitaire depuis le début, perdit en popularité. Une majorité d'Allemands continuait à la soutenir, mais la contestation prenait de l'ampleur. Les violences contre des réfugiés et les centres d'accueil, qui avaient commencé dès le début 2015, reprirent de plus belle. L'hostilité gagna le milieu de la société, nourrie par les attaques islamistes sur le sol allemand : des agressions au couteau contre des passants et des policiers, et surtout l'attentat d'un islamiste qui fonça au volant d'un camion sur un marché de Noël à Berlin, faisant douze morts et plus de cinquante blessés, avant de fuir sous le nez de la police berlinoise.

Une suspicion sourde et généralisée se répandait pernicieusement, à l'égard des musulmans, des réfugiés, des Arabes, des étrangers. Cette bande qui traîne sur la place, si c'étaient des violeurs ? Ces femmes voilées avec une ribambelle d'enfants, si c'était des profiteuses de la sécurité sociale allemande ? Ce jeune qui vient d'entrer dans le bus avec un drôle de sac, si c'était un terroriste ? Le changement se voyait dans le regard des gens quand une femme intégralement voilée passait devant une terrasse de café, dans la tension qui électrisait les usagers du métro lorsqu'un groupe de jeunes criaient en arabe en se bousculant sur le quai, ou dans ma décision de ne pas porter une jupe dans certains quartiers.

Un malaise s'empara des médias, accusés d'avoir livré une couverture dithyrambique de la crise des réfugiés, dénuée de regard critique et de discernement. La plupart firent leur *mea culpa* et rectifièrent le tir. Beaucoup engagèrent une réflexion de fond pour améliorer l'équilibre et la transparence de leur couverture.

L'optimisme des Allemands fléchit encore un peu lorsque leurs voisins du groupe Visegrad – la Hongrie, la Pologne, la République tchèque et la Slovaquie – refusèrent d'accueillir leur quota de migrants afin de soulager des pays comme l'Italie et la Grèce. Alors que ces pays de l'ancien bloc soviétique comptaient très peu de réfugiés, les populations avaient le sentiment d'être « envahies », y compris les jeunes, une classe d'âge habituellement plus tolérante. Ce manque de solidarité avec les partenaires de l'Union démontrait une amnésie singulière. Ces pays n'avaient-ils pas touché des centaines de milliards de cohésion de l'Union depuis l'élargissement ? Et sous l'ère soviétique, leurs millions de ressortissants fuyant les dictatures communistes n'avaient-ils pas été accueillis à bras ouverts par l'Occident ?

La peur de l'étranger dans les sociétés d'Europe de l'Est a aussi des raisons historiques. À l'issue des deux guerres mondiales, les frontières de ces régions furent plusieurs fois refondues pour éviter la formation de fortes minorités au sein des États et prévenir les conflits internes. Ces changements créèrent une grande homogénéité ethno-religieuse, renforcée par l'extermination de la majorité des communautés juives, qui contribuaient à la diversité culturelle de l'Europe de l'Est.

À partir de 1945, les dictatures communistes renforcèrent ce cloisonnement à l'extrême en interdisant de regarder le monde autrement qu'à travers la lucarne de la pensée unique et en fermant les sociétés à toute influence extérieure. L'Union soviétique imposa à ces peuples une mémoire qui n'était pas la leur, les obligeant à commémorer l'héroïsme de l'Armée rouge qu'ils haïssaient. Des pays qui s'étaient alliés à l'Allemagne nazie, la Hongrie, la Slovaquie, la Roumanie, la Bulgarie et la Croatie, ou avaient espéré sa victoire contre la Russie, comme les pays baltes et l'Ukraine, furent forcés de s'identifier au camp soviétique contre lequel ils avaient en réalité combattu. La politique de l'URSS, recouvrant le passé de ces pays d'un tabou écrasant, ne laissait aucune place au travail de mémoire.

Or le fascisme avait été populaire dans la région, dès l'entre-deux-guerres, avec l'émergence de partis comme la Garde de Fer en Roumanie, le troisième plus grand parti fasciste d'Europe, ou le Parti des Croix fléchées en Hongrie. Beaucoup de ces pays menèrent une politique antisémite et collaborèrent avec les Allemands à l'extermination des juifs d'Europe.

En Roumanie, sous le régime du général Ion Antonescu, l'armée aida les Allemands à massacrer et déporter entre 280 000 et 380 000 juifs et environ 25 000 Sinti et Roms, principalement de territoires annexés et de la région d'Odessa. En Hongrie, l'amiral Miklós Horthy céda en mars 1944 à la pression du Reich, qui put faire déporter plus de 430 000 juifs à Auschwitz en moins de deux mois grâce au zèle de l'administration et de la police hongroises. Sous la pression internationale, Horthy arrêta les déportations, mais le Parti des Croix fléchées s'empara du pouvoir et prit le relais. En tout, plus de 560 000 des quelque 825 000 juifs vivant en Hongrie et dans les territoires sous son contrôle furent exterminés, ainsi que des milliers de Sintis et Roms.

Le dirigeant slovaque, le prêtre catholique Jozef Tiso, allié de l'Allemagne nazie, consentit sans grande résistance à déporter plus de 57 000 des 89 000 juifs du pays, avant de faire barrage lorsqu'il comprit que les déportés n'étaient pas « relocalisés » mais exterminés. Par la suite, les Allemands déportèrent de force encore 12 600 juifs slovaques. En Croatie, des fascistes pro-Axe, les Oustachis, instaurèrent une dictature sanguinaire marquée par une politique de purification ethnique à laquelle succombèrent entre 300 000 et 400 000 Serbes, quelque 30 000 juifs et 25 000 Sinti et Roms.

La Bulgarie fait figure d'exception. Elle livra aux Allemands 11 000 juifs de territoires récemment annexés, mais lorsque l'Allemagne exigea les quelque 50 000 juifs de Bulgarie, les citoyens s'y opposèrent avec une telle virulence que l'idée fut rapidement abandonnée – une attitude rare en Europe, qui mérite d'être soulignée.

Quant aux pays baltes, ils n'étaient pas des alliés du Reich, mais en juin 1941, ils accueillirent les soldats allemands comme des libérateurs après avoir passé un an sous le joug des Soviétiques. Pour cette raison, mais aussi par antisémitisme, ils collaborèrent, parfois avec une violence inouïe, en particulier en Lettonie et en Lituanie où plus de 95 % des juifs restés dans le pays, respectivement 75 000 juifs et 210 000 juifs, furent exterminés – le taux le plus élevé d'Europe.

Dès la chute du rideau de fer, enfin libérés du diktat mémoriel soviétique, nombre de ces pays se mirent à chercher des héros dans leur histoire nationale, et les premiers qu'ils trouvèrent furent ceux qui avaient soutenu les nazis contre l'Armée rouge pendant la guerre. En Ukraine et dans les pays Baltes, également pour provoquer la Russie, les vétérans nationaux de la Waffen-SS furent honorés. En Roumanie, Ion Antonescu fut réhabilité, présenté comme celui qui avait sauvé la Roumanie du pire pendant la guerre…

Puis sous l'influence croissante de l'Union européenne, quelques pays commencèrent à affronter leurs responsabilités passées. La Lituanie s'est excusée depuis longtemps envers la communauté juive et a adopté une série de lois sur la restitution des biens juifs, tandis que plusieurs lieux de mémoire, films et romans ont permis d'éveiller l'intérêt de la population. La Roumanie a enlevé les statues de Ion Antonescu à partir de 2002, fait rebaptiser les rues portant son nom, puis a reconnu sa collaboration dans la Shoah et inscrit cet épisode au programme scolaire.

Dans d'autres pays de l'Est où le travail de mémoire n'a quasiment pas été fait, le révisionnisme et la nostalgie fasciste ont gagné en force depuis quelques années. En Croatie, il y a une aspiration politique à réhabiliter les Oustachis ; en Slovaquie, une formation qui renoue ouvertement avec le passé fasciste du pays, Notre Slovaquie, siège au Parlement depuis 2016 avec 8 % des voix. Le parquet a réclamé l'interdiction du parti.

Le pays le plus marqué par cette tendance est la Hongrie où il fallut attendre 2015 pour que l'État reconnaisse la responsabilité du pays dans la Shoah.

Le dirigeant Viktor Orbán s'est engagé dans une politique de réhabilitation du dirigeant antisémite et pronazi Miklós Horthy, qu'il qualifie d'« homme d'État d'exception ». Nombre de places et de rues portent désormais le nom de Horthy en Hongrie et des statues ont été érigées à son effigie. Le même honneur profite aux écrivains fascistes Albert Wass et József Nyirö, poursuivis pour crimes de guerre après 1945. Le premier a écrit un poème intitulé « L'invasion des rats. Un enseignement pour jeunes Hongrois », une allégorie qui ne fait pas de doute sur le sort que le poète souhaitait réserver aux juifs. Le second, idéologue du Parti des Croix fléchées et grand admirateur de Joseph Goebbels, fit l'objet d'une querelle diplomatique en 2012 lorsque des représentants de l'État hongrois voulurent organiser une cérémonie de « réenterrement » de son urne dans son village natal en Roumanie. Celle-ci protesta fermement, ce fasciste convaincu étant *persona non grata* sur ses terres. Aujourd'hui, Albert Wass et József Nyirö sont au programme scolaire hongrois. Je me demande si les lycéens lisent aussi le prix Nobel Imre Kertész, Hongrois déporté à l'âge de quatorze ans à Auschwitz, couronné pour une œuvre hantée par le non-sens de l'Holocauste.

De manière générale, la rhétorique inspirée du lexique nazi n'est pas un tabou en Hongrie, et certains politiciens et journalistes y puisent allégrement. Zsolt Bayer, une personnalité influente, ami proche d'Orban et cofondateur du parti au pouvoir, le Fidesz, estime que « si quelqu'un écrase un enfant gitan, il agit correctement ». En 2013, il écrivit dans le quotidien conservateur *Magyar Hírlap* : « Une grande partie des gitans ne sont pas aptes à vivre parmi les humains.

[…] Ce sont des animaux. Ces animaux ne devraient pas avoir le droit d'exister. En aucun cas. Cela doit être résolu tout de suite et quelle que soit la manière. » En 2016, le gouvernement de Viktor Orbán éleva Zsolt Bayer au rang de chevalier de l'Ordre du mérite.

Les plus extrémistes sont les représentants du Jobbik, un parti néofasciste et fier de l'être qui a gagné 20 % des voix lors des dernières élections. Il affiche son admiration pour l'amiral Horthy et est affilié à des milices paramilitaires qui terrorisent les Sinti et les Roms, telle la Nouvelle Garde hongroise, qui arbore un drapeau blanc strié de rouge inspiré par celui du Parti des Croix fléchées, l'un des principaux acteurs de l'Holocauste en Hongrie. L'obsession d'Israël chez les membres du Jobbik frôle la pathologie, et les insultes envers les juifs sont d'une telle vulgarité que je préfère m'abstenir de les reproduire. La plupart des partis d'extrême droite européens jugent le Jobbik infréquentable.

Sans être aussi extrême, Viktor Orban n'en est pas moins devenu le chef de file des théories du complot et du discours nationaliste et nativiste en Europe depuis qu'il a défié l'Union européenne dans la crise des réfugiés. Aux élections législatives de 2018, son parti, le Fidez, allié au Parti populaire démocrate-chrétien (KDNP), a remporté 49,2 % des voix à l'issue d'une campagne électorale centrée sur les « attaques » menées par d'obscures forces ennemies visant au « grand remplacement » de la population européenne blanche par des immigrés arabes – une théorie très en vogue dans les cercles populistes d'extrême droite.

Les forces obscures, selon Orban, sont les bureaucrates de Bruxelles, les médias, les intellectuels libéraux, les milieux d'affaires mondialisés… et le milliardaire américain juif d'origine hongroise George Soros, né en 1930 à Budapest, bouc émissaire numéro un dont le visage a été placardé dans tous le pays, flanqué d'avertissements à la population lors de la campagne électorale. Soros soutient activement la consolidation de la démocratie et de la société civile en Hongrie et dans les anciens pays de l'Est, et ce depuis l'effondrement du communisme. Il est une épine dans le pied de Viktor Orban et son modèle de « démocratie illibérale » qui n'est autre qu'un démantèlement des institutions démocratiques : prise de contrôle des médias, muselage de la société civile, blocage des enquêtes pour corruption visant des membres du Fidesz, harcèlement d'ONG, dont celle de George Soros, Open Society, qui vient de déménager à Berlin. Malgré cette mainmise autoritaire, une partie de la société hongroise exprime régulièrement son opposition à Orban.

C'est à se demander si un régime qui méprise ouvertement la démocratie et calomnie l'Union européenne tout en profitant des avantages qu'elle lui confère a sa place dans la communauté. D'autant plus que ce style de gouvernement pourrait influencer la région, comme c'est déjà le cas en Pologne, où le parti ultra-conservateur PiS s'attaque lui aussi aux fondements de la démocratie et des libertés individuelles : contrôle de la télévision, purge dans l'armée, réforme de la justice visant à la priver de son indépendance, offensive contre le droit à l'avortement, déjà très restreint dans ce pays catholique pratiquant. Le PiS se heurte à une opposition politique encore vigoureuse, à la résistance courageuse d'une partie de la presse et de la société civile. Mais la xénophobie et l'antisémitisme prolifèrent dangereusement.

À Varsovie a lieu chaque année le plus grand événement nationaliste d'Europe, une « Marche de l'indépendance » qui a rassemblé 250 000 personnes en novembre 2018, parmi lesquelles des représentants du gouvernement et du PiS, en scandant « Fierté, fierté, fierté nationale ». Au milieu de torches fumigènes et d'explosions de pétards, des jeunes ont défilé en brandissant des symboles fascistes, des images du Christ et des banderoles résumant leur vision d'un monde idéal : « Nous voulons Dieu », « Mort aux ennemis de notre pays », « La Pologne pure, la Pologne blanche ».

La crise des réfugiés et le terrorisme islamiste ont nourri ces dérives. Dans presque toute l'Europe, ils ont servi de moteur à l'extrême droite et au populisme qui connaissent un succès sans précédent depuis 1945. À l'heure où j'écris, en Autriche, le FPÖ gouverne en qualité de partenaire de coalition minoritaire ; en Italie, la Ligue du Nord et le Mouvement 5 étoiles se partagent le pouvoir ; aux Pays-Bas, le Parti pour la liberté de Geert Wilders est la deuxième force du Parlement (13 % des voix en 2017) ; enfin, la Pologne et la Hongrie suivent un cours de plus en plus autoritaire.

En France, le Front national, rebaptisé Rassemblement national, n'a remporté que 13,2 % des voix aux élections législatives de 2017 et traverse une crise interne. Mais celle-ci ne devrait pas faire oublier que le parti est arrivé en première position aux élections européennes de 2014 et aux élections régionales de 2015. Aux dernières élections présidentielles en 2017, sa présidente, Marine Le Pen, a raflé la deuxième place derrière Emmanuel Macron, alors que la France n'a accueilli qu'une poignée de réfugiés.

Quinze ans auparavant, en 2002, le père de Marine, Jean-Marie Le Pen, avait également accédé au second tour des élections présidentielles face au conservateur Jacques Chirac, une première pour le Front national. Je me souviens de la vague d'indignation qui avait soulevé les Français et de cet élan qui les avait tirés de leur torpeur entre les deux tours. Combien d'entre nous descendirent dans les rues à travers toute la France pour dire : « Plus jamais ça ! » ? Quasiment tous les partis politiques donnèrent la consigne à leurs électeurs de faire barrage au Front national en votant pour Jacques Chirac. Ils furent entendus, et ce dernier remporta plus de 82 % des suffrages.

En 2017 aussi j'étais en France, mais il n'y eut pas de grandes manifestations, pas de grande vague de solidarité des Français pour tâcher de mettre fin à un scénario inquiétant. Certains leaders, comme celui de l'extrême gauche Jean-Luc Mélenchon, encouragèrent leurs électeurs à voter blanc, faisant le jeu de Marine Le Pen. Emmanuel Macron gagna l'élection et l'on cria victoire, alors que le Front national avait obtenu le meilleur score de son histoire : 33,9 %. C'est ce qu'on appelle la « normalisation » d'une extrême droite qui n'inquiète plus, qui n'indigne plus. Et s'il s'agissait d'une lente détérioration de la vigilance, d'une progression contagieuse de l'indifférence, cet ennemi de la démocratie ?

À gauche également il règne une certaine confusion en France, où certains adhèrent aveuglement à des mouvements dès qu'ils prétendent protéger « le peuple ». Une vision romantique de la révolte populaire en France encourage une logique de deux poids deux mesures en matière de morale et de tolérance : on excuse l'égoïsme et la violence de certains mouvements sociaux peu soucieux du bien collectif, on se laisse facilement séduire par des démagogues qui déresponsabilisent les citoyens en rejetant constamment la responsabilité sur « ceux d'en haut ». Certains intellectuels et médias portent une lourde responsabilité à nourrir les discours populistes en mystifiant la « révolution » avec un manque de discernement et d'honnêteté intellectuelle consternants. Cette naïveté s'explique à mon sens par le fait que la France n'a pas fait l'expérience du terrorisme d'extrême gauche ni de la dictature communiste, contrairement à l'Allemagne qui a eu la Fraction Armée rouge et la RDA. La société civile en France doit responsabiliser les citoyens quant à leurs devoirs dans une démocratie et mieux s'organiser pour faire entendre sa voix auprès d'un État très centralisé.

Juste après les attentats de novembre 2015 à Paris, alors que Marine Le Pen caracolait dans les sondages, j'avais publié dans un magazine français un récit personnel en forme d'ode à la résistance de l'Allemagne à l'extrême droite. J'y invitais les Français à venir s'exiler à Berlin en cas de victoire du Front national, une sorte de revanche de l'histoire. Que dirais-je à ces lecteurs aujourd'hui ? L'Allemagne, cette forteresse démocratique construite sur la mémoire de deux dictatures, approfondie comme nulle part au monde, ce pays où aucun parti d'extrême droite n'a siégé au Bundestag depuis sa création en 1949, a cédé à son tour au populisme. L'AfD, qui avait du mal à percer depuis sa création en 2013, s'est engouffrée dans la brèche ouverte par la crise des réfugiés. Ni le durcissement net de la politique allemande vis-à-vis des migrants, ni la chute considérable du nombre de nouveaux arrivants n'ont freiné son ascension. Aujourd'hui, l'AfD a 92 députés au Bundestag et siège dans tous les parlements régionaux.

Il y a dans l'air comme le présage d'un orage inéluctable, comme si le monde qui m'avait vu naître et grandir se dérobait, comme si les rêves pour lesquels mes parents ont œuvré mouraient à petit feu sous mes yeux. Comme si l'amnésie était en train de contaminer l'Europe. Les partis politiques à l'origine de mon malaise manient pourtant certains messages qui devraient me plaire : ils affirment vouloir incarner une démocratie plus juste en représentant *réellement* le peuple, préserver l'Europe de l'islamisme obscurantiste, défendre la liberté d'opinion contre la censure du *politically correct* et protéger les citoyens contre les excès de la globalisation. Liberté, Europe, démocratie, respect du terroir, que de causes que je chéris ! Serais-je en train de verser dans l'alarmisme, la paranoïa ? Il faut aller voir derrière les slogans pour le savoir.

Le 3 mars 2018, à l'entrée du village autrichien d'Aistersheim, un château d'eau encadré de quatre tourelles posé comme un mirage sur une eau glacée semble attendre des invités de marque. Un panneau annonce : « *Kongress der Verteidiger Europas* » (Congrès des défenseurs de l'Europe). Je franchis le pont en bois au-dessus des douves et pénètre dans l'antre d'une façade néorenaissance à peine teintée d'ocre. Je tressaille légèrement lorsqu'une hôtesse me demande mon nom en vérifiant sur une liste. J'ai bien mon carton d'invitation, pour lequel j'ai payé 48 euros, mais je crains que les organisateurs, qui ont spécifié sur le site Internet que seule la presse « amie » était invitée, n'aient cherché mon nom sur Internet. Je ne suis pas venue couvrir l'événement pour un journal, mais je doute que mon profil plaise ici, où prévaut la formule : « Qui n'est pas avec nous est contre nous ».

On me laisse entrer dans la large cour de l'imposante bâtisse et je gravis un escalier extérieur menant à une galerie en arcades qui borde le premier étage. J'entre dans une ample salle auréolée de voûtes d'ogives gothiques, dont les murs sont recouverts de peintures du XVIIe siècle et je prends place parmi un parterre d'environ 300 personnes, assises face à un podium où un pupitre doté d'un micro attend les intervenants.

Le vice-maire FPÖ de la ville de Graz, Mario Eustacchio, ouvre le bal. Il est inquiet, dit-il, pour la « population autochtone », dont le « taux de reproduction » serait inférieur à celui des immigrés. « Si cette situation se poursuit, nous serons des étrangers dans notre propre pays », s'alarme-t-il avant de désigner le responsable de cette « situation catastrophique en Europe » : « la vénération des droits de l'homme » qui ont remplacé les « vieilles valeurs paternelles ». Ces mots résonnent avec des affiches accrochées sur les murs du château, qui réclament : « Finis les *Gutmensch* (gens de bien) qui sèment la terreur ! » Elles sont illustrées par le dessin d'une victime de cette prétendue terreur : un homme aux yeux bandés, les bras et le buste en sang pris dans des barbelés, la bouche déformée par la douleur… tant de souffrances à cause du respect des droits de l'homme ! C'est à n'y rien comprendre.

Voici le tour d'André Poggenburg, représentant de l'aile droite de l'AfD, de prendre la parole. Sous les acclamations, il appelle au « retrait de l'Allemagne » de l'Union européenne, au « Dexit », et espère que « beaucoup d'États européens lui emboîteront le pas et [que] nous pourrons définitivement enterrer l'UE ». Ce « Moloch et sa tendance à une globalisation néo-communiste sont la maladie néfaste du XXIe siècle » et ont « décrété l'abnégation du patriotisme», dit-il. Poggenburg souhaite éloigner « la forteresse Europe » des États-Unis et la rapprocher de la Russie, et s'insurge contre les sanctions imposées par l'UE depuis l'annexion de la Crimée en 2014, dont il conteste l'illégalité.

Le président russe, Vladimir Poutine, est admiré dans ces cercles pour son autoritarisme et pour son mépris des droits de l'homme, de la liberté d'opinion et des contre-pouvoirs démocratiques. Inversement, Vladimir Poutine soutient ouvertement les partis populistes et les partis d'extrême droite en Europe, parfois financièrement, comme pour le Front national qui a obtenu un crédit russe.

En hommage à l'amitié avec la Russie, des intermèdes musicaux aux accents russes et germaniques agrémentent la journée. L'organisatrice est une grande mondaine austro-russe qui s'est spécialisée dans la programmation culturelle des cercles d'extrême droite. À Vienne, elle organise régulièrement un « Bal russe », apprécié des caciques du FPÖ. L'apparition d'Olga, soprano blonde en robe de satin moulante, fait l'effet d'un électrochoc dans ce congrès dominé par des hommes à la mine contrariée et aux discours hostiles.

Olga avance telle une reine sur le podium, elle fait onduler ses hanches, élance sa gorge immaculée d'où jaillit un air irrésistible « *Heia in den Bergen* », d'Emmerich Kálmán, la déclaration d'amour d'un compositeur juif à sa *Heimat*, l'Autriche, qui l'accueillit si froidement à son retour d'exil en 1949 qu'il préféra aller s'installer à Paris. La cantatrice enchaîne avec un pot-pourri de chansons russes, effleurant lascivement le piano de son corps cambré, où Giorgi, un pianiste géorgien, l'accompagne. Le rythme s'accélère, les doigts agiles de Giorgi courent sur les touches, le châle glisse des épaules d'Olga, découvrant un décolleté abyssal, la salle est en extase, c'est un triomphe. La grande mondaine austro-russe rumine de plaisir et lance : « Elle chante partout dans les maisons d'opéra, elle était avec moi en Crimée il y a un an [...]. Olga et Georgi, on peut compter sur eux d'un point de vue artistique et humain. » Quelle que soit l'ambiguïté de ces mots, j'apprécie ce répit, bienvenu dans une journée qui sera pénible pour moi.

Un homme d'une quarantaine d'années, aux épaules carrées et à la barbe noire, taillée au millimètre près, entre en scène. Il s'appelle Andreas Lichert, il est député de l'AfD au parlement de Hesse et président d'une association de l'Institut für Staatspolitik (IfS), le plus important think tank de l'aile droite de l'AfD et de la Nouvelle Droite en Allemagne. Le regard fier et le ton enjoué, Andreas Lichert analyse l'ascension récente de son parti à l'aide d'une présentation Powerpoint. « Une performance sans égale dans l'histoire de la RFA », se félicite-t-il sous une avalanche d'applaudissements. Sur l'écran de projection, un graphique montre les origines politiques des électeurs du parti : « Nos nouveaux électeurs venus des partis dits *bourgeois* sont à peine plus nombreux que ceux du bloc de gauche », observe Lichert.

Un deuxième graphique montre les origines géographiques des électeurs. Il attire l'attention sur la différence entre l'Ouest et l'Est, le score des législatives de 2017 étant deux fois moins élevés à l'Ouest qu'en « *Ostdeutschland* » (Allemagne de l'Est). « *Mitteldeutschland* ! » corrige quelqu'un au premier rang. C'était « un faux pas embarrassant », reconnaît l'intervenant avec un sourire amusé, « car normalement j'utilise aussi le terme de *Mitteldeutschland* [l'Allemagne du milieu], j'ai honte, surtout dans un cercle comme celui-ci, je vous prie de m'excuser ». Des rires fusent dans la salle. Utiliser ici le terme *Mitteldeutschland* pour désigner l'Allemagne de l'Est revient à considérer qu'il y a toujours des territoires allemands derrière la frontière de l'Oder-Neisse. Puis Andreas Lichert a cette phrase, prononcée avec un rictus ironique au coin des lèvres : « Chers amis, l'immigration n'est pas toujours une mauvaise chose quand il s'agit d'attirer des électeurs. » Le public se gausse.

Difficile d'imaginer un aveu plus cynique. L'instrumentalisation de la peur des citoyens, en perte de repères dans un monde de plus en plus globalisé, a beaucoup contribué au succès de l'AfD. Le mode d'emploi est connu : attiser les peurs diffuses des citoyens ; les canaliser vers des boucs émissaires ; donner une vision manichéenne du monde ; transmettre à l'électorat le sentiment d'appartenir à une communauté exclusive. L'AfD est devenue experte de l'art de déformer les informations, experte du montage de faits soigneusement triés, isolés de leur contexte et associés dans un ordre précis. Même les plus résistants d'entre nous sont conditionnés par ces déformations répétées à l'envi par les politiciens de l'AfD et d'autres partis, qui divisent la société entre bourreaux (la prétendue élite) et victimes (le peuple) et associent les musulmans et les réfugiés à des criminels.

« Nous avons reçu bien plus de voix de la part des non-votants, poursuit Andreas Lichert. Qu'est-ce qui caractérise le non-votant ? Sa perte de confiance dans la politique : il pense que ça ne vaut pas la peine d'aller voter. » Or, ajoute Lichert, les régions où l'AfD « a le plus de succès », notamment parmi les non-votants, « sont celles où les représentants de l'AfD sont l'objet de scandales ». Il marque une pause avant de développer : « En Bavière, par exemple, le président régional Petr Bystron a été surveillé par les renseignements intérieurs parce qu'il avait fait un commentaire positif sur le mouvement identitaire. C'est donc un scandale potentiel. » Le mouvement identitaire, également surveillé par les renseignements, exige une discrimination religieuse et raciste au profit de l'« homme blanc ».

« Dans le Bade-Wurtemberg, poursuit Lichert, nous avons l'affaire du député Gedeon. On le sort systématiquement comme un diable de sa boîte dès qu'il s'agit de dire "Regardez ! Quelqu'un a écrit un livre antisémite, c'est la preuve que toute l'AfD est antisémite !" » Wolfgang Gedeon est un médecin, membre du parlement régional qui a écrit que l'Holocauste est une « religion civile de l'Occident » et que « le judaïsme dans sa forme sécularo-sioniste » vise à « asservir l'humanité ». Il a été exclu du groupe parlementaire par l'AfD, mais autorisé à garder son poste de représentant local.

« En Thuringe, nous avons notre ami Björn Höcke, qui, aux yeux de beaucoup, représente un gros potentiel de scandale, relève Andreas Lichert. En Saxe, nous avons un petit Björn Höcke, le député Maier, qui, en quelques tweets, a gagné en visibilité dans l'opinion. » Le président du groupe parlementaire de Thuringe, Björn Höcke, est un spécialiste des prédictions apocalyptiques et se plaît à comparer les étrangers à des animaux et des microbes : « Les centres d'accueil pour réfugiés sont des biotopes humides où les germes du fondamentalisme et de la criminalité se multiplient idéalement. » Jens Maier, député AfD de Saxe au Bundestag, puise dans le même lexique national-socialiste que son collègue. Il loue les mérites du parti néonazi NPD, met en garde contre la « production de peuples mixtes », et profère des insultes racistes à l'égard de Noah Becker, le fils, métis, du champion de tennis Boris Becker. Andreas Lichert conseille de s'inspirer de ces maîtres en scandale, puisque « ce sont les personnalités qui ont le plus de succès » auprès de l'électorat.

J'ai la sensation d'assister à la présentation des candidats d'un concours de marketing publicitaire. Mais quel est donc le produit qu'une publicité antisémite, raciste et révisionniste vend à un électeur ? Le droit de libérer ses plus bas instincts et de faire passer la manifestation ouverte et violente de sa frustration, de ses complexes, de son plaisir de nuire, pour un acte de résistance contre le *politically correct.* « Désormais, l'indécence passe pour du courage », écrit Melanie Amann dans son essai *Angst für Deutschland* (« Angoisse pour l'Allemagne »). « Chacun redéfinit son intolérance en tâchant de la légitimer comme si elle servait à révéler celle des autres, écrit-elle. Ces cercles font passer leurs insultes pour de la prévention. » Ils « cultivent un rapport paradoxal à la liberté, car en réalité, ils sont liberticides, intolérants et autoritaires ».

Andreas Lichert et les hommes dont il loue le « potentiel de scandale » représentent l'aile droite de l'AfD. Celle-ci a gagné en représentativité ces dernières années en prenant du pouvoir face à la tendance plus modérée. Un des gagnants de ce glissement est Götz Kubitschek, père spirituel du mouvement identitaire en Allemagne, activiste politique et éditeur de la Nouvelle Droite. Il est aussi le fondateur de l'Institut der Staatspolitik qu'Andreas Lichert est venu représenter au congrès. Sa candidature a été refusée par l'AfD en 2015, mais son influence grandit auprès du parti et de certains représentants au Bundestag. Kubitschek était un invité du Congrès des défenseurs de l'Europe en 2016.

Quelques intervenants non germanophones font leur apparition sur le podium d'Aistersheim. Un homme serbe au visage émacié, directeur de l'Institut pour les études européennes à Belgrade qui entretient des liens avec l'AfD, salue d'un « Dieu soit avec nous ! ». Il se lance dans un long exposé sur les dangers pour la « dignité humaine » du développement croissant des sciences et de la technologie médicale, promu par un « groupe de nouveaux communistes et libéraux de gauche ». Il s'attaque à la « pilule du lendemain », qui « fait fi du droit de regard du père sur la décision d'avorter » au nom des « prétendus droits inaliénables des femmes ». Il s'alarme de la décadence des sociétés modernes, mais termine sur une note d'espoir : « La chrétienté a déjà sauvé l'Europe plusieurs fois. »

Arrive ensuite sur le podium un jeune élu du Tyrol du Sud italien, qui, en veste autrichienne et la main sur le cœur, en appelle de manière à peine voilée à l'annexion de sa région par l'Autriche, pays à laquelle elle appartenait jusqu'à la dislocation de l'Empire austro-hongrois il y a un siècle. Le statut d'autonomie de la région, obtenu dans les années 1970, notamment grâce aux sabotages répétés de « combattants de la liberté tyroliens », peut être considéré comme « une solution temporaire sur le chemin de la liberté », dit-il. Il remercie le FPÖ de soutenir cette voie, en inscrivant par exemple dans le programme du gouvernement autrichien la possibilté d'attribuer la nationalité autrichienne aux Tyroliens du Sud. « Vive notre patrie l'Autriche ! Vive le Tyrol ! » s'exclame-t-il sous une avalanche d'applaudissements avant de quitter l'estrade.

L'intervention la plus embarrassante sera celle d'une jeune youtubeuse américaine pro-Trump, très apprêtée, qui déroule un monologue narcissique et naïf à peine supportable, s'achèvant ainsi : « Souvenez-vous qu'il existe juste un allié, juste un, vers lequel nous pouvons toujours nous tourner. C'est notre père qui est aux cieux, Dieu. »

Malgré la volonté de donner une touche internationale au congrès, les amis du FPÖ et de l'AfD au Parlement européen – le Front national, la Ligue du Nord, le Parti de la liberté de Wilders – sont absents. Peut-être que, contrairement à leurs confrères germanophones, ils refusent de s'afficher dans un congrès accueillant des invités aussi douteux.

C'est l'heure du déjeuner. Le modérateur, qui porte une cicatrice sur la joue, signe de son appartenance à une *Burschenschaft*, annonce que des réjouissances culinaires nous attendent au rez-de-chaussée. Je rejoins une longue queue dans la cour, à l'entrée d'une cantine provisoire. C'est l'occasion de regarder discrètement ce public que je n'osais scruter pendant les discours : une grande majorité d'hommes, plus proches de la cinquantaine que de la trentaine, et un nombre surprenant de jeunes qui portent les couleurs de leur confrérie étudiante, ainsi que quelques jeunes femmes étonnamment coquettes, certaines en talons et minijupe. Soudain un groupe traverse la cour à la hâte en direction de la sortie. « L'Antifa ! On y va ! » Des militants antifascistes ont réussi à s'approcher du château malgré le barrage de police déployé aux alentours. L'excitation monte, certains quittent la queue, la mine réjouie à la perspective de la bagarre qui se prépare. Très vite l'enthousiasme retombe, la police a intercepté les intrus.

Je me sers de rôti de bœuf et de *Knödel* et vais m'asseoir à une longue table en bois au milieu de *Burschenschaftler* très aimables avec moi. L'un d'eux, visiblement bavarois, dit à ses camarades : « On devrait attirer plus de députés de la CSU. Petr s'en occupe [il pourrait s'agir de Petr Bytron, président de l'Afd en Bavière]. C'est pas facile, beaucoup disent qu'ils aimeraient passer dans notre camp, mais ils sont trop attachés à leur confort pour changer. » Son voisin acquiesce : « Ils ont peur de l'exclusion, ils tiennent trop à leur statut, à leur argent. »

L'après-midi s'ouvre avec une table ronde réunissant quatre représentants de « médias alternatifs » qui s'interrogent sur le meilleur moyen de diffuser des idées de « patriotes ». « Notre chance, ce sont les réseaux sociaux où nous sommes particulièrement actifs par rapport aux autres partis politiques, estime un jeune blogueur allemand. Le temps joue en notre faveur, car la méfiance vis-à-vis des médias classiques augmente. » Une partie de la discussion est consacrée à railler des journalistes établis, traités de « scribouillards » et présentés comme les larbins d'une « culture dominante », imposée par un complot gauchiste qui rassemblerait toutes les tendances situées à gauche de l'AfD et du FPÖ. Qu'ont-ils donc à offrir, ces journalistes « alternatifs » ? Il s'agit d'« apprendre à placer nos contenus », « faire pression », « canaliser le potentiel », « s'emparer de certains thèmes à la mode », « remplir le vide » avec du « contenu qui attire l'attention ». C'est bien de propagande qu'il est question. L'objectif du jeune blogueur est de « dire ce qu'on veut et ne pas être *politically correct*, sans être marginalisé ». Un peu plus avisé, un confrère lui rappelle que, dans le journalisme, « on ne peut quand même pas simplement dire ce qu'on veut ». Tous sont d'accord pour appeler les « patriotes » à exploiter les réseaux sociaux, partager l'information et produire de l'interaction. « C'est très facile d'ouvrir un compte Facebook, explique le blogueur, et pourquoi pas de poster une avalanche de commentaires négatifs sur la page Facebook d'Angela Merkel [...] pour déclencher des petites *shitbombs*. »

Dans son essai *Propagande 4.0. Comment les populistes de droite font de la politique*, le politologue allemand Johannes Hillje explique pourquoi les partis populistes de droite sont les grands gagnants des réseaux sociaux : « Ils fournissent à des millions de personnes leur version de la vérité, sans garde-fou journalistique, et parviennent à créer une identité collective parmi leurs soutiens » en cultivant l'« auto-affirmation. » L'AfD est de loin le parti politique allemand le plus actif sur Internet. Il y dispose d'une chaîne de télévision, d'une radio et d'une page Facebook que plus de 400 000 fans suivent. « Plus il y a de réactions aux posts qui circulent quotidiennement sur les pages des utilisateurs, plus ils sont classés en meilleure position par les algorithmes de Facebook, qui les redistribuent à d'autres. [...] Un post Facebook de l'AfD qui a du succès atteint jusqu'à 4 millions de personnes, soit davantage que le journal télévisé du soir. » Or, les messages qui suscitent de l'interaction sont ceux qui jouent sur les émotions et divisent, rarement ceux qui invitent à la réflexion. Une mauvaise nouvelle pour la démocratie.

Plus tard dans l'après-midi, un éditeur autrichien d'une cinquantaine d'années fait son apparition sur l'estrade. Sa moustache et sa barbichette, sa veste bavaro-autrichienne, son gilet à boutons fermés et son embonpoint lui donnent un côté suranné, un air rassurant de bourgeois provincial du siècle dernier, enraciné dans le terroir. Il se lance dans une diatribe contre la censure de la « liberté d'opinion », avant de donner des exemples de ce qu'il entend par là : le droit d'utiliser les termes *Neger* (nègres) et *Zigeuner* (gitans), bannis car jugés racistes. Il finit en dénonçant la « culture hégémonique » de la gauche « célébrée dans les médias [qui] dans trente ans suscitera autant d'incompréhension que la mentalité du national-socialisme en suscite aujourd'hui ».

Pour prendre l'air, je me promène sous les arcades du château. J'entre dans des salons en enfilade où des éditeurs et des organisations présentent leur travail sur des stands. Le mouvement identitaire a étalé des autocollants et des prospectus sur une longue table où des jeunes hommes aux cheveux rasés sur les côtés et plus fournis sur le crâne accueillent les visiteurs. Je prends une brochure intitulée *Rapport annuel 2017*, dont la couverture affiche une photo d'activistes du mouvement à bord d'un bateau en pleine Méditerranée, arborant une banderole annonçant en lettres majuscules : « *No way. You will not make Europe home. No way.* » Leur objectif : « Entraver les missions d'organisation non gouvernementales qui sauvent les réfugiés en mer. » J'imagine la scène, une embarcation pleine de réfugiés qui prend l'eau, des cris d'enfants qui ne savent pas nager, des femmes qui tiennent leur bébé à bout de bras pour les sauver des flots, des hommes qui s'acharnent désespérément, inutilement, à évacuer l'eau de la cale. Soudain un bateau s'approche, l'espoir naît, puis l'inquiétude quand celui-ci s'immobilise sans sembler vouloir intervenir. À bord, des jeunes gens, blancs, propres sur eux, les regardent de loin avec des jumelles et comptent avec une certaine excitation : un mort, dix morts, cent morts. Lorsque plus aucun souffle de vie n'est perceptible à la surface de la mer, ils se font un signe entendu : mission accomplie. Quand je repose le prospectus, une femme me tend un autocollant que je décline froidement. À côté d'elle, un petit garçon aux boucles d'or me sourit.

Non loin, un éditeur vend des manuels d'utilisation d'armes à feu. Il m'interpelle : « Être violée, ça peut détruire une vie ! Tout est bien expliqué, regardez, il y a même des détails illustrés sur l'art de tuer d'une balle dans la nuque. » En effet, le dessin du contour d'une tête humaine de profil explique où il faut tirer pour viser le point névralgique. D'autres stands proposent des magazines dont les unes annoncent, « Complot contre la Russie – une campagne médiatique de gauche », « *Defend Europe* », « Arrêtez Soros & Co ». Plusieurs couvertures vantent une interview avec Alexander Gauland, qui copréside l'AfD.

Je feuillette des catalogues de maisons d'édition présentes. On y trouve les titres suivants : *Anthropologie de l'Europe – race, évolution, comportement* ; *Les enfants ont besoin de leurs mères – les risques de la garde d'enfants*. Et beaucoup d'ouvrages d'histoire : *Bolchevisme juif* ; *Les Autrichiens sous le feu – tragédie de la bravoure 1939-1945* ; *Le Jeune Hitler – corrections d'une biographie, 1889-1914* ; *Les Déplacés allemands – non pas acteurs, mais victimes*. Certains éditeurs proposent des accessoires : médailles, tasses, montres, T-shirts dont les messages et les illustrations rendent hommage à la marine de guerre, aux régiments de parachutistes, aux groupes de blindés allemands, à Erwin Rommel. Il y a même des bouteilles d'alcool aux noms évocateurs : « Gouttes de la Wehrmacht », ou « Potion des combattants du front ». J'hésite à acheter une tasse où l'on voit la silhouette d'un soldat allemand armé devant la tour Eiffel et ce message : « Salutations de Paris. » J'achète finalement un livre intitulé *Lavage de caractère. La Rééducation des Allemands et ses conséquences*. C'est en quelque sorte l'opposé de mon livre, un plaidoyer contre la dénazification, lié à la nostalgie des Allemands qui avaient tant de caractère – avant 1945 !

Un parfum de révisionnisme hante ce congrès. C'est le même parfum qui flotte quand Marine Le Pen affirme que Vichy « n'est pas la France », que les députés du FPÖ refusent d'applaudir le discours de commémoration de la nuit de Cristal ou que Matteo Salvini cite Mussolini le jour de l'anniversaire du Duce ; quand la Hongrie de Victor Orban rend hommage à l'amiral Horthy et à des écrivains fascistes ; quand la Pologne du PiS vote une loi interdisant d'attribuer une responsabilité « à la nation ou à l'État polonais » dans les crimes nazis, dont la participation active de certains citoyens Polonais à la traque nazie des juifs et à des pogroms sanglants. L'odeur est la même lorsque le président de l'AfD Alexander Gauland réclame « le droit d'être fier de la performance de soldats allemands lors de la Seconde Guerre mondiale » ou qu'« Hitler et les nazis ne sont qu'une fiente d'oiseau dans plus de mille ans d'histoire allemande glorieuse ». Et que dire quand des dirigeants du partis qualifient le travail de mémoire allemand de « propagande et rééducation orientée contre nous » et réclament « un tournant à 180 degrés » pour mettre fin à la « culture de la honte ».

Ces hommes diffament l'identité allemande à laquelle le travail de mémoire a grandement contribué. Ils anéantissent le travail difficile, courageux et souvent douloureux mené par des millions d'acteurs de la société allemande qui ont œuvré pour se libérer des racines du mal. Ils veulent défaire ce qui fait la force de l'Allemagne et que le monde entier lui envie : avoir tiré de la réflexion sur le passé des valeurs pérennes qui ont forgé chez les citoyens un esprit critique et un discernement moral indissociables de la force de la démocratie allemande. Si l'on « tire un trait sur le passé » comme certains l'exigent, c'est cet héritage-là qu'on mettra en danger, cette vigilance face aux répétitions d'engrenages meurtriers, face à l'apathie et au *Mitläufertum*. C'est cet éveil démocratique, qu'on met en péril pour les prochaines générations.

À qui profiterait cet affaiblissement ? À ceux qui d'un bout à l'autre de l'Europe s'arrogent le titre de « Défenseur des valeurs occidentales » ? Mais quelle Europe défendent-ils ? Celle d'un continent façonné au gré de civilisations et de cultures multiethniques et multireligieuses qui léguèrent une richesse intellectuelle et artistique inégalée ? Ou bien celle d'un continent que l'égoïsme national et l'intolérance transformèrent en une bête immonde, destructrice de culture et de civilisation ? Le chemin d'une Europe à l'autre est celui d'un renversement de la morale. Quand le bien devient le mal et le mal devient le bien. Quand l'empathie est une faiblesse et la haine est du courage. Quand les amnésiques triomphent.

Épilogue

Comme j'aime cette ville. Parfois, le soir, en rentrant d'un dîner, je flâne à vélo dans le centre historique de Berlin, déserté à cette heure tardive, pour saluer des lieux à l'histoire tourmentée dont je connais les blessures comme si c'étaient les miennes.

Jadis, à trente mètres de chez moi à Kreuzberg, le mur de Berlin coupait ma rue en deux. Derrière il y avait une zone militaire, puis un autre mur, et de l'autre côté c'était la RDA. La nuit, depuis mes fenêtres, l'on devait apercevoir des silhouettes dans les appartements illuminés des Est-Allemands, peut-être même leurs intérieurs. Eux, que voyaient-ils en regardant vers l'Ouest capitaliste ? La liberté sans doute, mais aussi l'asservissement suicidaire de l'homme à la consommation.

Lorsque le Mur est tombé, la bande frontalière encerclant Berlin-Ouest, ce symbole de l'oppression, est devenue un terrain de jeu inépuisable pour les Berlinois qui prirent possession de cet espace du tout possible. J'ai pu y goûter au début des années 2000 et je suis restée nostalgique de cet âge d'or d'une anarchie inoffensive, ni communiste ni capitaliste, où seul importait le plaisir de l'instant présent. Des bars s'improvisaient dans des cahutes au milieu de nulle part, des boîtes de nuit naissaient dans des banques et des hangars délaissés, des terrains vagues servaient de salles de concert, des restaurants au menu unique ouvraient dans le salon d'un appartement, et personne ne se souciait de savoir si c'était rentable, si c'était légal. Les investisseurs immobiliers ne faisaient pas encore la loi et la ville soutenait la soif de liberté de ses citoyens.

Aujourd'hui, à la place de la zone frontalière près de chez moi, il y a une jolie coulée verte que les lilas embaument au printemps. Et devant plusieurs immeubles, des *Stolpersteine*, des dés de cuivre incrustés dans le trottoir rappellent la tragédie des anciens habitants de ma rue déportés parce qu'ils étaient juifs.

Nous venons de loin, nous les Européens. Nos mémoires et nos rêves sont éclatés, parfois contradictoires. Mais dans cette diversité, il y a un dénominateur commun : l'expérience du totalitarisme qui écrase l'identité des hommes, nie leur individualité, les terrorise, les torture, les aveugle, les manipule, pour fabriquer une armée de clones au service de la folie meurtrière d'une idée. À l'Est comme à l'Ouest nous avons connu la souffrance, mais aussi l'apathie face au crime, le *Mitläufertum*, le danger du conformisme, de l'aveuglement et de l'opportunisme.

L'histoire ne se répète pas, mais les mécanismes socio-psychologiques restent les mêmes, qui dans un contexte de crise nous poussent à devenir les complices irrationnels de doctrines criminelles.

C'est cette mémoire-là, celle de notre propre faillibilité en tant qu'individu, qu'il faut transmettre aux citoyens européens. Pour nous armer de discernement face à notre propre aveuglement, face à la manipulation de populistes, de droite comme de gauche. Leurs méthodes ressemblent à s'y méprendre à celles déployées il y a un siècle et exploitent la fragilité de nos repères identitaires pour nous imposer une nouvelle identité, désigner des faux coupables et inverser notre système de valeurs.

Mais notre européanité ne saurait se fonder sur une mémoire uniquement négative. Commémorer les victimes du fascisme et du communisme comme l'Union européenne le fait le 27 janvier est important, mais pas suffisant. Nous avons besoin d'une mémoire positive. Ce terrain-là, ne l'abandonnons pas aux populistes. Il faut rendre aux Européens, aux jeunes, la fierté d'appartenir à un continent dont les peuples ont su par deux fois vaincre les totalitarismes, en 1945 et en 1989, et à la sueur de leur front ont construit la démocratie et rendu aux citoyens leur dignité. Il faut leur donner envie de défendre cet héritage lumineux contre le retour d'une pensée victimaire et binaire. Les Européens ne sont pas des victimes de l'histoire. Chacun de nous sera indispensable.

Julius Löbmann n'est plus de ce monde. En 1961, il s'en est allé rejoindre le petit Fritz et sa femme Mathilde quelque part dans l'Univers. Avec sa deuxième femme il n'eut pas d'enfant. Irma Löbmann, l'épouse de Siegmund et la mère de Lore et Hans, a vécu un temps à Strasbourg, puis a fini par rejoindre ses enfants aux États-Unis. Ils sont morts depuis.

Lotte Kramer, qui s'est mariée avec un juif allemand exilé comme elle en Grande-Bretagne, a un fils et des petits-enfants. Elle n'a jamais guéri de ses blessures. Elle a conservé ce télégramme, que ses parents lui envoyèrent en Angleterre en mars 1942, depuis le camp de Gurs : « Nous devons changer de domicile. Adieu. » C'est le dernier signe de vie qu'ils donnèrent.

Après la guerre, Lotte voulut revoir Mayence. « Les bombes avaient détruit tant de choses, c'était très triste, mais notre maison était toujours debout. Je suis allée voir les amis de mes parents, Greta et Bertold. Leur fille avait quelque chose pour moi. Avant d'être déportée, ma mère avait rempli une grande malle de tas de choses, des draps, des nappes. C'était une dot pour mon mariage. Elle avait deviné qu'elle n'allait pas rentrer. »

Dans les années 1970, Lotte Kramer a commencé à écrire des poèmes.

Silence

Today the river slinks like oil,
Hardly a current in its mud
As autumn leaves crawl on its face.

I left them in their blinding talk
To meet adopted path and sky,
And bend the grass for light and space.

Here I can hold the air with birds,
Still, solitary in their flight
Without men's calculated race.

Now only sun and water rule
Unchallenged over silent pain :
And the burst cry of a grey swan.

Lotte Kramer

Lotte Kramer

Silence

Aujourd'hui le fleuve est d'huile,
À peine un courant dans le limon
À sa surface, des feuilles d'automne glissent.

Je les laissai à leurs paroles aveugles
Partis élire d'autres chemins et cieux
Et fendre l'herbe, saisir la lumière et l'espace.

Ici je peux étreindre l'air et ses oiseaux
Silencieux, solitaires envols
Loin de la course préméditée des hommes.

À présent seuls règnent le soleil et l'eau
Sans partage sur une peine muette :
Et soudain jaillit le cri d'un cygne gris.

Lotte Kramer

Lotte Kramer

Remerciements

Ce livre n'aurait jamais pu voir le jour sans le formidable travail de nombreux historiens qui lui a servi de colonne vertébrale. Mes remerciements vont également aux écrivains, cinéastes et intellectuels dont les œuvres et la pensée m'ont permis de voir derrière les faits.

Je rends hommage à la famille Löbmann et à tous les témoins de cette époque que j'ai pu voir, entendre et lire et à ceux que j'ai eu la chance de rencontrer : Moïse, Jacqueline, Claude, Lotte Kramer, Ruth Löbmann, Roland Jahn, Martha et Elizabeth, Papi, Oma et Opa.

Merci à ma famille, à ma sœur Nathalie, à mes amis et plus particulièrement à mes parents et à ma tante « Ingrid ». Merci à Flavio qui a toujours été là pour moi.

Cette édition revue et corrigée n'aurait jamais existé sans l'engagement acharné et la patience héroïque de mes éditeurs français et allemands, Patrice Hoffmann, Emma Saudin, Pauline Kipfer, Joachim von Zeppelin et Christian Ruzicska.

Table

Cet ouvrage a été mis en pages par

N° d'édition : 653672-4
Dépôt légal : avril 2019
Imprimé en Espagne par Novoprint (Barcelone)
Achevé d'imprimer en octobre 2024